NINA BELLEM

IM SCHATTEN DER RAU NACHT

Spiel der Fae

DRACHENMOND VERLAG

Drachenmond Verlag GmbH
Auf der Weide 6
50354 Hürth
http: www.drachenmond.de
E-Mail: info@drachenmond.de

Lektorat: Stephan R. Bellem
Korrektorat: Michaela Retetzki
Satz & Layout: Astrid Behrendt

Umschlagdesign: Marie Graßhoff
Bildmaterial: Shutterstock

Druck: Booksfactory

ISBN 978-3-95991-299-0

Willkommen in den Raunächten!

KAPITEL 1

Man hängt nicht jeden Tag vom Berliner Fernsehturm. Zumindest ich nicht. Ich weiß, dass sich immer wieder irgendwelche Irren von einer Plattform vom Park Inn Hotel stürzen, aber die haben dafür auch einen Haufen Geld hingeblättert und sind an zwei Seilen und einem lächerlich grellgelben Geschirr gesichert. Ich hing nur an meinen Fingerspitzen von der Außenfassade der großen Kugel und sah auf die Menschen unter mir, die auf dem wirklich ekelerregend massiv aussehenden Betonboden spazieren gingen.

Ich kniff die Augen schnell wieder zusammen und versuchte den Wind, der an meinem Körper und meiner Kleidung zerrte, zu ignorieren.

»Ich würde die Augen ja öffnen«, drang eine angenehme Stimme durch die kreischenden Böen. »Man hat nicht oft die Möglichkeit, die Aussicht von der Stelle aus zu genießen, an der du dich gerade befindest.«

Ich schnaubte und presste die Lider noch ein wenig fester zusammen. »Dann komm doch heraus und leiste mir Gesellschaft, Miro.«

Der Wind ließ ein wenig nach und ich traute mich doch, die Augen zu öffnen. Direkt vor mir befand sich eine massive Fensterscheibe und dahinter saß auf einem einfachen Stuhl an einem Restauranttisch einer der schönsten Männer, die mir jemals untergekommen waren. Das schwarze Haar glänzte verführerisch. Der Hipster-Trend kam ihm zugute, denn er hatte die langen Strähnen zu einem Knoten gebunden und der einzige Zweck dieses Man Bun war es, sein ebenmäßiges Gesicht und die milchblasse Haut zu betonen. Seine blauen Augen funkelten amüsiert und er schenkte mir ein

Lächeln, das einem normalerweise nur auf Plakaten begegnete, auf denen sich Unterwäschemodels rekelten.

Arroganter Bastard.

»Mir gefällt es hier drin eigentlich ganz gut.«

Ich schnaubte abermals und versuchte, nicht auf den Schmerz in meinen Fingern zu achten, die mit jeder Sekunde, in der ich mit meinem ganzen Gewicht an ihnen hing, länger und länger zu werden drohten. Der Wind wurde stärker, zerrte gieriger an meinem Körper und dröhnte in meinen Ohren.

»Du kannst das doch ganz einfach beenden«, hörte ich Miro sagen. »Gib einfach auf und ich lasse dich wieder herein.«

»Das könnte dir so passen«, zischte ich und versuchte meine Fingerkuppen allein mit der Kraft meines Willens in die Plastikverkleidung der Außenfassade zu graben. Mit eher mittelmäßigem Erfolg.

Ich konnte Miros Grinsen förmlich spüren, drehte den Kopf, sah ihn an und wollte ihm alle Schimpfwörter entgegenschleudern, die ich kannte – als mir genau diese im Hals stecken blieben. Miro grinste noch immer und sah mich an, aber das war es nicht, was mich so aus der Fassung gebracht hatte. Vielmehr waren es die Menschen um ihn herum. Durch das Fenster konnte ich in das Café beziehungsweise Restaurant im Inneren des Fernsehturms blicken und gerade beugte sich am Nebentisch hinter Miro ein Kellner zu einer Frau herunter. Er sagte etwas zu ihr und sie antwortete ihm – ich konnte deutlich die Bewegung ihrer Münder sehen –, aber anders als bei Miro konnte ich nichts davon hören. Nicht den kleinsten Laut.

Das bedeutete …

Ich sah ihm fest in die Augen und tatsächlich war sein triumphierendes Lächeln etwas verrutscht. Jetzt war es an mir zu lächeln. Ohne seinen Blick loszulassen, löste ich meine Finger der linken Hand, bis ich nur noch mit der rechten an der Fassade hing. Dann ließ ich los und stürzte knapp dreihundert Meter hinab, auf den Erdboden zu.

»Nicht nett, mir so den Spaß zu verderben.«

Dieser Schnösel besaß wirklich die Frechheit, beleidigt zu sein. Ich versuchte derweil, meinen Herzschlag von der Grenze zum Infarkt wieder wegzulocken und mir dabei nicht anmerken zu lassen, dass ich vor Angst beinahe gestorben wäre. »Es ist auch nicht nett, mich glauben zu lassen, ich würde vom Fernsehturm hängen.«

Er zwinkerte mir zu und nahm einen Schluck aus seinem Wasserglas. »Ach Vivienne, ich wusste doch, dass jemand Cleveres wie du einen einfachen Täuschungsbann durchschauen würde. Und sieh dich doch an – ich hatte recht.«

»Und wenn du nicht recht gehabt hättest? Ich hätte auch einfach einen Herzinfarkt haben können, weil ich wirklich denke, ich stürze ab.«

Miro stellte das Glas beiseite und stützte sich mit seinen angewinkelten Armen auf dem Tisch ab. Die Distanz zwischen uns wurde damit um wenige Zentimeter verringert und mich traf ein Duft nach Moos und nassen Steinen. Es irritierte mich – der Duft passte so gar nicht zu Miros Äußerem, das so sehr zu der Stadt in dieser Zeit gehörte. Ich musste wohl die Nase gerümpft haben, denn er verzog das Gesicht, kam aber noch näher. »So weit hätte ich es nicht kommen lassen. Ich bin kein Unmensch.«

»Du bist überhaupt kein Mensch. Du bist ein Fae«, erwiderte ich und wich ein wenig zurück. Der Kellner von eben kam an uns vorbei, wandte aber hastig den Blick ab, als hätte er gerade ein Liebespaar vor dem Kuss ertappt. Weiter daneben hätte er nicht liegen können.

»Warum magst du uns eigentlich nicht?«, fragte Miro nach und legte in einer übertrieben unschuldig fragenden Geste den Kopf schief.

»Darum geht es hier nicht«, erwiderte ich und tippte auf das Foto, das zwischen uns auf dem Tisch lag. »Es geht um sie.«

Er hob die wie von einem Maler gezogenen Brauen in die Höhe und musterte das Bild, als würde er es oder die Person darauf heute zum ersten Mal sehen. Beides stimmte nicht.

»Ich weiß immer noch nicht, was du von mir willst.«

Ich nahm das Bild auf und hielt es vor mir in die Höhe, damit er der jungen Frau darauf direkt in die Augen sehen musste. Sie selbst mochte zwar nicht anwesend sein, aber ich war hier, um für sie zu sprechen und um ein wenig Gerechtigkeit herauszuschlagen. Oder zumindest etwas, was dem nahe kam. »Ihr Name ist Milli. Du hast sie vor vier Jahren in einem Club hier in Berlin verführt und ihr dabei drei Jahre ihres Lebens gestohlen. Die will sie zurück.«

Er musterte das Foto noch einmal, ehe er wieder mich ansah. »Selbst wenn«, er betonte das letzte Wort, »wenn ich wirklich etwas mit dieser Milli gehabt haben sollte, was bringt dich darauf, dass ich ihr die geraubten Jahre zurückgeben kann? Und wieso sitzt sie dann nicht vor mir, sondern du?«

»Du weißt ebenso gut wie ich, dass du der heißblütige Lover gewesen bist, dem sie drei gestohlene Lebensjahre zu verdanken hat.«

»Dieses Wissen bringt dir nichts.« Er sah mir noch immer in die Augen, aber etwas darin veränderte sich. Das Blau der Iriden wurde dunkler, breitete sich aus, bis es den gesamten Augapfel übernahm. Schlieren und Wolken aus Blau und Schwarz schienen in seinem Blick um die Vorherrschaft zu ringen, bis das Schwarz gewann und wie Tinte in Wasser auseinanderdriftete. Seine Augen waren vollständig schwarz, dazwischen blitzten vereinzelte Leuchtpunkte auf, nein, keine Leuchtpunkte, sondern Sterne, ferne Galaxien, Welten, von deren Existenz die Menschheit nicht einmal etwas ahnte.

Ich sah der Unendlichkeit direkt in die Augen und konnte förmlich spüren, wie ihre Zeitlosigkeit drohte, mich hineinzusaugen, bis ich mich völlig darin verlieren und für immer darin verschwinden würde. Ein winziger Mensch, kaum mehr als ein Insekt, vor einer gottgleichen Kreatur.

Ich nahm das Wasserglas und schüttete Miro den Inhalt ins Gesicht.

Die Unendlichkeit blinzelte und in die nun wieder blauen Augen trat ungebremste Wut. »Du verdammte …«

Miro wollte aufspringen, wahrscheinlich um sich auf mich zu stürzen und mir den Hals umzudrehen, aber seine Wut verwandelte sich rasch in puren Unglauben, als er merkte, dass er sich keinen Zentimeter von seinem Stuhl erheben konnte.

Ich lehnte mich zurück, verschränkte die Arme vor der Brust und sah ihm eine Weile dabei zu, wie er vergeblich versuchte, sich von seinem Stuhl zu lösen. »Ich verdammte, was?«, konnte ich es mir dann doch nicht verkneifen, zuckersüß nachzufragen.

Auf Miros perfektem Gesicht hatten sich kleine Schatten gebildet, die in dem Moment verschwanden, in dem der Kellner wieder an unserem Tisch vorbeikam. Er beäugte den Wasserfleck auf der Tischdecke und verschwand sofort. Wahrscheinlich weil er nichts mit dem scheinbaren Ehekrach zu tun haben wollte. Zwar war das Restaurant um diese Uhrzeit an einem Wochentag nicht besonders voll, aber der Kellner schien Miro daran zu erinnern, dass er sich noch immer in der Öffentlichkeit befand.

»Was hast du mit mir angestellt?«, fauchte der Fae, allerdings schon wesentlich leiser.

»Pilzsporen.«

Er runzelte die Stirn.

Diesmal war ich diejenige, die sich auf dem Tisch abstützte und die Entfernung zwischen uns verringerte. Diesmal wusste ich, was für ein Duft auf mich zukam, und auch wenn ich es nicht einmal unter Androhung von Folter zugegeben hätte, mir gefiel dieser Duft. Er erinnerte mich an Wälder, an die Zeit nach dem Regen. »Ich habe einen Kreis aus Pilzsporen unter deinen Stuhl gemalt. Sporen von Pilzen, die in einem perfekten Kreis stehen. Unter Eichen. Bei Vollmond.«

Es war eine verfluchte Drecksarbeit gewesen, nachts im Wald in Brandenburg herumzukriechen und mit einem feinen Pinsel die Sporen aus den Pilzen zu kratzen, ohne diese zu beschädigen, aber das war es wert gewesen, denn von Miros überheblicher Miene war nichts mehr zu sehen. Stattdessen schien er zwischen Unglauben und Wut zu schwanken. »Du hast einen verdammten Feenring gebaut?!«, knurrte er.

»Ich wusste, jemand Cleveres wie du würde da schnell draufkommen«, wiederholte ich seine eigenen Worte und stützte mein Kinn auf den Händen ab, wobei ich nicht anders konnte, als zu lächeln. »Und ohne dass ich ihn löse, wirst du diesen Ring nicht verlassen können. Kommen wir also noch einmal auf Milli zurück.«

»Du kannst mich nicht ewig hier sitzen lassen«, erwiderte er, ohne auf meinen Themenwechsel einzugehen. »Irgendwann schließt das Restaurant.«

Ich rieb mir über ein Ohrläppchen und ließ den Blick durch den Raum schweifen. Die Dame am Tisch war gerade dabei zu zahlen. Das Sonnenlicht, das durch die Fensterscheiben fiel, trug bereits die ersten Spuren von Rot in sich. »Nein, das kann ich nicht«, gab ich zu. »Aber ich kann einfach aufstehen und gehen. Und dann wirst du hier sitzen bleiben, unfähig, aufzustehen, unfähig, den Feenring zu zerbrechen. Und dann wird der Kellner kommen und dich bitten zu gehen. Und wenn du dich weigerst, wird er Fragen stellen. Er wird den Sicherheitsdienst rufen, vielleicht sogar die Polizei. Und ich werde in der Zwischenzeit mit der Berliner Zeitung telefonieren und die werden sicher gern einen Reporter schicken, der einen lustigen kleinen Artikel über den Mann schreiben wird, den die Polizei einfach nicht vom Fleck bewegen konnte, und mit ganz viel Glück wird er sogar ein Foto machen …«

»Schon verstanden«, knurrte Miro und kurz sah ich wieder die Sterne in seinen Augen aufblitzen. »Was will diese Milli? Die drei Jahre kann ich ihr nicht wiedergeben, das weißt du.«

Ich schlug den Blick nieder und sah auf das Foto zwischen uns, auf dem noch ein paar Wassertropfen glitzerten. »Sie möchte Schauspielerin werden. Irgendwann nach Hollywood gehen.«

»Und?«

»Und du sollst ihr dabei helfen.« Ich nahm eine Serviette und wischte das Wasser vom Foto. Langsam schob ich es ihm hin. »Gib ihr etwas von eurem Glanz. Etwas Glamour. Etwas von diesem ganz Besonderen, was man nicht lernen kann, das, womit man geboren sein muss.«

Miro hob eine Augenbraue. »Mehr nicht?«

Ich zuckte mit den Schultern. »Das war ihre Forderung. Nimm es oder lass es.«

Es gefiel ihm nicht, das konnte ich deutlich sehen, auch wenn er so tat, als wäre dieser Preis eine unbedeutende Lappalie. Fae hielten Menschen für minderbemittelt, im besten Fall waren wir angenehme Haustiere oder Liebhaber für eine Nacht. Mehr nicht. Sie hassten es, wenn hin und wieder eine Nervensäge wie ich sie daran erinnerte, dass wir durchaus mehr auf dem Kasten haben.

Ich sah auf meine Uhr. »Das Restaurant schließt bald.«

Miro stieß einen Fluch aus, in einer Sprache, die ich nicht kannte, nahm das Foto, leckte sich über die Spitze seines Daumens und malte ein Zeichen auf Millis Gesicht. Es glühte kurz auf und verschwand dann vollständig. »Zufrieden, Füchsin?«

Ich nahm das Foto und verstaute es in meiner Handtasche. »Vielen Dank.«

»Dann zerstöre den Feenring.«

»Gleich. Vorher musst du mir noch versprechen, mir nichts zu tun, sobald ich dich befreit habe, und du schuldest mir einen Gefallen. Ich will dein Wort, schwöre auf die Sterne.«

Ich konnte förmlich hören, wie Miros Zähne aufeinanderknirschten und seine Hände ballten sich zu Fäusten. »Du überschreitest deine Grenzen, Vivienne.«

»Ich sichere mich nur ab. Und sosehr ich deine Gesellschaft auch genieße, Miro, bin ich mir doch sicher, dass du mir das hier bei der erstbesten Gelegenheit heimzahlen wirst. Da mache ich doch lieber das Beste aus der Situation.«

Ich musste einen wirklich guten Tag erwischt haben, denn der Fae knurrte, deutete aber ein Nicken an. »Ich schwöre auf die Sterne, dass ich dir nichts tue, sobald ich frei bin, und ich schulde dir einen Gefallen.«

Das genügte mir. Ich nahm die immer noch feuchte Serviette, kniete mich neben seinen Stuhl und wischte den Ring aus den feinen, pulverigen Pilzsporen unter dem Sitz weg. Kaum dass der Ring gebrochen war, spürte ich eine Hand um meine Kehle, die mich in die Höhe riss. Der Geruch von Moos und nassen Steinen erfüllte meine Welt und ich starrte Miro ins Gesicht.

»Du glaubst, du hast clever gespielt, Vivienne«, sagte er leise und sein Atem streifte mein Gesicht. »Aber ich freue mich schon auf den Tag, an dem ich dir zeigen werde, wie sehr du dich irrst.« Er lächelte ungut und mir lief ein kalter Schauer über den Rücken. »Bis dahin – lebe wohl.« Ich blinzelte und er war verschwunden.

Kapitel 2

Bevor ich nach Hause fuhr, machte ich noch kurz halt bei meiner Klientin Milli, um ihr die gute Nachricht zu überbringen. Als sie mich an der Haustür begrüßte, konnte ich bereits sehen, dass Miro seinen Teil des Handels eingehalten hatte. Millis Augen hatten dieses ganz besondere Funkeln bekommen und das Lächeln, das sie mir schenkte, hätte auch gut und gern auf eine große Kinoleinwand gepasst.

»Und?!«, fragte sie aufgeregt, noch bevor sie überhaupt »Hallo« sagte. Also hatte sie wohl noch nicht in den Spiegel gesehen.

Wir saßen an ihrem Küchentisch und sie schenkte mir gerade eine Tasse Kaffee ein, der zwar viel zu süß, aber höchst willkommen war, denn ich war verdammt müde. »Er hat eingelenkt«, erwiderte ich und deutete mit einem Nicken auf den Flur. Dort hing ein Spiegel, auch wenn ich gemerkt hatte, dass es nicht nur ihr Aussehen war. Millis Lächeln war strahlend, ihr Lachen hatte eine Nuance angenommen, die nahezu unwiderstehlich klang, und ihre Bewegungen waren grazil und anmutig.

Es war ihr deutlich anzusehen, wie ungeduldig sie war, gleichzeitig wollte sie aber auch nicht unhöflich sein und einfach aufspringen. Ich musste ein Grinsen unterdrücken. »Schau schon nach.«

Binnen eines Lidschlags war sie in den Flur gelaufen und ich konnte ein begeistertes »Ja!« hören. Strahlend kam sie zurück in die Küche und ich war mir ziemlich sicher, dass man dieses Strahlen sehr bald auf den Titelseiten aller Klatschblätter sehen würde. Sie umarmte mich stürmisch und breitete dann die Arme aus. »So klappt es mit dem nächsten Casting bestimmt!«

»Bestimmt«, nickte ich zustimmend und nahm einen Schluck von meinem Kaffee. »Freut mich, dass du zufrieden bist.«

»Bin ich«, sagte sie und drehte sich um sich selbst. Dann veränderte sich der Ausdruck in ihrem Gesicht und wo vorher noch ein Strahlen gewesen war, breitete sich nun Besorgnis aus. »Was soll ich denn jetzt machen?«, fragte sie mit dünner Stimme und sah mich mit großen Augen an.

»Was meinst du?«

»Das hier. Alles. Ich habe …« Sie stockte, als könnte sie es selbst kaum fassen, und sprach dann leiser weiter: »Ich habe mit einem Elfen geschlafen.«

»Einem Sidhe«, korrigierte ich sie.

Sie lächelte etwas gequält und hob die Schultern. »Du weißt, was ich meine. Wie macht man danach weiter? Ich meine, ich habe solche Sachen immer für Hirngespinste gehalten, so etwas gucken sich Fantasyfreaks im Kino an, aber das ist nichts, was man im Bett hat, oder?«

Ich beschloss, das ›Fantasyfreaks‹ geflissentlich zu überhören, weil ich wusste, was Milli plagte. So ging es jedem, der schon einmal Kontakt mit Fae gehabt hatte, egal wie kurz oder lang dieser Kontakt gewesen sein mochte. Er warf einen immer aus der Bahn, weil er die Decke von der Realität wegzog und zeigte, dass es da mehr gab als die uns bisher so vertraute Welt. Wenn man diese Sicherheit einmal verloren hatte, gab es kein Zurück mehr. Was man erfahren hatte, konnte man nicht mehr vergessen. Nur wie sollte man mit diesem Wissen ein normales Leben oder einen normalen Alltag aufbauen können?

»Du glaubst gar nicht, als was sich diese Traumprinzen und Prinzessinnen noch so entpuppen können, die man sich so ins Bett holt«, murmelte ich mehr zu mir selbst, bevor ich den Kopf hob und Milli direkt ansah. »Wenigstens sind sie sehr viel spärlicher verbreitet, als du denkst. Die Chance, dass du auf einen Sidhe triffst, ist kleiner als die, von einem Blitz getroffen zu werden.«

»Aber ich werde immer wissen, dass sie da sind.«

»Ja, das wirst du nicht mehr vergessen können. Aber es wird in den Hintergrund treten. Das Leben geht weiter; so ausgelutscht dieser Spruch auch ist, so wahr ist er doch. Jeder Tag, der vergeht, wird die

Erinnerung ein wenig mehr verzerren und sie wird dir immer normaler vorkommen. Gib dir selbst Zeit.«

Milli sah mich dankbar an, dann schien ihr aber ein Gedanke zu kommen und sie verzog die Lippen zu einer nachdenklichen Schnute. »Denkst du, das Fernsehen würde mir meine Geschichte abkaufen?«

Mir wäre fast die Tasse aus der Hand gefallen. »Kein Fernsehen!«, sagte ich hastig. »Keine Zeitungen, keine Magazine, keine Blogs, Videos oder Podcasts! Glaub mir, die Sidhe hassen nichts mehr als unerwünschte Aufmerksamkeit und sollten sie Wind davon bekommen, landest du schneller in der Psychiatrie, als du blinzeln kannst.«

»Das will ich auf keinen Fall!«, stieß sie erschrocken aus und betastete ihr Gesicht. »Außerdem brauche ich das ja auch nicht, denn das nächste Casting wird mein Durchbruch. Das spüre ich!« Sie begann, sich wieder um sich selbst zu drehen.

Ich wartete, bis sie genug Ballerina gespielt hatte, und räusperte mich dann.

»Oh, natürlich, die Bezahlung.« Sie verschwand wieder im Flur und kehrte mit einigen Geldscheinen zurück, die sie mir in die Hand drückte. Ich zählte sie rasch durch und steckte sie dann ein. »Danke.«

»Ich muss dir danken«, sagte sie und fuhr sich mit den Händen über die Wangen. »Das war die drei Jahre allemal wert.«

Ich biss die Zähne zusammen, sagte aber nichts dazu. »Na gut«, lenkte ich schnell ab. »Ich mach dann mal wieder los. Und in Zukunft Finger weg von hübschen One-Night-Stands.«

»Ganz sicher!« Sie lachte und die Sonne ging auf. »Und falls ich doch mal wieder auf einen von denen treffe, kann ich dich ja anrufen.« Sie runzelte die Stirn, als wäre ihr gerade etwas eingefallen. »Warum hast du eigentlich keine E-Mail-Adresse?«

»Ich bin nostalgisch«, wich ich ihrer Frage aus. »Ich mag Festnetztelefone.«

»Schräg«, kommentierte Milli, und wandte sich zur Tür. Das Thema schien damit für sie erledigt.

Ich verabschiedete mich und ließ sie mit ihrem neu gefundenen Lebensglück allein.

Mittlerweile war es bereits Nacht geworden, und mit der Bezahlung in der Tasche fuhr ich zum Lagerhaus, in dem ich meine Utensilien aufbewahrte. Dort verstaute ich das Glas mit Pilzsporen im Regal und ließ meinen Blick noch einmal prüfend über die übrigen Gläser und kleinen Tiegel gleiten, um sicherzugehen, dass noch alles an Ort und Stelle war, bevor ich mich auf den Heimweg machte. Von hier aus war es nicht weit bis zu Hause und ein kurzer Spaziergang in der kühlen Luft würde mir dabei helfen, wieder einen freien Kopf zu bekommen.

Nach dem Zusammentreffen mit Miro war ich völlig fertig – Fae sind clever und drehen dir aus dem kleinsten Ausrutscher direkt einen Strick. Man muss jeden Augenblick, den man in ihrer Nähe verbringt, auf der Hut sein, um nicht einen Fehler zu machen, der einen das Leben oder vielleicht sogar die Seele kosten könnte. Nur wenige Menschen wissen das so gut wie ich.

Vor über zwanzig Jahren hatte ich mich auf der Love-Parade mit einem von ihnen eingelassen – natürlich wusste ich nicht, dass er ein Fae war, sondern hielt ihn für einen heißen Typen, mit dem ich eine Nacht verbringen konnte – und es hatte mich eben um diese zwanzig Jahre gebracht. In einem Moment lag ich noch befriedigt in einem weichen Bett und im nächsten waren zwanzig Jahre vergangen und ich war irgendwo in einem Waldstück am Wannsee wieder aufgewacht und plötzlich hatten wir 2017 anstatt 1997. Es hat eine Weile gedauert, bis ich mich wieder zurechtgefunden habe. Meine Freunde und meine Familie von früher habe ich nicht mehr kontaktiert – außer meine Mutter, aber nachdem sie einen Nervenzusammenbruch erlitten hatte, weil ihre tot geglaubte Tochter plötzlich vor der Tür stand und nicht um einen Tag gealtert war, habe ich es gelassen.

Ich habe mich so gut es ging von allen ferngehalten, die mal etwas mit mir zu tun gehabt hatten. Leicht war es nicht, sich in dieser veränderten Welt zurechtzufinden. Die Welt hatte in den letzten zwanzig Jahren, im Gegensatz zu mir, keinen Dornröschenschlaf gehalten. Eher im Gegenteil, sie hatte sich rasend schnell weiterentwickelt und ich hatte selbst jetzt, zwei Jahre nach meinem Erwachen, immer noch Schwierigkeiten, allem zu folgen.

Zum Glück fand ich Elsa.

»Hallo.« Die Frau im Türrahmen der Berliner Altbauwohnung wirkt freundlich, mustert mich aber eingehend, um sich ein Bild von mir zu machen. Dennoch war das sehr viel freundlicher als der Empfang an der letzten Wohnung, die früher, vor etwa zwanzig Jahren, mal meine Wohnung gewesen war. Diese Frau hatte mich angeschnauzt, dass sie diesen Gentrifizierungsquatsch nicht mitmachen würde und ich sollte meinen wohnungsgierigen Hipsterarsch gefälligst wieder ins Schwabenland schaffen, wo er hergekommen ist.

Dass ich nicht aus Schwaben stamme, habe ich dann gar nicht erst versucht zu erklären, sondern hatte direkt das Weite gesucht.

Zum Glück fand ich bei meinem anschließenden Tröstversuch im nächstgelegenen Café die Anzeige für ein freies Zimmer mitten in Moabit.

»Du bist die Erste«, begrüßt mich die Frau im Türrahmen und bittet mich herein.

»Ist das so ungewöhnlich?«, frage ich, während ich ihr durch den großen Flur in die Wohnküche folge. Sie ist ziemlich groß – die Küche, die Frau allerdings auch – und gemütlich eingerichtet. Weiß und helles Blau sind hier vorherrschend und überall stehen Töpfe und andere Gefäße mit Pflanzen herum. Der Duft von Zimtgebackenem und Kaffee wabert durch die Luft. Zum ersten Mal, seit ich im Grunewald aufgewacht bin, habe ich das Gefühl, mich irgendwo wohlfühlen zu können. Mir kommen die Tränen, aber ich schlucke sie herunter.

Nicht schnell genug, wie es aussieht, denn das Lächeln meiner hoffentlich zukünftigen Mitbewohnerin verschwindet schlagartig und weicht einer besorgten Miene. »Alles okay?«

Ich beiße die Zähne zusammen und zwinge mich zu nicken. Mir gelingt es sogar, so etwas wie ein Lächeln zustande zu bringen. »Ja, ich hab nur … eine harte Woche hinter mir.« Eher zwei harte Jahrzehnte, bloß wer würde mir das schon glauben? »Mein Name ist übrigens Vivienne.« Ich strecke ihr die Hand entgegen und sie ergreift sie. »Elsa. Ich bin vor fünf Jahren aus Schweden hergekommen. Aber bitte erwarte nicht, dass ich ›Let it go‹ singe.«

Offensichtlich war das ein Witz, denn sie sieht mich erwartungsvoll an, doch ich verstehe nur Bahnhof. »Schweden also«, sage ich nach einer peinlichen Pause. »Riecht es hier deshalb so gut?«

»Ja. Kanelbullar«, sagt Elsa. Sie ist wohl auch froh, dass wir diesen Witz hinter uns lassen können, und bedeutet mir, mich zu setzen. Auf dem klobigen Holztisch steht eine bauchige dunkelblaue Kaffeekanne und zwei große, dazu passende Tassen. Komplettiert wird das Set durch ein winziges Milchkännchen, eine Miniaturausgabe der Kaffeekanne, und ein Schälchen mit Zucker. »Bedien dich«, sagt sie und bückt sich in der gleichen Bewegung zum Ofen, aus dem sie ein Backblech mit Zimtschnecken zieht. Ich fange fast an zu sabbern.

»Die müssen noch etwas abkühlen.« Elsa setzt sich zu mir, schenkt mir und dann sich Kaffee ein und schiebt mir Zuckerschälchen und Milch hin. Ich kippe mir etwas von beidem in den Kaffee und lege die Hände um die Tasse, die sich durch den heißen Kaffee schnell erwärmt. Die letzten Tage habe ich mit dem Erlös aus dem Verkauf des Schmuckes, den mir meine Oma vermacht hatte, überbrückt. Meine Mutter hatte mich immer gedrängt, den Schlüssel für das Schließfach bei mir zu tragen, »für Notfälle«. Ich bin mir ziemlich sicher, dass sie nie an so eine Art von Notfall gedacht hatte, und auch wenn ich mich immer mit ihr wegen dieser Marotte gestritten hatte, war ich nach meinem One-Night-Stand froh, dass ich auf sie gehört und den Schlüssel an diesem Tag dabeihatte.

Das Geld, das ich für den Schmuck im Pfandleihhaus bekommen habe (schräge bunte Scheine namens Euro, die aussehen wie Spielgeld), hat ausgereicht, damit ich ein Zimmer in einem heruntergekommenen, aber billigen Hostel mieten konnte. Dort zieht es ständig und entweder haben die Leute im Nebenzimmer einen Kojoten als Haustier, der es zur Entspannung jede Nacht mit einer sehr lauten Katze treibt, oder sie sollten dringend mal zum Arzt gehen und sich die Stimmbänder untersuchen lassen. So oder so, ich komme dort kaum zum Schlafen.

»Bist du gerade erst nach Berlin gezogen?«, fragt Elsa und nimmt einen Schluck aus ihrer Tasse.

»So in etwa, ja.« Ich puste in meinen Kaffee und betrachte die Ringe, die sich durch die Flüssigkeit ziehen.

»Studentin?«

»Nicht so richtig.«

»Du arbeitest schon?«

»Also … na ja …«

»Nicht sehr gesprächig, hm?«

Ich lasse meine Tasse sinken und spüre, wie sich Röte heiß auf meinem Gesicht ausbreitet. »Habe ich das mit der harten Woche schon erwähnt?«, versuche ich mich herauszureden.

Elsa scheint mir mein Verhalten aber nicht übel zu nehmen. Sie stellt ihre Tasse ab, verschränkt die Arme auf dem Tisch und beugt sich näher zu mir. »Die Stadt kann einen ziemlich fertigmachen, wenn man nicht weiß, was einen erwartet.« Sie steht auf und kommt mit einem Teller zurück, auf dem zwei Zimtschnecken liegen, stellt ihn vor mir ab und setzt sich neben mich.

Ich habe es wirklich versucht, aber mit dem warmen Gebäck vor mir und der wirklich netten Elsa neben mir kann ich die Tränen nicht mehr länger zurückhalten und ich heule mir gefühlt eine Stunde lang die Augen aus, während Elsa mich tröstet.

Irgendwo zwischen aufgeweichten Zimtschnecken und von Tränen verwässertem Kaffee wurden wir Freundinnen. Ich erzählte ihr, dass ich keinen Job hatte, aus meiner Wohnung geflogen war und einen Gedächtnisverlust hatte, was sie mir nie so wirklich abgenommen hat, aber sie hat mich nie gedrängt, die Wahrheit zu sagen. Selbst wenn, was hätte ich ihr sagen sollen? Anfangs dachte ich ja selbst noch, es wäre eine seltene Art von Amnesie, wobei ich mir nicht erklären konnte, wie ich zwanzig Jahre unentdeckt und ohne jede medizinische Betreuung im Grunewald hatte herumliegen können, ohne zu sterben. Außerdem war ich keinen Tag gealtert. Rein von meinem Geburtstag her wäre ich knapp vierzig, ich sah aber nicht älter aus als zwanzig.

Stattdessen half Elsa mir, wieder auf die Füße zu kommen und mich zurechtzufinden. Ich zog bei ihr ein und als ich ihr eines Tages doch von meinem Gedächtnisverlust erzählte, war sie diejenige, die vorschlug, auch andere, abwegigere Erklärungen in Betracht zu ziehen. Also begann ich, auch die unwahrscheinlichsten Möglichkeiten in Betracht zu ziehen. Ich stieß bald auf die Fae – die Wesen aus dem Reich des Zwielichts –, von denen einige Frauen und Männer verführen, um ihnen die Lebensjahre zu stehlen. Die, die sich Menschen als Liebhaber suchen und schön wie die Sünde sind, werden Sidhe genannt und keiner weiß, warum sie diesen Zauber veranstalten.

Mittlerweile hatte ich auch schon Fae kennengelernt, die keine Sidhe waren und sich tunlichst von uns Menschen fernhielten, was aber nicht bedeutete, dass sie uns nicht doch gern Schaden zufügten, wenn sie die Möglichkeit dazu bekamen.

Für mich war damals aber schon klar – ich musste den Fae oder Sidhe oder wie auch sonst sich der Knabe nennen mochte, der mir mein Leben gestohlen hatte, ausfindig machen und ihn dazu bringen, mir mein Leben zurückzugeben. Sidhe hielten sich für überlegen, es gab allerdings Methoden, wie man ihnen empfindlich schaden konnte.

Eisen verbrennt sie.

Feenringe aus Pilzen oder Bäumen bannen sie.

Ich war sogar so verrückt, Elsa von meinen Recherchen zu erzählen, und sie war so verrückt, mir zu glauben. Zumindest behauptete sie das. Auch wenn ich manchmal das Gefühl hatte, dass sie es eher als mein kleines verrücktes Esoterik Hobby ansah, aber zumindest gab sie mir das Gefühl, kein verrückter Freak zu sein.

Ich war durch meine Recherchen mittlerweile recht gut darin geworden, diesen spitzohrigen Mistkerlen Feuer unter dem Hintern zu machen, und wie es der Zufall so wollte, verdiente ich mir auch meinen Lebensunterhalt damit. Es gab mehr Sidhe-Opfer, als man glauben mag, und es hatte sich herumgesprochen, dass ich ihnen helfen konnte. Mir half es auch – zum einen durch ein paar Euro in der Geldbörse, zum anderen konnte ich so weiterhin den Sidhe suchen, der mich damals verführt und mir alles genommen hatte. Im Augenblick fühlte ich mich allerdings nicht wie die nach Rache kreischende Walküre aus einer Oper, sondern wie eine sehr erschöpfte Mitzwanzigerin, die eine Pause brauchte.

Ich wollte eigentlich nur noch ein Glas Wein, eine heiße Badewanne und dann vielleicht mit einem Buch ins Bett. Elsa war über Weihnachten für ein paar Tage zu ihren Eltern ins Ruhrgebiet gefahren, was bedeutete, ich hatte die Wohnung noch bis morgen für mich. Herrliche Ruhe.

Dachte ich zumindest.

Etwa fünf Minuten nachdem ich zu Hause angekommen war und mir gerade die Schuhe ausziehen wollte, kratzte es an meiner Wohnungstür. Verdattert sah ich durch den Türspion, aber der Flur war leer. Ich dachte schon, ich hätte mir das alles eingebildet und drehte mich wieder um, als das Kratzen abermals ertönte, lauter diesmal. Vorsichtig öffnete ich die Tür einen Spaltbreit. Davor saß ein Besucher, den ich ganz sicher nicht eingeladen hatte.

Er war klein, hatte vier kurze – wirklich sehr kurze – Beine und riesige, fledermausartige Ohren. Sein Fell war hellbraun mit einer weißen Zeichnung auf der Schnauze, die sich bis über seinen Bauch und die vier Pfoten erstreckte. So etwas hatte ich bisher nur im Fernsehen gesehen, wenn es eine Dokumentation über die englische Queen gab – die überraschenderweise auch schon auf dem Thron gewesen war, als ich noch nicht von einem Fae abgezockt worden war – und über ihre kleinen Hunde, die Welsh Corgis, berichtet wurde. Aber was machte so ein kleiner Vierbeiner ausgerechnet vor meiner Tür?

Ich näherte mich dem Hund mit ausgestreckter Hand. »Na, wer hat dich denn hier vergessen? Oder bist du ausgebüxt?«

Ich hielt ihm die Hand entgegen, damit er daran schnuppern und mich kennenlernen konnte. Der Corgi legte den Kopf ein wenig schief, sah zu mir auf und sagte: »Kann ich endlich reinkommen? Ich friere mir hier den Hintern ab.«

Ich tat das, was jeder intelligente Mensch getan hätte: Ich richtete mich auf und schlug dem Hirngespinst die Tür vor der Nase zu.

»Hey!«, bellte es von draußen.

Die Augen zusammengekniffen, lehnte ich rücklings an der Tür und zählte leise bis zehn. Eigentlich hatte ich bisher gedacht, dass es keine Langzeitschäden gäbe, wenn man so viel mit Fae zu tun hatte, aber wie es aussah, hatte ich mich geirrt.

»Hey! Aufmachen!« Wieder das Bellen des Hundes.

»Hau ab«, schrie ich. »Du bist nur in meinem Kopf.«

»Ich bin vor deiner Wohnungstür und mir ist kalt. Mach schon auf.«

Wieder atmete ich tief ein, zählte bis zehn und lauschte. Es war still vor der Tür, kein Bellen, kein Brüllen. Vorsichtig drehte ich mich um, stellte mich auf die Zehenspitzen und schielte mit schief gelegtem Kopf durch den Türspion. Der Corgi saß noch immer vor der Tür, und sah zu mir auf. »Mir ist kalt.«

Ich wich von der Tür zurück, schlug mir mit der flachen Hand ins Gesicht und sah dann wieder durch den Spion hinunter. »Mir ist immer noch kalt. Und ich weiß, dass du mich durch das Guckloch hindurch beobachtest.«

»Du kannst doch gar nicht wissen, wann ich durch den Spion sehe oder nicht!«, rief ich, halb triumphierend, halb aufgebracht. »Was beweist, du musst irgendein Hirngespinst sein!«

»Man sieht deinen Schatten durch den Spalt unter der Tür, wenn du dich bewegst«, erwiderte der kleine Hund trocken. »Und hinter dem Türspion ist es dunkel geworden.«

Mir lief ein kalter Schauer über den Rücken. Diese Halluzination glaubte auch noch cleverer zu sein als ich. Ziemlich frech. Aber leider auch ziemlich einleuchtend, denn wenn der Hund da draußen an Dinge dachte, die ich bisher nicht bemerkt hatte beziehungsweise gar nicht hatte bemerken können, musste das heißen, dass er echt war.

Ich atmete tief ein, öffnete die Tür und sah zu dem Tier hinunter. »Klugscheißer«, sagte ich.

»Sehr höflich.« Der kleine Corgi schnaubte hingebungsvoll. »Warum stellst du dich so an?«

»Weil ich bisher noch nie ein sprechendes Tier gesehen habe.«

»Du kennst doch Fae? Warum erschreckt dich dann ausgerechnet ein sprechender Hund?«

Mit einem müden Seufzen massierte ich mir den Nasenrücken. »Es gibt keine sprechenden Tiere bei den Fae. Und woher weißt du das alles über mich?«

Anstelle einer Antwort drehte der stummelbeinige Corgi sich um und bellte einmal. Es klang wesentlich tiefer, als ich es einem so kleinen Knirps von Hund zugetraut hätte, und dann drehte er sich wieder zu mir. Hinter ihm bewegte sich etwas und kurz darauf trat ein kleines Mädchen aus dem Schatten. Es war klein, sicherlich kaum älter als neun oder zehn Jahre alt. Ihre Haut sah weich und flaumig aus, wie bei den meisten Kindern in diesem Alter, aber sie war so weiß wie Porzellan. Ihr Gesicht war so ebenmäßig, dass ich sie fast für eine Fae gehalten hätte, nur der unsichere Ausdruck in den großen grünen Augen war menschlich. Sie strich sich eine Strähne ihres langen blonden Haares hinters Ohr und stellte sich neben den Corgi. Das ungleiche Paar sah mich an, als hätte ich gerade meinen Einsatz in einem Theaterstück verpasst. Nur leider hatte irgendjemand vergessen, mir einen Souffleur an die Seite zu stellen.

Der Corgi räusperte sich. Ich hatte nicht einmal gewusst, dass Hunde das können. »Auf die Gefahr hin, wie eine kaputte Schallplatte zu klingen …«

»Schon klar, dir ist kalt, und ich soll dich …«

»Uns.«

»Ah, natürlich, ich soll *euch* reinlassen«, beendete ich meinen Satz, nachdem der Hund mich unterbrochen hatte. Eigentlich wollte ich die beiden nicht in die Wohnung bitten. Nein, ich wollte diesen sprechenden Hund und seine stumme Begleiterin ziemlich sicher nicht in meine Wohnung lassen, aber dann hörte ich das Zuschlagen der Haustür und mir fiel wieder ein, dass ich eben mit einem sprechenden Hund und seiner stummen Begleiterin mitten im Flur eines Mehrfamilienhauses stand. Ich machte einen Schritt rückwärts und schob die Wohnungstür auf. »Aber nur bis hier«, stieß ich zwischen zusammengebissenen Zähnen hervor und schielte an den beiden vorbei, während sie rasch eintraten, um zu sehen, ob nicht irgendeiner meiner Nachbarn plötzlich im Flur auftauchte.

Die beiden uneingeladenen Besucher blieben tatsächlich brav im Wohnungsflur stehen, während ich die Tür zuschlug und eilig abschloss. »Okay, was soll die Scharade? Wer seid ihr? Und was wollt ihr von mir?«

Der Corgi und das Mädchen wechselten einen Blick miteinander, dann trat der kleine Hund vor und sah zu mir auf. »Wir brauchen deine Hilfe. Moran wird verfolgt.«

Jetzt hatte die weibliche Begleitung dieses unhöflichen Hundes also einen Namen. Eigentlich hätte ich mit etwas Gängigerem gerechnet, wie Nadine oder Karin, aber eigentlich hätte ich es besser wissen müssen – immerhin zog dieses kleine Mädchen mit den großen Augen mit einem sprechenden, sehr frechen Hund durch die Gegend. »Und wie soll ich dabei helfen?«

»Er sagte, es hätte etwas mit den Elfen zu tun.« Zum ersten Mal öffnete Moran den Mund. Ihre Stimme passte zu ihrem Aussehen – ein wenig dünn, aber sehr schön.

»Nenn sie lieber nicht Elfen, das haben sie nicht so gern«, erwiderte ich und sah zwischen ihr und dem Corgi hin und her. »Ein Fae ist hinter ihr her?«

»Wahrscheinlich sogar ein Sidhe. Sicher bin ich nicht. Und allein kann ich sie nicht beschützen. Du bist die Beste, wenn es um Fae geht. Darum brauchen wir deine Hilfe.«

Ich biss die Zähne zusammen. Das war eine plumpe Schmeichelei, aber es war dennoch schön zu hören, wenn die eigene Arbeit geschätzt wurde. Ich fuhr mir mit der Hand durch mein Haar und seufzte tief. »Wenn du weißt, dass ich die Beste bin, weißt du auch, dass das nicht in mein Gebiet fällt. Ich bedrohe Fae nicht, ich hole nur zurück, was sie sich unrechtmäßig genommen haben. Ich bin kein Bodyguard, nur Detektivin.«

»Wir können Sie bezahlen«, schaltete Moran sich ein.

»Darum geht es nicht«, erwiderte ich und schüttelte den Kopf. »Ich kann wirklich niemanden beschützen – wenn ich einen Fae für einen Klienten aufspüren soll, kann ich mich vorbereiten. Ich habe Hinweise, kann herausfinden, ob er ein Sidhe oder ein anderer Fae ist, und weiß, wie ich ihn unter Druck setzen kann. Aber das erfordert viele Informationen, die ich sammeln muss, und vor allem Zeit. In meinem Keller liegen nicht irgendwelche Anti-Fae-Waffen herum, die ich einem Sidhe vor die Nase halten und ihn damit bedrohen kann.«

Das war nicht gelogen. Ich war kein weiblicher Kevin Costner, der mit einer Glock bewaffnet an der Seite eines Klienten durch die Nacht schlich und alles niederschoss, was nicht menschlich aussah. Aber ich musste zugeben, dass mir die beiden leidtaten. Der Hund ließ sogar die Fledermausohren hängen und Moran blickte zu Boden.

»Vielleicht kann ich euch helfen, wenn ihr beide wisst, was genau sie bedroht. Lasst uns morgen früh darüber sprechen. Heute kann ich wirklich nichts für euch tun.«

Moran wirkte ein wenig getröstet, sie lächelte sogar scheu, aber der Corgi war alles andere als begeistert. Er musterte mich eine Zeit lang, als würde er glauben, dass ich ihnen nur etwas vormachte. Schließlich schnaubte er und ging stumm zur Wohnungstür. Wie auf ein geheimes Zeichen hin folgte Moran ihm. Sie winkte mir ein wenig schüchtern zum Abschied, öffnete dann die Tür und ohne ein weiteres Wort verschwanden die beiden hinaus in die Nacht.

Kapitel 3

Ich hatte meinen ursprünglichen Plan – Rotwein, Badewanne und vielleicht ein gutes Buch – noch nicht aufgegeben, aber eigentlich war mir die Lust vergangen. Nein, nicht vergangen, sie wurde nur von einem ziemlich schlechten Gewissen überlagert. Es war halb neun, aber trotz allem schon dunkel und es fühlte sich schlecht an, daran zu denken, dass ich die beiden wieder in die Nacht hinausgeschickt hatte. Die Erinnerung an den Blick des Corgis machte es nicht besser.

Ich saß in der Badewanne und machte mir Gedanken, weil mich ein sprechender Hund anklagend angesehen hatte. Jetzt stand ich wirklich kurz davor, den Verstand zu verlieren.

Dagegen hilft am besten mehr Wein, dachte ich, schenkte mir ein weiteres Glas ein und nahm das Buch vom Badewannenrand. Stephen Kings *Es*. Wenn mich das nicht auf andere Gedanken brachte, dann half wohl gar nichts mehr. Ich rutschte tiefer in das heiße, schaumige Wasser, trank einen Schluck und schlug das Buch auf. Langsam entfaltete das heiße Wasser seine Wirkung. Gut, der Alkohol war wahrscheinlich auch nicht ganz unschuldig daran, aber bald war ich gedanklich kaum noch bei dem traurigen Hund und seiner Freundin, sondern ganz in den Abwasserkanälen von Derry versunken. Ich war gerade an der Stelle, an der Beverly unheimliche Stimmen aus ihrem Abfluss hört, als es mir das erste Mal auffiel – ein Kratzen. Ich rieb mir über das Ohr, nahm noch einen Schluck Rotwein und las weiter, weil ich dachte, es kam aus dem Badezimmer der Nachbarn auf der anderen Seite der Wand. Während ich weiterlas, wiederholte sich das Geräusch.

Mit gerunzelter Stirn senkte ich das Buch und lauschte dieses Mal aufmerksamer. Ein Kratzen, eindeutig. Wahrscheinlich eine der beiden Katzen der Nachbarn. Manchmal kratzten sie an den Rohren – die Katzen, nicht die Nachbarn – oder jagten sich fauchend durchs Bad, was auf unserer Seite dann klang wie ein Boxkampf zwischen zwei Kettensägen. Aber dieses Mal stimmte irgendetwas mit dem Kratzen nicht. Ich konnte den Finger nicht darauf legen, was genau es war, aber es machte mich nervös. Vielleicht nicht der beste Zustand, um sich mit einem Horrorroman in einer rutschigen Badewanne zu betrinken.

Ich stieg rasch aus dem heißen Wasser, legte das Buch beiseite und drehte mich um, um das Wasser aus der Badewanne abzulassen. Dabei stellte ich mich aber alles andere als geschickt an und stieß die Weinflasche um, die mit lautem Klirren auf den weißen Fliesen im Bad zerbrach. Roter Wein sickerte heraus, tränkte den flauschigen Vorleger vor der Wanne und den vor der Toilette.

»Scheiße!«, entfuhr es mir. Ich warf mir meinen Bademantel über und ging schnell hinaus, um die Sauerei aufzuwischen, möglichst ohne mich dabei zu schneiden. Als ich zurückkehrte, begrüßte mich ein weiteres Kratzen. Jetzt wusste ich endlich, was genau mich an diesem Kratzen gestört hatte, was daran so anders war, worauf ich den Finger nicht hatte legen können – das Kratzen war aus der falschen Richtung gekommen. Die Katzen waren immer in der linken Ecke des Badezimmers zu hören. Dieses Kratzen kam von der Decke, genauer gesagt aus dem Abzugsloch, das nur mit einem Gitter abgedeckt war. Gänsehaut breitete sich auf einen Schlag auf meinem ganzen Körper aus und ich hätte schwören können, dass selbst die Haare auf meinem Kopf zu Berge standen.

»Nur eine Ratte, irgendwo in den Rohren«, sagte ich zu mir selbst. »Nur eine Ratte, nichts weiter.«

Ich schloss die Augen, atmete tief ein und öffnete sie dann wieder. Das Kratzen war verschwunden.

Dafür hatte das Flüstern begonnen.

Wo …

… kriegen dich.

Wo …

Lauf …

… kriegen dich.

Ich war wie erstarrt. Meine Gänsehaut gab mir das Gefühl, dass meine Haut sich gleich von meinem Körper lösen wollte, und ich hörte ein Klappern, das sich recht bald als meine Zähne entpuppte, die aufeinanderschlugen. Das waren doch nicht wirklich Stimmen, die aus meiner Lüftung kamen, oder?

Das Mädchen …

Wo …

Gib uns …

… Mädchen.

Endlich konnte ich meinen Kiefer wieder unter Kontrolle bringen, aber beim Rest meines Körpers wollte mir das nicht so recht gelingen. Er war vor Angst steif wie Eis, erstarrt und jenseits meines Zugriffs. Zumindest mein Gehirn funktionierte noch und es verstand endlich, was die Stimmen da wisperten. Mädchen. Wie das Mädchen, das mit dem kleinen Hund hier gewesen war.

»Sie … sie ist nicht hier«, brachte ich kaum hörbar heraus. Es folgte ein Moment der Stille. Ich starrte noch immer wie gebannt auf das Gitter des Abzugs.

Das wackelte.

Sich wölbte.

Bebte.

Aus dem sich die Schrauben lösten.

Und das schließlich herunterfiel.

Schattenartige Klauen drängten sich durch die enge Öffnung und krümmten sich. Das reichte, um mir die Kontrolle über meinen Körper zurückzugeben. Ich riss den Mund auf, schrie, wirbelte herum und rannte aus dem Bad.

Ich nahm mir kaum die Zeit, mir etwas Ordentliches überzuwerfen, schlüpfte hastig einfach in meine Unterwäsche und die Jeans, streifte mir noch auf dem Weg zur Tür hinaus meinen Hoodie, Jacke und Tasche über und versuchte, mit hopsenden Bewegungen in meine Schuhe zu kommen, ohne die Treppe hinunterzufallen, während ich gleichzeitig hektisch zu der zugefallenen Wohnungstür hinter mir sah, aus Angst, dass diese Schattenklaue mir folgte.

Eigentlich hatte ich gehofft, niemals auf das Notfallkit in meinem Lager angewiesen zu sein, aber wofür sonst hatte ich es zusammengestellt? Notfallkit war eigentlich auch nichts anderes als ein Angebername für meinen Rucksack, in dem ich eine Lage Kleidung zum Wechseln, ein paar Proteinriegel und Wasser verstaut hatte. Eigentlich hatte ich ihn nur auf Elsas Drängen hin zusammengestellt, weil sie sich ständig Sorgen machte, dass ich mich mal mit dem falschen Fae anlegte. Ich hatte das immer für übertriebene Vorsicht gehalten, aber wie sich herausstellte, hatte sie recht gehabt. Auch wenn ich mich ausnahmsweise mit niemandem angelegt hatte. Moran und der Hund waren zu mir gekommen, nicht umgekehrt. Ich hatte ihren Auftrag offiziell noch gar nicht angenommen, dennoch befand sich jetzt irgendein gruseliges Schattenwesen in meiner Wohnung und wartete auf meine Rückkehr, um …

Mir lief es eiskalt über den Rücken. Elsa! Ich hatte Elsa ganz vergessen! Sie würde morgen Nachmittag zurück nach Hause kommen, außer, sie hatte mal wieder Streit mit ihrem Freund und würde früher heimkommen und dann eine verdammt unangenehme Überraschung vorfinden. Das konnte ich nicht zulassen. Da die beiden aber gerade ihre Eltern im Ruhrgebiet besuchten, konnte es genauso gut sein, dass nur er bei einem Streit nach Hause fuhr und sie länger dortblieb. Mein Blick schweifte zu dem Rucksack zu meinen Füßen, der auf dem staubigen Betonboden stand. In der Seitentasche befand sich ein flaches Gerät, ein Handy, wie Elsa mir mehr als einmal erklärt hatte, und ich wusste, dass ich es theoretisch wie ein Telefon benutzen und Elsa damit warnen konnte. Theoretisch.

In den letzten zwanzig Jahren war der technische Fortschritt in einem Tempo vorangaloppiert, dass ich mich immer wieder fragte, wie die Menschen da mithalten konnten. Internet, Smartphones, YouTube – alles Dinge, an die ich mich nach meinem Aufwachen nur schwer gewöhnen konnte. Ohne Elsa hätte ich die Hälfte davon noch immer für eine Erfindung aus einem Science-Fiction-Film gehalten. So wirklich kannte ich mich damit noch immer nicht aus, aber ich gab nicht auf. Bis auf die Sache mit dem Handy. Das Ding war und blieb einfach ein Buch mit sieben Siegeln für mich. Keine Ahnung, warum ausgerechnet dieses Ding mir Schwierigkeiten bereitete, denn ich sah ständig Leute auf der Straße, die damit herumspielten, als wäre es ein angewachsener Teil ihres Körpers, aber ich kriegte es einfach nicht hin.

Mit spitzen Fingern zog ich das flache, silbrig glänzende ›Telefon‹ aus der Tasche und drückte die Taste an der Seite, bis ein Bild auf dem schwarzen Bildschirm aufflammte. Ich gab auf der eingeblendeten Tastatur den Code ein und atmete tief durch, als sich das Bild änderte. Gut, immerhin diese Hürde hatte ich schon einmal überwunden. Viele kleine viereckige Bildchen erschienen auf buntem Hintergrund und ich schielte darauf hinunter, in der Hoffnung, dass irgendeines davon mir Auskunft geben konnte, wo verdammt noch einmal die Telefonfunktion zu finden war.

Nach einigem Suchen fand ich endlich den weißen Telefonhörer auf grünem Grund und tippte darauf. Woraufhin eine lange Liste von Namen und Nummern auftauchte. Elsas Name war nicht zu sehen. Ich tippte versuchsweise einen der Namen an, der Bildschirm wurde schwarz, nur noch der Name leuchtete auf und dann blinkte ein weißes Feld. Ich versuchte, wieder daraufzudrücken, und eine Tastatur erschien auf dem Bildschirm.

Frustriert warf ich das Handy auf die Liege, die ich für späte Überstunden aufgestellt hatte, und verschränkte die Arme. Fürs nächste Mal musste ich mir einen Telefonanschluss ins Lager legen lassen. Falls das überhaupt möglich war. Lagerräume hießen seit Neuestem Storage und man konnte sie an jeder Ecke mieten. Mein Lager befand sich in einem dieser riesigen Klötze aus gestanztem Metall, nahe der Spree an der Grenze zum Wedding, und es hatte den großen Vorteil, dass ich Tag und Nacht hineinkonnte. Hier bewahrte ich neben meinem Notfallkit auch meine Zutaten, Kräuter und Bücher zur Fae-Abwehr auf. Eine Waffe gab es auch, die ich nur ungern benutzte und bisher erst bei einem Einsatz dabeihatte, um mich zu schützen, falls der Fae mein Angebot nicht annehmen wollte. Zum Glück hatte ich sie damals nicht benutzen müssen.

Aber in diesem Fall ging es um Elsas Sicherheit und, was man nicht unterschätzen durfte, mein Zuhause. Wenn ich Elsa nicht erreichen konnte, musste ich dieses Vieh aus meiner Wohnung vertreiben, ehe sie zurückkehrte. Dieses Mal konnte ich die Waffe gut gebrauchen und nahm sie aus dem Regal, in dem ich sie verstaut hatte. Ihr Griff lag gut in meiner Hand und sie fühlte sich schwer und gut ausbalanciert an.

Eigenschaften, die man bei einer eisernen Bratpfanne sonst nicht vermutet hätte, aber bei diesem Schätzchen hatte ich Glück gehabt. Eisen verbrannte alle Fae und wenn diese Schattenkreatur in meinem Badezimmer nicht genau das war, fraß ich einen Besen samt Stiel. Mit einer Bratpfanne konnte man sehr effektiv Schläge austeilen, selbst wenn man kein begnadeter Kämpfer war, und sie tat auch weh, wenn der Gegner kein Fae war.

Ich steckte sie in meinen Rucksack und nahm auch einige Pilzsporen und meine Glamoursalbe mit. Die Salbe half mir dabei, die Zauber der Fae zu durchschauen. Die Sporen konnten mir dabei helfen, sie einzusperren. Wenn ich denn die Gelegenheit dazu bekam. Aber half das alles gegen meinen dunklen Angreifer? Ich nagte an meiner Unterlippe. Von Schattenklauen, die durch die Abzugsrohre kamen, hatte ich noch nie etwas gelesen oder gehört, was nicht bedeuten musste, dass es sie nicht gab. Immerhin hatte ich sie noch vor zwei Stunden in meinem eigenen Badezimmer gesehen. Vielleicht hatte einfach keiner der Chronisten, die die Bücher, die in meinem Lager standen, verfasst hatten, jemals etwas von dieser Schattenklaue gehört, weil jeder, der sie erforschen wollte, dabei umgekommen war.

Kein besonders tröstlicher Gedanke.

Aber es gab jemanden, der etwas über sie wissen konnte. Ich blickte mich suchend um, nahm noch einen kleinen Beutel mit Pflanzendünger aus dem Regal und verließ dann das Lager.

Selbst Berlin, die Stadt, die von sich behauptet, niemals stillzustehen, wird um drei Uhr nachts ruhiger. Auf den Straßen fahren nur noch wenige Autos und noch weniger Nachtbusse und auch die Menschen ziehen sich zurück, zumindest, wenn es nicht mehr Sommer und unter der Woche ist.

Ich fuhr mit meinem kleinen Mini am Hauptbahnhof entlang und genoss den kaum existenten Verkehr. Das neue Gebäude des Hauptbahnhofs war hell erleuchtet, aber im Innern war kaum jemand zu sehen, nur einige Obdachlose hatten es sich unter dem überhängenden

Glasdach gemütlich gemacht. Ich bog auf die rote Brücke ein und fuhr an der Schweizerischen Botschaft vorbei, die ein wenig einsam auf dem offenen Feld stand. Früher hatte es hier noch mehr Botschaften gegeben, aber Elsa hatte mir erzählt, dass sie alle weggezogen waren. Nur die Schweizer hatten sich geweigert, ihre Botschaft zu verlegen, und standen nun allein auf weiter Flur da. Irgendwie charmant.

Ich fuhr durch das Regierungsviertel und stellte meinen Mini in einer Seitenstraße neben dem Reichstag ab. Die Kuppel war, wie auch der Bahnhof, illuminiert und sah aus wie eine seltsame Qualle oder ein gläserner Wackelpudding.

Ich schloss den Wagen ab, schlug den Kragen meiner Jacke hoch und wanderte die wenigen Meter von meinem Standort hinüber zum Brandenburger Tor. Der Anblick ließ mich ein wenig nostalgisch werden, aber eine kalte Böe erwischte mich und erinnerte mich wieder daran, warum ich hier war. Zeit für traurige Erinnerungen blieb später immer noch. Falls ich dieses Gespenst erledigen konnte. Falls nicht, war es ohnehin egal.

Eilig lief ich durch das menschenleere Tor zum Nebengebäude, in dem sich eine Bankfiliale befand. Vor der Botschaft der Vereinigten Staaten, die sich direkt daneben befand, stand ein Wachmann, der mich kurz musterte, den Blick aber wieder gelangweilt schweifen ließ, als er sah, wie ich im Inneren der Bank verschwand.

»Hey, Vivienne.«

Der alte Mann hinter der Glastür des Foyers sah aus, als hätte er schon den ganzen Abend dort gestanden und auf mich gewartet, aber ich wusste, er hatte mich auf der Sicherheitskamera gesehen und war mir entgegengekommen. Ich hob grüßend die Hand und wartete, bis er mich hereingelassen hatte. »Warst schon lange nich' mehr da, Mädchen«, sagte er mit einer für sein Aussehen erstaunlich jungen Stimme. »Hab mich schon gefragt, ob du überhaupt noch einmal wiederkommst.«

Ich drückte mich an ihm vorbei durch den schmalen Spalt der Sicherheitstür. »Dann würde ich doch die Chance verpassen, meinen liebsten Klienten zu sehen, Wilhelm. Geht's dir denn gut?«

Er zuckte mit den Schultern, als wäre die Antwort auf diese Frage ohnehin nicht mehr wichtig. »Muss ja, Mädchen, muss ja«, murmelte er und ich folgte ihm an seinen Schreibtisch, wo er sich auf den Stuhl sinken ließ.

Wilhelm mochte aussehen wie ein Rentner, aber ich wusste, dass er noch verdammt fit war. Bei einem Blitzstart war er immer schneller als ich und rannte mir regelmäßig davon. Vielleicht, weil er heimlich trainierte, oder vielleicht, weil sich in seinem siebzigjährigen Körper der Geist eines zwanzigjährigen Mannes befand. Das ist eines der Rätsel, die ich bis heute nicht lösen konnte – bei all meinen Klienten hatten sich die verlorenen Jahre in den Körper gegraben. Bei einigen, wie Milli, waren es nur eine oder zwei neue Falten um die Mundwinkel herum, bei anderen, wie Wilhelm, die mehr Jahre verloren hatten, war es deutlicher zu sehen. Der Geist blieb so jung wie zu dem Zeitpunkt, als er oder sie eingeschlafen waren, aber der Körper konnte die vergangene Zeit nicht verleugnen. Ich scheine die einzige Ausnahme zu dieser Regel zu sein. Nach meinem Zusammentreffen mit dem Sidhe bin ich nicht einen einzigen Tag gealtert, ich sehe noch immer aus wie zwanzig. Noch einer der Punkte auf der Liste der Dinge, die ich von diesem Sidhe erfahren will, wenn ich ihn jemals finden sollte. Neben den Antworten auf die Frage, warum ich, und den Klassiker, wie bekomme ich meine Lebensjahre zurück?

Wilhelm hatte ich keine Entschädigung für seine gestohlenen Lebensjahre holen können, trotz allem hatte er mir das nie übel genommen. Ihn wiederzusehen freute mich mehr, als ich zugeben mochte.

»Ich bringe dir das nächste Mal einen Kaffee mit, wenn ich komme. Habe ich heute leider vergessen«, sagte ich in einem Anfall von Gefühlsduselei. Dann deutete ich mit einem Nicken zu einer Tür weiter hinten im Gebäude. »Hat sie sich benommen?«

»Steht noch immer brav da, wo ich sie zuletzt gesehen habe«, erwiderte Wilhelm und sein wettergegerbtes Gesicht erhellte sich ein wenig, als er die Mundwinkel anhob. »Heute Mittag gab es den ersten Hagel im Jahr und wenn ich ganz viel Glück habe, bekommen wir am Wochenende noch ein Gewitter.«

Ich musste leise lachen. »Dann drücke ich dir mal die Daumen. Lässt du mich rauf? Ich muss etwas herausfinden.«

Anstelle einer Antwort stand Wilhelm von seinem Bürostuhl auf und zog einen riesigen Schlüsselbund aus der Hosentasche, der vielstimmig klirrte und klimperte. Ich hätte an diesem Schlüsselbund nicht einmal einen bestimmten Schlüssel gefunden, selbst wenn ich gewusst hätte, wie er aussieht, aber Wilhelm pickte zielsicher einen kleinen, silbrig glänzenden Schlüssel heraus und ging vor mir her zu der Tür auf der Rückseite der Bank. »Der Rundgänger ist in einer halben Stunde hier, um zu kontrollieren, ob ich meinen Job auch mache«, sagte er, während er aufschloss und die Stahltür dann aufschob. »Wäre besser, wenn er dich hier nicht sieht. In meinem Alter kann ich es mir nicht leisten, meinen Job zu verlieren.«

Das schadenfrohe Lächeln war aus seinem Gesicht verschwunden und er sah wieder aus wie ein siebzigjähriger Mann, der als Nachtwächter arbeiten musste, weil er nicht genug für die Rente beiseitegelegt hatte. Der keine Angehörigen, keine Familie mehr besaß und allein auf einen Tod warten musste, der ihn viel zu früh ereilen würde.

Es gab arme Schweine, denen es eindeutig noch schlechter ging als mir.

Ich biss mir auf die Unterlippe und legte Wilhelm meine Hand auf den Arm. »So lange werde ich nicht brauchen. Danke, Wilhelm.«

Er nickte und wandte sich ab, während ich durch die Tür ging und den Weg nach oben antrat.

Das Treppenhaus hinter der Bank glich jedem anderen Neubau, den man überall auf der Welt finden konnte – Betonstufen, Betonwände und Stahlgeländer. Weder besonders lang noch besonders kurz, die Stufen nicht zu steil und auch nicht zu flach. Ein normales Treppenhaus wie jedes andere. Dennoch wurde es kaum genutzt, und wüssten die Reinigungs- und Wartungskräfte, die hier einmal im Monat hinauf- und hinabstapften, was diese Tür in Wirklichkeit verbarg, würden sie wahrscheinlich nie wieder einen Fuß hineinsetzen.

Dieses Etwas gehörte für mich aber leider zum Alltag und ich beeilte mich, die Stufen so schnell es ging hinter mich zu bringen, denn wenn es eines gab, was ich hasste – abgesehen von Fae, die mir die Lebensjahre rauben, und Schattenklauen, die mich beim Baden erschrecken –, dann waren es Treppen. Ein wenig außer Atem und mit dem Schwur auf den Lippen, endlich wieder mehr joggen zu gehen, erreichte ich den obersten Treppenabsatz und kletterte die kurze Leiter hinüber zum Torbogen. Kalter Wind wehte mir entgegen. Ich kniff die Augen zusammen und stemmte mich dagegen. Was sich unter dem Brandenburger Tor als kleine Böen präsentiert hatte, war hier oben ein ausgewachsener Sturm. Er blies mir das Haar zu kleinen Knoten, die beim Ausbürsten verdammt ziepen würden, und fuhr mit seinen kalten Fingern unter meine Kleider. Ich drückte mich an der Tür vorbei, die sofort ins Schloss fiel, kaum dass ich sie losgelassen hatte, wickelte meine bisher offene Lederjacke so gut es ging um mich und balancierte, die Arme vor meinem Torso verschränkt, auf das Brandenburger Tor.

Aus der Ferne glaubte ich Schlachtenlärm und Pferdewiehern zu hören, aber das konnten auch einfach nur der Wind und meine Sinne sein, die mir einen Streich spielten. Ich ging weiter und versuchte, mich von den Böen nicht vom Tor pusten zu lassen.

Die Quadriga schimmerte im Licht der Gaslaternen auf dem Pariser Platz. Auch wenn sich eine leichte Patina abgesetzt hatte, war der Stein dank der Reinigungskräfte immer noch sauber genug, um nicht grün vor Patina zu schimmern. Die Siegesgöttin im Streitwagen hielt den Blick starr in Richtung des Alexanderplatzes gerichtet. In ihrem Rücken befand sich die Siegessäule mit der goldenen Siegesgöttin auf der Spitze. Was es mit der sogenannten Goldelse auf sich hatte, habe ich nie herausfinden können; es war mir einfach nicht geheuer, auf das hohe Ding zu steigen. Im Gegensatz zum Brandenburger Tor, wo ich bequem die Treppe hinaufgehen konnte, um an meine Informationen zu kommen. Ich hielt mich am Rand des Streitwagens fest und zog das Säckchen mit dem Dünger aus der Tasche. Den Inhalt verstreute ich im Inneren des Wagens und trat dann einige Schritte zurück.

Ein kleiner Ruck ging durch mich hindurch, als würde sich tief unter der Erdkruste etwas regen, wie ein Behemoth, der schlief und sich im Schlaf gedreht hatte. Kaum merklich, kaum spürbar, aber ich war nah genug an der Ursache dieser Regung gewesen, um es fühlen zu können. Ich steckte die Hände in die Hosentasche und sah zur Statue hinauf. Sie war noch immer um ein Vielfaches größer als ich, auch wenn sie aussah wie ein normal großer Mensch, wenn man unter dem Brandenburger Tor stand. Sie bewegte sich nicht, aber ich konnte das Kratzen von Holz hören, als sie versuchte, ihre Augen zu mir zu wenden.

»Du schon wieder? Du warst doch gerade erst hier.« Es waren keine Worte im üblichen Sinn, mehr das Knarren von Zweigen im Wind, das Flüstern von Blättern, wenn sie im Herbst zu Boden fielen. Ich schüttelte mich ein wenig, um meine Gänsehaut loszuwerden.

»Das letzte Mal war ich vor ein paar Monaten hier.«

»Nicht mehr als ein Wimpernschlag, wenn man es von hier oben aus betrachtet.«

Ich war mir nicht sicher, aber die Stimme der Statue klang fast so, als wäre sie amüsiert. Etwas, was ich noch nie zuvor gehört hatte.

»Hast du etwa gute Laune?«

Schweigen.

»Du kannst dir sicher denken, warum ich hier bin, oder?«, fuhr ich fort.

»Um mir Dünger zu bringen.«

Gute Laune UND dumme Witze? So langsam begann ich mir ernsthaft Sorgen zu machen. Normalerweise war die Siegesgöttin schlecht gelaunt. Ich konnte es ihr nicht einmal verübeln, denn wenn mich ein paar Menschen in Stein gegossen und dann für lange Jahrzehnte auf diesem Tor festgesetzt hätten, wäre ich auch nicht besonders gut drauf. Allerdings war die heutige Siegesgöttin früher mal eine Dryade gewesen – ein Fae-Wesen, das seine Kraft aus einem bestimmten Baum zieht –, die immer mehr Macht bekommen und sich in den Kopf gesetzt hatte, die Menschen auszumerzen und dafür ganze Städte in Schutt und Asche gelegt hatte. Bis ihr ein Alchimist das Handwerk gelegt, sie in Stein eingegossen und damit dem ganzen Spuk ein Ende gesetzt hatte. Wirklich unschuldig war also keiner von beiden.

»Ich hätte gern etwas für meinen Dünger. Du siehst von hier oben aus alles und hörst, was die Nebelkrähen und der Wind dir erzählen. Sag mir, ob es in letzter Zeit Veränderungen oder irgendetwas Auffälliges im Reich der Fae gab.«

Für einen Moment schien die Siegesgöttin zu überlegen, was oder ob sie mir *überhaupt* etwas sagen sollte, aber dann konnte ich wieder ihre knorrige Stimme spüren.

»Die Fae sind unruhig. Selbst die Sidhe machen sich Sorgen und werden nachlässig.«

Dachte ich es mir doch. »Weswegen?«

Sie schien zu lächeln, aber ich konnte das unmöglich mit Bestimmtheit sagen. »Das weiß ich selbst nicht. Etwas verändert sich, etwas erwacht ... etwas, was die Fae seit Jahrtausenden nicht mehr zu Gesicht bekommen haben. Etwas Altes, getrieben von einer neuen Gier.«

Ich rieb mir über die Stirn und blickte in Richtung Alexanderplatz. Der Fernsehturm leuchtete vor dem schwarzen Nachthimmel wie eine besonders ausgefallene Discokugel oder ein bizarr großer Mond, und die Gaslaternen auf dem Pariser Platz, direkt unter mir, bildeten die passenden Sterne dazu.

Der Rucksack auf meinem Rücken begann schwer zu werden, und ich verlagerte das Gewicht unruhig von einem Bein auf das andere, um es etwas zu verteilen. »Was meinst du mit etwas Altes? Hat es zufällig eine Schattenklaue und treibt sich in Abwasserrohren herum?«

»Du hast es bereits gesehen?«

Eigentlich hätte ich damit rechnen müssen, dennoch war es ein Schock. Gleichzeitig aber auch eine Erleichterung. Ich hatte mir das unheimliche Ding in meinem Badezimmer und die Stimmen nicht eingebildet. »Es hat versucht, mich anzugreifen. Ich glaube, es hatte auch noch ein paar Freunde dabei.«

Die Siegesgöttin schwieg lange Zeit, um genauer zu sein sogar so lange, dass ich schon befürchtete, sie hätte sich zurückgezogen und ich würde gar nichts mehr zu hören bekommen. Zum Glück lag ich falsch. Oder auch nicht zum Glück, denn ihre nächsten Worte waren alles andere als beruhigend. »Du musst gehen, Vivienne. Verschwinde sofort von hier. Ich will nicht, dass sie mich finden, ich will nicht, dass sie von meiner Existenz wissen.«

»Was soll das heißen? Ich ...«

»Kein Wort mehr. Es ist eine Sache, zu sehen, dass sie wieder unter uns weilen, aber du hast sie gesehen. Du lebst noch. Das war ein Fehler, den sie nicht akzeptieren werden. Sie werden dich suchen, dich hetzen, und dann werden sie ihren Fehler korrigieren. Und wenn das geschieht, will ich so weit weg von dir sein wie möglich. Also verschwinde endlich!«

Die letzten beiden Worte explodierten in meinem Kopf und ich taumelte vor Schreck zurück. Meine Füße streiften dabei gefährlich nah an der Kante der Plattform entlang und es hätte nur eine weitere Windböe gebraucht, um mich zu einem hübschen roten Matschfleck auf dem Asphalt werden zu lassen. Schon zum zweiten Mal an diesem Abend, auch wenn das erste Mal nicht real gewesen war. So langsam reichte es.

Ich drehte mich so schnell ich konnte um und floh von dieser versteinerten Göttin.

Kapitel 4

Meine Begegnung mit der Siegesgöttin war nicht besonders fruchtbar gewesen, im Gegenteil, ich hatte absolut keine Antworten bekommen, dafür aber eine gehörige Portion Paranoia und das Problem, dass ich ständig über die Schulter blickte, weil ich fürchtete, Schattenklaue oder einem seiner treuen Freunde zu begegnen.

Ich ließ mich hinter das Steuer meines Minis sinken, startete den Motor jedoch nicht gleich, sondern starrte gedankenverloren in die Dunkelheit zwischen den Bäumen des Tierparks. Was wusste ich bisher? Schattenklaue war etwas, wovon ich bisher noch nie gelesen oder gehört hatte. Die Siegesgöttin schien etwas zu wissen, aber es war zu vage und zu ungenau, als dass sie mir gegenüber hätte zugeben können, dass sie es nicht genau wusste. Stattdessen hatte sie viel Rauch und Hokuspokus gemacht und so getan, als wäre der Teufel persönlich aus der Hölle aufgestiegen und würde direkt hinter mir nur darauf lauern, sie in Stücke zu reißen. Was völliger Unsinn war.

Ein kurzer, besorgter Blick über meine Schulter bestätigte das. Kein Teufel zu sehen.

Ich musste wieder von vorne anfangen, das hieß, ich musste zurück zum Lager fahren, ein paar Bücher wälzen und zusehen, dass ich die Wohnung wieder von Schattenwesen und anderem Fae-Ungeziefer befreite, ehe Elsa nach Hause kam. Vielleicht konnte ich mir sogar eine oder zwei Stunden auf der Liege im Lager abknapsen und die Augen zumachen. So langsam spürte ich den Tag in den Knochen und das Adrenalin, das mir die Begegnung mit dem Ding oder den Dingern im Badezimmer beschert hatte, war längst verflogen. Zurückgeblieben war nur Müdigkeit, Hunger und die Sehnsucht nach meinem Bett.

Der Parkplatz vor dem Lagerhaus war hell erleuchtet, aber alles um das riesige Gebäude herum lag in völliger Dunkelheit. Der Anblick der Schwärze ließ mich frösteln und die kalte Dezembernacht – eine der Raunächte zwischen Weihnachten und Silvester – schien mir regelrecht jedes Grad über null aus dem Körper zu saugen. Der Rucksack mit meinem Gepäck wog schwer, was vor allem an der Bratpfanne lag, deren Griff oben aus der Öffnung lugte.

Kriegen dich …

Lauf …

Die Stimmen waren nicht echt, sie waren nur in meinem Kopf, eine Erinnerung an das Erlebnis einige Stunden zuvor in dieser Nacht, aber es reichte, um mich in höchste Alarmbereitschaft zu versetzen. Ich starrte in das Dunkel neben dem Gebäude und konnte förmlich spüren, wie sich jedes einzelne Haar auf meinen Armen und dem Kopf aufrichtete.

Jeder kennt dieses Gefühl, wenn man mitten in der Nacht aufwacht, nicht einmal genau weiß warum, aber man spürt, etwas steht am Fußende des Bettes und starrt einen an. Man selbst kann nicht hinsehen, denn dann wird dieses Ding bemerken, dass man wach ist. Es darf niemals bemerken, dass man wach ist.

Am nächsten Tag sind solche Gedanken natürlich völliger Humbug und man muss über die eigene Angst lachen, aber spät in der Nacht weiß man, ganz tief in seinem Inneren, dass es stimmt.

Das ist die Angst, die die Fae den Menschen zum Anbeginn der Menschheit eingepflanzt haben, eine Angst, die wir nie verloren haben und die mich fast vollständig im Griff hatte, als ich in das Dunkel starrte. Ich zog die Pfanne aus dem Rucksack und machte einen Schritt nach vorn.

Etwas bellte.

Ich schrie schrill und kreischend auf, schwang wild die Pfanne, wurde von meiner eigenen Bewegung umgerissen und landete höchst unzeremoniell auf meinen vier Buchstaben, was mir einen weiteren Schrei entlockte, dieses Mal allerdings vor Schmerzen.

»Verzeihung!« Wieder das Bellen, und etwas im Schatten bewegte sich. Kurz darauf trippelte der Corgi auf seinen kurzen Beinen ins Licht, dicht gefolgt von Moran, die sich die Arme um den Leib geschlungen hatte und sich die Oberarme rieb.

»Der Corgi!«, stieß ich dämlicherweise aus.

»Verzeihung«, wiederholte er und senkte schuldbewusst den Kopf. »Ich wurde nervös und habe deshalb gebellt. Ich wollte dich nicht erschrecken.«

»Wer hat sich denn erschreckt?«, murmelte ich, nahm den Rucksack ab, steckte die Pfanne wieder hinein und stand dann auf.

»Du«, warf Moran ein, aber sie wirkte dabei so ernst, dass es schon wieder komisch wirkte.

Ich schnaubte leise und klopfte mir den Hintern ab. »Was habt ihr überhaupt hier zu suchen?«

Corgi und Moran sahen sich erst gegenseitig und dann mich an. Die Kommunikation zwischen den beiden schien in den meisten Fällen nonverbal vonstattenzugehen.

»Wir sind dir gefolgt«, sagte das Mädchen und knetete ihre Hände. »Wir wussten nicht, wo wir hinsollen, und haben vor deinem Haus gewartet, aber dann bist du hierhergegangen und wir sind dir gefolgt …«

»Und als du mit dem Auto weggefahren bist, dachten wir, wir versuchen hier irgendwie ins Gebäude zu kommen, damit wir einen Platz zum Schlafen finden.«

Der Stich in meiner Brust war entweder mein schlechtes Gewissen oder das frittierte Hühnchen vom Mittag. So gern ich es auch auf das Hühnchen schieben wollte, war ich mir doch sicher, dass es an meinem Gewissen lag.

»Habt ihr denn kein Zuhause?«, wagte ich einen letzten Versuch, um die Verantwortung abzuschieben.

»Keines, in dem sie sicher wäre«, erwiderte der Corgi.

Ich seufzte und deutete mit einem Nicken zum Lagerhaus. »Aber Abendessen gibt's nicht.«

Mit zwei Personen und einem Hund – selbst wenn es so ein kleiner Hund wie dieses Fellbündel war – war das Lager recht eng. Ich schob mich vorsichtig an einem Regal mit Folianten vorbei, um meine Jacke auf der Liege auszubreiten, damit Moran und ich darauf Platz nehmen konnten. Der Corgi hatte sich auf dem Boden ausgebreitet und die Vorderbeine ausgestreckt, sodass er gewisse Ähnlichkeiten mit einem frisch gebackenen Weißbrot hatte. Er schleckte eine Raviolidose aus, deren Inhalt Moran und ich uns geteilt hatten. Sie kaute immer noch an dem Rest, während ich bereits spürte, wie die kalten Nudeln mir Magendrücken verursachten.

Als wir beide auf der Liege saßen, sah der Corgi auf und schleckte sich die helle Schnauze sauber. »Danke«, sagte er und zum ersten Mal kam mir die ganze Situation völlig absurd vor, weil da ein kleiner Hund vor mir saß, der artig »Danke« sagte.

Ich nickte nur. »Gut, sagen wir, ich übernehme euren Fall«, murmelte ich und sah zu den Folianten hinter dem Corgi, »dann brauche ich mehr Informationen. Vor wem oder was soll ich Moran beschützen?« Ich drehte den Kopf zur Seite und sah das Mädchen an, das aus irgendeinem Grund mein Handy in der Hand hatte. »Wo hast du das her?«

»Es lag auf der Liege«, sagte sie und ich bemerkte jetzt erst, dass sie es angeschaltet hatte und sich einige Bilder darauf betrachtete. Schnappschüsse meistens, von Elsa und mir. Natürlich von ihr geschossen, nicht von mir. »Woher kanntest du das Passwort?«

Moran sah gar nicht erst auf, sondern zuckte nur mit den Achseln und wischte von einem Foto zum nächsten.

Die Kleine wirkte nicht so, als würde sie einfach nur planlos auf dem Bildschirm herumdrücken, wie es mir meist erging, sondern sie klickte gezielt Dinge an, öffnete Fenster (Apps, wie mir Elsa immer wieder versuchte beizubringen), schloss sie wieder und kicherte, als ein Video startete, das eine Katze zeigte, die irgendetwas mit einem Cheeseburger anstellte.

»Du kennst dich aber ziemlich gut damit aus«, sagte ich beeindruckt, während ich ihr über die Schulter spähte.

»Ist kinderleicht. Wenn man hier drückt und dann hier, kommt man in die Apps und dann ins Internet.«

Ich starrte Moran an, als hätte sie gerade Chinesisch mit mir gesprochen, und zu meiner Überraschung tat der Corgi es mir gleich.

»Ich dachte, du warst Sklavin bei einem Sidhe?«, fragte er und bellte ein wenig irritiert.

Ich runzelte die Stirn und nahm Moran das erste Mal etwas genauer in Augenschein. Ihr Haar war lang, und auch wenn viele Mädchen es heutzutage lang und offen trugen (meistens sogar ohne jedes Volumen und nicht mit dem kleinsten bisschen Haarspray, was ich immer noch nicht begreifen konnte), sah Moran nicht so aus, als wäre es eine modische Marotte, sondern als hätte sie wirklich ihr ganzes kurzes Leben lang noch keinen Friseur, geschweige denn dessen Schere zu Gesicht bekommen. Die Kleidung wirkte ein wenig altmodisch, ein Kleid, das ich eher auf einem Mittelaltermarkt vermutet hätte als bei einem Mädchen ihres Alters. Jetzt, wo ich sie wirklich ansah, wirkte das Handy fremd in ihren Händen, auch wenn sie damit umging, als wäre sie damit geboren worden.

»Du warst eine Fae-Sklavin?«, fragte ich düster, als mir aufging, was der Corgi da gerade gesagt hatte.

»Mhm-hm, schon mein ganzes Leben lang«, erwiderte Moran nur und spielte weiter mit dem Gerät, aber ich wurde das Gefühl nicht los, dass sie es nicht mehr nur aus Spaß tat, sondern dass sie damit unseren Fragen entgehen wollte.

Der Corgi stand auf, öffnete die kleine Schnauze und wollte etwas sagen. Ich drückte sie ihm mit zwei Fingern wieder zu und sah ihn an. »Komm, unterhalten wir uns«, sagte ich leise. Wenn Moran etwas dagegen hatte, hätte sie jetzt protestieren können, aber sie starrte konzentriert auf das Handy, auf dem kleine bunte Bonbons zerplatzten, nachdem sie sie mit dem Finger auf dem Bildschirm verschoben hatte.

Ich stand auf und der Corgi folgte mir stumm hinter das Regal mit Folianten, wo sich eine kleine Nische zwischen Wand und Regal verbarg, in der ich Konserven und andere Vorräte aufbewahrte. Langsam setzte ich mich auf den Boden, die Beine zum Schneidersitz überkreuz geschlagen, und sah den Hund an, der sich selbst im Sitzen nicht auf einer Augenhöhe mit mir befand. Er ließ seinen kleinen buschigen Hintern ebenfalls auf den Boden sinken und ich beneidete ihn ein wenig. Sein pelziger Po war sicherlich gut gegen den kalten Beton geschützt, mein Hintern in der Jeanshose nicht. Darum kam ich gleich zur Sache: »Wer ist sie? Und wie wurde sie Sklavin eines Sidhe? Ich dachte, die Sidhe dürfen keine Menschen mehr als Sklaven fangen?«

Der Corgi schleckte sich hastig über die Nase, was wahrscheinlich das Hunde-Equivalent zu einem Schulterzucken sein sollte. »Viel hat sie mir auch nicht erzählt. Ich habe Moran am Hof dieses Sidhe entdeckt und war verwundert, weil ich dort noch nie einen Menschen gesehen hatte. Sie erzählte mir, dass sie seit ihrer Geburt am Hof ist. Und aus heiterem Himmel hat sie mich gebeten, ihr zu helfen, zu fliehen.«

Ich hob die Braue. »Damit wäre zumindest geklärt, wer sie verfolgt, und warum. Aber so ganz ehrlich warst du nicht zu mir, oder?«

Der Corgi legte den Kopf schief und sah mich fragend an.

»Du bist ein Fae.«

Er plusterte die Wangen auf und bellte kurz und heftig. »Das ist eine Beleidigung.«

»Was hast du dann an einem Sidhe-Hof zu suchen?«

Der kleine Hund kratzte sich mit der Hinterpfote am Ohr und wich meinem Blick aus. »Ist das denn wichtig?«

»Für mich schon. Wenn ich euch helfen soll, vor diesem Sidhe fliehen zu können, müsst ihr beide ehrlich zu mir sein.«

»Ich bin ehrlich.«

»Sachen zu verschweigen würde ich nicht als ehrlich bezeichnen. Eher als hinterhältig.«

Wieder das Kratzen mit der Hinterpfote, dann das Schlecken über die Nase. »Ich gehöre zum Hof.«

Ich musste breit grinsen. »Also, als Hofhund?«

Anstatt zu lachen, gab der Corgi ein leises Knurren von sich und ließ den Kopf hängen. Seltsam, ich fand den Witz großartig. Hunde hatten einfach keinen Humor.

»Willst du weiter kalauern, oder kann ich weiter erzählen?«

Ich bedeutete ihm nur mit der Hand, dass er fortfahren konnte.

»Sidhe nehmen keine Sklaven oder Gefährten mehr in ihren Höfen auf, die nicht aus der Welt des Zwielichts stammen, das weiß ich, aber vor vielen Jahren haben sie das getan. Ich habe damals einen Fehler gemacht und bin in Gefangenschaft geraten. Für diesen Fehler büße ich heute noch. Ich wollte nicht, dass es der kleinen Moran genauso ergeht wie mir, also habe ich eingewilligt, ihr bei der Flucht zu helfen und jemanden zu finden, der sie endgültig in Sicherheit bringen kann.«

Einen Fehler – diese Worte ließen etwas in mir aufhorchen. Ich wusste aus eigener Erfahrung, wie hart und gnadenlos Fae und vor allem Sidhe Fehler bestraften. Man büßte sein ganzes Leben lang dafür, oder zumindest solange das, was sie einem davon übrig gelassen hatten, noch andauerte.

»Was wirst du machen, wenn sie in Sicherheit ist?«, fragte ich ihn, um ein wenig abzulenken und mich zu sammeln.

Wieder das Naseschlecken. »Ich werde zurückkehren. Dort ist mein Platz. In diese Welt gehöre ich nicht mehr.«

Man merkte, dass dieser Hund wirklich schon viel Zeit in der Gesellschaft von Sidhe verbracht hatte. Selbst während er mir die Informationen gab, die ich benötigte, sagte er nicht mehr als nötig. Warum er sprechen konnte und wieso er wirklich an den Hof zurückkehren wollte, verriet er mir nicht. Wenn ich Pech hatte, würde mir das irgendwann zum Verhängnis werden, aber im Augenblick konnte ich nicht mehr aus ihm herausbekommen. »Hast du eigentlich einen Namen?«, fragte ich ihn.

Er nickte und sagte etwas, was sich nach einer schweren Halsentzündung anhörte, die eine Weile in Whisky und Zigarrenrauch mariniert hatte.

Ich schüttelte den Kopf. »Oh nein, das kann ich unmöglich aussprechen. Das müssen wir vereinfachen. Wie wäre es mit Chu?«

»Wie bitte?! Chu?«

»Ja, das kann ich gut aussprechen.« Ich grinste breit und musste den Impuls unterdrücken, dem kleinen Hund die Öhrchen zu kraulen. Etwas sagte mir, dass ich mit Sicherheit meine Hand mit ein paar Fingern weniger zurückbekommen würde.

»Gefällt mir überhaupt nicht«, knurrte der Hund, aber ich zuckte mit den Schultern. »Sieh es einfach als Teil meiner Bezahlung an. Und jetzt sollten wir gehen. Die Sonne geht bald auf.«

Der Grund für meine Eile war ganz einfach – Fae waren Wesen aus dem Reich des Zwielichts, einer Welt, die sich dicht an der unseren befindet, aber durch einen Schleier von ihr getrennt ist. Es gibt Portale, feste Wege zwischen den Welten, durch die früher Fae in unsere Welt kommen konnten und auch die Menschen gingen früher, vor langer langer Zeit, auf diese Weise hinüber. Vor den Portalen und dem brüchigen Frieden gab es Fae, die um einiges brutaler waren, sich förmlich ein Loch in diesen Schleier rissen. Dabei hinterließen sie Wunden zwischen den Welten, die zu echten Brandherden werden konnten.

Das Bermudadreieck ist dafür ein schönes Beispiel, aber die meisten dieser Löcher sind sehr viel kleiner und werden auch heute nur noch selten entdeckt. Viele von ihnen sind als Spukhäuser verschrien, wie ehemalige Krankenhäuser, Psychiatrien oder Gebäude, in denen jemand ermordet wurde. Das liegt daran, dass überall, wo die Menschen den Träumen oder dem Wahnsinn verfallen, der Schleier besonders dünn ist, und ein Fae, der sonst vielleicht nicht hätte herüberwandern können, mit einer großen Kraftanstrengung doch ein Loch in diese Grenze reißen kann. Guntram Berckenbeck, ein Wildforscher, hatte 1789 in seinem Buch ›*Des Flur und Waldes Leben – eine Enzyklopädie des Mystischen*‹ so einiges an Wissen über die Fae zusammengetragen, unter anderem hatte er auch über den Schleier und seine Beschaffenheit geschrieben, wobei er zu dem Ergebnis gekommen war, dass die Beschaffenheit, Herkunft und die Fähigkeiten des Schleiers nie ganz geklärt werden können.

Ich hatte vieles aus ›*Des Flur und Waldes Leben*‹ gelernt, unter anderem, dass die Bezeichnung ›Land des Zwielichts‹ nicht einfach nur eine Floskel war. Das Reich der Fae befand sich tatsächlich irgendwo im Sonnenauf- beziehungsweise -untergang und aus genau dem Grund waren sie in den Dämmerungszeiten am stärksten und dementsprechend auch am mutigsten. Da draußen lauerten womöglich noch immer Freund Schattenklaue und seine Kumpels in der Dunkelheit, aber das Risiko musste ich eingehen, denn wenn wirklich ein Sidhe hinter Moran und Chu her war, würde er nichts unversucht lassen, um sein Eigentum zurückzubekommen; und wenn er herausgefunden hatte, wo sie sich aufhielten, würde er mit Sicherheit im Morgengrauen angreifen.

Abgesehen von meiner treuen Bratpfanne hatte ich nur eine feine Eisenkette dabei, die man als Waffe verwenden konnte. Ansonsten waren wir schutzlos. Ich musste die beiden also unbedingt irgendwo hinbringen, wo sie sicher waren und wo ich im Idealfall vielleicht mehr aus ihnen herausbekommen könnte.

»Hier, nimm die«, sagte ich zu Moran, während wir das Lager verließen. Durch die Fenster am Ende des Ganges konnte ich bereits einen zarten roten Schimmer erkennen. Morgendämmerung. Verdammt.

»Was soll ich damit?«, fragte mich das Mädchen überrascht. In der linken Hand hielt es noch immer mein Handy, in der rechten die Kette, die ich ihr gegeben hatte.

»Zur Verteidigung. Falls dich jemand angreift, schleudere sie einfach herum wie eine Peitsche.« Es war nicht ideal, aber es war zumindest eine kleine Hilfe. Moran bedankte sich artig bei mir und schlang sich die Kette dann wie einen Schal zweimal um den Hals. Die Enden baumelten bis auf ihren Bauch hinab.

Ich hatte die Bratpfanne aus meinem Rucksack gezogen, den wieder geschultert und schloss die Tür des Lagers hinter mir ab, während der Corgi vorauswatschelte und Moran ihm folgte. Während des Weges bis zu meinem Mini schwiegen wir. Ich wusste nicht, ob die Stimmung wirklich so bedrückt war oder ob meine Sorge sich einfach auf die anderen übertrug oder mir mein Kopf einen Streich spielte. Aber wann immer ich zur Morgen- oder Abenddämmerung nicht in meiner sicheren Wohnung war, wurde ich automatisch nervös.

Allerdings ist meine Wohnung im Augenblick wohl auch alles andere als sicher, fiel mir ein und ich musste unwillkürlich schaudern, als ich an die Stimmen und die seltsam langen tintenschwarzen Finger dachte, die sich in mein Badezimmer geschoben hatten.

Als wir das riesige Gebäude verließen, fiel die Tür hinter uns in Schloss und der Knall klang endgültig. Als wären wir damit abgeschnitten von jeder Hilfe und Sicherheit und von nun an auf uns allein gestellt.

Ich scheuchte Hund und Mädchen weiter in Richtung Mini und starrte die Schatten an, als würden sie jeden Augenblick lebendig werden und uns mit langen Zähnen zerfetzen. Aber zu meiner Überraschung geschah – nichts.

Wir überquerten unbeschadet den Parkplatz und auch wenn meine Hände zitterten, als ich die Tür des Minis aufschloss, konnten sowohl Moran als auch der Corgi ohne weitere Probleme einsteigen. Ich ließ meinen Blick noch einmal über den Parkplatz und das Lagerhaus wandern, ehe ich selbst einstieg.

»Ist doch alles gut gegangen«, sagte der Corgi von der Rückbank aus. Moran saß neben ihm und hatte dem kleinen Hund sogar den freien Sicherheitsgurt angelegt, was in dem hellen Fell und angesichts der winzigen Figur des Hundes unglaublich niedlich aussah.

»Ja«, sagte ich und schnallte mich ebenfalls an. »Ich muss zugeben, das überrascht …«

Der Schlag kam unerwartet, aber selbst wenn ich ihn hätte kommen sehen, hätte mein kleiner Mini ihm wahrscheinlich nichts entgegensetzen können. Ich spürte, wie wir durch die Luft geschleudert wurden, sich der Mini mehrmals um die eigene Achse drehte und dann höchst unsanft wieder auf seinen vier Rädern auf der Erde landete, was uns ordentlich durchrüttelte. Dank des Sicherheitsgurts wurde ich nicht im Wagen herumgeschleudert, aber mein Kopf knallte unsanft auf das Armaturenbrett und Blut lief mir ins Auge, brennend und heiß.

»Alles in Ordnung?«, brüllte ich, weil es mir in den Ohren klingelte und ich durch das Blut kaum etwas sah.

Chu bellte und Moran rief: »Wir leben noch.«

Das beruhigte mich, zumindest für den Moment, und ich konnte mir das Blut mit dem Ärmel meiner Jacke aus den Augen wischen und zum Fenster hinaussehen, was genau uns da erwischt hatte. Lange musste ich nicht danach suchen. Auf der anderen Seite des Parkplatzes zeichnete sich eine riesige klobige Gestalt vor dem Licht der Morgendämmerung ab, die ich auf den ersten Blick für einen Troll hielt, aber dafür war sie zu riesig. Der Schlag hatte den Mini fast über den gesamten Parkplatz geschleudert, was bedeutete, die Gestalt musste vier oder fünf Meter groß sein. Ich kannte nur ein Wesen ohne Flügel, das groß und auch stark genug war, um so etwas zu bewerkstelligen. Und wenn ich damit recht hatte, mussten wir verdammt schnell weg, bevor es endlich geschafft hatte, die Entfernung zwischen uns zu überbrücken und seine Arbeit zu Ende zu führen.

»Raus hier, los, los, los!«, schrie ich und versuchte mich mit zitternden Fingern abzuschnallen. Hinter mir konnte ich hören, wie der Sicherheitsgurt von Moran aufschnappte, dann der von Chu. Sie stellten keine dummen Fragen wie »Warum?«, sondern folgten dankenswerterweise einfach meinem Befehl.

Der Boden begann zu schwanken, wackelte wie bei einem Erdbeben und ein Blick aus dem geborstenen Fenster zeigte mir, dass die Gestalt sich mit langen Schritten näherte. Sie war nicht besonders schnell, aber dafür umso zielstrebiger.

Ich fummelte am Verschluss meines Sicherheitsgurtes herum. Die zitternden Finger rutschten ab, wieder und wieder und noch einmal, während das Beben des Bodens immer schneller wurde. Als ich den Gurt endlich gelöst hatte, zerrte ich am Griff der Fahrertür und wurde blass. Der Sturz hatte sie verzogen.

»Komm schon!«, rief Chu und ich sah, dass die beiden Dummköpfe nicht die Beine in die Hand genommen und losgerannt waren, sondern noch immer an der offenen Tür standen und auf mich warteten. »Lauft!«, rief ich wieder, ließ die Tür los und trat versuchsweise mit dem Fuß gegen die Beifahrertür, doch die war ähnlich verzogen wie die Fahrertür. Vorne kam ich so schnell nicht raus, ich musste erst auf den Rücksitz klettern.

Die beiden standen noch immer wie erstarrt, sahen nicht mehr zu mir, sondern zu dem Grund des Erdbebens, der den Parkplatz schon fast überquert hatte. »Er wird euch zerquetschen, wenn ihr weiter da herumsteht. Verschwindet endlich! Ich hole euch schon ein.«

Chu wollte etwas sagen, aber ich warf einen Eiskratzer nach ihm, der bei der kleinen Zirkusnummer aus dem Handschuhfach gepurzelt war, und endlich setzten sich der Corgi und Moran in Bewegung.

Ich schob mich aus dem Fahrersitz und versuchte mich zwischen Fahrer- und Beifahrersitz durchzuquetschen, um über die Rückbank zur hinteren Tür aus dem Wagen zu klettern. Leicht fiel mir das nicht – im Mini gab es kaum genug Platz, um mich überhaupt zu bewegen, geschweige denn solche akrobatischen Aktionen zu vollführen, wie ich sie gerade vorhatte – doch ich schaffte es, mich bis zur Rückbank vorzukämpfen, als die Welt plötzlich zur Seite kippte. Ich krallte mich an dem losen Sicherheitsgurt fest, um nicht gegen die geschlossene Tür zu prallen, als der Mini auf einmal nach oben gerissen wurde.

Der metallene Rahmen des Minis kreischte gequält auf, als er über den Asphalt des Parkplatzes gezogen wurde, und übertönte fast meinen eigenen frustrierten Aufschrei, weil der Sitz begann, sich aus dem Wageninneren zu lösen. Mein eigenes Gewicht zog mich, dank der Schwerkraft, dem miesen Aas, unerbittlich auf die offene Hintertür des Minis zu und mein einziger Halt beschloss aufzugeben.

Ich sah mich hastig nach einem Ausweg um und starrte durch die geborstene Fensterscheibe direkt in das Gesicht meines Angreifers – ein Golem. Ich hatte es geahnt und auch wenn ich es sonst genieße, recht zu haben, hätte ich in diesem Fall sehr gern darauf verzichtet. Von allen Mistviechern, die uns hier hätten begegnen können, musste es ausgerechnet ein Golem sein. Ich war fast versucht, mir Freund Schattenklaue zurückzuwünschen.

Aber nur fast.

Golems waren selten, weil es nicht einfach ist, so eine Menge an Lehm zu sammeln (kaufen gilt da wohl nicht), sie in eine einigermaßen humanoide Form zu bringen und dann noch einen Rabbi zu finden, der sich mit den alten Riten auskennt, die es braucht, um dem Golem Leben einzuhauchen.

Das Prachtexemplar, das meinen kleinen Mini inklusive mir in die Höhe hielt, als wäre es nichts weiter als ein Matchbox-Auto, wies nur rudimentär menschliche Züge auf. Der Mund war zu einem stummen Schrei aufgerissen und der Rest des Körpers wirkte mehr wie eine menschliche übergroße Kerze, die bereits halb abgebrannt war. Die Gliedmaßen bestanden aus groben Lehmklötzen, ebenso wie die Beine – Finger und Zehen nur leicht angedeutet. Dieser Golem war nicht dazu geschaffen worden, um schwere Arbeiten auf einer Baustelle oder sonst wo zu verrichten, dieser Golem hatte nur einen Zweck: zerstören. Und natürlich musste es ausgerechnet mein Mini sein.

Der Lehmklotz hatte aufgehört, mich in die Höhe zu reißen, stattdessen begann er jetzt, den Mini auf und ab zu schütteln, und mit jedem neuen Ruck löste sich auch der Sitz ein wenig mehr aus seiner Halterung. Ich stützte mich mit den Füßen so gut es ging am Türrahmen des Wagens ab und klammerte mich an den Fahrersitz. Ein Blick durch die offene Tür, die mit jedem neuen Flug nach oben gegen den Rahmen klapperte, ließ meinen Griff etwas fester werden. Der Boden lag gut vier Meter unter mir und auch wenn mich ein Sturz aus dieser Höhe vermutlich nicht umbringen würde, dann doch mit Sicherheit die schrottreifen Überreste meines Autos, mit denen der Golem mich zu einem feuchten Fleck auf dem Parkplatzasphalt verarbeiten würde.

Der Sitz gab endgültig nach, aber dank des Sicherheitsgurtes würde ich so schnell nicht in die Tiefe stürzen. Hoffte ich zumindest. Das schwarze Nylon fühlte sich unter meinen Fingern fettig und schmierig an, doch ich hielt es umklammert, weil gerade – wortwörtlich – mein Leben davon abhing, dass ich nicht losließ. Meinetwegen konnte der Golem den ganzen Tag versuchen, mich aus dem Auto zu holen, ich blieb hier drin. Mit seinen klobigen Fingerstumpen konnte er ohnehin nicht durch das Fenster greifen. Wollten doch mal sehen, wer den längeren Atem hatte.

Ein neuerliches Kreischen von Metall ließ nichts Gutes ahnen. Ich hob den Kopf und konnte sehen, wie sich das Dach des Minis zusammenfaltete wie das Blatt Papier eines uninspirierten Kalligrafie-Künstlers. Ein Ruck und das Dach verschwand aus meinem Blickfeld. Dem schrillen Quietschen nach landete es wohl irgendwo neben dem Golem auf dem Boden.

Es wurde dunkel, der Kopf des Lehmriesen schob sich vor die Öffnung und es dauerte nicht lange, bis er mich entdeckt hatte. Seine freie Hand versuchte sich in das Innere des Autos zu schieben und ich wich so weit wie nur möglich zurück. Leider hatte die ganze Schüttelei die verzogene Beifahrertür gelockert, und das sogar so gründlich, dass das gute Stück vier Meter nach unten fiel und neben dem Dach liegen blieb.

»Verdammt, hör auf, mein Auto auseinanderzunehmen, das ist noch nicht abbezahlt!«

Den Golem störten meine Einwände natürlich herzlich wenig. Wie es aussah, nahm er sie sogar als Inspiration, denn seine Hand war zu groß, um bis ins hintere Innere des Minis zu reichen, also begann er kurzerhand, den Metallrahmen des Wagens zu zerreißen, als wäre es nichts weiter als ein Pappmodell. Mit einem Mal wurde es sehr viel heller im Inneren des Wagens.

Nach und nach wurde jeder meiner Griffhilfen der Garaus gemacht und mehr und mehr Metall, Kunststoff, Federn und andere Teile meines kleinen Autos sammelten sich auf dem Boden des Parkplatzes an. Viel Zeit blieb mir nicht mehr, sonst landete ich gleich bei den Überresten meines Minis.

Mit einem Mal verlor ich den Halt unter den Füßen, was daran lag, dass der Golem den gesamten Rücksitz herausgerissen hatte. Ich hing nur noch an dem Fahrersitz beziehungsweise an dessen Sicherheitsgurt, was so ziemlich das Einzige war, was von meinem Mini übrig geblieben war. Ich kletterte so gut es ging daran herunter, hangelte mich die Rückenlehne herab und schwang mit den Beinen hin und her, um den langsamen Grabschern des Golems zu entgehen. Er mochte zwar nicht besonders schnell und auch nicht besonders clever sein, aber es brauchte auch kein Genie, um zu wissen, dass er entweder nur einmal Glück haben und mich zu fassen bekommen musste, um mich zu zerquetschen, oder ich verlor einfach irgendwann den Halt und knallte rücklings auf den Parkplatz, von wo aus er mich auch ganz einfach plattquetschen konnte. Meine Karten standen verdammt schlecht und das wusste diese Lehmkugel auch.

So langsam schien es ihm doch zu viel zu werden, denn er packte den Sitz und die Reste meines Autos mit beiden Händen und riss ihn auseinander. Mir blieb keine andere Wahl – unter einem Regen aus Polstermaterialfetzen, Sprungfedern und Stoffresten stieß ich mich ab und sprang dem Golem direkt auf die Schulter. Ich landete schlitternd auf der harten gebrannten Lehmoberfläche, versuchte irgendwie Halt zu finden und griff mit der Hand direkt in das Mundloch des Golems.

Zu meinem Glück konnte er sein Gesicht nicht bewegen, denn sonst hätte ich mindestens drei Finger meiner linken Hand verloren, aber so hatte ich, wenn auch nur für den Moment, einen Halt, der mir dabei half, nicht vollends wegzurutschen.

Der Golem hatte noch gar nicht bemerkt, dass ich mich nicht mehr auf dem Sitz befand und rupfte jetzt die letzten Reste des Metallrahmens des Minis auseinander. Mir blutete das Herz, vor allem, als ich an die noch fälligen Monatsraten dachte, die ich in Zukunft für den Schrotthaufen da unten würde blechen müssen. Das tapfere kleine Auto hatte sein Leben für mich geopfert und ich war entschlossen, dieses Opfer so gut ich konnte zu nutzen.

Leider hatte der Golem nun endgültig Kleinholz aus allem gemacht, was er noch in den Händen hielt, und hatte bemerkt, dass ich nicht darunter war. Ich blieb still stehen und wagte nicht zu atmen. Vielleicht, wenn ich ganz still hielt, wenn ich mich nicht bewegte …

Eine riesige Hand donnerte nur eine Haaresbreite neben meinem Kopf gegen das Gesicht des Golems. Risse bildeten sich in seiner

Lehmhülle. Völlig unbeeindruckt davon holte er wieder mit seiner Pranke aus.

Verdammt.

Ich versuchte über die Schulter auf den Rücken zu krabbeln, aber der Golem bewegte sich auf einmal überraschend behände und drehte sich schnell um die eigene Achse. Ich hatte Mühe, mich festzuhalten, geschweige denn irgendwo hinzuklettern. Zu allem Übel wurde mir auch noch schlecht und allmählich gingen mir die Ideen aus, wie ich an diesem Hünen herunterklettern konnte, ohne dass er mich erwischte.

Er hob wieder die Hand und machte Anstalten, auf seinen Rücken zu greifen und mich irgendwie zu packen zu bekommen, als es laut und deutlich bellte. Sowohl der Golem als auch ich hielten inne und hoben den Kopf. Zwischen den Büschen, die den Parkplatz vom Gehsteig trennten, kam Chu angerannt, die Zähne gefletscht und laut bellend. Wäre er nicht auf diesen winzigen Stummelbeinchen herangeprescht, wäre das mit Sicherheit ein Furcht einflößender Anblick gewesen. So aber war es eine willkommene Ablenkung.

Ich erholte mich ein wenig schneller von meiner Überraschung als der Golem und nutzte diesen Vorsprung, um an seinem Rücken hinabzuklettern, während seine Aufmerksamkeit noch auf den Corgi gerichtet war. Er gab ein Grollen von sich, ballte die rechte Hand zur Faust und ließ sie auf den Boden donnern. Asphalt brach auf und ich schielte hinter dem Rücken des Golems hervor. Zum Glück hatte er Chu nicht erwischt. Der kleine Hund wieselte geschickt zwischen den Schlägen hin und her, wich dem Golem aus und war immer genau dort nicht, wo der Schlag des Golems landete.

Die Form des Golems war zerklüftet genug, dass ich mich daran festhalten und an seinem Rücken hinabklettern konnte, solange er noch abgelenkt war. Der grobe gebrannte Lehm riss mir die Hände, Knie und die Schienbeine auf, aber das war im Augenblick meine geringste Sorge. Dann fiel mein Blick auf den Metall- und Stoffhaufen vor den Füßen des Golems, über die der Corgi gerade sprang, und mir kam eine Idee. »Chu!«, brüllte ich, als ich endlich auf sicherem Boden war und mich außer Reichweite der Arme des Golems gebracht hatte. »Hierher!«

Der kleine Hund spitzte die Ohren, was wohl bedeutete, er hatte mich gehört, aber seine Aufmerksamkeit lag noch immer auf dem Golem, genauer gesagt auf dessen Fäusten, um genau abzupassen, wann der wieder zuschlug.

Ich wartete einen kurzen Moment, doch als die Faust den kleinen Hund fast streifte und der statt eines aggressiven Bellens ein gequältes Jaulen von sich gab, lief ich zwischen die Beine des Golems. »Chu!«, rief ich abermals. »Komm endlich. Lenk ihn hier herüber!«

Endlich reagierte der Hund. Er schlug einen Haken wie ein Kaninchen und rannte mit einem waghalsigen Tempo ganz knapp an den Füßen des Golems vorbei, streifte ihn beinahe und selbst ich sah ihn kaum, er war nicht mehr als ein orange-brauner Schemen, der an mir vorbeiraste und die Aufmerksamkeit des Golems auf sich zog.

Der Riese drehte sich. Er war schnell, wenn es darum ging zuzupacken, doch solch eine steife Statue und Masse dazu zu bringen, sich umzudrehen, war alles andere als einfach und so brauchte der Golem einen Moment, ehe er sich umgewandt hatte, was es Chu natürlich ermöglichte, einen ordentlichen Vorsprung herauszuholen. Das musste man dem kleinen Wiesel lassen, es war verdammt flink.

Er war aber auch klug, klug genug, um nicht so weit wegzulaufen, dass der Golem ihn nicht mehr hätte einholen können und seine Aufmerksamkeit möglicherweise wieder mir geschenkt hätte.

Ich lief um den Golem herum, der mich glücklicherweise noch immer nicht beachtete, und hetzte zu dem Schrotthaufen, der einmal mein Mini gewesen war. Ich versuchte, mich durch die Metallstücke zu wühlen. Einige waren zu schwer, als dass ich sie von allein hätte heben und führen können, andere waren zu kurz oder stumpf. Bei der Suche war ich nicht gerade leise – dafür blieb einfach keine Zeit – und das Klirren der Metallreste, die ich zur Seite schob oder zu Boden warf, lenkte die Aufmerksamkeit des Golems wieder auf mich.

Chu bellte laut, wollte den Golem weiter auf sich aufmerksam machen, aber wie es aussah, war eine am Boden kniende Fae-Detektivin ein leichteres Ziel als ein agiler kleiner Hund. Der Golem kam wieder zu mir gestapft und ich suchte fieberhafter in dem Schrotthaufen nach einem passenden Stück.

Neben mir kam Chu hechelnd zum Stehen. »Was bei allen Sternen machst du da? Lauf weg!«, heulte er aufgebracht.

Ich hob die Hand, um ihm zu bedeuten, dass ich alles im Griff hatte. Hoffte ich zumindest. »Ich muss mich konzentrieren«, gab ich zwischen zusammengebissenen Zähnen von mir und schrie dann: »Hah!«

»Was ist los?«

»Ich hab es!« Triumphierend zog ich ein Stück Stahl aus dem Haufen, etwa doppelt so lang wie mein Arm und vorne spitz zulaufend.

»Du willst damit doch nicht etwa gegen das Ding antreten?«, fragte der Corgi mich ungläubig.

»Mir bleibt doch nichts anderes übrig.«

»Doch!«, kläffte Chu. »Du könntest endlich deine dürren Beine in die Hand nehmen und loslaufen. Tot nützt du uns überhaupt nichts.«

»Reizend«, zischte ich, hob meinen improvisierten Speer und lief los.

Der Golem machte sich gar nicht erst die Mühe, mir schneller entgegenzulaufen, er behielt sein Tempo bei und schwang die Arme vor seinem Körper, in der Hoffnung, mich damit so schnell wie möglich zu erwischen.

Ich rannte einfach stur auf ihn zu, wie bei einem altertümlichen Tjosten, nur mit mehr Lanze und ohne Pferd. Der Golem gab ein Brüllen von sich, hob die Arme, ließ sie herunterkrachen und ich konnte spüren, wie der Asphalt Risse bekam und aufbrach.

Im letzten Moment wechselte ich die Richtung, lief seitlich an dem Golem vorbei, stieß meinen Speer in seine Flanke und betete im Stillen, dass er nicht brach.

Er hielt!

Mit einem satten, lauten Klirren durchbrach der Metallstab die tönerne Hülle des Golems und landete in seinem hohlen Inneren. Ich hielt das Ende noch immer fest, blieb nicht stehen, wurde auch nicht langsamer, sondern rannte weiter und hielt das Ende des Speers nicht mehr nach vorn gestreckt, sondern waagerecht. Er sprengte mehr von der Hülle weg, vergrößerte das Loch, bis ich ihn nicht weiterdrücken konnte.

Der Golem brüllte wieder, und dieses Mal klang es sehr viel weniger furchterregend als zuvor. Ich packte den Speer am Ende, zog und sprang auf den Golem zu, um in das Loch zu packen. Allerdings hatte der Golem sich schneller von dem Angriff erholt, als ich geahnt hatte, und aus dem Augenwinkel konnte ich sehen, wie seine riesige Hand auf mich zufegte. Ich drehte mich zur Seite, drängte mich mit dem Rücken fest gegen das Bein des Golems, aber ich war nicht schnell genug. Sein Handrücken streifte mich, riss mich von den Füßen und ich ging mit einem Schrei zu Boden. Hastig rollte ich mich dort herum, um dem zweiten Schlag zu entgehen, was mir einen weiteren Schmerzensschrei entlockte.

»Vivienne!«, kläffte der Corgi und ich konnte sehen, wie er zu mir gerannt kam.

»Bleib, wo du bist«, schnaufte ich. Der Schlag und der Aufprall auf den Boden hatten mir die Luft vollkommen aus dem Leib gequetscht und der aufgerissene Asphalt, auf den ich gefallen war, schnitt mir unangenehm in den Bauch und die Schenkel. Meine Jacke war zerrissen und ich spürte, wie es warm in den kaputten Wollstoff sickerte. Blut.

»Er erwischt dich gleich!«

»Das weiß ich selbst, du verdammter Klugscheißer!«

Ich versuchte, auf die Beine zu kommen, konnte das Rauschen der Lehmarme hören, die durch die Luft schnitten, und noch in der Hocke katapultierte ich mich nach vorn und rollte mich ab, so gut es in meinem Zustand ging.

Ich entkam den zupackenden Händen, aber ewig würde ich dieses Spiel nicht spielen können, wahrscheinlich nicht einmal für die nächsten fünf Minuten. Ich war erschöpft, blutete und war einfach nicht agil genug, um …

»Du musst in das Loch«, schrie ich und versuchte wieder aufzustehen.

»Was soll ich?!«

»In das Loch. Du musst in den Golem.«

Ein frustrierter Schlag des Lehmriesen erschütterte abermals die Erde. Ich war gerade erst wieder auf die Füße gekommen, aber das Beben holte mich fast wieder von den Beinen.

»Was beim Mond und den Sternen soll ich denn da drin?!«, rief der Corgi entgeistert, während er die ganze Zeit vor dem Golem auf und ab lief, um dessen Aufmerksamkeit wieder auf sich zu ziehen, aber ganz so dumm war der dann doch nicht. Er hatte aus seinem Fehler gelernt und konzentrierte sich lieber auf das größere, langsamere und damit leichter zu packende Ziel – auf mich.

»Sein Inneres ist hohl. Irgendwo da drin muss sich ein kleines Röhrchen befinden, entweder aus Glas oder Blei. Das müssen wir bekommen.«

»Das ist Wahnsinn!«

Ich biss mir auf die Zunge, um nicht einen berühmten Film mit diversen muskulösen Männern in Lederslips zu zitieren, den ich erst vorgestern sehen durfte, und wich einem weiteren Schlag aus. So langsam spürte ich jeden einzelnen Knochen im Leib und jeder Atemzug tat weh. »Es ist unsere einzige Chance! Oder glaubst du, du kannst diesem Steinhaufen einfach weglaufen? Er wird nie müde, er muss nie schlafen, ausruhen oder essen. Er wird uns jagen, bis er uns hat, egal, wo wir uns befinden. Wer auch immer diesen Golem auf uns angesetzt hat, er will uns auf jeden Fall tot sehen. Wir müssen ihn jetzt unschädlich machen, wo wir zumindest noch den Hauch einer Chance haben.«

Der Corgi knurrte. Ich drückte mich mittlerweile unter dem Lehmkoloss herum, war fest gegen sein Bein gepresst und zumindest für einen kurzen Augenblick war das Monster verwirrt genug, um nicht zu wissen, wo ich mich befand.

»Ich brauche eine Rampe«, hörte ich Chu rufen.

Ich verlor keine Zeit, indem ich ihn fragte, was für eine Rampe und wohin. Das war mir bereits klar. Die Frage war nur, wie ich sie ihm verschaffen konnte. Ich lief einfach los so schnell ich konnte, ohne auf das Seitenstechen und die Schmerzen in meiner Brust zu achten. Ich rannte einfach, in der Hoffnung, dass ich noch einen Geistesblitz bekommen würde, und falls nicht, konnte ich nur hoffen, dass der Golem es kurz und halbwegs schmerzlos machen würde.

Versuchsweise lief ich zu den Überresten meines Minis und sprang darüber hinweg, sodass der Golem eventuell darüber stolpern würde, aber der hatte meinen Hopser bemerkt, hob das Bein einfach höher an und stieg über den Schrotthaufen hinweg. Da war sie endlich, die Idee, von der ich nur hoffen konnte, dass sie den Golem endgültig unschädlich machte. Ich schlug einen Haken, lief zurück und suchte den Boden nach etwas ab, bis ich endlich fündig wurde. Ich wurde noch einmal schneller, legte das letzte bisschen Energie, das ich hatte, in meine Beine und – sprang.

Der Golem war mir dicht auf den Fersen und wie ich vermutet hatte, achtete er weniger auf seinen Untergrund als auf mich. Er sah, dass ich sprang, hob das Bein und – blieb stecken. Ich war direkt vor einem der Risse im Asphalt, die er durch seine Schläge verursacht hatte, in die Luft gesprungen und er war, weil er dachte, er würde ein Hindernis überqueren, zu früh in die Höhe gegangen und hatte seinen Fuß direkt in die Spalte getrieben.

Es brachte ihn nicht, wie ich insgeheim gehofft hatte, zu Fall, aber er konnte seinen Fuß nicht so einfach befreien. Das Bein war lang ausgestreckt – eine perfekte Rampe.

»Jetzt!«, schrie ich und der Corgi, der das bereits vor mir gesehen hatte, sprintete los. Er raste an mir vorbei das Bein hinauf. Seine kleinen Krallen klickten auf dem Lehm, fanden in dem zerklüfteten harten Ton genug Halt, um bis zur Hüfte des Golems zu kommen. Der versuchte, ihn von seinem Bein zu pflücken, doch der Corgi war, wie vorhin auch schon, zu schnell für das Wesen.

Ich brachte mich außer Reichweite der Arme des Golems und suchte dann das Loch mit Blicken ab, in dem Chu verschwunden war. Dabei sprang ich hin und her, um die Aufmerksamkeit des Golems wieder auf mich zu lenken.

Aus den Augenwinkeln sah ich, wie ein brauner Schemen aus dem Inneren des Golems bis auf die Erde hinuntersprang und auf mich zugerast kam. Der Golem hatte den Corgi mittlerweile auch erspäht, brüllte und verdoppelte seine Bemühungen, seinen Fuß wieder freizubekommen.

»'ier«, nuschelte der Corgi mit halb offenem Maul, in dem sich tatsächlich eine kleine Phiole befand. Sie bestand aus Glas, war mit hebräischen Schriftzeichen bedeckt und im Inneren war ein zusammengerollter Zettel zu sehen.

Ich nahm die Phiole, konnte hören, wie der Golem freikam, aber egal, wie sehr er sich auch bemühte, egal, wie schnell er auch rennen mochte – es war zu spät. Ich warf die Phiole auf den Boden, wo sie in tausend Scherben zerbrach, klaubte den kleinen Zettel aus dem

Inneren und zerriss ihn, gerade als der Golem vor uns landete. In dem Augenblick, in dem der Zettel zu einem Haufen von Papierfetzen wurde, tat der Golem es ihm nach. Er erstarrte mitten in der Bewegung, die Arme nach uns ausgestreckt, den Mund, wie vorhin auch schon, zu einem Brüllen aufgerissen. Dann begann es zu knirschen, winzige Haarrisse waren in der Lehmhaut des Golems zu sehen und mit einem lauten Klirren zerfiel der Riese in Tonscherben, die auf den Parkplatz aufschlugen und zersplitterten.

Ich fiel vor dem Scherbenhaufen auf die Knie, sank auf den Rücken und schloss die Augen.

Kapitel 5

Viel Zeit zum Ausruhen blieb mir nicht und der Corgi stellte mit seiner schlabbrigen Zunge in meinem Gesicht sicher, dass ich mir auch nicht zu viel davon nahm. Wir sammelten Moran ein, die sich hinter den Büschen versteckt gehalten hatte, und riefen dann ein Taxi.

Mein Lager hatte ich bisher immer für sicher gehalten, ein Ort, von dem sonst niemand etwas wusste und an den ich mich zurückziehen konnte, wenn es einmal brenzlig werden sollte. Das konnte ich jetzt vergessen. Ein Golem handelte nicht ohne Befehl, was bedeutete, jemand hatte ihn geschickt, um mir oder meinen beiden Reisegefährten den Garaus zu machen. Am wahrscheinlichsten war, dass jemand die beiden haben wollte und ihnen bis zu meinem Lager gefolgt war oder ihre Spur bis dorthin verfolgt hatte. Vermutlich der ehemalige Besitzer des Mädchens.

Was zwei Dinge bedeutete: Ich musste mich jetzt nicht nur mit Freund Schattenklaue herumschlagen, sondern hatte jemanden, der verdammt weit gehen würde, um das Mädchen und womöglich auch den Corgi zu bekommen. Und mir gingen die sicheren Unterschlüpfe in der Stadt aus, in denen ich mich verstecken konnte.

Es gab allerdings einen Ort, an dem wir sicher vor Angriffen waren und ich auch mehr über meinen Angreifer und vielleicht später auch mehr über den Besitzer von Moran herausfinden konnte. Wenn ich ganz viel Glück hatte, konnte ich dort sogar ein paar Pflaster und ein Bier bekommen, denn auch wenn die Blutungen an meinem Bauch aufgehört hatten, wollte ich mich gern waschen, mich umziehen und die offenen Wunden versorgen.

Der Corgi, der neben mir auf der Rückbank hockte, war natürlich vollkommen unversehrt und sah mit hängender Zunge durch die Frontscheibe.

»Danke«, murmelte ich leise genug, dass der Taxifahrer uns nicht hören konnte. Der unterhielt sich sowieso rege mit Moran, wobei er viel sagte und sie nur ab und zu zustimmend nickte oder brummte.

Chu drehte den Kopf zu mir und legte ihn fragend schief. Cleverer Hund.

»Dafür, dass du mir geholfen hast. Ohne dich wäre ich wahrscheinlich jetzt nicht mehr als ein schmieriger Fleck auf dem Asphalt.«

Der Hund zog die Lefzen hoch und ließ die Zunge hängen, was ihm den Ausdruck eines Lächelns verlieh. Er legte seine winzige Pfote auf meine Hand, wuffte leise und sah dann wieder aus dem Fenster.

Ich musste selbst ein wenig lächeln und für den Rest der Fahrt schwiegen wir.

Das *Leylines* war eine Bar in Kreuzberg, die sich zwischen einen koreanischen Hühnchenimbiss und einen Laden für Yogazubehör schmiegte. Wenn man nicht wusste, dass sie da war, hätte man auch leicht daran vorbeilaufen können, und anders als viele andere ›Geheimtipps‹ in Berlin, wie das *Kater Holzig* und ähnliche Clubs, war das *Leylines* wirklich nur sehr wenigen Eingeweihten bekannt. Die meisten davon waren Fae. Und das war mein Problem.

Fae hatten entschieden, unerkannt unter den Menschen zu leben, was bedeutete, dass sie sich jeden Tag hinter einer Maske aus Glamour oder Magie verbergen mussten. Das war anstrengend, vor allem, weil man nicht nur wie ein Mensch aussehen, sondern sich auch wie einer benehmen musste. Das fiel einigen Spezies, wie den Sidhe, leichter als anderen, wie sagen wir mal, einem Troll. Aber anstrengend war es immer und darum brauchten auch Fae einen Ort, an dem sie sich entspannen und mal ganz sie selbst sein konnten, im wahrsten Sinne des Wortes.

Dieser Ort war das *Leylines*. Hier konnten Nymphen, Trolle, Sidhe und alle anderen Bewohner aus dem Reich des Zwielichts trinken, pöbeln oder flirten, ganz wie es ihrer Natur entsprach. Über dem Schankraum lag ein Zauber, der automatisch alle Fae vor den Augen der

Menschen versteckte, sodass die Fae nicht ihre eigenen Kräfte bemühen mussten und die menschlichen Gäste trotzdem nicht gleich schreiend das Weite suchten. Es kam selten bis nie zu Randalen oder Schlägereien, denn im *Leylines* herrschte Marktfriede. Das bedeutete, jeder, der einem Gast oder dem *Leylines* selbst Schaden zufügte, diesen Schaden am eigenen Leib zu spüren bekam. Und wem das nicht reichte, der wurde vom Besitzer des Ladens mit einem Baseballschläger namens ›Hausrecht‹ noch einmal zusätzlich auf den Marktfrieden hingewiesen, meistens so lange, bis er sich freiwillig verzog. Ein echtes kleines Paradies also.

Meine Gedanken wanderten zurück zu dem Tag, als ich das erste Mal hier stand.

Ich hatte zu dem Zeitpunkt schon einige Bücher gelesen, in denen etwas über Fae stand, hatte mich durch alte Sagen und Märchen gewühlt und mithilfe eines Mitarbeiters in einem ziemlich abgeranzten Café meine ersten Schritte im Internet gemacht.

Internet. Es war damals und ist auch noch heute eines der großen Wunder, das ich in den zwanzig Jahren meines Verschwindens verpasst habe. Klar, wir hatten damals auch schon Netz, allerdings musste man heutzutage nicht mehr ewig beim Dröhnen des Modems darauf warten, dass eine Verbindung zustande kommt, die wieder zusammenbricht, wenn man sie streng genug ansieht, und man kann das Internet seit Neuestem sogar auf seinem Handy benutzen! Eine Kunst, die ich, trotz Elsas unermüdlicher Bemühungen, bis heute nicht gemeistert habe.

Damals fand ich schnell einige Chats und Foren, in denen über die Existenz von Fae, Geistern, Werwölfen und Vampiren diskutiert wurde. Ich war verzweifelt und klammerte mich an jeden Strohhalm, war entschlossen, jeder noch so verrückten Fährte nachzugehen, in der Hoffnung, diesen Mann zu finden, dem ich all das zu verdanken hatte. Als KönigDesWaldes_xx79 schrieb, er hätte eine Bar gefunden, in der sich angeblich Feenwesen trafen, war ich daher mit von der Partie, genauso wie zwei andere User im Forum. Wir trafen uns am frühen Abend an der Straßenecke.

Als ich den vereinbarten Treffpunkt erreiche, stehen die anderen bereits zusammen, wodurch ich keine Mühe habe, sie zu erkennen. Von König-

DesWaldes_xx79 kannte ich bereits ein Foto, das er uns allen geschickt hat. Er sieht genauso aus wie auf dem Bild, angefangen bei dem Filzhut bis hin zum letzten grauen Haar in seinem struppigen Bart. Neben ihm steht eine Frau in einem wallenden Kleid mit buntem Batikmuster, bei der es sich um Nymphe-Fidelia handeln muss, und auf KönigDesWaldes anderer Seite steht eine breitschultrige Gestalt in einem Hoodie, dessen Kapuze sie aufgesetzt hat, darunter ist ein männliches Gesicht zu sehen, dessen glatte Rasur in krassem Kontrast zu den ausgelatschten Turnschuhen steht. Die Hände hat er in die Taschen seiner Jeans gestopft und nickt mir zu, als ich mich zu den anderen geselle.

»Suche nach Wahrheit?«, spricht der Waldkönig mich direkt an und ich hebe das Kinn an. »Vivienne tut's auch«, sage ich und strecke ihm meine Hand entgegen. Er schüttelt sie kräftig und brummt etwas, was sich wie Wolfgang anhört. Als ich Nymphe-Fidelia die Hand reiche, schreckt sie zurück, als hätte ich angedroht, ihr eine Ohrfeige zu verpassen, und hält abwehrend die Hände in die Höhe. »Oh nein!«

»Sie hat es nicht so mit Körperkontakt«, sagt mir jemand leise ins Ohr und als ich aufsehe, blicke ich direkt in ein Paar braune Augen, die zu dem Hoodie-Mann gehören.

»Äh«, erwidere ich und hebe grüßend die Hand. »Hi?«

Nymphe Fidelia schließt die Augen und neigt den Kopf. Mehr werde ich an Konversation mit ihr wohl nicht bekommen.

»Mein Name ist Kian«, sagt der Hoodie-Flüsterer und reicht mir die Hand, die ich ergreife. Sein Händedruck ist fest, aber nicht unangenehm, und er hält Blickkontakt. Ich muss zugeben, mir wird ein wenig warm, was auch nicht wieder verschwindet, als unsere Hände sich voneinander lösen.

»Wollen wir dann?«, fragt Wolfgang. Offensichtlich sind weder Fidelia noch Kian auf der Suche nach langen Gesprächen, denn sie setzen sich sofort in Bewegung. Wolfgang übernimmt selbstbewusst die Führung und ich bilde das Schlusslicht. Er lotst uns vor das Leylines, *das recht unscheinbar inmitten des Gewusels von Kreuzberg liegt. Obwohl es so ruhig wirkt, steht direkt neben der Eingangstür ein bulliger Mann, der uns schon argwöhnisch mustert, als wir uns nähern. Wolfgang und Fidelia gehen direkt auf ihn zu, Kian wird jedoch langsamer, ebenso wie ich, und bleibt schließlich neben mir stehen. »Warst du schon einmal*

da drin?«, fragt er, während wir beide dabei zusehen, wie Wolfgang den Türsteher anspricht, der ihn mustert und dann nur verächtlich schnaubt.

»Nein, ist mein erstes Mal.«

»Eine Jungfrau, wie nett.« Kian schmunzelt. »Und, was treibt dich her? Neugierde? Langeweile?«

Ich schüttele den Kopf und stopfe jetzt selbst die Hände in die Taschen meiner Jacke. »Nein. Ich suche jemanden.«

Mit dieser Antwort scheint er nicht gerechnet zu haben, denn er hebt den Kopf und in der gleichen Bewegung auch noch die Augenbrauen. »Wen glaubst du denn da drin finden zu können?«

»Ist doch egal«, weiche ich aus. »Und was machst du hier?«

Er zuckt unbestimmt mit den Schultern. »Neugierde.«

»Das heißt, du glaubst nicht an diese ganze Fae-Sache?«, frage ich und wende meinen Blick von dem Szenario vor mir ab, in dem Fidelia Wolfgang brachial beiseitegeschoben hat und nun wild auf den Türsteher einredet, der im ersten Moment eher überrascht als wütend wirkt.

»Das habe ich nicht gesagt«, erwidert Kian. Er schmunzelt und als ich wieder nach vorn sehe, merkte ich auch, warum. Fidelia rauft sich die Haare, während Wolfgang ihr den Rücken tätschelt. »Aber es ist schwierig, Leute zu finden, die nicht nur Spinner sind, wenn es um Fae geht, denkst du nicht?« Er sieht mich wieder an und ich muss schmunzeln. »Schon«, gebe ich zu.

»Also, wen suchst du da drin?«

»Du glaubst an Fae«, stelle ich klar, bevor ich auf seine Frage eingehe. Kian nickt. »Okay«, sage ich, »ich suche einen Fae. Einen Mann, der mir meine Lebenszeit gestohlen hat.«

Kians Augen wirken, als wären sie für einen kurzen Augenblick tiefgold, aber als ich blinzele, ist dieser Ausdruck wieder verschwunden. »Einen Sidhe?«

»Wahrscheinlich. Außer dir fallen noch andere Fae ein, die Lebenszeit klauen.«

Kian mustert mich eingehender. Dann zieht er die Augenbrauen zusammen, hakt sich bei mir unter und führt mich zur Tür, vor der Fidelia gerade versucht, sich auf den Türsteher zu stürzen und von Wolfgang mühsam davon abgehalten werden kann, dem Kerl die Augen aus-

zukratzen. Kian weicht ein paar ihrer Kung-Fu-Tritte aus und drückt, unbehelligt vom Türsteher, die Tür auf.

»Was war das denn?«, zische ich überrascht, als die Tür hinter uns ins Schloss fällt, was Fidelias Gezeter noch um einige Oktaven ansteigen lässt.

»Mhm? Ach, er kennt mich«, sagt Kian nur und zieht mich weiter.

»Und warum haben wir Wolfgang und die Nymphe draußen stehen lassen?«

»Weil sie keine Nymphe und er ein Idiot ist, der die Klappe nicht halten kann.«

Ich bin mir nicht sicher, was er damit sagen will, aber da stehen wir schon mitten im Leylines. *Zu meiner Überraschung und gleichzeitiger Enttäuschung sehen die Leute an den Tischen und der Bar recht normal aus. Sogar Wolfgang würde hier nicht besonders auffallen. Wozu also dann der Türsteher? Antworten auf meine Fragen werde ich hier jedenfalls nicht finden.*

Meine Gefühle müssen sich wohl sehr deutlich auf meinem Gesicht abgezeichnet haben, denn Kian wirkt kurz verwirrt, als er mich ansieht, schlägt sich dann mit der flachen Hand vor die Stirn und beugt sich vor. Einen Moment lang befürchte ich schon, er will mich küssen, aber er pustet mir nur über die Augen. »Das sollte reichen«, sagt er zufrieden. Ich will ihn schon fragen, was er damit meint, als mein Blick wieder auf die Gäste fällt.

Da sitzen nicht mehr bloß normale Menschen.

Ich bin nicht einmal mehr sicher, ob ich den Großteil der Gäste hier überhaupt als Menschen bezeichnen kann.

Ich sehe meterlanges, seidiges, leuchtend grünes Haar, durchsichtige Haut, Augen, die purpurn leuchten, spitze Ohren, Katzenaugen, Schwimmhäute, Kiemen, Felsmenschen … Mir fällt die Kinnlade herunter.

Kian legt mir den Arm um die Schultern und deutet mit einem Nicken auf die Bar. »Willkommen im Leylines, *meiner kleinen Kneipe.«*

Ich bezahlte das Taxi mit meiner eisernen Reserve aus dem Lager und scheuchte sowohl den Corgi als auch Moran zu der schmalen hölzernen Tür, die sich zwischen den beiden Läden verbarg. Wenn man nicht wusste, was sie war, hätte man sie für eine einfache Abdeckung vor einer Lücke zwischen zwei Häusern halten können. Der Corgi wäre dabei fast falsch abgebogen, denn er trippelte zielsicher auf den koreanischen Imbiss zu.

»Oh nein, mein Freund, da drin findest du nur Menschenfutter, da gibt es nichts für Hunde.«

Er kläffte, widersprach jedoch nicht und ließ sich dann zum richtigen Eingang lotsen.

Ich trat vor die Tür, klopfte und legte dann meine ausgestreckte Hand auf das Holz. Sie schwang auf und dahinter kam ein recht bulliger, aber untersetzter Türsteher zum Vorschein, der erst mich und dann meine beiden Begleiter, die hinter mir standen, musterte.

»Du kommst hier nicht rein«, brummte er und ich hätte fast gelacht, weil er das Klischee des Türstehers nahezu perfektioniert hatte.

»Ist das dein erster Tag heute?«, fragte ich, weil ich gerade nicht in der Stimmung war, mich mit einem Frischling an der Tür auseinandersetzen zu müssen.

»Nein. Mein zweiter«, knurrte er. »Heißt aber nicht, dass ich jeden hier reinlasse, vor allem nicht, wenn er mit kleinen Kindern und Tölen durch die Gegend zieht.«

Chu bellte empört und ich bedeutete ihm mit der ausgestreckten Hand, dass ich die Situation im Griff hatte. »Okay, dir scheinen zwei Tage in deinem neuen Job ja genug zu sein. Dann nehme ich das Kind und die Töle wieder und erzähle Kian später, dass sein neuer Türsteher offensichtlich vergessen hat, wie man mit Stammkunden umgehen sollte.«

Der Türsteher runzelte die Stirn und ich konnte förmlich sehen, wie es hinter seinen bulligen Augenbrauen zu arbeiten begann. Ich bin ja kein Unmensch, also ließ ich den Groschen weiter fallen … und fallen … und fallen … und fallen, bis er endlich ankam. Das Gesicht vor mir erhellte sich, als er schließlich verstand, und er fragte dann wesentlich freundlicher: »Werdet ihr den Marktfrieden bewahren?«

»Wir werden den Marktfrieden bewahren.«

»Bürgst du für deine Begleiter?«

»Ich bürge für jeden einzelnen meiner Begleiter.«

Damit war der Türsteher zufrieden und trat beiseite, um uns Platz zu machen, damit wir eintreten konnten.

Ich griff in meine Tasche, holte einen kleinen Tiegel heraus und öffnete ihn. »Was ist das?«, fragte Moran mich neugierig, weil ich stehen geblieben war und mir Salbe aus dem Tiegel auf die Augenlider schmierte.

»Eine Salbe aus Eichenrinde und Arnikaessenz. Sie hilft dabei, die wahre Form der Dinge zu erkennen.« Ich blinzelte ein paar Mal, damit die Salbe einziehen konnte, und öffnete dann vollends die Augen. Sofort veränderte sich meine Umgebung. Der Türsteher, der seinen alten Platz wieder eingenommen hatte, trug zwar immer noch ein T-Shirt, das seine Arme und den massigen Brustkorb umspannte, doch er hatte keine Haut mehr, sondern eine Hülle, die aussah, als wäre ein Felsvorsprung aus einer Klippe herausgebrochen. Für Troll-Maßstäbe war er sicher ein richtig heißes Kerlchen, aber ich war ein Mensch, daher sah er für mich aus wie die meisten Trolle: Wie ein großer Felsbrocken mit Armen, Beinen und einem Gesicht. Auch die meisten der anderen Besucher im Schankraum hatten nicht mehr viel mit der üblichen Hipster- und Alternativenmenge zu tun, die draußen auf den Straßen spazieren ging, auf der Suche nach einem Bier oder einem kühlen Mate.

In dem gemütlichen kleinen Raum aus Backstein, mit den bunt zusammengewürfelten Tischen aller Größen und Farben, im weichen Licht von altmodischen Glühbirnen und Kerzen, tummelten sich schillernde Flügel, Hörner und Fischschuppen auf mehr oder weniger menschenähnlichen Körpern. Fast die ganze Bandbreite, die das Reich des Zwielichts zu bieten hatte, war hier vertreten. Und mehr als einer der Gäste schien alles andere als begeistert über meinen Besuch zu sein.

»Warum brauchst du das?«, fragte Moran und wirkte ehrlich verwundert.

»Siehst du den Türsteher?«, fragte ich und als sie nickte, fuhr ich fort: »Er ist eigentlich gar kein Mensch. In Wirklichkeit ist er ...«

»Ein Troll. Ja, das sehe ich«, gab die Kleine ungerührt zurück und mir fiel die Kinnlade herunter.

»Du siehst, wie er aussieht? Ich meine, wie er wirklich aussieht?«

»Na klar. Groß, grauer Schieferschädel, gelbe Augen. Ein Troll.«

Meine Kinnlade konnte ich demnächst wohl vom Fußboden aufsammeln. »Wieso kannst du Fae erkennen? Hast du etwa Salbe auf den Augen und hast mir nichts gesagt?«

Moran schüttelte heftig den Kopf und wirkte fast erschrocken. »Nein, auf keinen Fall. Ich kann sie einfach sehen. So wie ich dich sehe.«

»Wo bleibt ihr denn?«, fragte Chu und kam zu uns zurückgetrippelt. Er war vorgelaufen und hatte zu spät bemerkt, dass wir stehen geblieben waren.

»Alles in Ordnung, wir haben uns nur kurz unterhalten«, beruhigte ich ihn und bedeutete Moran, ihm zu folgen. Während ich hinter ihr ging, hallten ihre Worte immer und immer wieder in mir nach. Dieses Mädchen wurde von Minute zu Minute zu einem größeren Rätsel für mich. Es ging mühelos mit Technik um, mit der ich auch nach Jahren noch so meine Probleme hatte, und das, obwohl sie angeblich ihr bisheriges Leben an einem Hof der Sidhe verbracht hatte. Und jetzt brauchte sie nicht einmal ein Hilfsmittel, um hinter den Schleier aus Glamour sehen zu können, den Fae um sich hüllten, damit man sie nicht in ihrer wahren Gestalt erkannte?

Bevor ich diesem Rätsel aber weiter auf die Spur gehen konnte, stolperte ich über etwas und wäre fast auf die Nase gefallen, wenn ich mich nicht in letzter Sekunde an einem Stuhl hätte festhalten können. Als ich mich gefangen hatte, wirbelte ich herum und stand vor einem Tisch mit drei kichernden Dryaden – deutlich an der Rindenhaut und dem Blätterhaar zu erkennen – und einer vierten, die tunlichst so tat, als würde sie mich nicht bemerken. Das Prachtexemplar vor mir war wahrscheinlich eine Weidendryade, denn ihr Haar bestand aus den langen, dünnen Zweigen einer Trauerweide.

»Hey.«

Sie klimperte unschuldig mit den langen Wimpern und sah mich mit einem zuckersüßen Lächeln an. »Ja bitte?«

»Hast du mir gerade ein Bein gestellt?«

Ihr Lächeln wurde noch breiter. »Ich? So etwas würde ich nie machen.«

Ich atmete tief durch, beugte mich vor, stützte mich auf dem Tisch auf und sagte nah an ihrem Gesicht: »Dann ist ja gut. Denn dann muss ich auch nicht in den Tiergarten fahren und ein bisschen hiermit herumspielen.« Ich zog ein Feuerzeug aus meiner Hosentasche und zündete es vor der Nase der Dryade an. Ihren Freundinnen war nicht mehr nach Kichern zumute, sie starrten die Flamme an und ließen sie keine Sekunde aus den Augen. Die Dryade vor mir versuchte sich nicht anmerken zu lassen, dass sie Angst vor Feuer hatte, aber es lag tief in den Wurzeln dieser Baumwesen, Feuer zu fürchten. »Du kannst nicht den ganzen Tiergarten abbrennen«, sagte sie mit versucht fester Stimme, doch ihr Blick wanderte von der Flamme zu meinem Gesicht und wieder zurück.

»Das muss ich auch gar nicht«, sagte ich mit einem Lächeln, das eine genaue Kopie dessen war, das sie mir gerade noch geschenkt hatte. Ich beugte mich noch etwas näher und die Dryade wich vor der Flamme zurück. Nach einem kurzen Schnuppern fuhr ich fort: »Es reicht, die Trauerweide am Teich, in der Nähe des Teehauses im Englischen Garten, ein wenig brennen zu lassen. Was meinst du?«

Mein Lächeln veränderte sich nicht, dafür aber das Gesicht der Dryade. Ihre Augen wurden groß, sie riss den Mund zu einem hohen Schrei auf, sprang von ihrem Stuhl und verließ fluchtartig das *Leylines*. Ihre Freundinnen starrten erst ihr nach und dann mich an. Ich ließ das Feuerzeug verlöschen, richtete mich auf und nickte den Damen zu. »Schönen Abend noch.«

Der Wirt hinter dem Tresen – ein Satyr mit einem Paar wirklich beeindruckender Hörner – musterte mich misstrauisch und ich beeilte mich, schnell in den hinteren Teil des *Leylines* zu gehen, wo Moran und Chu es sich bereits an einem Tisch gemütlich gemacht hatten. »Was sollte das denn?«, fragte mich der Corgi, als ich mich hingesetzt hatte.

»Die mögen mich nicht besonders«, erwiderte ich.

»Und wie hast du herausbekommen, mit welchem Baum die Dryade verbunden ist?«

Offensichtlich war das Gehör des kleinen Hundes deutlich schärfer als gedacht. Aber seine Ohren waren wirklich riesig und ich hatte ohnehin keine Ahnung von Hunden. Ich sah mich um, ob uns jemand belauschte, doch es schien einigermaßen sicher zu sein, also sagte ich: »Das war geraten. Es gibt im Tiergarten ein paar Teiche. Einige von ihnen sind stehende Gewässer und riechen auch dementsprechend, weil alle Leute ihren Mist dort hineinwerfen. Die Dryade schien die Anführerin ihrer Gruppe zu sein, und sie stank auch wie einer dieser

Teiche, also habe ich einfach den größten Tümpel genannt, von dem ich weiß, dass sich dort eine große Trauerweide befindet.«

Der Corgi sah mich verblüfft an, dann warf er den Kopf in den Nacken und gab einen Laut von sich, der irgendwo zwischen Husten und Bellen lag. Erst nach einem Augenblick bemerkte ich, dass es sich dabei um ein Lachen handelte. Der kleine Hund lachte tatsächlich.

Ich musste selbst ein wenig schmunzeln, wurde aber schnell ernst, als der Barkeeper an unseren Tisch kam. »Hey, Vivienne. Du hast nicht zufällig eine Erklärung, warum die Dryaden so überstürzt verschwunden sind?«, fragte er fröhlich und stellte ein Glas Wasser mit einer Zitronenscheibe am Rand vor Moran hin. Chu bekam eine Schale mit Wasser unter den Tisch gestellt.

»Hey, Kian. Nein, keine Ahnung«, gab ich gepresst von mir.

»So? Nichts, was den Marktfrieden gefährden könnte?« Er lächelte noch immer herausfordernd und ich spürte ein Kribbeln in den Zehen. Satyre sind Charme und Verführung in fleischlicher Hülle und auch wenn Kian nicht bewusst mit mir flirtete, konnte er seine verführerische Anziehungskraft nicht ganz verbergen. Ich war in den zwei Jahren, die wir uns jetzt kannten, mehr als einmal versucht gewesen, dieser Anziehungskraft nachzugeben.

»Nein, absolut nichts«, erwiderte ich, was nicht einmal gelogen war. Ich hatte niemandem Schaden zugefügt und der Frieden war gewahrt. Auch wenn es eine ziemlich knappe Kiste gewesen war, und wenn Kian ahnen sollte, dass ich die kleinen Dryaden mit einem Feuerzeug bedroht hatte, könnte ich immer noch Ärger bekommen. Aber dem verschmitzten Lächeln nach zu urteilen, mit dem er mir die Bierflasche hinschob, wusste er mehr, als ich ihm erzählt hatte.

Kian verabschiedete sich und Chu nahm das Gesicht aus der Wasserschüssel und sah zu mir auf. »Das hat gut getan«, schnaufte er und leckte sich über die Schnauze. »Woher wusste er, was wir trinken wollten?«

»Kian hat einen sechsten Sinn für die Wünsche seiner Gäste.« Ich nippte an meinem Bier und rieb mir über die Augen. Seit über vierundzwanzig Stunden hatte ich nicht geschlafen und so langsam begann ich tanzende Felsbrocken zu sehen. Ich blinzelte, rieb mir erneut über die Augen und blinzelte noch einmal. Das waren keine

Müdigkeitserscheinungen, sondern tatsächlich ein tanzender Felsen, genauer gesagt ein Troll namens Lydia.

»Bleibt mal einen Moment hier, ich bin gleich wieder da«, wies ich Corgi und Mädchen an, winkte Kian dann zu, um ihm zu bedeuten, dass, was immer sie bestellten, alles auf meine Rechnung ging, und lief Lydia nach.

Für eine Trolldame war sie verdammt schnell und verschwand durch eine Tür, noch bevor ich dazu kam, ihren Namen zu rufen. Ich lief ihr nach und riss die Tür auf.

Das *Leylines* ist ein Labyrinth aus den verschiedensten Räumen und Bereichen, um den Geschmack aller Besucher zu befriedigen. Kian hatte mit seiner Bar einen Ort geschaffen, an dem wirklich jeder entspannen und einen tollen Abend verbringen konnte. Allerdings konnte es Ungeübten durchaus passieren, dass sie sich in diesem Labyrinth verliefen. Und mit Ungeübten meine ich Sidhe-Detektive, die irgendwelchen Trollen hinterherlaufen. Darum war es ein wenig Glücksspiel, als ich die Tür öffnete, denn ich wusste nicht, ob ich wirklich Lydias Spur gefunden hatte, aber wie es aussah, hatte ich heute Abend Fortuna auf meiner Seite.

Der Raum vor mir wirkte auf den ersten Blick wie eine Kopie des Zimmers, das ich gerade verlassen hatte. Erst auf den zweiten Blick sah man, dass die Wände nicht aus Mörtel oder Holz, sondern aus unbehauenem Felsen bestanden. Poster klebten darauf und ließen nur wenig von dem grauen Stein frei. Hier drin gab es auch kein elektrisches Licht. Die einzigen Lichtquellen waren kleine Quarzschalen, die von der Decke hingen und auf den grob gehauenen Tischen standen. Sie waren mit einer Art Öl oder flüssigem Fett gefüllt, in dem ein Docht schwamm und langsam niederbrannte.

Es roch feucht, nach Moos und nassen Steinen. Trotz der feuchten Gerüche war dieser Raum nicht kalt, im Gegenteil. Die unzähligen kleinen Flammen sorgten für eine angenehme Wärme, die von den anwesenden Trollen gut absorbiert wurde, sodass die Temperatur hier drin nicht zu kalt und nicht zu heiß war. Hätte ich jetzt auch noch gut im Halbdunkel gesehen, wäre das wahrscheinlich mein Lieblingsort in der ganzen Bar gewesen.

Der Raum war voller Trolle, die mich abschätzend musterten, aber ich hielt meinen Blick auf der massigen Gestalt, wegen der ich hergekommen war.

Auch wenn mich viele der Trolle nicht unbedingt mit Freundlichkeit im Blick ansahen, stellte mir hier jedoch keiner ein Bein. Die Abneigung, die mir entgegenschlug, hatte weniger etwas mit mir als Sidhe-Jäger zu tun als mit meiner Rasse.

Trolle waren Menschen gegenüber noch nie besonders freundlich eingestellt gewesen, was hauptsächlich damit zusammenhing, dass sie uns nicht mehr fressen durften, seit vom Konzil der Sidhe beschlossen worden war, dass die Fae in den Untergrund gehen sollten.

Es verirrten sich auch immer wieder Menschen ins *Leylines,* aber sie kamen nie weiter als bis zum Schankraum und erst recht nicht bis in die Steingrotte, wie die Trolle diesen Bereich des *Leylines* nannten.

Sidhe hassten mich und das beruhte auf Gegenseitigkeit, aber es gab auch viele Fae, die die Sidhe anhimmelten oder sich für mindestens ebenso bewundernswert hielten und daher nicht gut auf mich zu sprechen waren, wie beispielsweise, sagen wir mal, Dryaden. Ich habe eigentlich nichts gegen Fae, solange sie mich in Ruhe lassen, lasse ich sie auch in Ruhe.

Trolle waren, im Gegensatz zu Sidhe und deren Bewunderern, ehrlich. Sie hassten einfach alle. Allerdings gab es ein paar unter ihnen, die sogar so etwas wie Toleranz mir gegenüber empfanden, weil ich dem einen oder anderen Sidhe schon mal richtig Probleme bereitet habe. Und wie die meisten anderen Wesen mit Humor auch, genossen die Trolle ab und an ein wenig Schadenfreude.

So auch Lydia. Wir waren uns im *Leylines* schon ein paar Mal über den Weg gelaufen und ich hatte ihr schon das eine oder andere Bier ausgegeben, weswegen sie mich die meiste Zeit an ihrem Tisch tolerierte. Was bedeutete, sie zerdrückte mich nicht gleich zu einem Stück Leberwurst, wenn wir uns sahen. Manchmal hatte sie mir sogar schon wichtige Tipps oder Informationen geben können, und genau darauf hoffte ich jetzt auch.

»Hey, Lydia!«, rief ich, als ich nur noch wenige Schritte von ihr entfernt stand.

Die Trollfrau hob den Kopf, runzelte die beeindruckende Steinstirn und musterte mich. Als sie mich erkannte, erhellten sich ihre Züge – ein Anblick wie die Morgenröte auf der Spitze des Mount Everest – und sie schlug mit der flachen Hand krachend auf den Tisch, der zwar ächzend ein paar Millimeter nachgab, aber nicht zusammenbrach. Kian kannte sein Klientel und hatte das *Leylines* dementsprechend ausgestattet.

»Na so was, Vivienne, Adams Füchsin! Genau die Frau, die ich suche.«

An diesen Spitznamen, den die Fae mir gegeben hatten, würde ich mich wohl nie gewöhnen. Aber jetzt war es an mir, die Stirn zu runzeln. »Du suchst mich?«, hakte ich nicht besonders intelligent nach.

Lydia bedeutete mir mit einer Bewegung ihrer Hand, dass ich nicht quatschen, sondern mich zu ihr setzen sollte und winkte dann gleich noch einem Troll, der mit einem Tablett bewaffnet die Steingrotte betrat. Optisch stellte er das trollische Äquivalent zu Kian, dem Satyr, dar, was bedeutete, dass er besonders grob, kantig und massig aussah. Ihm wuchsen sogar ein paar Flechten auf den Schultern und dem Kopf. So etwas machte Trolldamen und auch ein paar Trollmänner sicher ganz wild.

»Zwei Bier«, bestellte Lydia bei ihm und ließ ihre beeindruckenden Wimpern flattern. »Einmal in Fleischgröße.«

Der Troll zog wieder ab und ich schnaubte leise. »*Fleischgröße.* Sehr schmeichelhaft.«

Sie grinste breit und entblößte ein paar marmorne Zahnklumpen. »Kennst mich doch. Alles nur scherzhaft gemeint. Seit wann bist du so empfindlich?«

›Und seit wann bist du so gut drauf?‹, lag mir auf der Zunge, doch ich schluckte es hinunter. Man konnte den Löwen ja gern reizen, aber man musste ihm nicht gleich in den metaphorischen Hintern treten.

»Hab eine miese Nacht hinter mir«, erwiderte ich stattdessen.

Lydia musterte mich eingehend, die Blutflecken auf meinem Shirt und die Kratzer in meinem Gesicht. »Ihr seid einfach zu zerbrechlich. Mit Steinhaut wäre dir das nicht passiert.«

Ich verzog das Gesicht. »Nicht jeder von uns hat das Privileg, als Troll geboren zu werden.«

Lydia lachte dröhnend. Der Kellner kam zurück und stellte einen Humpen, der andernorts wohl als Eimer bezeichnet werden würde, und ein hohes Glas vor uns ab. Aus beiden schwappte Bier.

»Privileg«, sagte sie, als der Kellnertroll wieder verschwunden und sie einen tiefen Zug aus ihrem Humpen genommen hatte. »Du wusstest schon immer, wie man mit Worten umgeht, Vivienne.«

Okay, hier stank etwas ganz gewaltig. Also nicht im wörtlichen Sinne, denn abgesehen vom Geruch der Lampen und des Mooses war es olfaktorisch sehr angenehm, denn Trolle rochen nur nach Stein und Wind und Regen. Aber wenn Lydia, die sonst notorisch schlechte Laune hatte, mir derart Honig ums Maul schmierte, stimmte etwas nicht.

Ich schob das Bier von mir, verschränkte die Arme und sah ihr in die gelben Augen. »Was willst du von mir, Lydia?«

Die Felswülste, die anstelle von Brauen über ihren Augen saßen, wanderten nach oben. »Wieso sollte ich etwas von dir wollen? Ich bin ein Troll, wir …«

Ich beugte mich vor, nah zu ihr und biss die Zähne zusammen, als die Schnitte auf meinem Bauch dabei vor Schmerz aufheulten. »Lass den Scheiß«, zischte ich gerade laut genug, dass sie mich hören konnte. »Ich kenne die ›Wir sind Trolle, nichts kann uns aufhalten‹-Tirade zur Genüge. Du hast gesagt, du hast mich gesucht und jetzt raspelst du Süßholz, als wäre ich der wiedergeborene Steinkönig. Das tust du nicht ohne Grund. Also, was willst du von mir?«

Lydia wurde schlagartig ernster und sah sich im *Leylines* um, ob uns jemand beobachtete. Aber die neugierigen Blicke, die aufgekommen waren, als Lydia mich so jovial zu sich gewunken hatte, waren bereits wieder verschwunden und wir saßen in einer Nische des Raums, wo wir relativ abgeschirmt waren. Sie schnaufte, nahm noch einen Schluck aus ihrem Humpen und sagte: »Ich muss dich anheuern.«

Kapitel 6

»Was will dieses dünne Hemd denn?« Die große Trollfrau mustert mich abschätzig von Kopf bis Fuß, aber Kian schiebt sich zwischen uns beide, bevor sie auf die Idee kommen kann, vielleicht auch noch meine Innereien in Augenschein zu nehmen.

»Lass sie, Lydia«, sagt er. »Du hast sie schon gesehen, sie ist mein Gast.«

»Komischer Gast. Sieht verdächtig nach einem Menschen aus.«

»Lydia«, knurrt Kian. »Vergiss nicht, wer hier Hausherr ist.«

Die Trollfrau hebt beschwichtigend die Hände und verschwindet durch die Tür.

Das Leylines *ist heute Abend voller als sonst, dabei haben wir gar kein Wochenende. Ich habe es kaum geschafft, mich durch den Schankraum zu schieben und bis zur Theke vorzudrängen. Mittlerweile bin ich Stammgast im* Leylines, *was nicht allen magischen Gästen schmeckt. Seit Kian mir das Rezept für die Glamoursalbe verraten hat, kann ich sie zielsicher erkennen, was ihnen nicht gefällt. Kein Fae wird gern von einem Menschen enttarnt.*

»Sind die heute alle so gut drauf?«, frage ich Kian, nachdem ich endlich einen der Barhocker erklommen und mir ein Wasser bestellt habe. Der Satyr hebt eine Augenbraue. »Wir«, sagt er mit besonders deutlicher Betonung, »sind heute Abend alle ein bisschen angespannt. Das niedere Konzil trifft sich.«

Sofort spitze ich die Ohren und Kian wird wohl klar, dass er zu viel verraten hat, denn sein Kiefermuskel zuckt und er sieht sich nach irgendwem um, der gerade etwas bei ihm bestellen könnte, aber ich habe die

Fährte aufgenommen und werde jetzt ganz sicher nicht lockerlassen. »Was ist denn das niedere Konzil?«, hake ich mit zuckersüßem Lächeln nach.

»Denkst du nicht, dass du manchmal ein bisschen zu neugierig bist?«

»Möglich.« Ich stütze mich mit verschränkten Armen auf dem Tresen ab. »Jetzt erzähl endlich.«

Kian seufzt und rollt mit den Augen, spiegelt dann aber mein Schulterzucken und beugt sich vor. »Vom Sidhe-Konzil hast du bereits gehört, oder?«

»Nur rudimentär«, lüge ich.

»Ah, rudimentär.«

»Klar.«

Kian schmunzelt und deutet mit einem Nicken auf die Tür neben der Bar. »Und was genau weißt du über das Konzil?«

Klasse, da denkt man, man hat die Schulzeit hinter sich und dann sitzt man doch wieder im Kreuzverhör mit einem Klugscheißer. »Das Sidhe-Konzil, nicht wahr?«

»Genau das.« Kians Grinsen wird breiter.

»Also, das Sidhe-Konzil«, versuche ich Zeit zu schinden und durchwühle die langen Erzählungen und Vorträge, die Kian mir immer hält, wenn ich hier bin. Tatsächlich fällt mir etwas davon wieder ein. »Das Sidhe-Konzil, auf dem beschlossen wurde, dass die Fae sich zurückziehen!«, triumphiere ich auf.

»Warum?«

»Mann, Kian, du gönnst einem aber auch gar nix.«

»Willst du jetzt wissen, was das niedere Konzil ist, oder nicht?«

Ich seufze und trinke einen Schluck von meinem Wasser. »Schieß los.«

»Charmant wie immer«, schmunzelt er, verschränkt dann die Arme vor der Brust und sieht einen Moment nachdenklich an die Decke, bevor er anfängt: »Nach den Kriegen zwischen Menschen und Fae beziehungsweise den Sidhe, die sie anführten, gab es einen Moment, in dem allen klar wurde, dass sie einander ebenbürtig waren. Daraufhin trat das Sidhe-Konzil vor euren König Artus und gemeinsam wurde beschlossen, dass die Sidhe in ihre Welt zurückkehren würden. Sie dürfen zwar noch diese Welt betreten, aber niemals in kämpferischer Absicht oder mit dem Willen, den Menschen schaden zu wollen. Dieses Abkommen wurde auf Avalon geschlossen, sodass sich selbst die übermächtigen Sidhe daran halten müssen.«

Das meiste davon habe ich tatsächlich schon gehört, nur die Ritter der Tafelrunde sind neu. »König Artus und Avalon also, klar.«

»Verarscht du mich gerade, Viv?«

»Würde mir im Traum nicht einfallen. Also weiter, was hat es dann mit dem niederen Konzil auf sich?«

Kian schenkt sich ein Glas Whisky ein und nimmt einen Schluck, bevor er weiterspricht: »Zwischen den Sidhe und den übrigen, den niederen Fae, gab es schon immer … Spannungen. Oberon und Titania sind unser Herrscherpaar und auch die übrigen Sidhe gehören zum Adel, was alle anderen Fae …«

»Zu Fußabtretern macht«, springe ich ein.

»An guten Tagen, ja«, stimmt Kian mir zu. »An schlechten sind wir nicht mehr als Sklaven. Die Kriege gegen die Menschen hatten die Sidhe geschwächt und die Anführer der niederen Fae sahen das als Chance, um sich aus dieser Knechtschaft zu befreien.«

»Schön altertümliches Wort.«

»Lass die Klugscheißerei und hör zu. Das niedere Konzil trat vor die Sidhe und verlangte, dass sie Freiheit bekommen sollten.«

»Lass mich raten«, unterbreche ich ihn. »Die Sidhe waren davon alles andere als begeistert und haben ihnen den Garaus gemacht?«

»Fast. Die Sidhe drohten den niederen Fae mit Tod und Verderben, aber als das niedere Konzil drohte, die Grenzen zur menschlichen Welt vollständig zu zerstören, verhandelten sie. Das niedere Konzil presste den Sidhe das Versprechen ab, dass jeder Fae, der es aus eigener Kraft ins Reich der Menschen schafft, frei ist und nicht mehr gegen seinen Willen zurückgeholt werden kann.«

»Das klingt, als wäre es nicht so leicht, die Grenze zu überqueren.«

»Nein«, erwidert Kian ungewohnt ernst. »Es ist oft sogar tödlich. Außerdem haben die Menschen viele der alten Pforten zerstört, nachdem die Sidhe und die Fae sich zurückgezogen hatten. Auf dieser Seite der Grenze gibt es nicht viele von uns und das hat seinen Grund.«

Eine Weile schweigt er und ich nippe an meinem Wasser. Dann fällt mir wieder etwas ein: »Du sagtest, das niedere Konzil trifft sich heute?«

»Mhm.« Kian trinkt einen Schluck von seinem Whisky, sieht dann mich an und seine Augenbrauen ziehen sich Unheil verkündend zusammen. »Oh nein, auf keinen Fall.«

»Komm schon«, bettle ich. »Du sagst selbst immer, ich soll möglichst viel lernen, damit ich den Sidhe-Opfern helfen kann.«

»Das niedere Konzil hat nichts damit zu tun.«

»Das niedere Konzil hat eine Menge damit zu tun!«, begehre ich auf. »Sie haben sich immerhin gegen die Sidhe gestellt und sogar gewonnen. Wenn ich von irgendjemandem erfahren kann, wie man sich gegen die Spitzoh…, äh, ich meine, die Sidhe wehren kann, dann doch wohl von ihnen.«

Er mustert mich stumm eine ganze Weile lang mit gerunzelter Stirn. Dann seufzt er. »Okay, du kannst zusehen. Aber keinen Mucks. Wenn irgendeiner der Fae merkt, dass ein Mensch dort ist …«

»Ich werde keinen Pieps von mir geben, versprochen.«

»Und hör auf zu grinsen.«

Kian führt mich nicht durch die Tür ins Labyrinth, sondern zu einer schmalen Treppe, die sich direkt neben der Bar versteckt hat. Er muss die Tür mit einem Schlüssel aufschließen und sieht sich erst sorgsam um, ob uns auch niemand beobachtet, bevor er mich hindurchschiebt. Darüber hätte er sich aber ohnehin keine Sorgen machen müssen, denn so voll die Bar bis gerade noch war, so leer ist sie jetzt. Während Kian mir eine weitere Nachhilfestunde in Sachen Fae und Menschen gegeben hat, sind sie alle klammheimlich in den Untiefen der Bar verschwunden.

Die Treppe besteht aus Holz, sie quietscht und knarzt unter meinem Gewicht. Hinter mir kann ich Kian hören, aber viel sehe ich auf der schmalen Treppe nicht. Erst als ich die letzte Stufe erreicht habe, erhellt Kerzenlicht meine Umgebung. Ich finde mich in einem hohen und sehr engen Flur wieder, an dessen Steinwänden Laternen hängen, in denen Kerzen leuchten. Ihr weiches Licht lässt die Enge fast verschwinden und hat etwas Heimeliges an sich, nur so wirklich kann ich das nicht genießen, denn Kian scheucht mich hastig weiter zu einer Tür, die er diesmal nicht mit einem, sondern gleich mit drei Schlüsseln aufschließen muss. Den Schlüsselbund lässt er sorgfältig wieder in seiner Hosentasche verschwinden. Er sieht mich ernst an und legt mit strengem Blick seinen Zeigefinger an die Lippen. Ich nicke bekräftigend und dann schiebt er mich in die Dunkelheit.

Es dauert nicht lange, bis meine Augen sich an das Halbdunkel gewöhnen. Kian nimmt meine Hand und führt mich vorwärts, bis wir an eine Balustrade kommen. Das Geländer besteht, wie das meiste hier oben, aus Holz und fühlt sich glatt und abgegriffen unter meinen Fingern an. Unter uns öffnet sich ein riesiger, kreisrunder Saal, groß genug, dass das Leylines viermal hier hineinpassen würde. Er ist voller Fae, nicht ein einziger Mensch ist in dem Gewusel unter mir zu sehen. Ich sehe jede Menge vertraute Wesen wie Nymphen, Satyre und Trolle, aber auch viele Wesen, denen ich bisher noch nie begegnet bin. Gut, zum ersten Mal ist mir vor sechs Wochen ein Fae begegnet und das war Kian, also kann man noch nicht von einem riesigen Wissensschatz sprechen, doch zumindest kann ich mittlerweile einen Satyr von einer Nymphe unterscheiden.

Die Stimmung im Saal wirkt ein wenig angespannt, um nicht zu sagen hitzig. Man sollte meinen, dass bei solch einer Menge Stimmengewirr zu hören sein sollte, aber kaum jemand redet miteinander und wenn, dann auch nur im Flüsterton. Wir sind hoch genug über den Köpfen – und Hörnern und Federn – der Anwesenden, darum mache ich mir nicht besonders große Sorgen darum, dass wir entdeckt werden könnten, aber Kian zieht mich ein wenig zurück in den Schatten.

Gerade als ich ihn fragen will, warum er das getan hat, dröhnt eine tiefe Stimme durch den Saal. Vorsichtig schiele ich über das Geländer und sehe die Trollfrau namens Lydia, die in der Mitte des Saals steht, die Hände an den Mund gelegt, und sie röhrt laut genug, dass selbst meine tote Urgroßmutter sie wohl noch gehört hat. »Klappe halten und zuhören!«

Gut, irgendwie habe ich mir die Eröffnung des niederen Konzils ein wenig … feierlicher vorgestellt, doch ich muss zugeben, Lydia ist mir gerade ziemlich sympathisch geworden. Tatsächlich wird es still, auch wenn zuvor nicht viel zu hören gewesen war. »Danke, Lydia«, meldet sich ein Satyr zu Wort, der bisher hinter ihr gestanden hat. Seine Hörner sind noch stärker gewunden als Kians und seine Hufe glänzen im Licht der Kerzen. Er wirkt nicht mehr ganz jung, die ersten Falten zeichnen sich um seine Mundwinkel ab, aber er steht mit einer Autorität da, die nicht einmal Lydias beeindruckende Gestalt übertreffen kann. »Und danke an euch, dass ihr gekommen seid«, fährt er an die Menge gewandt fort. »Ich weiß, dass der Weg nicht für alle leicht war, denn nicht jeder lebt in der Stadt, darum bin ich froh, dass alle es geschafft haben.«

Jedes einzelne Augenpaar im Saal ist auf den Satyr gerichtet, der seinen Blick über die Köpfe der Anwesenden hinweggleiten lässt. »Es ist *eine gefährliche Zeit für uns. Die Raunächte sind angebrochen und bald steht das Ende des Jahres bevor. Ihr alle wisst, was das heißt: Laut dem Abkommen zwischen den Sidhe und den Menschen darf Oberon in der letzten Raunacht die Wilde Jagd in die Menschenwelt bringen und Adams Kinder und uns zu seiner Beute machen. Darum müssen wir sichergehen, dass alle niederen Fae in Sicherheit sind.«*

»Was soll das bringen?«, ruft ein junger Troll. Er scheint noch glatt, auf seiner grauen Haut hat sich noch kein Moos angesetzt und sie wirkt wie die Oberfläche eines Handschmeichlers aus Halbedelstein. Die Aufmerksamkeit im Saal richtet sich auf ihn und er schrumpft unter diesen Blicken ein wenig in sich zusammen.

»Was meinst du, junger Troll?«, fragt der Satyr nicht unfreundlich.

Der Junge richtet sich wieder ein wenig auf, sieht unsicher die Fae in seiner Nähe an und dann wieder nach vorn. »Na ja«, setzt er an, »es ist doch nur immer schlimmer geworden, oder? Jedes Silvester verschwinden mehr von uns oder wir finden nur noch wenige Überreste von denen, die verloren gegangen sind. Oberon hat sich im Abkommen das Privileg gesichert, jagen zu dürfen, aber wir haben auch das Recht, uns zu schützen. Und genau das ignoriert er. Wir alle wissen, wie gefährlich diese Nacht ist und ich glaube, es gibt niemanden, der nicht extra viele Vorkehrungen trifft, damit er sicher ist. Trotzdem verschwinden Fae. Jedes Jahr mehr. Wir waren einmal eine große Gemeinde in diesem Land, in fast jeder großen Stadt gab es ein Leylines *und man wusste, wo man Brüder und Schwestern finden konnte. Seht uns doch jetzt einmal an. Nach ein paar Jahrhunderten sind wir zu diesem traurigen kleinen Haufen zusammengeschrumpft. Die niederen Fae außerhalb des Reiches des Zwielichts passen in diesen mickrigen Saal. Wenn das so weitergeht, wird bald nichts mehr von uns übrig sein.« Er schweigt einen Augenblick lang und ich kann hören, wie sich einige der Anwesenden unsicher räuspern. In den Augen der Fae, die der Balustrade am nächsten sind, kann ich sogar Tränen schimmern sehen.*

»Es ist ein Risiko, herzukommen, aber wir alle sind es eingegangen, um frei zu sein. Wir haben unsere Heimat, unsere Lieben, alles, was wir kennen, hinter uns gelassen, haben das Risiko auf uns genommen, zu sterben, und wofür? Dass wir nichts weiter sind als Beute für Oberons Jagdvergnügen?«

Die Stille ist drückend geworden, sie hüllt jeden im Saal ein, selbst mich, und ich bin nicht einmal eine Fae.

»Wir können nichts gegen das Abkommen ausrichten«, sagt Lydia schließlich und legt dem Satyr die Hand auf die Schulter, der offensichtlich noch immer nach einer Antwort sucht, die er dem Troll geben kann. »Wir sind kein Teil davon und genau das ist der Grund, warum wir hier sind. Jeder Einzelne von uns hat das Land des Zwielichts aus freien Stücken und unter großen Mühen verlassen, das ist wahr. Aber vergesst nicht, wofür wir das getan haben. Weil wir genau diese Ungerechtigkeit nicht länger hinnehmen wollten. Wir sind kein Vieh, wir sind keine Diener und Sklaven. Wir haben es verdient, frei zu sein, frei zu entscheiden. Wir haben es verdient, ein Mitspracherecht zu haben, wenn es um unser Schicksal geht.

Die Sidhe wollen dieses Recht nicht anerkennen, was bedeutet, dass unser Kampf nicht vorbei ist. Hier haben wir die Möglichkeit zu kämpfen. Du kannst den Schwanz einziehen und dein Leben lang Angst vor dieser einen Nacht haben, Kent, oder du nimmst deine Rechte als freier Troll wahr und kämpfst für das, was du hier gefunden hast.«

Nach Lydias Ansprache beginnen die Fae im Saal zu jubeln und der Troll namens Kent grinst schief und ein wenig peinlich berührt.

»Ruhe, gebt wieder Ruhe!«, ruft der Satyr und räuspert sich. »Nachdem das also geklärt ist, lasst uns darüber beratschlagen, welche Verstecke wir bisher noch nicht in Betracht gezogen haben.«

»Das reicht jetzt«, flüstert Kian mir ins Ohr und zieht mich zurück zur Tür.

»Was? Nein, jetzt wird es doch gerade spannend«, zische ich und versuche mich von ihm loszumachen.

»Du hast schon viel zu viel gehört«, zischt er ebenso leise zurück. Seine Hand um meinen Arm ist unerbittlich und egal, wie sehr ich mich auch wehre, mich gegen seinen Griff stemme, er zieht mich nahezu mühelos aus dem Saal. Ich blicke ein wenig wehmütig zurück zur Balustrade, lasse mich dann aber willig wegführen. Irgendwann werde ich wiederkommen, schwöre ich mir, hier bin ich noch lange nicht fertig!

Kapitel 7

Wie bitte?«, entfuhr es mir, was mich auch gleich wieder weniger intelligent wirken ließ. »Du weißt schon, dass ich nur …«

»Nur Menschen gegen Sidhe helfe. Ich bin doch nicht dämlich«, knurrte Lydia und trotz allem entspannte ich mich ein wenig. Das war die Lydia, die ich kannte.

»Was willst du dann von mir?«

Lydia sah sich abermals um und ich folgte ihrem Blick. So langsam begann ich ebenfalls nervös zu werden, denn es gibt nicht viel, was einem Troll Unbehagen bereiten kann. Ich konnte gut darauf verzichten, etwas kennenzulernen, was dazu in der Lage war.

»Ich könnte möglicherweise auch Hilfe gebrauchen«, brummte sie.

Es dauerte einen Moment, bis der Groschen fiel. »Du brauchst Hilfe gegen einen Sidhe?!«

»Nicht so laut«, zischte sie und leerte den Humpen bis zur Hälfte. »Aber ja. Nicht nur ich. Alle Trolle.«

»Lydia, das sind Rassenfehden aus dem Reich des Zwielichts«, murmelte ich und schüttelte heftig den Kopf. »Damit habe ich nichts zu tun und ich werde mich da ganz sicher nicht einmischen.«

»Darum geht es hier nicht«, erwiderte sie. »Zumindest nicht aus Sicht der Trolle. Der Frieden im Reich der Sonne ist gewahrt, die meisten Trolle wollen einfach nur ihr Leben leben und sich etwas aufbauen. Ganz ohne Kasten und ohne Rassenbeschränkungen.« Ich nickte leicht und Lydia fuhr fort: »Den Sidhe gefällt das nicht. Sie wollen uns kleinhalten, wollen, dass wir die Sklaven bleiben, die wir in ihren Augen sind.«

»Aber durch das Konzil ist doch gesichert, dass jeder Fae im Reich der Sonne als freies Wesen leben kann«, warf ich ein.

Lydia gab ein abfälliges Geräusch von sich. »Nur weil sie hier unsere Freiheit anerkennen müssen, heißt das noch lange nicht, dass sie uns als freie Fae ansehen. Die Spitzohren verachten uns, und das lassen sie uns auch spüren. Es wäre egal, wenn nicht …« Sie verstummte und sah in ihren Humpen. »Sie jagen uns. Wollen uns Angst machen.«

Ich runzelte die Stirn, doch bevor ich etwas sagen konnte, winkte sie schon wieder ab. »Ich weiß, die Gesetze des Abkommens verbieten es ihnen, uns hier Schaden zuzufügen. Jedenfalls meistens. Und normalerweise hält sich ihre Gier in Grenzen, doch diesmal … Diesmal ist es anders.«

Wenn ich es nicht besser gewusst hätte, hätte ich fast gesagt, Lydias Körper durchlief ein Schauer. Soweit ich wusste, waren Trolle nicht dazu in der Lage, aber sie *zitterte.*

Einen Troll zittern zu sehen war ein beeindruckender Anblick. Es hatte etwas von einem Bergmassiv, dem gerade einfällt, dass das jährliche Erdbeben überfällig ist. Es begann an der Spitze und zog sich dann über den ganzen Körper, tiefer hinab, bis zu den Füßen. Nicht nur der Humpen wurde durchgeschüttelt, sondern auch der Tisch knarzte und ächzte und ich hielt mich unwillkürlich an den Tischkanten fest, weil ich das Zittern selbst bis in meine Beine spüren konnte.

»Lydia«, entfuhr es mir nicht besonders laut, aber laut genug, dass sie mich hören konnte. Sie hob den Kopf, sah mich an und ihr Blick war hohl und leer. Das war keine Angst; das war reine, instinktgesteuerte Panik. Eine Gänsehaut kroch meine Arme hinauf. »Lydia«, sagte ich noch einmal, dieses Mal allerdings wesentlich sanfter. Wäre sie ein Mensch, hätte ich ihr die Hand auf den Arm gelegt, um sie zu beruhigen, doch ein solches Zeichen von Schwäche würde Lydia niemals tolerieren. Also sah ich sie nur auffordernd an, was sie gar nicht zu bemerken schien. Ich war mir nicht einmal mehr sicher, ob sie mich überhaupt noch wahrnahm.

»Lydia.« Langsam kam ich mir vor wie ein Papagei. »Lydia, was haben die Sidhe gefunden?«

Ihr Zittern klang ab, aber ihre Augen wurden fast vollständig von riesigen dunklen Pupillen eingenommen. »Die Schatten«, sagte sie und sah mich wieder direkt an. »Sie haben die Schatten geweckt.«

Lydia musste mir nicht sagen, wie sie aussahen oder was sie damit meinte. Ich hatte sofort ein Bild vor Augen, von einer geisterhaften, dürren Klaue, die durch meine Badezimmerdecke kratzte, um nach mir zu greifen, und die Stimmen im Ohr, die mir Dinge zuflüsterten, die ich noch immer nicht genau zuordnen konnte.

»Du bist kreidebleich«, murmelte Lydia, nachdem ich wohl eine Minute zu lang geschwiegen hatte. Sie hatte einen tiefen Schluck aus ihrem Humpen genommen.

»Du auch.«

»Ich bestehe zu fünfzig Prozent aus Kreide, das ist keine Kunst.«

Wenigstens konnte sie wieder Witze machen. Mir war allerdings absolut nicht nach Scherzen zumute.

Eine Weile schwiegen wir beide, tranken und starrten ins Leere. Dann gab ich mir einen Ruck und sagte: »Du willst, dass ich diese Schatten finde?«

»Ich will, dass du diesen Krieg verhinderst.« Lydia rieb sich mit einem kratzenden Geräusch über die Stirn. »Trolle haben die Geduld von Stein, aber das Temperament eines Felsens, wenn er einmal ins Rollen gekommen ist. Die Abneigung gegen die Sidhe ist immer an der Schwelle zum Hass. Es gab … ein paar Gerüchte. Einer unserer Ältesten ist erst vor Kurzem verschwunden, vor nicht einmal dreizehn Stunden. Man sagt, die Schatten haben ihn geholt. Beweise hat keiner, gesehen hat es keiner. Und die Gerüchte werden lauter. Und du kannst dir denken, was sie besagen.«

»Kann man das Verschwinden eures Ältesten wirklich aufgrund irgendeines Gerüchtes über Sidhe auch ihnen in die Schuhe schieben?«, versuchte ich mich in der Rolle der Stimme der Vernunft.

»Er ist einer unserer Ältesten«, erklärte Lydia im gleichen Tonfall, mit dem man sehr, sehr dummen Menschen sehr, sehr langsam etwas Offensichtliches erklärt. »Die bewegen sich nicht mehr viel, sondern liegen irgendwo herum und setzen Moos an. Die verschwinden nicht einfach so, ohne dass es jemand bemerkt.«

»Aber was sollten diese Schatten für einen Grund haben, sich an einem alten Troll zu vergreifen?«

»Seine Magie.« Die Worte klangen ebenso düster wie Lydias Stimme. »Was seine Heimat noch auf der anderen Seite der Portale hat, kann nicht ewig hier überleben. Es braucht Magie, wie ihr Menschen etwas zu essen braucht, sonst wird es immer schwächer.«

Sie trank, merkte dann, dass der Humpen leer war, und winkte dem Kellner. Wir schwiegen, bis er ihr einen neuen Humpen gebracht hatte.

»Es braucht nur einen Schubs und der Felsen wird ins Rollen kommen und dabei alles zermalmen, was sich ihm in den Weg stellt. Ich bin kein Freund der Spitzohren, doch ich glaube nicht, dass sie gemeinschaftlich beschlossen haben, uns auszulöschen. Falls doch, werde ich meinen Brüdern und Schwestern ihren Hass nicht verweigern, aber ich habe bereits einen Krieg gegen die Sidhe mit ansehen müssen. Ich will das niemals wieder miterleben.«

Es war ungewöhnlich, Lydia so ernst zu sehen, und es verursachte mir eine Gänsehaut. Auch wenn ich es bereits ahnte, musste ich fragen: »Was genau sind diese Schatten?«

»Man sagt, es sind die Schatten von gefallenen Kriegern und ermordeten Müttern«, sagte sie leise und ich rutschte näher, um sie auch ganz sicher verstehen zu können.

»Sie haben ihren Ursprung verloren und streifen ziellos auf der Welt umher, um ihn wiederfinden zu können. Und wenn sie herausgefunden haben, dass er tot ist, wird der Hass in ihnen so groß, dass sie zu unruhigen Geistern werden, zu hungrigen toten Seelen, die nach den Lebenden gieren, die Blut trinken und Fleisch fressen, in dem hoffnungslosen Versuch, sich einen neuen Körper einzuverleiben. Aber es ist zwecklos, man kann totes Fleisch nicht wieder neu erwecken, und darum wird ihr Hunger und ihre Sehnsucht nie gestillt, sie sind ewig auf der Suche, ewig voller Hass und sie sind der Untergang alles Lebenden, das ihren Weg kreuzt.«

Das Frösteln wurde stärker und rasch nahm ich einen Schluck aus meinem Glas, um es zu übertünchen.

»Ich nehme an, euer kleiner Krieg würde sich dann nicht auf die Welt des Zwielichts beschränken?«

»In unserer Welt haben wir keine Chance gegen sie. Ein Vergeltungsschlag würde sie hier treffen, im Reich der Sonne.«

»Ihr könnt euren verdammten Krieg nicht …«, begann ich zischend, aber Lydia fiel mir ins Wort.

»Noch ist es das nicht, und wenn du weiter von Krieg sprichst, befürchte ich, dass du etwas heraufbeschwörst, was viele von uns bereuen werden. Wie ich bereits sagte, wenn der Felsen rollt, wird niemand mehr ihn aufhalten können, weder du noch ich. Es ist ihm egal, ob er Mensch, Troll oder Sidhe zermalmt, er wird sich durch nichts aufhalten lassen.«

»Clever«, murmelte ich und rieb mir über die Augen. Das Adrenalin, das seit dem Kampf durch meinen Körper gepumpt worden war, hatte sich endgültig verflüchtigt und ließ mich mit vor Müdigkeit bleischweren Gliedern und einem Brennen auf dem Bauch zurück, wo die Wunden, die der Golem mir verpasst hatte, begannen zu verschorfen. »Du drohst mir also unterschwellig mit der Zerstörung meiner Heimat, wenn ich euren kleinen … Konflikt nicht verhindere.«

Lydias Augen verengten sich und sie musterte mich ernst, ehe sie sagte: »Ich drohe dir mit gar nichts. Ich sage dir, was die Tatsachen sind. Wenn du deswegen wütend bist, wende dich an die Spitzohren und kläre auf, was an den Gerüchten über die Schatten dran ist.«

Mein Kopf fühlte sich an, als wäre er mit Zement gefüllt, und meine Gedanken begannen ineinander zu verschwimmen. »Und die Bezahlung?«

Lydia schnaubte. »Ein Ritter kämpft um Ehre und Ruhm.«

»Freut mich für die Ritter, aber ich bin nur eine kleine Verhandlungshilfe zwischen verschiedenen Wesen, und leider muss ich essen, Miete bezahlen und Benzin für mein Auto … oh nein, warte, das fällt in Zukunft weg.«

Mein armer Mini.

Nach kurzem Zögern legte Lydia ihre Hand auf den Tisch. Etwas befand sich darunter und als sie die Hand hob, wurden meine Augen groß. Es war ein Diamant, ungeschliffen und etwa so groß wie der Fingernagel meines kleinen Fingers. »Das ist eine Anzahlung. Ich werde dir mehr geben, wenn du herausgefunden hast, was es mit den Gerüchten auf sich hat und wer hinter all dem steckt.«

Zugegeben, ich fühlte mich nicht besonders heroisch oder edel, als ich den Diamanten nahm und in meine Tasche steckte. Aber von edel oder heroisch lässt es sich schwer leben. »Kennst du jemanden, der mir helfen kann, mehr über den Ursprung dieser Schatten herauszufinden?«, fragte ich. »Und ich brauche Namen von Angehörigen, von Trollen, die verschwunden sind.«

»Sonst noch etwas?«, fragte Lydia mit einem schiefen Grinsen.

»Es könnte nicht schaden, wenn du diese Angehörigen informieren könntest, dass ich komme, sonst machen sie Mus aus mir, bevor ich auch nur den Mund aufmachen kann. Ach, und das hier«, ich hob mein Bierglas und schwenkte es, »geht auf dich.«

Sie lachte bellend, protestierte aber nicht, was ich als ein Ja deutete. »Ich höre von dir«, sagte ich mit einem Nicken und stand auf. Sie erwiderte es und sah sich dann nach dem Kellner mit dem bestellten Bier um.

Kapitel 8

Erinnert sich noch jemand daran, dass ich sagte, das *Leylines* sei ein verdammtes Labyrinth? Ich hatte es kurzzeitig wieder vergessen – vielleicht lag es an meiner Müdigkeit, vielleicht an meinem von blauen Flecken und Kratzern übersäten schmerzenden Körper, der mir das Denken erschwerte, aber ich vergaß es einfach und ging durch die nächste Tür, die mich eigentlich zurück in den großen Schankraum der Bar hätte bringen sollen. Nur lag hinter dieser Tür kein Schankraum, keine Bar, kein Tisch mit Chu und Moran. Vor mir breitete sich ein sanft vom Kerzen- und Mondlicht beleuchteter Garten aus. Unter meinen Füßen erstreckte sich saftig grünes, kurz geschnittenes Gras.

Der Garten war viel größer, als er von der Größe des Hauses gemessen überhaupt sein dürfte, was mich schon nicht mehr überraschte. Viel eher war es die warme Luft, die mich umgab, und der Duft der Blumen, die in den gewundenen Bäumen blühten, die mich völlig überraschten.

In diesem gepflegten Garten war Frühling, ein harscher Kontrast zu dem Winter, der die Stadt vor der Tür in seinen Klauen hielt, und das war etwas, was ich nicht einmal an den Höfen der Sidhe in Berlin gesehen hatte. Mit Größe und Perspektiven konnten sie meisterhaft umgehen, – dass sie neuerdings sogar ihr eigenes Wetter mitbrachten, war mir neu.

Ich traute mich nicht, den sorgsam gestutzten, etwa knöchelhohen Rasen zu betreten, darum drehte ich mich um, um wieder hinauszugehen, doch wo gerade noch eine Tür gewesen war, durch die ich den Garten betreten hatte, befand sich jetzt eine glatte Marmorwand. Also ging ich auf den kleinen Steinpfad, der sich durch den Garten wand und um einen Bach schlängelte, um dieses Stück Gärtnertraum zu durchqueren, in der Hoffnung, auf der gegenüberliegenden Seite eine Tür zu finden, die mich zurück an meinen Ursprungsort bringen würde.

Ich musste einige Minuten lang gehen, ehe ich auf das erste Lebenszeichen traf – einige Baldachine aus Seide, die sich in der sanften Frühlingsbrise blähten, und darunter Tische und Servierwagen voller kunstvoll angerichteter Häppchen und Champagnerflöten mit den unterschiedlichsten Getränken in allen Farben des Regenbogens. Einige von ihnen schimmerten, als hätte jemand ein Töpfchen voller Glitzer darin verschüttet, aus anderen drang schillernder Dampf oder kleine exotische Früchte schwebten kurz über der Oberfläche. Mir lief das Wasser im Mund zusammen, obwohl ich gerade erst ein Bier im Magen und ich eigentlich auch keinen Hunger hatte.

Mein Weg führte mich automatisch an den Baldachinen vorbei, darum blieb ich kurz stehen und zog den Tiegel wieder aus der Tasche. Anstatt auf die Lider, schmierte ich mir etwas von der Salbe auf die Zungenspitze. Die Salbe schmeckte bitter und hatte ungefähr das kulinarische Niveau von Kernseife, von der man einen herzhaften Bissen genommen hatte. Zum wiederholten Mal ermahnte ich mich, beim nächsten Salbeansetzen ein wenig Honig in die Mischung zu rühren, damit es nicht immer so eklig war, wenn ich sie essen musste, aber auch wenn sie scheußlich war, erfüllte sie doch ihren Zweck. Die Salbe auf meiner Zunge würde mir nicht, wie auf den Augen, dabei helfen, die wahre Gestalt der Dinge zu erkennen, sondern mir ein Stück weit dabei helfen, mich dem Effekt, den alle Sidhe auf Menschen hatten, zu entziehen. Was keine blöde Idee war, wenn man gerade kurz davor stand, mitten durch eine feine Sidhe-Party zu stampfen und sie unabsichtlich bei was auch immer sie da gerade taten zu stören.

Ich sah auf. In den sorgsam versetzt gepflanzten, verwundenen Bäumen hingen kleine Flaschen, aus denen das Licht kam. Was ich anfangs für Kerzen gehalten hatte, entpuppte sich bei näherem Hinsehen als kleine Feen, von denen ein weiches beruhigendes Licht ausging, auch wenn die kleinen Wesen immer wieder gegen die Glaswände flogen, offensichtlich in dem Versuch, sich zu befreien.

Arme kleine Wesen.

Plötzlich stellte sich mir jemand in den Weg und ich schielte auf die Spitze eines Speeres hinunter. »Was hast du hier zu schaffen?!«

Ich schielte weiter an dem Speer entlang bis zu dessen Ende, an dem sich ein Sidhe in einer kunstvoll verzierten Rüstung und mit zurückgebundenen Haaren befand und mich wütend anfunkelte. Abwehrend hob ich die Hände. »Ich bin nur auf der Suche zurück in den großen Schankraum des *Leylines*«, sagte ich und deutete auf die Tür hinter mir. »Diese Tür führt nur in die Grotte.«

»Das ist mir egal.« Der Sidhe schien fest entschlossen zu sein, mir den Zugang zu verwehren, komme, was wolle. »Hier kommst du nicht durch. Verschwinde aus dem Garten.«

Der Garten, natürlich, wie sollte man diese grüne Folterkammer für Feen auch sonst nennen? »Ich will wirklich keinen Ärger machen«, sagte ich und hob meine Hände noch ein wenig höher, um ihm zu zeigen, dass ich nichts darin hielt und auch sonst keine Gefahr für ihn darstellte.

Der Sidhe runzelte die Stirn und schien mich zum ersten Mal überhaupt wirklich anzusehen. Dann riss er die Augen auf und sein Speer zuckte ein wenig näher in Richtung meines Gesichtes. »Die Füchsin«, hauchte er und mein Magen verkrampfte sich. Den Namen hatte ich schon länger nicht mehr aus dem Mund eines Sidhe gehört und auch lange nicht mehr mit einer solchen Sicherheit ausgesprochen.

»Ja«, gab ich zu. »Aber ich bin nicht aus beruflichen Gründen hier, ich habe mich wirklich nur verlaufen …«

Die Speerspitze sauste auf mein Gesicht zu, direkt auf die Stelle über dem Nasenrücken, und ich hatte nicht einmal mehr die Zeit, einen klaren Gedanken zu fassen, als eine helle Stimme die Luft zerriss und dem Speer sofort Einhalt gebot. »Halt!«

Ich hatte mit dem Leben schon abgeschlossen und die Augen fest zugekniffen, damit ich nicht auch noch mit ansehen musste, wie die Klinge aus Knochen in mein Gesicht eindrang, doch als ich sie jetzt öffnete, merkte ich, dass ich doch noch eine Weile an Leben vor mir hatte, und dass mir doch kein neues Piercing im Gesicht gestochen worden war. Viel gefehlt hatte nicht.

Ich schielte – ganz nach Klischee – auf das Stück angespitzten Knochen, dahinter befand sich auch immer noch der wütende Sidhe, aber er sah nicht mehr zu mir, sondern hatte den Kopf zur Seite gedreht und blickte dort eine Gestalt an, die mich offensichtlich gerade gerettet hatte. Ich trat einen Schritt beiseite, um aus der Reichweite der Waffe zu kommen, und warf einen genaueren Blick auf die Gestalt.

Es war eine Sidhe, das stand ohne Zweifel fest. Das lange Haar ergoss sich wie Seide über ihre Schultern, ein helles, fast weißes Blau am Ansatz, das immer dunkler wurde, bis zu dem tiefen, dunklen, satten Saphirblau der Haarspitzen. Ihre Augen zeigten ein ähnliches Farbspektrum und sie waren gesäumt von dunklen, fast schwarzen langen Wimpern, für die ich bei jeder Kosmetikerin sicherlich ein paar Hundert Euro hätte hinlegen müssen.

Ihr Gesicht wirkte auf seine Weise mit der niedlich angehobenen Stupsnase und dem vollen Schmollmund fast ein wenig kindlich. Wenn die Kleine auch noch Sommersprossen gehabt hätte, hätte sie jedes Klischee der jungen Landschönheit erfüllt. Wobei diese Sidhe ganz sicher nicht vom Land kam und ich wusste, dass die äußere Erscheinung nicht immer mit dem wahren Alter übereinstimmen musste.

Ich konnte spüren, wie mir die Knie weich wurden und mein ganzer Körper wie magisch vom Boden angezogen wurde und sich vor ihr auf die Knie werfen wollte. Die Salbe auf meiner Zunge schien sich auszubreiten, drang in meine Kehle und der Geschmack von Kernseife füllte meinen gesamten Mundraum aus, aber ich spürte, wie der Drang, mich vor dieser Sidhe in den Schmutz zu werfen, schwächer wurde und ich nur noch den Kopf senken musste.

Die Sidhe mit der schneeweißen Haut und den großen blauen Augen war alles andere als das übliche Wald-und-Wiesen-Spitzohr.

»Lady Titania«, keuchte die Wache laut auf und beugte sich mit gesenktem Haupt auf ein Knie.

Ich riss die Augen auf und biss mir auf die Zunge. Titania, die Sommerherrin, der Schoß des grünen Mannes, die Königin der Sidhe. Und natürlich musste ich in einer Bar in Berlin unangemeldet in ihrem Garten auftauchen und ihre Party crashen. Als hätte der Tag nicht noch schlechter werden können.

»Vergebt mir, Lady«, brachte ich zwischen zusammengepressten Zähnen hervor, was die Wache dazu veranlasste, doch aufzublicken und mir »Halt den Mund, Füchsin, niemand will dich hören« entgegenzuwerfen.

Titania kam auf mich zu; der Saum ihres weißen leichten Gewands schob sich über den grünen Rasen immer näher an mich heran. »Das ist die menschliche Füchsin?«, fragte sie und ihre helle Stimme klang alles andere als wütend. Im Gegenteil, sie wirkte … entzückt?

Langsam wagte ich es, den Kopf wieder zu heben und zu ihr aufzusehen. »Der Name ist eher eine Übertreibung«, erwiderte ich.

»Du bist zu bescheiden«, sagte sie und lachte so hell und freundlich, dass es mir unwillkürlich ein Lächeln ins Gesicht trieb. »Dein Ruf ist dir bereits vorausgeeilt. Viele der Sidhe an meinem Hof trauen sich kaum, deinen Namen laut auszusprechen.«

Sie zwinkerte mir zu und mein Lächeln wurde breiter. »Ihr schmeichelt mir, Lady«, sagte ich.

»Nur ein bisschen.« Sie schmunzelte ebenfalls und deutete auf die Baldachine. »Komm, erfrische dich ein wenig.« Sie tippte sich mit den Fingern auf die Lippen und zwinkerte mir abermals verschwörerisch zu. »Ich schwöre hiermit auch vor Zeugen, dass an diese Erfrischungen keine Verpflichtungen geknüpft und keine Wiedergutmachungen gesetzt sind.«

Sie drehte sich in einer eleganten Bewegung um und ging voraus. Ich folgte ihr dicht auf dem Fuß und konnte es mir nicht verkneifen, der Wache, die uns entgeistert hinterherstarrte, freundlich lächelnd zuzuwinken.

»Danke für Eure Freundlichkeit«, sagte ich, während wir uns den Baldachinen näherten, unter denen sich mehrere elegant gekleidete Sidhe tummelten, von den kleinen Häppchen naschten oder an ihren Gläsern nippten. Zwischen ihnen eilten geschäftig Nymphen und Satyre mit Tabletts auf den Händen umher, boten neue Köstlichkeiten an oder sammelten leere Gläser und Teller ein. »Aber ich bin nur auf der Suche nach dem Weg zurück in den Eingangsraum des *Leylines*.«

»Ach Unsinn, der läuft dir nicht weg«, sagte Titania gespielt streng und nahm einer vorbeieilenden Nymphe ein Glas mit einer grünen Flüssigkeit vom Tablett. »Im Gegensatz zu meiner kleinen Soiree. Und wer kann sich schon brüsten, die menschliche Füchsin als Gast auf seinem Fest bewirtet zu haben?«

»Ja, wer schon«, murmelte ich und nahm dankend das Glas entgegen, das sie mir in die Hand drückte. Nicht dass ich etwas davon trinken würde. Zwar hatte Titania gesagt, die Erfrischungen seien an keine Verpflichtung geknüpft, aber so wirklich konnte ich das nicht glauben, und Sidhe-Lebensmittel sind berüchtigt dafür, von Menschen nicht so gut vertragen zu werden. Und ich meine dabei nicht ein paar leichte Magenbeschwerden. Wenn man Pech hatte, wachte man am nächsten Tag mit einem Eselskopf oder einem Schweineschwänzchen auf.

»Darf ich fragen, was der Anlass für dieses Fest ist?«, tastete ich mich vorsichtig vor, bevor ich bei der Königin der Sidhe gleich mit der Hunderttausend-Euro-Frage ins Haus fiel, nämlich was zum Geier eine derart mächtige Fae außerhalb des Reiches des Zwielichts in der Menschenwelt zu suchen hatte!

Titania nickte lächelnd ein paar Sidhe zu, die vor ihr knicksten und rasch zurückwichen, als sie mich erkannten. Mann, hätte nicht gedacht, dass sich mein Ruf so schnell so weit verbreiten würde. Ich musste zugeben, es fühlte sich nicht schlecht an. »Ich wollte einfach eine Weile raus aus den Zwängen des Hofes«, sagte sie unbeschwert und nickte einer Sidhe mit smaragdgrünem Haar zu, das sie zu einem kompliziert aussehenden Knoten auf dem Kopf aufgetürmt hatte. »Mein Gatte kann zuweilen recht erdrückend sein, aber er vergisst immer, mich hier zu suchen, weil ich die Menschenlande nicht mag und er törichterweise davon ausgeht, ich würde aus diesem Grund nicht herkommen.«

»Lord Oberon befindet sich also gerade nicht im Reich der Sonne?«, fragte ich, tat, als würde ich trinken, und kippte den Drink über meine Schulter, gerade als Titania nicht hinsah, weil sie wieder jemandem huldvoll zunicken musste.

Sie lachte. »Wie ich bereits sagte, er sucht mich hier nie und betritt diese Lande nur, wenn er denkt, ich würde es nicht bemerken.« Sie verzog die Mundwinkel und zog auf entzückende Weise die Nase kraus. »Er wird bald wieder hier auftauchen, immerhin neigt sich das Jahr seinem Ende zu und mein Gatte wird sich mit seiner Meute und den Mitgliedern der Wilden Jagd wieder anschicken, die Lande unsicher zu machen.« Sie schauderte deutlich sichtbar. »Das will ich nicht mit ansehen müssen. Solch eine barbarische Tradition.«

Ich runzelte die Stirn. »Das ist sie in der Tat«, sagte ich und schüttelte hastig den Kopf, als mir ein Satyr mein leeres Glas abnehmen wollte. Am Ende kam er noch auf die Idee, mir ein neues, volles zu besorgen.

Titania wirkte kurz überrascht. »Ich dachte, dieser Name sei bei den Menschen in Vergessenheit geraten«, gab sie etwas pikiert von sich.

»Das ist er auch«, beeilte ich mich ihr zu versichern. »Nur noch wenige, mich eingeschlossen, kennen ihn und selbst bei ihnen hat sich die Bedeutung immer weiter verwischt. Heutzutage feiert man den Jahreswechsel mit lauten Knallern, bunten Lichtern und Masken.«

Titania nahm einen Schluck aus ihrem Glas. Die Flüssigkeit darin glühte für den Bruchteil einer Sekunde auf ihren Lippen auf, dann verschwand sie ganz. »Dann seid ihr sterblichen Kreaturen doch noch nicht so weit von eurer Vergangenheit weggerückt, wie ich dachte«, sagte sie und winkte nach einem neuen Glas. Das hatten Fae und Sidhe eindeutig gemeinsam – sie konnten Saufen wie bodenlose Löcher. »Eure Knaller, die Lichter, die Masken, all das habt ihr früher dazu benutzt, um die Wilde Jagd fernzuhalten. Ihr habt geglaubt, dass sie euch beschützen, damit eure Kinder und eure Seelen nicht geraubt werdet.« Sie machte eine wegwerfende Geste mit der Hand. »Natürlich hat es euch so viel genützt wie jeder Aberglaube, nämlich gar nichts, aber es ist bezaubernd, dass ihr noch immer daran festhaltet.«

Mir wurde kalt. Wie lapidar sie über die Ängste der Menschen sprach, über Leben, die nicht so lang oder, in ihren Augen, kostbar waren wie ihres. »Und was genau macht die Wilde Jagd Eures Gatten aus?«, fragte ich, um mir nichts anmerken zu lassen.

Wir blieben unter einem der Bäume stehen und ließen uns in die weichen Sessel sinken, die stumme Diener wie auf ein geheimes Zeichen hin bereitgestellt hatten. Über uns konnte ich ein leichtes Singen vernehmen, aber als ich unauffällig hochschielte, sah ich, dass es kein

Singen, sondern das Surren der Feenflügel war, das von den Flaschen, in denen sie steckten, verstärkt wurde. Es klang nicht besonders melodisch, eher zornig und auch traurig.

»Mein Gatte ist mit den Jahrhunderten zahm geworden«, sagte Titania mit einem Seufzen und zog damit wieder all meine Aufmerksamkeit auf sich. Selbst das Rauschen der Flügel wurde leiser. »Früher hat er mit seiner Meute jeden gehetzt, der sich in den dunklen Nächten vor die Tür wagte und den Schutz seiner Hütte verließ. Es war eine Zeit des Blutes, der Knochen und der Hatz.« Sie verzog das Gesicht und wirkte ein wenig nostalgisch. Gut, das half mir zumindest dabei, nicht wieder zu vergessen, wen beziehungsweise was ich da vor mir hatte.

Sie wischte mit der Hand durch die Luft. »Heutzutage ist es nur noch ein Sport und niemand kauert sich mehr vor Angst hinter seinen Ofen.«

Mir kam ein Gedanke. Konnte ich die Königin des Zwielichts wirklich so etwas fragen? Andererseits, wann würde sich jemals wieder so eine Gelegenheit ergeben? »Wie sah die Meute der Jagd aus, Lady?«

Fast hätte ich mit ›groß, dunkel, geheimnisvoll und leider auch tödlich‹ als Antwort gerechnet, doch das war es nicht, was ich bekam. »Es sind Hunde, Füchsin«, sagte Titania und lachte leise. »Verdammte kläffende Hunde, die ihrem Herrn treu ergeben sind. So, wie er es sich auch von mir wünschen würde.«

Auf ihrem hübschen Gesicht breitete sich für den Bruchteil einer Sekunde ein solcher Ausdruck von Qual aus, dass es mir das Herz brach. Hätte ich in diesem Moment geblinzelt, wäre er mir wahrscheinlich entgangen. Ich blinzelte nicht und er war da.

»Es tut mir …«, setzte ich an, aber lautes Gezeter unterbrach mich. Ein Schrei gesellte sich dazu und Titania und ich sprangen gleichzeitig auf und rannten in Richtung des Lärms, wobei sie über das Gras hinwegzugleiten schien, während ich keuchend und schnaufend nachlief. Der Grund für den Tumult fand sich unter einem der Baldachine am Rand des Gartens. Eine der Feen aus den Flaschen hatte sich befreien können und umschwirrte laut kreischend einen Sidhe, der immer wieder mit einem umgedrehten Kelch nach dem kleinen Wesen schlug. Er holte wieder aus und traf sie mitten im Flug. Die

Fee raste wie ein glitzernder leuchtender Komet unter dem Baldachin hervor und wurde mir direkt vor die Füße geschleudert.

Ich bin wirklich niemand, der gern Ärger sucht, aber leider wurde ich mit einem ausgeprägten Gerechtigkeitssinn geboren, der mir nicht nur den Spitznamen »die menschliche Füchsin« – und noch einige andere, sehr viel weniger schmeichelhafte Namen – eingebracht hatte, sondern mich immer wieder in Schwierigkeiten brachte. Wie auch jetzt. Ohne nachzudenken bückte ich mich, nahm das kleine Wesen behutsam in meine Hände und hob es hoch, bevor der vor Wut schnaubende Sidhe seinen kleinen Ausflug in den Baseball-Sport zu Ende führen und die Fee plattmachen konnte.

»Lass sie los, Füchsin«, knurrte der Sidhe.

Instinktiv drückte ich die verletzte Fee, die sich auffallend still verhielt, an meine Brust. »Was hat sie denn getan?«

»Dieses kleine Miststück hat mich mit einer Flasche beworfen und mich angegriffen«, giftete das Spitzohr. Ich sah auf die Stelle, an der sein Stuhl stand, die zerbrochene Flasche daneben, und dann auf das schillernde Wesen in meinen Händen. Vermutlich war ihm die Flasche auf den Kopf gefallen, dabei zerbrochen und er hatte dann versucht, die Fee dafür verantwortlich zu machen und sie zu zerquetschen, weil er ein verdammter hochnäsiger Egomane mit Minderwertigkeitskomplex war. Das alles war natürlich nur eine völlig objektive Einschätzung meinerseits.

In seiner Wut hatte er allerdings auch einen Flügel der Fee erwischt, der nur noch an einigen Fäden an ihrem Rücken hing. Noch stark genug, um sie in der Luft zu halten, aber zu verletzt, als dass er sie aus der Reichweite des Sidhe hätte tragen können. Das kleine Ding hatte sich offensichtlich nur noch mit Mühe in der Luft halten können, denn es sackte völlig entkräftet in meinen Händen zusammen und auch das Leuchten erlosch.

Ich konnte für den Egomanen nur hoffen, dass das kleine Ding bloß ohnmächtig und nicht tot war, denn wenn das der Fall war, würde ich noch eine Rechnung zwischen den Sidhe und einer weiteren magisch schwächeren Rasse begleichen müssen. Meinetwegen konnte er die menschliche Füchsin dann gern in Aktion erleben.

»Her damit«, geiferte der Sidhe und schien mit einem Mal nicht mehr ganz so hübsch. Ich wich nicht zurück, hielt die Fee nur weiterhin sicher in meinen zu einer Kuppel geformten Händen und sah ihm direkt in die Augen. »Hol sie dir«, sagte ich leise.

Für einen Moment wirkte er überrascht, dass ich ihn herausforderte, und ein Blick auf die Wachen hinter ihm, die ihre Speere erhoben, mich aber offensichtlich noch nicht damit durchbohrt hatten, erklärte mir auch warum. Jetzt war ich zu weit gegangen und ich würde es mir nicht verzeihen können, mit ansehen zu müssen, wie er die winzige leuchtende Fee tötete, nur weil ich auf einmal Angst vor meiner eigenen Courage bekommen hatte.

Die Überraschung des Sidhe wandelte sich schnell in ein hämisches Lächeln. Er streckte die Hand aus und ein unwirkliches weißes Licht begann auf seiner Handfläche zu glühen und hüllte ihn völlig ein. Harte Schatten malten sich in sein Gesicht und verzerrten es zu einer Fratze.

»Das soll alles sein?«, höhnte ich, als mir klar wurde, was er vorhatte. »Ein einfacher Blitz? Denkst du wirklich, du kannst die menschliche Füchsin damit erledigen? Ich wusste es, Männer mit einem so großen Ego passen auf das Klischee. Wie sagt man so schön? Großes Ego, kleiner …?«

»Schweig still!«, brüllte der Sidhe und es hätte mich nicht gewundert, wenn er gleich auch noch angefangen hätte zu geifern.

Ich legte den Kopf in den Nacken und lachte höhnisch. »Schweig still«, ahmte ich ihn mit verstellter Stimme nach. »Ewiges Leben und alles, was sie dir auf der Rhetorikschule beigebracht haben, ist ›Schweig still‹? Ihr werdet doch im Mittelalter ein paar Beleidigungen auf der Pfanne gehabt haben? Wie wäre es mit Eselsarsch? Nein? Pestbeulenlecker? Auch nicht?«

Ein Knistern ging von der Hand des Sidhe aus und wie es aussah, handelte es sich hier nicht mehr nur um einen Blitz – der spitzohrige Mistkerl stand kurz davor, ein ganzes Gewitter heraufzubeschwören. Ich öffnete den Mund, weil mir noch eine lustige Beschimpfung eingefallen war, die ich ausprobieren wollte, aber da krachte es laut, die Kugel aus zuckenden Blitzen schoss von seiner Hand und raste auf mich zu.

Der Garten wurde in blendend weißes Licht getaucht, Gras knisterte und schmorte, als die Hitze über es hinwegbrannte, und für eine Sekunde wurde das Licht so hell, dass es alles in grelles Weiß tauchte und ich nichts mehr sehen konnte. Dann fand die komprimierte Macht der Blitze ihr Ziel und um mich herum wurde alles schwarz.

Im wahrsten Sinne des Wortes.

Die Explosion des Einschlags erschütterte das magische Feld, das das *Leylines* in seiner Form hielt, so sehr, dass für einen Moment alle Lichter im Viertel ausgingen und der Garten um uns herum verschwand. Es dauerte nicht lange, bis das Feld sich wieder erholt hatte und ich statt kaltem Beton weiches Gras unter den Füßen spürte.

Etwa drei Meter vor mir lag ein zuckendes schwarzes Etwas auf dem Boden, die vier Gliedmaße in seltsamen Winkeln von sich gestreckt. Es stank nach verbranntem Haar und noch Schlimmerem und fast hatte ich Mitleid mit dem spitzohrigen Egomanen, bis mir wieder einfiel, dass ich eigentlich diejenige hätte sein müssen, die so verbrannt am Boden lag. Und im Gegensatz zu ihm, konnte ich mich nicht wieder vollständig heilen.

Ich beugte mich, die Fee, die – hoffentlich – noch immer schlief, in meinen Händen, über den Sidhe. »Wie …«, krächzte das verbrannte Etwas, das früher mal jeden Legolas-Lookalike-Contest gewonnen hätte. Heute konnte er wahrscheinlich nur noch als Vorher-Foto in einer Werbung für Brandsalbe mitspielen.

»Ist dein erstes Mal im *Leylines*, oder?«, fragte ich, denn anders war diese riesige Dummheit nicht zu erklären. Er war wahrscheinlich wesentlich jünger, als ich anfangs angenommen hatte. »Du hast den Marktfrieden nicht gewahrt, hübscher Junge. Jeder Schaden, den du einem Gast hier zufügst, fällt sofort auf dich zurück.«

»Aber … dies ist Eure Domäne?«, krächzte er und ich merkte erst jetzt, dass Titania neben mir stand und mit unbewegter Miene auf das Häuflein Asche am Boden hinuntersah.

»Ich habe keine Domäne im Reich der Sonne«, sagte sie kühl. »Ich sagte, ich habe euch alle als Gast hierher eingeladen. Du hättest zuhören sollen.«

Mir wurde eiskalt. Die Lady hatte ich völlig vergessen. Aber zumindest für den Moment war ich sicher, solange ich das *Leylines* nicht verließ.

Als sie mich ansah, lächelte sie nur. »Er ist jung und sehr dumm. Er hat die Strafe für seine Unachtsamkeit erhalten und du hast die Fee in einem fairen Kampf gewonnen. Sie gehört jetzt dir.«

»Mir? Oh nein, ich wollte nur …«

»Das sind die Regeln eines Kampfes. Ludar hat verloren, du hast gewonnen. Der Streitwert gehört dir.«

Ich sah etwas hilflos auf das kleine Wesen in meinen Händen hinunter, wollte mein Glück jedoch nicht überstrapazieren, daher widersprach ich nicht. »Dann würde ich mich mit meinem Gewinn gern zurückziehen.«

Titania berührte zu meiner Überraschung meine Wange und nickte. »Durch diese Tür kommst du zurück.«

Ich dankte ihr leise und machte, dass ich den Garten so schnell wie möglich wieder verließ.

Kapitel 9

Als ich den Schankraum des *Leylines* betrat, hatte ich das Gefühl, nur knapp einem herunterfallenden Amboss entkommen zu sein. Mir war gleichzeitig heiß und kalt und meine Knie waren in etwa so fest wie Wackelpudding, der gerade vom Blitz getroffen worden war. In meinen Händen regte sich die Fee und ein leises Glühen ging von ihr aus, was hoffentlich bedeutete, dass es ihr langsam besser ging. Ich hielt meine Hände noch immer schützend über dem kleinen Wesen und lief zu der Nische, in der ich Moran und Chu zurückgelassen hatte.

Der Corgi kam mir entgegengelaufen und bellte. »Wo hast du denn gesteckt? Wir dachten schon, du bist von dem Troll gefressen worden.«

Ich folgte ihm an den Tisch, wo Moran gerade an einem Eisbecher löffelte, auf dem so viel Sahne und Toppings prangten, dass sich die Hälfte bereits in einem zuckersüßen Wasserfall über die Seite des Eisbechers stürzte. Sie strahlte mit Schokolade verklebtem Mund und winkte mir zu. »Ich habe das nicht gedacht«, verkündete sie.

Lachend ließ ich mich gegen die Stuhllehne sinken. »Keine Sorge, so leicht lasse ich mich nicht auffressen.«

Der Corgi lief ein paarmal um meine Füße herum, setzte ich dann darauf und ich seufzte zufrieden, als ich die Wärme durch meine Turnschuhe hindurch spüren konnte. So ein kleiner Hund hatte durchaus seine Vorteile.

»Was hast du denn da?«, fragte Moran mich neugierig und deutete mit ihrem Löffel auf meine Hände, zwischen denen das Leuchten der Fee hindurch zu sehen war. Der Schwung, mit dem sie den Löffel schwenkte, besprenkelte den Holztisch mit Schokoladen- und Sahnetropfen. Ich zog die Hände ein wenig zurück, um nicht auch noch von dem Zuckerregen bedeckt zu werden.

»Eine kleine Freundin«, sagte ich, in der Hoffnung, dass ich damit richtiglag, und öffnete vorsichtig die Hände.

Die kleine Fee hatte sich in eine Fötushaltung eingerollt, leuchtete aber wieder und auch wenn der halb abgerissene Flügel noch immer schlaff herunterhing, wirkte er nicht mehr wie abgestorben, was mich ein wenig beruhigte. Als sie jetzt merkte, dass ich die Hände geöffnet hatte, hob sie den Kopf und schlug die großen mandelförmigen Augen auf, die wie die Unterseite eines Schmetterlingsflügels in allen Farben schillerten. Sie sah unsicher zu mir auf und dann zu Moran, die in kindlicher Aufregung quietschte und noch mehr Eis auf dem Tisch verteilte.

Die Fee drängte sich enger gegen meine Hand und ich verschränkte meine Finger wieder ineinander, um ihr ihre schützende Höhle zurückzugeben. »Hey, Vorsicht«, sagte ich mit einem Augenzwinkern. »Sie ist schüchtern.« Zwischen meinen Händen kitzelte es ein wenig. Ich wusste nicht, ob die Fee mir damit zustimmen oder protestieren wollte, aber darum würde ich mich später kümmern.

Chu hatte sich aufgesetzt und sah unter dem Tisch zu mir auf. »Wo hast du denn die Fee her?«

»Gewonnen.«

»Gibt es eine Lotterie, von der ich nichts weiß?«

Ich zuckte mit den Schultern. »Ich habe sie bei einem Kampf gegen einen Sidhe gewonnen«, nuschelte ich. Vielleicht überhörte er es ja. Leider hatte ich die übergroßen Fledermausohren des kleinen Hundes vergessen.

»Du hast gegen einen Sidhe gekämpft?!«, bellte er und mehr als ein Kopf ruckte in unsere Richtung herum. Nur Kian hinter dem Tresen putzte weiter ungerührt an einem Glas.

»Nicht so laut«, zischte ich, aber der Schaden war bereits angerichtet.

»Darum das Erdbeben?«, erkundigte sich Moran unschuldig.

»Ja, genau«, antwortete ich ihr so leise wie möglich.

Für eine Weile schwieg ich nur und wartete, bis sich die Gäste um uns herum wieder auf ihre Getränke konzentrierten, auch wenn ich mir ziemlich sicher war, ihr Gesprächsthema zu kennen. Die Stimmung im Raum hatte sich auch merklich verändert und mich beschlich das starke Gefühl, dass wir gehen sollten, aber gleichzeitig verspürte ich auch absolut keine Lust, ein kleines Mädchen, einen Hund, der seine große Klappe nicht halten konnte, und meinen immer stärker schmerzenden Bauch durch einen Haufen von Fae zu lotsen, die gerade nicht besonders gut auf mich zu sprechen waren. So langsam kam mir der Gedanke, dass mein kleiner Stunt mit der Dryade vielleicht doch keine besonders clevere Idee gewesen war.

Eine Hand legte sich auf meine Schulter und als ich aufsah, blickte ich direkt in Kians warme braune Augen. »Kommst du mal kurz mit? Ich würde gern etwas mit dir besprechen«, sagte er laut genug, dass es zumindest die Gäste an den näheren Tischen mitbekommen konnten, und deutete auf einen Vorhang hinter dem Tresen. Verwundert sah ich von ihm zu Moran und Chu, aber er nickte, also stand ich auf und folgte ihm hinter den Vorhang, Moran und Chu dicht auf den Fersen.

»Was ist …«

»Ihr solltest schnell von hier verschwinden«, sagte Kian und ging einfach weiter, ohne langsamer zu werden. Hinter dem Vorhang befand sich ein kleiner Lagerraum, in dem sich Kartons mit Gläsern und Kisten mit diversen Flaschen stapelten. An dessen Ende befand sich eine Tür, auf die wir schnurstracks zusteuerten. »Versteh mich nicht falsch, aber ich will nicht sehen, wie dir wehgetan wird. Und ich kann es mir nicht leisten, jede Menge Gäste zu verlieren, weil sie den Marktfrieden vergessen und dir wehtun wollen.«

Ich wurde noch röter. Kian hatte die Hand um meinen Arm gelegt und führte mich sanft, aber bestimmt auf die Tür zu. »Ähm … also, was das angeht, hat vielleicht schon ein Gast …«

Er blieb kurz stehen und sah mich mit einer Mischung aus Besorgnis, Bestürzung und dem Hauch eines Grinsens an. »Oh verdammt, was hast du wieder angestellt, Vivienne?«

Ich zuckte mit den Schultern, wenn auch nur ganz sacht, um die Fee nicht zu verstören. »Ich habe ihn wirklich nicht provoziert«, verteidigte ich mich hastig. »Und er hat von sich aus beschlossen, mir einen Blitz an den Kopf werfen zu wollen. Was kann ich denn dafür, dass er nicht an den Marktfrieden denkt?!«

Er rollte mit den Augen, doch ich sah ihn deutlich lächeln, während er mich durch die Tür schob. »Sei vorsichtig da draußen«, warnte er mich, als ich in einer Seitenstraße hinter dem Eingang des *Leylines* stand. »Ich versuche die Gemüter wieder zu beruhigen, aber sieh zu, dass du mit der kleinen Schönheit und dem pelzigen Wolf so schnell wie möglich nach Hause kommst. Halte dich in den nächsten Tagen ein wenig bedeckt. Und wenn du dann wieder herkommst, spendiere ich dir einen Drink.«

Ich seufzte und nickte. »Danke, Kian. Du hast wirklich etwas gut bei mir ...«

Etwas an dem, was Kian gesagt hatte, hatte in meinem Hinterkopf gearbeitet, hatte mich gestört, auch wenn ich nicht genau den Finger darauf legen konnte, was mich störte. Aber dann war es plötzlich da.

Nach Hause.

Die Schatten.

Elsa.

Elsa wollte an diesem Tag nach Hause kommen, und wenn sie die Wohnung betrat, würde nicht ihre Mitbewohnerin mit einem Glas Wein auf sie warten, sondern eine Horde von geisterhaften Schattenwesen, die sie in Stücke reißen wollten.

Ich musste nach Hause, so schnell wie möglich, und das, bevor Elsa dort eintraf. Ansonsten würde ich meine Freundin wahrscheinlich nur noch tot auffinden.

Die Fahrt mit dem Taxi musste ich von meinem letzten Geld bezahlen und es dauerte auch noch ewig, bis ein Taxi hielt, das sich bereit erklärte, ein mit Schokoladensauce bekleckertes kleines Mädchen, einen kleinen Hund und eine erwachsene Frau mit blutbesprenkeltem zerrissenen Pullover zu transportieren. Da hatten wir auf dem Hinweg mehr Glück gehabt. Vermutlich war das Problem die Schokoladensauce.

Moran summte auf der Fahrt leise vor sich hin und schaffte es irgendwie, Chu, der mit seinem Kopf auf dem Schoß des Mädchens ruhte, dabei nicht das Fell zu verkleben. Der kleine Hund hatte die Augen geschlossen und ich hätte es ihm am liebsten nachgemacht, aber wann immer ich sie für eine Sekunde schloss, sah ich wieder die knochige, mit dünner pechschwarzer Haut bespannte Klaue aus der Decke des Badezimmers kommen und sofort war da ein neuer Schuss Adrenalin, der fröhlich durch meine Adern raste und meinen Herzschlag locker um das Doppelte ansteigen ließ.

Die Fee hatte sich nicht mehr gerührt, schien jedoch nur zu schlafen, weswegen ich sie vorsichtshalber in ein Schraubglas aus meinem Rucksack legte, in das ich ein paar saubere Taschentücher gestopft hatte; den Deckel hatte ich mit meinem Schlüsselbund durchlöchert, damit sie nicht erstickte, und Moran dann das Glas gegeben, nachdem sie hoch und heilig versprochen hatte, es nicht zu schütteln oder dagegenzuklopfen.

Sobald das Taxi vor meiner Wohnung hielt und ich dem Fahrer das Geld auf das Armaturenbrett geknallt hatte, sprang ich aus dem Auto und rannte so schnell ich konnte die Treppe hinauf. Nur mit halbem Ohr hörte ich, wie Moran und Chu – kleine trippelnde Schritte und noch kleinere Tapser auf dem Holz der Stufen – mir folgten, aber die beiden waren gerade nicht in Gefahr und konnten die wenigen Meter auf sich aufpassen. Elsa nicht.

Ich warf mich fast schon gegen die Tür, bis mir wieder einfiel, dass es auch eine Erfindung namens Schlüssel gab, fummelte den Schlüsselbund aus meinem Rucksack und steckte mit zitternden Fingern den Wohnungsschlüssel ins Schloss. Während ich schlagartig vergessen zu haben schien, wie ein Schloss funktionierte, tauchte vor meinem inneren Auge eine ganze Parade von Horrorszenarien auf, in welchem Zustand ich Elsa dort drin vorfinden würde. Aus dem Grund schrie ich auch erschrocken auf, als mir der Türknauf auf einmal aus den Händen gezogen wurde, weil die Tür sich öffnete. Und dahinter stand … Elsa.

»Kriegst du die Tür nicht auf?«, fragte sie verwundert, während ich wie ein Vollidiot mit dem Schlüssel vor ihr stand. Dann fiel ihr Blick auf die beiden Knirpse hinter mir und sie fügte hinzu: »Und was ist das denn für eine Parade?«

Ich war so erleichtert, sie zu sehen, dass ich meine Arme um sie schlang und sie so fest an mich drückte, dass ich glaubte, ihre Knochen knacken zu hören.

Elsa ächzte. »Hey, lass mich heil«, schnaufte sie.

Ganz beruhigt war ich aber noch nicht. Ich ließ den Rucksack hinter der Tür auf den Boden fallen und lief eilig ins Bad. »Vorsicht!«, folgte mir die Stimme meiner besten Freundin. »Ich habe noch nicht alle Scherben erwischt.«

Tatsächlich blieb ich im Türrahmen stehen und inspizierte das kleine fensterlose Bad. Dort lag der dicke Wälzer, den ich während meiner Flucht vom Waschbecken gerissen hatte, und daneben die letzten Scherbenreste meines Weinglases. Hastig drehte ich mich zu Elsa um, die mir gefolgt war. Hinter ihren mit einer flauschig aussehenden Leggins bedeckten Beinen spähten Moran und Chu zu mir her, als wäre ich verrückt geworden. Elsa hatte die Arme vor der Brust verschränkt, das kurze blonde Haar zurückgeschoben und sah mich nur neugierig an.

»Hast du irgendetwas Seltsames gesehen oder gehört, seit du hier bist?«, fragte ich sie atemlos.

»Du meinst etwas wie meine Mitbewohnerin, die plötzlich vor einer Tür steht, zu der sie den Schlüssel hat, und mir seltsame Fragen stellt? Oder ein Kind und ein Corgi, die danebenstehen und das für die größte Show der Welt halten?« Sie tat, als müsste sie überlegen. »Mhm, nein.«

»Sehr witzig«, murmelte ich und mit einem Schlag fiel die ganze Kraft des Adrenalins, das mich bis hierher aufrecht gehalten hatte, von mir ab und ich sackte auf dem Boden zusammen. »Ich bin nur froh, dass es dir gut geht.«

»Das habe ich bemerkt«, erwiderte Elsa trocken, bückte sich zu mir und legte sich meinen Arm um die Schultern. »Ich glaube, ich muss mir eher Sorgen um dich machen als umgekehrt. Komm.«

Wortlos führte sie mich dann ins Wohnzimmer und brachte mich dazu, mich auf die Couch zu legen, ein altmodisches Ding im Pseudo-Barockstil, das erstaunlich bequem war, weswegen wir es nie weggeworfen hatten.

Ich sank einfach in das Polster und musste ein paar Kissen mit geschmacklosen Perlenstickereien unter mir hervorziehen und zu Boden werfen, ehe ich mich ganz ausstrecken konnte.

»Lauf nicht weg«, rief Elsa und verschwand in die Küche.

Moran hielt das Glas mit der schlafenden Fee noch immer erstaunlich ruhig, aber die Augen des Mädchens waren weit aufgerissen und langsam kam es näher. »Musst du jetzt sterben?«, fragte sie leise.

Ich sah zu Boden, wo Chu gerade die Kissen, die ich heruntergeworfen hatte, mit der Schnauze aufsammelte, auf einen Haufen schichtete und es sich mit einem tiefen Seufzen darauf gemütlich machte. »Nein«, sagte ich und sah wieder zu ihr auf, wobei ich, wie ich hoffte, beruhigend lächelte. »Ich bin nur ein bisschen müde. Du doch bestimmt auch, oder?«

Sie unterdrückte ein Gähnen, das wohl nur auf sein Stichwort gewartet hatte, und schüttelte heftig den Kopf. »Ich muss doch warten, bis Pixi wach wird.«

Ich hob die Augenbraue. »Pixi?«

»Meine neue Freundin.« Sie hob ganz vorsichtig das Glas an, damit ich die schlafende Fee darin sehen konnte, die sich halb in den Taschentüchern vergraben hatte. Ein sanftes Leuchten ging von ihr aus, weswegen sie nicht einmal unsichtbar gewesen wäre, wenn sie sich unter dem ganzen Stoff versteckt hätte. »Wie die Pixi-Bücher.«

Was auch immer die Pixi-Bücher waren, sie hatten dem winzigen Wesen offensichtlich einen Namen eingebracht. Es gab Schlimmere. Chu zum Beispiel.

»Sie wird sicher noch lange schlafen, und wenn du wieder aufwachst, ist sie da und wartet auf dich.«

Sie gähnte so herzhaft, dass ich die kleinen Spitzen ihrer Eckzähne sehen konnte. »Na gut«, murmelte sie, stellte das Glas auf dem Couchtisch aus den Fünfzigern ab und tappte in die Küche. Ich konnte nicht hören, was sie zu Elsa sagte, aber meine Mitbewohnerin und beste Freundin handelte genau so, wie ich es von ihr erwartet hatte; sie nahm die Kleine mit ins Bad, wusch ihr das Gesicht und brachte sie dann in mein Zimmer, wo sie sie mit Sicherheit ins Bett steckte.

»Sind deine Arbeitstage immer so entspannt?«, fragte Chu von seinem Kissenhaufen her.

»Die meisten sind ein bisschen aufregender«, erwiderte ich und ließ meinen Kopf gegen die Lehne des Sofas sinken. »Der Tag heute schafft es nicht einmal auf meine Liste der Top Ten.«

Er schnaubte amüsiert. »Jetzt gibst du an.«

»Möglich«, erwiderte ich mit schiefem Lächeln, erhielt als Antwort jedoch nur leises Schnarchen. Es dauerte nicht lange, bis ich ihm ins Land der Träume folgte.

Als ich wieder erwachte, tat mir der Nacken weh und ich konnte jemanden lachen hören. Der Kissenhaufen war leer und außer mir war niemand im Wohnzimmer, also folgte ich dem Lachen in die Küche. Das Bild, das sich mir bot, war ein krasser Kontrast zu dem, was ich eigentlich befürchtet hatte. Anstatt von Mord, Totschlag und ein paar abgerissenen Gliedmaßen begrüßt zu werden, saßen meine beste Freundin, das kleine Mädchen mit den Eckzähnen und der vorwitzige Winzhund am Küchentisch, jeder ein Stück Pizza vor sich, und lachten über irgendetwas, was jemand gesagt hatte. Selbst die kleine Fee – Pixi, rief ich mir wieder ins Gedächtnis – hockte inmitten ihres Taschentuch-Nestes und kaute an etwas Käse, der sich immer lang und länger zog, je mehr sie versuchte ihn abzureißen.

Elsa war die Erste, die mich bemerkte, und winkte mich zu sich heran. »Viv, komm her, dass musst du dir ansehen.«

Moran kicherte zustimmend, aber Chu brummelte auf Hundeart. »Ich weiß nicht, was daran witzig sein soll«, sagte er zu niemand Bestimmtem und verschlang den letzten Bissen Pizza, der vor ihm auf einem Teller auf dem Boden gestanden hatte.

»Ich finde es zum Schreien«, meldete sich Moran.

»Ich auch«, stimmte Elsa ihr bierernst zu.

Völlig verwirrt, was der Grund für die gute Laune und die anschließende Debatte darstellte, zog ich mir einen Küchenstuhl heran und setzte mich an den Tisch.

»Pass auf«, flüsterte Moran mir zu, gab Elsa augenzwinkernd ein Zeichen und die beugte sich zu Chu hinunter und strich ihm über den Bauch, der, wie ich erst jetzt sah, prall gespannt war.

»Das war genug Pizza, oder?«

Er schnaufte und ließ die Zunge aus dem Maul hängen. »Ja. Ich kriege keinen Bissen mehr runter. Sonst platze ich.«

Elsa riss ein Stück Rand von ihrer Pizza ab und beugte sich damit wieder hinunter. »Willst du noch einen Happen?«

Chu sah aus, als würde er sich bei dem Anblick des Bissens gleich übergeben, aber er hob den Kopf und sagte. »Natürlich.«

Elsa reichte ihm das Stück Rand und widerwillig aß er ihn auf.

»Das macht er jedes Mal!«, quietschte Moran.

»Ich dachte, du bist satt?«, fragte ich Chu direkt, der den Kopf wieder hängen ließ und schwer schnaufte. »Bin ich auch.«

»Warum isst du dann weiter?«

»Mache ich doch gar nicht.«

Ich nahm das letzte Stück Pizza, hob es hoch und fragte: »Willst du den Rest?«

»Natürlich.« Er zog die Augenbrauen zusammen. »Verdammt.«

Ich biss herzhaft in das Stück Pizza und genoss den Geschmack von heißem, billigen, herrlich schädlichem Käse. »Du kannst nicht Nein sagen?«

»Offensichtlich«, knurrte er und ließ den Kopf auf seine Pfoten sinken.

»Warum nicht?«

»Lange Geschichte. Will nicht drüber reden.«

Ein schmollender Corgi. Was es nicht alles gab.

»Du hast, wie es scheint, das gleiche Problem«, schaltete sich Elsa ein. »Oder warum hast du seit Neuestem einen Fall mit Fae als Klienten? Ich dachte, sonst ist es eher andersherum und du hilfst Menschen, denen Fae was angetan haben, nicht umgekehrt?«

Ich atmete tief ein, mit so einer Frage hatte ich bereits gerechnet, aber eigentlich hatte ich gehofft, dass zwischen dem Aufwachen und dem Verhör noch mindestens eine Tasse Kaffee liegen würde. »Der kleine Hund und seine Freundin standen gestern Nacht einfach vor der Tür. Er sagt, sie ist in Gefahr und wird von einem Sidhe gejagt. Ich sagte ...«

»Haut ab«, warf Moran freundlicherweise ein, und ich starrte sie düster an.

»Du hast sie weggeschickt?!«, hakte Elsa gleich nach.

»Ohne zu zögern«, erwiderte der Corgi an meiner Stelle.

»Was ich sagte«, fuhr ich energisch fort, »war, dass ich ihnen im Augenblick nicht helfen kann und sie später wiederkommen sollen.«

»Stimmt«, meldete Chu sich wieder zu Wort. »Warum hast du dann doch beschlossen, uns zu helfen?«

»Das habe ich gar nicht«, knurrte ich. »Ihr wart nur zufällig da, als ich einen Unterschlupf gebraucht habe, und ich bin ja kein Unmensch.«

»Genau, du würdest niemals einen winzigen Hund und ein kleines Mädchen in die Nacht rausschicken«, sagte Elsa trocken.

»Genau … hey, Moment mal, was soll das denn heißen?«

Meine beste Freundin überging gekonnt meinen Protest und deutete mit dem Finger grob in die Richtung, in der unser Badezimmer lag. »Was mich zu meiner nächsten Frage bringt: Wovor bist du geflohen? Du hättest niemals so überstürzt die Wohnung verlassen, wenn nicht etwas geschehen wäre, und du hattest offensichtlich Angst, dass dieses Etwas noch hier war und mich in die Finger bekommen hat, sonst wärst du nicht so ausgeflippt, als du mich gesehen hast.«

»Ich sollte dich einstellen.«

»Lenk nicht ab«, erwiderte sie, aber ich konnte doch sehen, dass sie lächelte, weil mein kleines Kompliment sie freute. »Was war hier los?«

Ich aß noch etwas Pizza, ließ den Rest dann wieder in die Schachtel fallen und sah zur Küchentür. »Gestern Abend war etwas in unseren Rohren oder Wänden – ganz sicher bin ich mir da nicht. Es hat geflüstert, seltsames Zeug erzählt und dann …« Ich rieb mir über die Stirn, weil die Bilder selbst nach ein paar Stunden Schlaf nicht verblasst waren, sondern deutlicher als zuvor vor meinem inneren Auge auftauchten. »Dann kam etwas aus der Lüftung.«

Elsa sah mich ernst an. »Was kam?«

»Eine Hand. Nein, mehr eine Klaue. Auf jeden Fall etwas verdammt Widerliches. Ich hab Angst bekommen und bin so schnell wie möglich abgehauen.«

Von der fröhlichen Stimmung, die bis vor wenigen Minuten noch in der Küche geherrscht hatte, war nichts mehr übrig. Alle schwiegen, jeder mit seinen eigenen Gedanken beschäftigt, und ich hätte mich am liebsten selbst geohrfeigt, weil ich es erwähnt hatte. Elsa liebte diese Wohnung und es war ein großer Vertrauensbeweis gewesen, als sie mich damals hier aufgenommen hatte. Ihre Wohnung war ihr Nest, das hatte sie früher schon immer gesagt, und ich hasste den

Gedanken, dass ich ihr diese Geborgenheit mit nur wenigen Worten genommen hatte. Aber anlügen konnte ich sie auch nicht. »Es tut mir leid, Elsa, ich …«

Sie schüttelte den Kopf. »Das muss es nicht. Ich hätte ähnlich reagiert wie du. Jetzt ist es weg, oder? Jetzt ist die Wohnung wieder sicher, nicht wahr?«

Ich wollte ihr gerade antworten, aber in diesem Augenblick brach die Hölle los.

Vivienne, Adams Füchsin, und deine ganze Brut. Ich beobachte dich schon so lange, seit diesem Tag, diesem wundervollen Tag, an dem sich alles zum Guten zu wenden begann, diesem heißen Sommer, der nur einen Wimpernschlag weit weg zu sein scheint. Erinnerst du dich, Vivienne? Erinnerst du dich an die Blicke, die sich trafen? An Haut, die über Haut strich, an Küsse, die nicht mehr enden wollten?

Ich erinnere mich noch gut daran.

Jahrhunderte der Planung, Jahrhunderte des Spielens in eurem Reich der Sonne, Jahrhunderte des Wartens werden endlich ihre Erfüllung finden.

Du bist nur eine kleine Spielfigur, Füchsin, nicht mehr als ein Käfer, den ich gern springen lasse, aber ich genieße deine Angst. Ich genieße dein Leid. Es ist unterhaltsam, kurzweiliger Spaß, eine Ablenkung, die ich mir gönne. Darum habe ich etwas für dich vorbereitet. Du hast dich schon so gut mit meiner ersten Überraschung vergnügt, hast sie sogar überlebt, auch wenn du nicht ganz unbeschadet davongekommen bist, bevor du den Golem vernichtet hast. Jetzt schicke ich dir noch mehr Überraschungen und ich weiß, sie werden dir gefallen, oh ja. Mir gefällt es schon jetzt.

Kapitel 10

Im ersten Moment verstand ich nicht, was um mich herum vorging. In einem Augenblick saß ich noch am Küchentisch, im nächsten segelte ich durch die Luft und um mich herum regnete es kleine Brocken aus Mauerwerk. Aber bevor ich eins und eins zusammenzählen konnte, landete ich auch schon hart auf dem Küchenboden und die Bröckchen, die gerade noch fröhlich um mich herum durch die Luft geschwebt waren, prasselten mit einem Mal auf mich herunter und ritzten die Haut auf meinen Wangen und Armen an. Es brannte und auch die Striemen und Schnitte auf meinem Bauch brachen wieder auf und stimmten fröhlich in den Chor aus Schmerzen mit ein. Kleine Mistkerle.

In meinen Ohren dröhnte es, was sich zwar langsam zu einem hohen Pfeifton abmilderte, der jedoch noch schlimmere Kopfschmerzen verursachte als das Dröhnen. Die Welt um mich herum wirkte, als würde sie sich in einem Glas voller Sirup befinden und alles kam mir vor wie in Zeitlupe. Der Steinstaub, der durch die Luft waberte. Der Tisch, der langsam zusammenbrach, weil drei seiner Beine wie Streichhölzer umknickten. Die Pizzaschachtel, das Pixi-Glas und die Flaschen mit Wasser darauf, die langsam herunterrutschten und auf dem Boden zerschellten. Ich versuchte zu sehen, ob die Fee sich noch im Glas befand, doch sicher konnte ich es nicht sagen. Bei dem Versuch, mich aufzurichten, explodierte Schmerz in meinem Rücken und in meinem linken Oberarm und ich wollte schreien, atmete dabei eine ordentliche Portion Staub ein und der Schrei verkümmerte zu einem trockenen Husten und Würgen.

Das Pfeifen hörte auf und mein Kopf schmerzte zwar höllisch, schien sich aber wieder daran zu erinnern, wie man denkt. Ich richtete mich mit zusammengebissenen Zähnen auf und rief nach Elsa, Moran und Chu. Eine Sekunde lang blieb alles ruhig, dann hörte ich ein leises Winseln. Ich blinzelte den Staub so gut es ging weg und konnte die Umrisse des kleinen Hundes ausmachen, der über Morans regungslosem Körper stand und sie abwechselnd mit seiner Schnauze anstieß und in meine Richtung sah.

Der Anblick versetzte mir einen Stich und ich wollte zu ihnen robben, als ich aus den Augenwinkeln eine Bewegung erkennen konnte. Ich schrie dem Corgi zu, dass er in Deckung gehen sollte, und rollte mich so schnell zur Seite, dass sowohl Rücken als auch Oberarm und sämtliche Striemen auf meinem Bauch zu einem weiteren Best of ihrer größten Hits ansetzten und einen neuen Schmerzenschor freisetzten. Doch das war es wert gewesen, denn an der Stelle, an der ich gerade noch gelegen hatte, hatte sich eine große Steinkeule in den Boden gefressen, die es an Größe locker mit mir hätte aufnehmen können, von den fies aussehenden Dornen, die überall aus dem Stein ragten, ganz zu schweigen.

»Elsa!«, schrie ich, denn auch wenn Moran sich nicht rührte, hatte sie doch Chu an ihrer Seite. Meine beste Freundin aber nicht. Und wie es aussah, wurde es hier gerade verdammt ungemütlich.

Ich erhielt keine Antwort, schielte stattdessen an der Keule entlang, an deren Ende sich ein sehr haariges, sehr großes und insgesamt verdammt stinkendes Wesen mit Wildschweinhauern, kleinen Hörnern und einer Haut, die einem mit Borsten besetzten Aal glich, der zu lange in der Sonne gelegen hatte. »Ein Ghoul?«, entfuhr es mir dämlicherweise, was das Fabelwesen nicht daran hinderte, mit der Keule ein weiteres Mal auszuholen und dieses Mal genauer auf mich zu zielen.

Ich sah mich um, in der Hoffnung, irgendeine Waffe zu finden, die mir nützen würde, aber bis auf das zu Zahnstochern zerfaserte Bein des Tisches war nichts in Reichweite zu finden. Die Küchenmesser wären vielleicht noch eine Idee gewesen, doch natürlich mussten die sich genau hinter diesem Ungetüm befinden.

Aus den Augenwinkeln sah ich, wie sich ein weiß-brauner Blitz rasend schnell durch die Luft bewegte und den Bruchteil einer

Sekunde später jaulte der Ghoul auf und versuchte seinen Angreifer abzuschütteln. Chu dachte aber gar nicht daran, verbiss sich so tief wie er nur konnte in dem Fleisch des Leichenfressers, aus dem schon dunkles, schwarzes Blut quoll und die helle Fellschnauze des Corgis befleckte.

Weitere Ghoule drängten durch ein Loch in dem, was früher mal die Außenwand unserer Küche gewesen war. Kleinere grüne Wesen mit viel zu langen Armen und Beinen für ihre kurzen, gedrungenen Körper wuselten zwischen den Ghoulen umher, öffneten die langen, mit Eckzähnen gespickten Schnauzen und geiferten. Natürlich, wo Ghoule sich aufhielten, waren Goblins nicht weit. Ghoule bevorzugten zwar totes Fleisch, Goblins hingegen war es egal, ob ihre Mahlzeit schon als Madenfutter diente oder ob sie noch zuckte. Es waren drei Ghoule und mindestens sieben Goblins – genau konnte ich es nicht sagen, weil sich diese fiesen grünen Mistkerle zu schnell bewegten. Mit ihnen war die Küche ziemlich vollgepackt und die Meute hatte im ersten Moment genug damit zu tun, sich nicht gegenseitig wieder aus dem Loch in der Wand hinauszudrängen, als dass sie sich groß auf uns konzentrieren konnten. Aber das würde wahrscheinlich nicht lange anhalten und die ersten Goblins wurden schon auf den Kampf, den Chu sich mit dem wild umherhüpfenden Ghoul lieferte, aufmerksam.

Ich zog mich so gut es ging aus der Gefahrenzone und versuchte, Moran zu erreichen, während ich immer wieder Elsas Namen schrie. Das Mädchen lag unter einem Stuhl und als ich mich ihm näherte, sah ich das kleine Leuchten zwischen ihren Händen. Mittlerweile hatte sie auch wieder die Augen aufgeschlagen und blickte ein wenig schwach, aber doch recht wach umher. Auf ihrer Stirn prangte ein roter Streifen Blut, der langsam begann, an ihrer Augenbraue entlangzufließen. Hinter mir brüllte der Ghoul vor Schmerz auf und ich war dankbar dafür, denn der Anblick des blutenden kleinen Mädchens, das da auf dem mit Staub und Mörtel bedeckten Küchenboden lag, weckte eine ungekannte Mordlust in mir.

Sie streckte mir die Arme entgegen und musste dafür die Hände öffnen, zwischen denen Pixi herausgeflogen kam. Das kleine Wesen hatte sich offensichtlich wieder sehr gut erholt, denn sie leuchtete wie ein winziger Stern, summte fröhlich und vollkommen unbeeindruckt von dem Chaos um sie herum vor sich hin und flog große Kreise um uns. Ich ignorierte sie für den Moment und hob Moran auf meine Arme, die sich mit allen Gliedmaßen an mir festklammerte. Ich konnte fast hören, wie mir das Herz brach. Die Kleine musste hier weg.

Ich trat einem Goblin, der uns entdeckt hatte und sich auf Moran stürzen wollte, mit dem Stiefelabsatz ins Gesicht. Er gab ein schrilles Kreischen von sich, wich zurück und wischte sich mit den Händen über die schmerzverzerrte Visage. Diese kurze Atempause nutzte ich, um auf die Füße zu kommen, Moran fest an mich zu drücken und auf die Tür zuzurennen.

Lange dauerte die Atempause nicht an. Jemand – oder besser gesagt etwas – packte meine Haare und riss mich zurück. Ich jaulte ganz undamenhaft auf, fluchte dann wie ein Rohrspatz und versuchte im Fall noch das Gleichgewicht zu halten, damit ich nicht zur Seite kippte und womöglich noch auf Moran fiel. Der Aufprall kam nicht und ich dachte im ersten Augenblick, dass ich mir endgültig den Kopf angeschlagen und ohnmächtig geworden war, doch als ich zur Seite schielte, sah ich neben mir eine leuchtende Masse, ähnlich wie eine Wolke aus Glitzer und Gefunkel. Sie hatte meinen Sturz aufgefangen und aus ihr heraus kam Pixi geschossen und griff unter wildem Zetern den Ghoul an, der mich hatte packen wollen. Sie umschwirrte sein Gesicht in immer enger werdenden Kreisen und er versuchte sie mit seiner Keule zu erwischen, wobei er aber immer wieder Gefahr lief, sich selbst auszuschalten.

Das war schon das zweite Mal, dass mir einer meiner Mitstreiter den Hintern rettete, und beide waren noch immer voll im Kampfgetümmel, während die übrigen Goblins und Ghoule auf Moran und mich aufmerksam wurden. Ich musste hier raus, ich musste die Kleine in Sicherheit bringen, bevor …

»Viv«, rief Elsa aus dem Flur und ich hätte vor Freude am liebsten gejubelt, als ich meine beste Freundin sah, die noch ein wenig schwach auf den Beinen, aber bis auf ein paar Kratzer unverletzt zu sein schien.

Ich torkelte so gut es ging zu ihr und sie streckte bereits die Hände aus, um mir Moran abzunehmen. »Ihr müsst hier weg«, sagte ich so schnell ich nur konnte und sah dabei hastig wieder über meine Schulter zurück, doch der Kampf in der Küche wurde im Augenblick noch recht erfolgreich von Pixi und Chu geschlagen. Sie wurden jedoch immer weiter zurück in Richtung Tür gedrängt. »Fahr mit dem Auto nach Kreuzberg, zu dem koreanischen Hühnchenimbiss, den du so magst. In der Seitengasse daneben ist der Hinterausgang einer Bar. Geh dort rein und frag nach Kian. Er wird euch helfen und erst einmal in Sicherheit bringen.« Hinter mir jaulte Chu auf und das Geräusch ließ die kleinen Härchen auf meinen Armen zu Berge stehen. »Wir kommen später nach.«

»Was … wie …?«

Elsa war sonst immer die Ruhige, Souveräne von uns beiden, aber jetzt waren ihre blauen Augen so weit aufgerissen, dass ich das volle Rund der Pupillen sehen konnte, ihr fast weißblondes Haar wurde durch Tupfen aus antrocknendem Blut verunstaltet und stand ihr wirr vom Kopf ab und ihr Gesicht war eine einzige große, verängstigte Frage, auf die ich ihr jetzt keine Antwort geben konnte.

»Schon gut«, sagte Moran auf einmal und wir beide blickten auf das Mädchen in Elsas Armen hinab, das nur lächelte und ihre kleine Hand auf Elsas Wange legte. »Ich weiß, wo wir hinmüssen. Es wird alles gut werden. Versprochen.«

Elsa schloss für einen Moment die Augen und strich Moran übers Haar.

»Geht«, sagte ich leise und schob sie in Richtung der Tür. »Jetzt. Geht.«

Einen Augenblick sah sie aus, als wolle sie protestieren, drückte mich dann nur mitsamt Moran an sich und rannte mit dem kleinen Mädchen auf dem Arm aus der Wohnung.

Ich folgte ihr bis in den Flur, bog vor der Tür ins Wohnzimmer ab und rannte so schnell ich nur konnte zu meinem Rucksack, wobei mein Körper bei jedem Schritt aufheulte. Der Griff meiner Bratpfanne ragte bereits aus der Öffnung des Rucksacks, ich ergriff sie, wirbelte damit herum, was in meiner Vorstellung super ausgesehen hatte – in der Realität aber nicht ganz so glattging. Die Pfanne hatte sich nämlich im Rucksack verhakt und anstatt elegant herumzuwirbeln und nur mit der Pfanne zurück in die Küche zu rennen, hing auf einmal das ganze Gewicht des Rucksacks an der Bratpfanne, der durch die Luft flog … genau auf einen Goblin, der unter dem Gewicht zusammenbrach. Er wirkte genauso überrascht über diese Attacke wie ich, doch bevor er sich davon erholen konnte, hieb ich ihm die Pfanne über den Schädel. Er sackte mit einem jämmerlichen Quäken und zischender Haut in sich zusammen und ich rannte zurück.

Die Schlacht in der Küche wogte noch immer. Die Ghoule hatten Lunte gerochen und drängten zur Tür, weil sie merkten, dass wir nicht mehr vollzählig waren. Chu und Pixi kämpften verbissen gegen sie und versperrten ihnen mit Feenstaub, Fangzähnen und winzigen Klauen den Durchgang zum Flur. Für die Biester gab es nur einen Weg nach draußen und der führte durch das Loch, durch das sie gekommen waren, aber dort drängten weitere Goblins herein und machten es ihnen unmöglich, rasch zu handeln. Mein Glück. Also wenn man Glück als immer größer werdenden Haufen von stinkenden Albtraum-Fae definiert, die sich in meiner Küche breitmachten.

Mit einem Schrei, in dem all meine Frustration, mein Schlafmangel und der Schmerz jedes einzelnen pochenden, brennenden und blutenden Körperteils von mir lag, stürzte ich mich mit hoch erhobener Pfanne ins Getümmel. Ich stand zwischen Pixi und Chu, verpasste jedem schleimig grünen oder grauen Arm und Kopf eins mit der Bratpfanne und grinste, wenn die Biester sich kreischend zurückzogen und dabei eine kleine Rauchfahne hinter sich herzogen, weil das kalt geschmiedete Eisen sie verbrannt hatte.

Ein Ghoul war besonders hartnäckig und versuchte mir die Pfanne zu entreißen, was ihm einen beherzten Schlag damit gegen die Kehle einbrachte. Das Monster gab ein hohes Quieken von sich, hielt seinen Hals umklammert und suchte erst einmal das Weite.

Allmählich begannen sich die Reihen der anstürmenden Angreifer zu lichten, aber wann immer ein Ghoul oder Goblin zurückwich oder fiel, nahm ein anderer sofort seinen Platz ein und traktierte uns frisch und ausgeruht mit allem, was er hatte.

Wir waren weniger frisch.

Pixis Leuchten wurde mit jedem Zauber, den sie wirkte, schwächer. Chu blutete aus so vielen Schnitten, dass es aussah, als wäre er dreifarbig. An mir wollte ich gar nicht erst herunterschauen, um zu sehen, wie schlimm der Schaden war. Mein Arm pochte noch immer, ebenso wie mein Bauch, aber noch stand ich und noch konnte ich die Bratpfanne in der Hand halten und sogar schwingen. Das reichte mir im Moment als Statusbericht.

»Geht es noch?«, knurrte Chu, wagte es einen Augenblick lang, zur Seite und auf Pixi und mich zu blicken, bevor er einem Schwinger eines Goblins ausweichen musste. Die Fee gab ein lautes Klingeln von sich, das sehr schnell abebbte, und ich murmelte etwas von »Geht schon«, auch wenn das bereits eine Lüge war. Es ging nicht mehr lange. Noch stand ich, noch hieb ich diesem widerlichen Ghoul, der ständig versuchte, mir ans Bein zu greifen, die Bratpfanne aufs Ohr. Den Schlag spürte ich bis in meine Knochen und mein Arm vibrierte noch immer.

»Wie sieht es bei dir aus?«, rief ich, um das Heulen und Fauchen der Goblins zu übertönen.

»Ich könnte eine Pause gebrauchen«, gab der kleine Hund zu, aber wie um seine Worte Lügen zu strafen, verbiss er sich bis zum Kragen in der Leiste eines Ghouls.

Tapferer kleiner Hund.

Es klingelte laut rechts an meinem Ohr und ich drehte den Kopf ein wenig, um Pixi ansehen zu können, die neben mir schwebte und aufgeregt auf und ab flog. Sie war nah genug, dass ich ihr Gesicht sehen konnte, und sie strahlte, grinste von einem Ohr zum anderen. Ich folgte ihrem Fingerzeig und sah, dass die Reihen der Angreifer sich dieses Mal tatsächlich lichteten. Es wurden immer weniger, bis …

Pixi und ich wechselten hastig einen Blick und auf ihrem Gesicht sah ich das gleiche Entsetzen gespiegelt, das sich auch auf meinem abzeichnen musste. »Chu!«, brüllte ich und versuchte mich ihm zu nähern. Die verbliebenen Goblins und Ghoule drängten verzweifelter nach vorn, warfen sich förmlich gegen unsere Waffen, doch von ihrer Kampfeslust war nichts mehr übrig. Was sie trieb, war der reine Horror. Unverfälschte, echte, nackte Angst. Sie rannten lieber in Chus Zähne, Pixis Zauber und meine Bratpfanne, als zurückzugehen, denn dort war etwas aufgetaucht, dem sie auf keinen Fall zu nahe kommen wollten.

Etwas Dunkles.

Etwas, das sie jagte.

Und aus Erfahrung wusste ich, dass es uns jagen würde, wenn es mit ihnen fertig war.

Der Corgi beachtete mich gar nicht, er hatte sich in die Kehle eines Goblins verbissen, der selbst im Todeskampf noch versuchte, über den kleinen Hund hinwegzuklettern, nur um wegzukommen, raus aus der Küche.

»Chu!« Wieder schrie ich seinen Namen und auch Pixi hatte begonnen, um ihn herumzuflattern. Er blinzelte, ließ die Kehle des jetzt toten Goblins los und wich einen Schritt zurück, denn schon in der nächsten Sekunde wurde die Leiche gepackt und in etwas gezerrt, das aussah wie ein dunkles schwarzes Loch. Mitten in meiner Küche. Selbst nur hineinzusehen verursachte Kopfschmerzen, aber das war noch gar nichts im Vergleich zu der Gänsehaut, die sich auf meinem Körper ausbreitete, als ich die Geräusche hörte. Das Knacken von Knochen. Das Reißen von Haut und Muskeln. Das Mahlen von Zähnen. Und die Stimmen.

Finden …

Wo …

Hunger …

Gib sie …

… Gib sie

… Uns

Die Küche hatte sich mittlerweile geleert. Ich wusste nicht, ob der Großteil der Ghoule und Goblins hatte fliehen können oder ob sie die schwarze schwebende Masse erwischt hatte, doch wenn ich ehrlich war, war es mir auch egal. Wie auf einen geheimen Befehl hin wichen Pixi und ich weiter zurück.

Ein Goblin, der wohl gedacht hatte, dass er den Schatten entkommen konnte, wollte unsere Ablenkung nutzen, um sich auf uns zu stürzen, aber da schoss ein riesiger skorpionähnlicher Stachel aus der Schwärze und bohrte sich in seine Kehle. Er quäkte, hieb mit seinen Klauen darauf, wand sich – nichts davon hatte irgendeinen Effekt. Was auch immer den Goblin angegriffen hatte, hielt ihn erbarmungslos fest und schleifte ihn – Zentimeter für Zentimeter – über den mit Blut getränkten Parkettboden. Die Dunkelheit dehnte sich aus, waberte und Schemen begannen sich daraus zu formen. Einer davon kam mir nur allzu bekannt vor und bestätigte meine Vermutung. Eine dürre, zur Klaue geformte Hand mit langen Nägeln, bedeckt mit ausgetrockneter, ledriger nachtschwarzer Haut, die wirkte, als hätte jemand als letztes Detail noch Öl darübergekippt. Dieses Mal folgte der Arm, ebenso dürr und stellenweise von etwas bedeckt, das dem Panzer eines Käfers nicht unähnlich sah, und dann erschien der Kopf. Mir wurde übel. Auf den Schultern meines Freundes Schattenklaue thronte ein Schädel, der dünn mit Haut überzogen war. Er hatte eine lang gezogene Form, wie der Schädel eines großen Hundes, und noch längere Zähne. Die Augenhöhlen waren leer bis auf ein gelegentliches rotes Flackern, und er blickte in unsere Richtung.

Jemand schrie und ich brauchte einen Augenblick, um zu begreifen, dass das die bisher stumme Fee gewesen war. Die tapfere Kämpferin schlüpfte unter mein Haar und versteckte sich zitternd in der Grube meines Nackens. Ich konnte es ihr nicht einmal verdenken.

Weitere Schemen formten sich aus der Dunkelheit, einer grässlicher und furchteinflößender als der andere. Sie murmelten, sprachen und begannen, die übrig gebliebenen Goblins und Ghoule zu fressen. Auch wenn sie sich dabei anfangs nicht einmal schnell bewegten, wurde ihre Schnelligkeit doch bald offensichtlich, als sie den vor Panik fliehenden Fae innerhalb eines Wimpernschlags den Weg versperrten und sie dann verschlangen. Nicht einmal die Leichen ließen sie liegen, sondern verspeisten sie in einer Orgie aus Fleisch und Blut. Ich musste einen Würgereiz unterdrücken.

»Wir müssen weg«, flüsterte ich. Die Schatten wussten, dass wir da waren, aber sie waren sich ihrer Sache sicher, das spürte ich. Wir konnten nicht schneller rennen als sie, und dieses Mal würden sie uns kriegen und dann …

»Lauft«, sagte Chu ruhig und watschelte mit seinen kurzen Beinen vor uns. Die Pfoten fest in den Boden gepresst, den Kopf gesenkt, die Zähne gefletscht, fixierte er die Schatten, die ihre Mahlzeit beendet hatten und jetzt auf uns zudrängten.

»Wir sind zu langsam«, hauchte ich, ohne Freund Schattenklaue aus den Augen zu lassen, der den Blick erwiderte und in regelmäßigen Abständen die knöchernen Kiefer aufeinanderschlagen ließ. Er freute sich schon darauf, zu Ende zu bringen, was er in meinem Badezimmer begonnen hatte.

Na, wenigstens einer, der hier Spaß hatte.

»Und wir lassen dich ganz sicher nicht hier zurück.«

»Ich halte sie auf und verschaffe euch einen Vorsprung. Geht zu Moran. Ihr müsst das Mädchen beschützen. Alles andere ist unwichtig.«

Mir lagen tausend Fragen auf der Zunge, doch heraus kam nur: »Wie willst du sie aufhalten? Du bist sehr mutig, das muss ich dir lassen, aber ...«

Ich blinzelte und im nächsten Augenblick stand an der Stelle, an der Chu sich so tapfer vor uns gestellt hatte, ein – Mann? Ich blinzelte wieder, einmal, zweimal, dreimal, um sicherzugehen, dass mein Gehirn mir nicht gerade einen bösen Streich spielte, aber der große blonde Mann, der mühelos die Hauptrolle in jedem Wikingerfilm hätte spielen können, stand noch immer vor mir und sah mich über die Schulter hinweg an. Auf seinem nackten rechten Arm leuchteten Tätowierungen und schillerten bei jeder Bewegung, die er mit dem Schwert in seiner Hand machte. Bis auf eine Hose aus dunklem Leder war er nackt. Und verdammt muskulös. Und verdammt noch mal kein Corgi.

»Lauft!«, brüllte er unvermittelt, und als hätten die Schatten das als Zeichen für den Angriff genommen, stürzten sie sich mit schrillem Kreischen gemeinsam auf ihn.

Ich wirbelte auf dem Absatz herum und floh.

Kapitel 11

So schnell hatte ich eigentlich nicht ins *Leylines* zurückkehren wollen. Wenn ich ganz ehrlich bin, hatte ich sogar gehofft, dass bis zu meinem nächsten Besuch ein paar Monate vergehen. Wie schnell man sich täuschen kann.

Ich hatte auf der Flucht zwar meinen Rucksack zurücklassen müssen, mir dafür aber wenigstens geistesgegenwärtig das Portemonnaie geschnappt, das auf der Kommode neben der Eingangstür lag. Darin befand sich zwar nicht genug Geld für ein Taxi, dafür aber Elsas Monatskarte und im Augenblick befand ich mich in einem Bus, der durch das immer dunkler werdende Berlin fuhr, in dem die einzelnen Lichter aufblitzten wie Glühwürmchen im Sommer. Leider war nicht Sommer und auch wenn der Doppeldeckerbus beheizt war, hatte ich ganz schön lange auf ihn an der Haltestelle warten müssen. Wenigstens hatte die Kälte dafür gesorgt, dass mein Körper aufgehört hatte, vor Schmerz zu jaulen, und die Prellungen, Schnitte, Kratzer, Abschürfungen und – wie ich hoffte – nur Verstauchungen und keine Brüche, pochten munter vor sich hin, anstatt sich bei jeder noch so kleinen Bewegung schmerzhaft zu melden. Pixi hatte ich in den Händen gehalten, um sie zu beschützen, doch das kleine Ding war wieder in Ohnmacht gefallen, kaum dass wir das Gebäude verlassen hatten. Ich war sicherheitshalber mit ihr noch einige Straßen weitergerannt, immer mit einem Auge über die Schulter, um sicherzugehen, dass uns keiner der Schatten aus der Wohnung verfolgte, aber wie es aussah, war Chu erfolgreich mit dem, was er tat, was auch immer das sein mochte.

Als ich an der Haltestelle endlich gewagt hatte, stehen zu bleiben, weil wir erst einmal außer Gefahr schienen, hatte ich auf die reglose Fee hinabgesehen. Zuerst hatte ich schon befürchtet, dass sie tot war, doch dann sah ich, wie ihre kleine Brust sich bewegte. Wahrscheinlich hatte ihr der Kampf noch mehr Reserven abgezwungen als mir, vor allem, weil sie sich ja gerade erst einigermaßen erholt hatte. Ich hatte sie vorsichtig in ein Taschentuch aus meiner Hosentasche gewickelt und sie dann so behutsam wie möglich in die Bauchtasche meines Hoodies verfrachtet, wo sie es wenigstens warm hatte und sich ausruhen konnte.

Mir selbst blieb ein wenig Zeit zum Verschnaufen, während der Bus sich seinen Weg durch Kreuzberg bahnte. Es saß kaum jemand in der oberen Etage und ich starrte aus dem Fenster, ohne wirklich etwas zu sehen. Vor meinem inneren Auge lief wieder und wieder die gleiche Schleife ab: Chu, der auf einmal als Krieger, komplett mit Schwert und einem ›Ich wurde in der Schlacht geboren, also hör auf zu reden und bring dich endlich in Sicherheit‹-Blick, der mir sogar jetzt noch eine Gänsehaut über den Körper wandern ließ, vor mir stand.

Wer oder besser was war das gewesen? War er ein Corgi, der sich bei Bedarf in einen Wikingerkrieger verwandeln konnte, oder war er ein Wikingermodel, das in seiner Freizeit gern auf vier Stummelbeinchen durchs Leben watschelte? Ich wusste nichts über diesen kleinen Hund, und auch wenn das bisher kein Problem für mich gewesen war – ich meine, er war ein winziger Hund, verdammt, mit dem konnte ich es ohne Probleme aufnehmen, egal, wie viel scharfe Zähne er in seinem kleinen Maul hatte –, gestaltete sich die Situation doch ganz anders, wenn er plötzlich nicht mehr nur ein winziger Hund, sondern auch ein verdammt großer, verdammt beeindruckender Krieger war. Von dem ich nicht wusste, was er wollte. Oder ob er mir gefährlich werden konnte. Oder …

Ich rieb mir über die Stirn, um die beginnenden Kopfschmerzen in Schach zu halten. Was ich wusste, war, dass dieser Wikinger-Hund-Mann mir und Pixi gerade wahrscheinlich das Leben gerettet hatte, und dass er sich für ein Mädchen einsetzte, das es irgendwie geschafft hatte, dass ich es beschützen wollte. Auch wenn ich diesen Fall eigentlich gar nicht hatte haben wollen. Und auch wenn ich überhaupt nicht wusste, ob es sich wirklich um ein kleines Mädchen handelte. Ich meine, wenn ein Corgi sich vor meinen Augen in einen sexy Kriegerwikinger verwandeln kann, der aussieht, als hätte er auf Instagram locker hunderttausend Follower, wer wusste da schon, was sich hinter den treuen großen Augen von Moran verbarg? Ein Zauberschaf? Amazonenprinzessin? Ein Haufen Kaninchen?

In der Bauchtasche meines Hoodies bewegte Pixi sich und kuschelte sich gegen meine Hand, die ich stützend unter den Boden der Bauchtasche gelegt hatte. Nein, wenn ich ganz ehrlich zu mir war, hatte mein Bauchgefühl die Sache schon längst entschieden. Ich hielt Moran weder für besonders gefährlich noch hinterhältig. Mochte sein, dass mich diese naive Entscheidung irgendwann in Schwierigkeiten bringen würde, aber im Augenblick wollte ich, dass sie in Sicherheit war. Und, was noch viel wichtiger war, dass Elsa in Sicherheit war. Sie hatte seit meinem Wiederauftauchen eine bemerkenswerte Geduld für den ganzen »Spukkram«, wie sie es nannte, gehabt, und es war ein Wunder, dass sie mir nicht schon längst Freundschaft und Wohnung gekündigt hatte, so oft, wie ich schon das Wohnzimmer, die Küche UND mein Zimmer mit Zutaten für Tränke, Tinkturen oder Salben und diversen Büchern, Pergamentrollen und zusammengebasteltem Fae-Abwehr-Equipment belegt hatte. Vielleicht war ein Loch in der Küchenwand und ein Haufen stinkender aal-ähnlicher Gestalten in der Wohnung, die versuchten, sie zu schnappen, der Tropfen, der das prall gefüllte Fass zum Überlaufen brachte. Verdenken könnte ich es ihr nicht. Aber ich konnte mich auch nicht einfach zurückziehen und Däumchen drehen. Zumindest nicht im Augenblick. Mir gingen nämlich langsam die Orte aus, an die ich mich hätte zurückziehen und Däumchen drehen können.

Als der Bus die richtige Haltestelle erreichte, stieg ich aus und ging die letzten Meter bis zu der Seitengasse neben dem *Leylines.* Es war bemerkenswert still, kaum Menschen auf den Straßen und kein einziger Fae vor der Tür. Ich beeilte mich dennoch, bis zu dem Hinterausgang zu gehen, an dem ich dreimal klopfte. Es dauerte nicht lange, bis Kians Gesicht sich in dem Sichtfenster in der Tür zeigte und mich streng ansah. Dennoch öffnete er und Elsa und Moran kamen herausgeschossen und fielen mir synchron in die Arme. Ich rückte den

Unterleib ab, damit die beiden in ihrer Euphorie nicht versehentlich Pixi zerquetschten, und drückte sie dann ebenso fest an mich. »Geht es euch gut?«, fragte ich mit krächzender Stimme und musste ein paar Tränen wegblinzeln.

Elsas Kopf ruckte zurück, als hätte jemand sie an den Haaren gezogen, und sie starrte mich entgeistert an. »Ob es *uns* gut geht?«, fauchte sie und ich befürchtete schon, dass sie mich gleich schütteln würde. »Ob es *UNS* gutgeht? Bist du wahnsinnig?! Ihr drei seid allein mit diesen … diesen Dingern in der Wohnung geblieben und ich hatte Angst, dass ich dich nur in Fetzen wiedersehen würde!« Ihre Stimme kratze ganz knapp an der Höhe, in der nur noch Hunde und Trolle sie hätten hören können, brach dann aber und Elsa drückte mich wieder an sich. »Du bist vollkommen verrückt«, flüsterte sie und ich musste unter Tränen lachen.

»Möglich«, erwiderte ich und sah dann auf Moran, die sich an mein Bein geklammert und das Gesicht an meiner Seite vergraben hatte. »Geht es dir gut, Kleine?«, fragte ich sie direkt, erntete dafür jedoch keine so heftige Reaktion wie bei Elsa, sondern nur ein Nicken, wobei sie sich nicht einmal die Mühe machte, das Gesicht aus den Falten meines Hoodies zu nehmen. Aber das reichte mir. Sanft strich ich ihr über den Kopf.

»Wo ist Chu?«, murmelte die Kleine und ich verstand sie kaum, weil ihre Worte fast vollständig von dem dicken Sweatstoff meines Hoodies geschluckt wurden.

»Der … kommt nach«, sagte ich mit erstickter Stimme und sah zu Kian. »Darf ich … nur kurz …«

Er sah mich noch immer streng an, machte dann wortlos den Weg frei, was mir als Einladung reichte. Ich pflückte Elsas und Morans Hände sanft aus meinem Hoodie und drängte sie ins Innere des *Leylines*, bevor ich ihnen hineinfolgte. Die beiden wirkten so zittrig, wie ich mich fühlte, und ich hatte das Gefühl, dass sie sich ebenso auf mich stützten, wie ich mich auf sie. Mir war schlecht, weil ich sie nicht davor hatte beschützen können, dieses Szenario mit anzusehen, aber ausnahmsweise war meine Erleichterung darüber, dass es ihnen gut ging, größer als die Schuld. Jetzt musste ich nur dafür sorgen, dass es so blieb.

Im *Leylines* war es ungewohnt leer, nicht ein einziger Gast befand sich in dem großen Schankraum.

»Was ist denn hier los?«, murmelte ich in Kians Richtung und wartete, bis Elsa und Moran mich genug freigegeben hatten, damit wir uns alle setzen konnten. Als ich mich zurückgelehnt hatte und nicht mehr bei jeder Bewegung schmerzhaft aufstöhnte, griff ich in die Tasche des Hoodies und holte Pixi hervor, die zwar immer noch erschöpft wirkte, aber wach war und sich aufmerksam umsah. Als sie Moran erblickte, flatterte sie mit den Flügeln und schwebte zu dem Mädchen hinüber, das mit einem erleichterten Quietschen die Hände ausstreckte und das kleine Wesen erstaunlich behutsam darin auffing. Zumindest für sie war wohl gesorgt.

Kian kam zum Tisch und stellte ein Kirschbier vor mich. Ich sah aus den Augenwinkeln ein halb leeres Glas Milch und eines mit Wasser, das offensichtlich noch gar nicht angerührt worden war. Arme Elsa.

Der Satyr setzte sich – sehr untypisch für ihn – zu uns. Er hatte eine Flasche Craft Beer in der Hand und musterte unsere kleine Truppe mit undeutbarem Blick. »Ich weiß es nicht«, antwortete er etwas verspätet auf meine Frage und knibbelte ein wenig an dem Etikett seiner Flasche. »Irgendetwas ist im Gange. Ich spüre das. Meine Gäste spüren das. Es sind die Raunächte. Aber noch etwas anderes.«

»Was meinst du mit ›etwas anderes‹?«, hakte ich nach und unwillkürlich kam mir das, was Lydia mir erzählt hatte, wieder in den Sinn. Die Schatten, die Trolle verschwinden ließen. Ich hätte meinen Hintern darauf verwettet, dass es die gleichen Schatten waren, die gerade das kleine Massaker in meiner Küche angerichtet hatten. Selbst die Ghoule waren panisch vor ihnen geflohen. Weniger starke Fae hätten vor ihnen wahrscheinlich schon früher das Weite gesucht.

»Du hast mit Lydia gesprochen, oder?«

Ich nickte.

»Nachdem du weg warst, kam ein Troll ins *Leylines* gestürmt und hat ihr erzählt, dass die Schatten wieder gesehen wurden. Drei Trolle sind hinausgegangen, um zu sehen, ob Lydias Verdacht zutrifft und die Schatten etwas mit den Sidhe zu tun haben, aber sie sind noch nicht zurückgekehrt.« Er fuhr sich mit der Hand nachdenklich übers

Kinn und sein Blick streifte zur Tür, hinter der der Zugang zur Steingrotte lag. »Ich habe das Gefühl, es wird mit jeder Sekunde gefährlicher da draußen, je näher die Silvester-Raunacht rückt.«

Ich blinzelte ein paar Mal und fuhr mir mit der Hand übers Gesicht. Sie blieb über meiner Augenbraue an einem Schnitt hängen, der zwar aufgehört hatte zu bluten, aber dennoch höllisch wehtat, als mein Finger darüberkratzte.

Die Raunächte – die kalten Nächte zwischen den Jahren, in denen der Übergang zwischen allen Reichen offen stand und die Menschen sich früher in ihre Häuser verkrochen hatten, um vor den gruseligen Gestalten, die dann die Straßen bevölkerten, in Sicherheit zu sein. Die Zeit der Wilden Jagd, einer Meute von hetzenden Jägern, angeführt von Titanias Mann Oberon, der seinen perversen Jagdtrieb in dieser kurzen Zeit stillt.

Die Silvester-Raunacht soll angeblich die mächtigste von ihnen sein, weil der Jahresübergang zelebriert wird und die Menschen heutzutage noch immer an die Macht des Jahreswechsels glauben, anders als an andere Aberglauben aus früheren Zeiten. Berckenbeck hatte allerdings nur einen kurzen Absatz in seiner Enzyklopädie zu den Raunächten verfasst und ich hatte bisher auch nicht viel anderes dazu gefunden, außer dem, was ich durch Kian und das niedere Konzil erfahren hatte. Allerdings hatte ich auch nicht so intensiv gesucht, denn die Wilde Jagd und die Raunächte überschnitten sich selten mit meinen Kunden.

»Das *Leylines* ist um die Feiertage herum doch sonst nicht so ausgestorben. Und gestern Abend war es noch voll.«

Kian nippte an seinem Bier. »Du warst bisher nie vor Silvester hier«, erwiderte er und kratzte sich hinter einem seiner Hörner. »Gestern Abend war die letzte Raunacht, bevor sich Oberon mit seiner Meute in diese Welt quetscht. Er macht zwar mit Vorliebe Jagd auf Menschen, aber wenn ihm der Sinn danach steht, müssen auch ein paar der niederen Fae dran glauben. Darum verkriechen die sich nach Weihnachten in ihren Verstecken und kommen erst am Neujahrstag wieder heraus. Uns sind mittlerweile nicht mehr viele Verstecke geblieben, um genauer zu sein, gibt es kaum noch ein Versteck, das die Wilde Jagd noch nicht gefunden hat.«

»Das wusste ich nicht«, entfuhr es mir verwundert, was mir ein weiteres Schulterzucken von Kian einbrachte.

»Du weißt vieles nicht, Füchsin. Was vielleicht damit zusammenhängt, dass du nur gelernt hast, wie man uns Fae einfangen oder erpressen kann. Von unserer Kultur, unserem Leben hast du keine Ahnung.«

Das klang bitterer, als ich es jemals von dem Satyr erwartet hätte. »Ich wusste nicht, dass du so über meine Arbeit denkst«, sagte ich leise und wagte es nicht, zu Elsa hinüberzusehen, die dem Gespräch erstaunlich aufmerksam und erstaunlich still folgte. Moran war mit Pixi beschäftigt, die beiden jagten sich gegenseitig durch den Schankraum, doch nicht einmal ihr fröhliches Quietschen konnte die düstere Wolke, die auf meine Schultern drückte, heben.

»Ich beobachte dich, seit du das erste Mal mit mir in meine Bar gestolpert bist, Viv.« Kians Stimme hatte wieder den weichen Ton angenommen, den ich von ihm kannte, aber ich hatte den Stahl gesehen, der darunterlag, und so schnell würde ich ihn auch nicht wieder vergessen. »Du warst wütend, hättest fast eine Schlägerei mit einem meiner Gäste angefangen, weil du den Unterschied zwischen Fae und Sidhe entweder nicht kanntest oder schlicht und ergreifend damals schon ignoriert hast, und ich konnte dich nur mit Mühe und Not davon abhalten, dir selbst massiv damit zu schaden. Du warst ein zorniges Kind.« Er stockte kurz und sah mir tief in die Augen. Die Wärme darin überraschte mich. »Und du warst verletzt. Man hatte dir wehgetan und dir etwas sehr Kostbares weggenommen. Das war der Grund, warum ich dich damals nicht einfach hochkant aus dem *Leylines* geworfen habe. Aber diese Verletzung hat auch dafür gesorgt, dass du dich nur auf eines konzentriert hast. Du suchst den Sidhe, der dir das angetan hat. Und weil andere, denen es ebenso ergangen ist, Hilfe bei dir gesucht haben, hast du weiter gelernt, wie man uns schaden kann. Nichts anderes. Deine Suche nach Wissen hat immer nur in eine Richtung geführt, zu Zerstörung und Angst und Wut. Sonst nichts.«

Es tat weh, das zu hören, weil es die Wahrheit war. Seit dem Moment, in dem ich vor zwei Jahren erwacht war, seit ich die Augen nach so langer Zeit wieder aufgeschlagen hatte, hatte es nur einen

Gedanken gegeben, der mich angetrieben hatte – ich musste denjenigen finden, der mir das angetan hatte. Anfangs war er noch begleitet worden von rasendem Hass auf alles, was nicht in unsere Welt gehörte. Der Hass war, dank Fae wie Kian und Lydia, einem gewissen Misstrauen gewichen, aber der Gedanke war immer noch da. Er beherrschte mich bei Tag und bei Nacht, folgte mir in meine Träume und kratzte im Innern meines Hinterkopfs, wenn ich tagsüber mein Leben lebte.

Jeder Mensch, der vor meiner Tür stand und mich um Hilfe bat, damit ich den Sidhe, der ihm oder ihr Lebensjahre, nein, einen Teil ihres Lebens gestohlen hatte, aufspürte und zur Rechenschaft zog, war für mich auch immer eine Suche nach demjenigen, der mir das angetan hatte. Dem Sidhe, der mir meine Zeit und mein Leben gestohlen hatte. Der mir meine Familie und alles, was ich liebte, genommen hatte.

Der Durst nach Rache war nie schwächer geworden, nie ganz verschwunden. Er loderte noch immer in mir wie ein Feuer, das ich niemals würde löschen können. Aber auf dem Weg zur Erfüllung meiner Rache hatte es so viel anderes weggebrannt. Unter anderem meinen Blick auf die Welt.

»Es …«, setzte ich an, doch Kian schüttelte nur den Kopf und lächelte.

»Mach dir darum keine Sorgen, Viv. Du bist ein kluges Mädchen, nur manchmal ziemlich störrisch. Aber du hast das Herz am rechten Fleck.«

Ich war mir nicht sicher, ob er meine Entschuldigung damit annahm oder nicht, doch ich wusste, es war nutzlos, es noch einmal zu versuchen. Allerdings hatte er mich auf eine Idee gebracht.

»Ich muss noch einmal weg«, sagte ich so vorsichtig wie möglich, was dennoch sofortigen Protest von Elsa und Moran zur Folge hatte.

»Du wirst einen Teufel tun und wieder verschwinden!«, sagte Elsa laut.

»Genau!«, stimmte Moran mit ein.

»Ich werde nicht hier sitzen bleiben und mir weiter Sorgen machen, dass dich irgendein schleimiger Aal mit Keule schnappt und zu Mus verarbeitet.«

»Ich auch nicht.«

Es war fast schon allerliebst, wie Elsa und Moran neben dem Tisch standen, beide die Hände in die Seiten gestützt und mich in einer Imitation der jeweils anderen wütend und besorgt anfunkelten. Ich musste mir wirklich fest auf die Zunge beißen, um nicht laut loszuprusten.

»Ganz ruhig. Ich gehe nicht auf Aaljagd«, versuchte ich die beiden zu beschwichtigen. »Ich will nur dafür sorgen, dass wir endlich Ruhe haben und zurück nach Hause können.«

Elsa dachte über meine Worte nach. Moran schüttelte aber heftig den Kopf. »Nein, du darfst nicht wieder weggehen, sonst kommst du vielleicht nicht mehr wieder.«

Ich unterdrückte ein Seufzen und strich der Kleinen über das weiche Haar. »Es ist nur kurz. Und solange darfst du ganz bestimmt bei Onkel Kian bleiben und noch viel mehr Eis essen, als du gestern Abend schon bekommen hast.« Wir blickten synchron zu Kian, der mit den Augen rollte, dann aber widerwillig nickte. Ich blickte auf Moran, die ernsthaft zu überlegen schien, ob ein Haufen Eiscreme mit Schokoladensauce, Streuseln, Marshmallows und Sahne es wert war, mich wieder ziehen zu lassen. Wie es aussah, war es das, denn sie ging mit vorsichtigen Schritten zu Kian hinüber und fragte ihn, die Hände hinter dem Rücken verschränkt: »Hast du auch eingelegte Kirschen?«

Er musste schmunzeln und nickte.

»Kann ich die auf mein Eis haben?«

»Süße, du kannst alles von mir haben, was du willst«, lachte er leise und strahlte gerade genau die Art Charme aus, die bei Menschen, egal welchen Geschlechts, weiche Knie verursachte. Aber Moran war dagegen völlig immun – sie rannte hinter den Tresen und ich hörte im Hintergrund etwas klirren. Kian sprang auf und lief rasch hinter Moran her.

Ich nutzte die Gunst der Stunde, solange die Kleine noch abgelenkt war, und umarmte Elsa. »Bleibt hier. Nur noch ein bisschen. Ich verspreche, ich werde diesen ganzen Schlamassel aufklären und dann …«

Elsa sah mich mit entschlossenem Gesichtsausdruck an und mir blieben die Worte im Hals stecken. »Tritt demjenigen, der für das alles verantwortlich ist, einfach verdammt fest in den Arsch. Okay?«

Ich schluckte und nickte hastig. Vielleicht hatte derjenige ja Glück und ich bekam ihn als Erste zu fassen. Denn wenn Elsa ihn vor mir in die Finger bekommen sollte, konnten nicht einmal die Tore der Hölle ihn mehr beschützen.

Du lebst noch, Adams Füchsin. Hat dir meine Überraschung gefallen? Hast du genossen, wie die Bestien versucht haben, dich und deine Freunde zu zerreißen?

Ein Teil von mir hätte gern gesehen, wie sie dich in Stücke schneiden und mir dann deine zerfetzten Überreste bringen. Aber dieses Vergnügen kann ruhig noch warten; warten macht das Ergebnis später nur noch süßer.

Ich hoffe, du hast dir das Bild der Hunde der Wilden Jagd gut eingeprägt. Die abergläubischen niederen Fae denken, sie wären etwas Neues, etwas, was wieder erwacht ist … Die Wahrheit ist, die Schatten waren nie weg. Sie waren immer Teil der Wilden Jagd und sie sind mächtiger geworden, wie auch meine Macht wächst.

Es dauert nicht mehr lange.

Geduld, nur noch etwas Geduld, und dann wird das Warten vorüber sein.

Kapitel 12

Als ich das *Leylines* – dieses Mal durch den Vordereingang – verließ, wartete eine Überraschung auf mich. Dort stand, mit verschränkten Armen gegen eine Straßenlaterne gelehnt, der Wikingerprinz, der einmal Chu gewesen war, und schien auf etwas oder jemanden zu warten. Als er mich kommen sah, merkte ich, dass diese Ehre wohl mir zuteilwurde, denn er stieß sich von der Lampe ab und kam mir entgegen. Er bewegte sich geschmeidig und mit einem Selbstbewusstsein, das einen glauben ließ, dass er das rosafarbene T-Shirt mit dem Aufdruck »Ich glaube an Einhörner«, mit dem Bild eines kleinen fetten Comiceinhorns darunter, mit Absicht angezogen hatte.

Ich war mir aber ziemlich sicher, dass er sich einfach irgendetwas grob Passendes aus meinem Schrank gezogen hatte, um nicht mit nacktem Oberkörper durch die Gegend zu laufen, denn dieses T-Shirt hatte ich letztes Jahr zu Weihnachten beim Schrottwichteln auf der Weihnachtsfeier von Elsas Arbeitsplatz bekommen. Die Lederjacke, die er darüber trug, versteckte zwar viel davon, doch ich hätte dieses pinke Ding überall wiedererkannt. Die Jacke gehörte Elsas Freund, die er immer wieder bei uns in der Diele vergaß und die wenigstens zur Lederhose des Wikingers und den groben, etwas mittelalterlich wirkenden Lederstiefeln passte. Nur von dem Schwert war nirgendwo etwas zu sehen und als er näher kam, konnte ich einige Striemen auf seinem Gesicht und Hals sehen, die unter dem Kragen des pinken Shirts verschwanden.

Trotz des T-Shirts mit dem etwas zweifelhaften Aufdruck folgten ihm einige Blicke, während er auf mich zulief, mich am Arm fasste und in die Seitengasse hinter dem *Leylines* zog. Ich wand meinen Arm aus seinem Griff, noch bevor wir dort angekommen waren, folgte ihm aber wortlos. So wirklich wusste ich auch noch gar nicht, was ich sagen oder fragen wollte. Ich weiß, das wirkt nicht besonders intelligent, aber ganz ehrlich, wenn ein sprechender winziger Hund sich auf einmal in einen schwertbewehrten Wikinger verwandelt, wäre es wohl jedem schwergefallen, sofort die passenden Fragen bereitzuhalten.

Daher beschränkte ich mich darauf, nun meinerseits die Arme zu verschränken und einfach mal gar nichts zu sagen. Was mir schwererfiel, als es sich anhört, aber immer noch besser war, als einfach nur irgendwelche Worte rauszuhusten.

Der Wikinger-Corgi sah sich um, um sicherzugehen, dass niemand in Hörweite war, und atmete dann tief durch. »Du hast bestimmt ein paar Fragen.«

»Ein paar?« Fast hätte ich gelacht.

»Vielleicht auch ein paar mehr.«

»Da kannst du sicher von ausgehen, Chu … Wikinger … was auch immer.«

»Eigentlich heiße ich Cúchulainn.«

Ich runzelte die Stirn. Er hatte schon einmal versucht, mir seinen Namen zu sagen und wie beim letzten Mal auch schon, klang es wie eine Halsentzündung, bei der jemand versucht hatte, sie mit ein wenig Rohrreiniger auszuspülen. »Kannst du das mal buchstabieren?«

Er tat es und ich schloss die Augen, um mir die einzelnen Buchstaben dieses Namens besser vorstellen zu können. Noch während ich das tat und der tiefen, erstaunlich angenehmen Stimme des Wikingers lauschte, tauchte in der Tiefe meines Bewusstseins eine Erinnerung auf, ein Eintrag, den ich in einem mythologischen Buch gelesen hatte, lange bevor ich in die Hände dieses Sidhe gefallen war und von der wahren Existenz der Fae noch keine Ahnung gehabt hatte. Cúchulainn … Cúchulainn …

Ich riss die Augen auf.

»Du bist der Hund von Ulster?!«

Er grinste schief. »Es ist lange her, dass mich ein Mensch so genannt hat.«

»Aber ich habe recht, oder? Du bist der legendäre Held Cúchulainn aus der irischen Mythologie, oder?«

Wobei das wahrscheinlich noch untertrieben war. Cúchulainn war in Irland sogar als Statue verewigt worden und man sagte ihm übermenschliche Kräfte nach. Allerdings auch, dass er tot war. Und, na ja, legendär.

Der blonde Mann, der eigentlich ein Corgi sein sollte, atmete tief ein und über sein Gesicht zog eine solche Welle aus Trauer oder Scham – genau konnte ich es nicht sagen –, dass ich mir unwillkürlich auf die Lippen biss. »Du bist kein Corgi, oder?«, entfuhr es mir, und auch wenn das eine der dümmsten Fragen war, die ich seit langer Zeit irgendwem gestellt hatte, reichte sie doch aus, um Cúchulainn aus seiner düsteren Stimmung zu reißen.

»Nicht immer, nein.«

»Teilzeit-Corgi, also?«

»Eigentlich bin ich nur selten wieder ein Mensch«, erwiderte er mit einem Grinsen, das mich wieder an den kleinen Hund erinnerte. »Genau genommen kann ich nur in den Raunächten wieder menschliche Gestalt annehmen. Und offensichtlich bin ich nicht tot.«

»Aber legendär, denn sonst wärst du den Schattenwesen nicht entkommen«, bemerkte ich trocken und musterte ihn eingehender, doch wie es aussah, hatte er keine größeren Verletzungen davongetragen.

»Nein, ich bin einfach nur gut mit dem Schwert, und ich weiß, wann es Zeit ist zu rennen.«

»Mit den kurzen Corgibeinen?«

Er musste tatsächlich schmunzeln. »Wenn die Beine kurz sind, muss man umso früher wissen, wann man rennen muss.«

»Und wo ist dein Schwert?«

Wieder der verschwörerische Blick nach links und rechts, dann streckte er die rechte Hand aus und führte die Finger zusammen, als würde er etwas Unsichtbares in der Luft greifen. Über seiner Handfläche bildete sich ein kleiner Strudel aus gleißendem Licht, der sich immer weiter verdichtete, zu einer weißen Kugel wurde, die sich rasend schnell in die Länge zog und zu einem Schwert formte. Ich konnte an seinem Handgelenk die letzten Ausläufer seiner Tätowierung aufleuchten sehen, und das blaue Licht brannte neben dem grellweißen, leckte über den Griff des Schwertes und ein Teil davon vermischte sich in Ranken mit der Lichtkugel, bis sich daraus ein Griff für die Waffe geformt hatte, die in Cúchulainns Pranke lag.

»Beeindruckend«, sagte ich so beiläufig wie möglich, weil der Wikinger bloß nicht glauben sollte, dass ich mich von so einer kleinen Lichtshow umhauen ließ. Ich hatte in den letzten vierundzwanzig Stunden bereits gesehen, wie sich ein Sidhe mit einem Blitz selbst gegrillt hatte. DAS war beeindruckend gewesen.

Cúchulainn schloss die Faust und in einem kleinen Regen aus Funken verschwand das Schwert wieder. »Es hilft gut gegen alle Arten von Fae«, informierte er mich bescheiden und ich nickte nur.

»Sind dir die Schatten nicht gefolgt?«

»Sie haben es versucht, aber wie ich bereits sagte, ich weiß, wann ich rennen muss. Und als Corgi bin ich recht wendig und vor allem schnell. Es rechnet nur nie einer damit.«

Damit hatte er allerdings recht. Ich hätte alles erwartet, nur nicht, dass diese vier winzigen Beinchen schnell sein könnten. Ach, ich hätte ohnehin so viel erwartet. Damals, vor über zwanzig Jahren hatte ich erwartet, ein bisschen Spaß auf der Love-Parade zu haben, mich abends mit meinen Freunden zu betrinken und dann selig in meinem Bett meinen Rausch auszuschlafen. Ich hatte erwartet, in dem Jahr, in dem ich erwacht war, ebenfalls über vierzig zu sein, mit einem Mann, einem Job und einer Wohnung, irgendwo im Grunewald, weil besagter Mann natürlich Geld wie Heu hatte und mich nebenbei noch auf Händen trug.

Ich hatte so vieles erwartet. Aber auf keinen Fall das, was mir dann passiert war.

Mit einem Mal fühlte ich mich wahnsinnig müde, und es lag nicht nur an meinem zitternden, erschöpften Körper. Ich wollte mich zusammenrollen und schlafen, so lange schlafen, bis ich Morans Gesicht, diese Schatten, das *Leylines*, einfach alles aus meinem Gedächtnis gebrannt hatte. Bis ich wieder ich selbst war und etwas anderes erwartete als gruselige Biester, die einem Albtraum entstiegen waren und versuchten, mir und meinen Begleitern die Gliedmaßen abzureißen oder eventuell noch Schlimmeres.

Eine Pranke legte sich auf meine Schulter, wesentlich sanfter, als ich es jemals angesichts des Hünen, zu dem sie gehörte, erwartet hatte. »Es wird alles wieder gut«, sagte Cúchulainn und strich mir etwas unbeholfen, aber freundlich über den Scheitel.

Die Geste brachte mich zum Lachen und ich schüttelte den Kopf. »Ich weiß ja nicht einmal, wo es schiefgegangen ist«, schniefte ich und rieb mir übers Gesicht. Dann sah ich ihn düster an, als mir doch noch einfiel, wo es schiefgegangen war. »Oder doch …«

Er wirkte fast verlegen und wich meinem Blick aus. Nur so leicht ließ ich mich nicht abschütteln, vor allem, wenn meine schwelende Wut mich vom Weinen abhielt und ich auch noch die Chance bekam, jemandem die Schuld an dem ganzen Schlamassel zuzuschieben. »Warum standet ihr wirklich vor meiner Wohnungstür?«, knurrte ich.

Cúchulainn wich sogar einen kleinen Schritt vor mir zurück, was ihm nichts brachte, denn ich verringerte den Abstand zwischen uns sofort wieder. »Ich habe gesagt, dass ich der Kleinen und dir helfe und versuche, euch zu beschützen. Aber vorher will ich endlich ein paar Antworten. Wer ist sie? Vor wem seid ihr geflohen? Und wer oder was sind diese verdammten Schattenbiester? Und wieso schickt jemand vor ihnen noch Ghoule und Goblins hinter uns her?!«

Ich war, ohne es zu merken, immer lauter geworden und an der Hauptstraße, die von der Gasse abzweigte, drehten sich ein paar neugierige Köpfe von vorbeigehenden Passanten zu uns um.

Der Hüne hob beschwichtigend die Hände und zog mich tiefer in die Schatten hinein. »Wenn du so weiterschreist, brauchst du dir keine Sorgen mehr darum zu machen, wer oder was da hinter uns her ist.« Er hatte die blonden Brauen zusammengezogen und schnaubte. Die Geste war Chu so ähnlich, dass ich fast erwartet hätte, dass Cúchulainn sich gleich mit der Hinterpfote hinter dem Ohr kratzte. »Moran ist kein gewöhnliches Mädchen. Sie ist das Mündel von Oberon.«

»Oberon? König der Sidhe und Ehemann von Titania?«, hakte ich vorsichtshalber nach, um nicht zufällig Oberon den Klempner zu beschuldigen.

»Ebender. Oberon fängt immer wieder unvorsichtige Menschenkinder auf der Wilden Jagd und verschleppt sie ins Reich des Zwielichts. Dort bleiben sie bei Titania und dienen ihnen als Sklaven.

Sobald sie nach zehn Jahren das Kindesalter hinter sich lassen, opfert er sie seiner Jagd und fängt sich neue Kinder ein.«

Ich wurde blass. »Er … opfert sie?«

Cúchulainn senkte den Blick. »Es ist der Preis, den er zahlt, um die Jagd seinem Willen zu unterwerfen. Zehn Kinder im zehnten Jahr. Aber anstatt einen kostbaren Sidhe zu opfern, nimmt er die Töchter und Söhne Adams.«

»Das ist …« Krank? Furchtbar? Pervers? Widerlich? »Schlimm«, war alles, was ich in meinem Entsetzen hervorbrachte, einfach weil mir kein passendes Wort einfiel, das groß genug war, um meinen Ekel und meine Abscheu angemessen auszudrücken.

»Das ist das Wesen von Oberon«, erwiderte der Hüne grimmig und blickte auf seine rechte Hand, in der es wieder begonnen hatte, silbern zu leuchten. Offenbar war ich nicht die Einzige, der dieses Verhalten gegen den Strich ging. »Er jagt zum Spaß, er versklavt, weil es ihm Freude macht, und er weidet sich an seiner Macht, wann immer es ihm gefällt.«

Ich sah ihn ein wenig verwundert an, aber dann wurde es mir klar. »Er hat dich ebenfalls versklavt, oder?«

»Ich trage einen Fluch auf mir«, erwiderte Cúchulainn und zum ersten Mal, seit ich ihn gefragt hatte, wer er war und warum er vor meiner Tür gestanden hatte, sah er mir in die Augen. »Durch meinen Namen – Hund von Ulster – darf ich kein Hundefleisch essen. Aber ich kann auch keine Mahlzeit ablehnen, die man mir anbietet.«

»Wie die letzte Pizza?«

Er grinste wieder und dieses Mal blitzten die spitzen Eckzähne, die ich schon in seiner Corgigestalt bewundern durfte, auf. »Wie die letzte Pizza«, bestätigte er mit einem Zwinkern. »Ob ich sie nun essen will oder nicht. Oberon wollte mich unbedingt in seinem Gefolge haben und hat mich reingelegt. Er hat mich zu einem Festmahl eingeladen und mir vorgegaukelt, er wäre ein befreundeter Kriegsherr. Er gab mir Hundefleisch zu essen und seitdem bin ich sein Sklave.«

»Das ist furchtbar.«

Er zuckte mit den Schultern, aber für mich war es eine der traurigsten Gesten, die ich jemals bei einem Mann gesehen hatte. »Man gewöhnt sich an alles«, sagte er. Es klang wie eine einzige Lüge. »Man wird bequem, und der Kampfeswille erlischt. Irgendwann schaust du dich nicht mehr nach möglichen Fluchtwegen um, und selbst wenn dir einer angeboten wird, schließt du die Augen und drehst den Kopf weg, weil es ja doch sinnlos ist.«

»Wie es aussiehst, hast du darin Erfahrung?«, versuchte ich einen lahmen Scherz, doch der wütende und gleichzeitig getroffene Blick von Chu ließ mich wieder verstummen. Es gibt Zeiten, an denen man besser die Klappe halten sollte.

»Moran ist nie so geworden. Sie hat immer einen Ausweg gesucht, wollte immer fliehen. Sie hat mich gebeten, ihr zu helfen, und ... na ja, du hast Moran kennengelernt.«

Ich nickte. »Die Kleine kann auch einen Eisberg dazu bringen zu schmelzen, wenn sie ihn darum bittet.«

Dieses Mal grinste er. »So etwas Ähnliches hat sie sogar schon einmal geschafft. Darum war ich auch so überrascht, dass du uns abweisen konntest, als wir vor deiner Tür standen und dich um Hilfe baten.«

Ich musste an diesen Moment zurückdenken, der sich für mich bereits anfühlte, als wäre er eine Ewigkeit her. Waren seitdem wirklich erst weniger als zweiundsiebzig Stunden vergangen? Es hätte genauso gut im letzten Jahrhundert gewesen sein können, für mich hätte es keinen Unterschied gemacht.

»Ich bin nicht so gut auf Fae zu sprechen«, nuschelte ich und hoffte halb, dass er es nicht mitbekam, aber wenn man schon einmal einen Corgi gesehen hat, weiß man, wie groß diese verflixten Fledermausohren sind, und wie befürchtet funktionierten sie auch, wenn Cúchulainn gerade nicht Chu war. Er hakte allerdings nicht nach, sondern bedachte mich mit einem Blick, der erahnen ließ, dass er auf dieses Thema früher oder später zurückkommen würde. Ich hoffte mehr auf später, aber genauso gut konnte ich mir wünschen, dass McDonalds irgendwann wieder den McChicken Classic zurückbrachte.

Ich stieß mich von der Mauer ab, an der ich gelehnt hatte, denn mir wurde kalt und da war noch immer die Angst, dass Schattenklaue und seine Kumpane wieder auftauchen könnten, auch wenn der Ire mit dem Schwert unter ihnen gewütet hatte. »Ich muss in die ...«

Ich kam nicht dazu, diesen Satz jemals zu Ende zu bringen, denn etwas packte mich am Kragen und zerrte mich zur Seite. Ich sah noch Cúchulainns wütend verzerrtes Gesicht, das Aufleuchten des Schwertes in seiner Hand und dann wurde alles schwarz um mich.

Kapitel 13

Ich erwachte und spürte eine Hand auf meiner Stirn. Sie war angenehm warm, im Gegensatz zu der Kälte, die hier herrschte – wo immer »hier« auch sein mochte. Mein Kopf hämmerte wie verrückt und ich konnte jeden einzelnen Knochen im Leib spüren. Als ich versuchte, die Augen zu öffnen, blendete mich etwas und ich stöhnte auf und kniff die Augen wieder zusammen.

»Sie ist wach.«

Großartig, ich war von echten Genies umgeben. Vorsichtig versuchte ich es noch einmal mit dem Augenöffnen, ließ es dieses Mal aber langsamer angehen und mir Zeit, mich an das Licht zu gewöhnen. Nachdem ich sie ganz aufschlagen konnte, wurde mir klar, warum es so geblendet hatte: Ich hatte direkt in die Flamme einer Steinlampe geblickt. Nach einigem Blinzeln sah ich genug, um mich orientieren zu können.

Was auf den ersten Blick aussah wie eine alte Steinhöhle, war in Wahrheit eine Art Bunker aus Beton, mit altmodischen Lampen an der Decke, die durch ein Gitter aus Metall geschützt waren. Wahrscheinlich funktionierten sie aber nicht mehr richtig, denn die Lichtquelle bestand aus mehreren Steinlampen, wie die, in die ich direkt geblickt hatte. Ihr flackerndes Licht ließ Schatten durch den Raum tanzen und verbarg gleichzeitig, was auch immer sich in den Ecken befand. Ich lag auf einer Liege, die sich ein wenig feucht anfühlte, und rundherum ragten unförmige Felsbrocken auf, die wirkten, als hätte sie jemand als Teil einer modernen Kunstinstallation hier aufgestellt und dann einfach vergessen.

Ich drehte den Kopf, um zu sehen, wer da gesprochen hatte und wessen Hand auf meiner Stirn lag, nur um herauszufinden, dass es sich in beiden Fällen um ein und dieselbe Person handelte: Cúchulainn. Der blonde Hüne saß hinter dem Kopfende der Liege auf einem Stuhl, der, wie alles andere hier unten, auch schon bessere Zeiten gesehen hatte, einen Arm auf den gespreizten Beinen abgelegt, den anderen noch immer in meine Richtung ausgestreckt. Seine Hand lag nicht mehr auf meiner Stirn, aber ich war mir nicht sicher, ob er sie nicht gleich wieder dort hinlegen würde. Ebenso wenig war ich mir sicher, ob ich mich darauf freute oder über den ungewohnt intimen Kontakt erschrocken sein sollte. Diese Frage tat im Augenblick auch nichts zur Sache.

»Was ist passiert?«, fragte ich mit einem Krächzen und rieb mir über den Hals.

Cúchulainn deutete mit einem Nicken auf die Felsbrocken. »Wir wurden gefunden.«

Ich drehte mich um und hätte mich am liebsten selbst geohrfeigt. Offensichtlich machten sich der Schlafmangel, die Erschöpfung und alles andere jetzt doch bemerkbar, denn unter normalen Umständen wäre ich tot, wenn ich so unaufmerksam gewesen wäre, oder mir wäre etwas Schlimmeres zugestoßen.

Um meine Liege stand nicht ein Kreis aus Felsbrocken, sondern aus Trollen. Sehr alten und sehr nackten Trollen, denn keiner von ihnen trug auch nur einen Fetzen Stoff am Leib, stattdessen wuchsen Moos und andere Flechten auf ihnen. Die Augen leuchteten wie gelbe Flammen tief in den Höhlen und jede einzelne dieser Flammen ließ mich nicht aus dem Blick. »Oh«, war alles, was mir dazu einfiel.

»Ja, oh«, pflichtete Cúchulainn mir bei. »Sie haben dich in die Kanalisation gezogen, bevor ich reagieren konnte. Ich habe euch bis hierher verfolgt, bis einer von ihnen mich aufgehalten und direkt hierhergebracht hat.«

»Du wirst mit Freund Schattenklaue fertig, konntest aber nicht gegen die paar Trolle kämpfen?«, zischte ich etwas entgeistert.

»Mit den Schatten bin ich auch nicht fertiggeworden«, knurrte er und der Ton erinnerte mich verdächtig an seine Corgi-Form. »Ich musste fliehen, weil es zu viele waren, und nur ein kompletter Vollidiot würde sich mit Trollen anlegen.«

»Nicht besonders legendär«, konnte ich mir nicht verkneifen, was zum einen an meiner Angst lag, denn gegen einen Troll konnte ich wirklich nicht viel ausrichten, zum anderen aber auch an meiner leisen Enttäuschung, denn vom legendären Cúchulainn hatte ich irgendwie mehr … wa-wa-wa-wumm erwartet.

»Willst du etwa …«, setzte Cúchulainn an, doch einer der Trolle trat vor und hob beide Hände. Sofort hatte er unser beider ungeteilte Aufmerksamkeit. Es knirschte und knackte, als er den Mund öffnete und dann einige Gesten vollführte, die ich nicht einordnen konnte.

»Steh auf«, sagte Cúchulainn hinter mir und erhob sich ebenfalls.

»Was? Warum?«

»Weil er es gesagt hat.«

Ich starrte Cúchulainn an, dann den Troll und dann wieder Cúchulainn. »Wie?!«

Der blonde Hüne runzelte die Stirn und sah mich ernst an. »Er gehört zu den Alten, den Barden. Sie sprechen durch Gesten und nicht durch Worte. Ich dachte, du bist Adams Füchsin und weißt alles über die Fae?«

Ertappt klappte mir der Mund zu. Ich konnte schlecht zugeben, dass ich nur das über Fae wusste, was mir dabei half, sie zu jagen und in die Ecke zu drängen. Kians Worte hallten auf einmal überdeutlich in meinen Ohren wider und ich spürte, wie heiße Röte mein Gesicht überzog. Dieser verdammte Satyr hatte recht gehabt: Ich hatte wirklich keine Ahnung. Ich wusste nichts über das Leben der Fae, wer sie wirklich waren, was sie fürchteten, was sie liebten. Alles, was ich wusste, war, wie ich ihnen schaden konnte.

Beschämt senkte ich den Kopf und rieb mir über die Stirn.

»Sie sagen, sie haben dich gesucht«, fuhr Cúchulainn leise fort.

Ich war mir ziemlich sicher, dass er meinen Stimmungswandel bemerkt hatte, aber er war Gentleman genug, es nicht anzusprechen oder darauf herumzureiten, und das, obwohl ich gerade meine Angst und Enttäuschung an ihm ausgelassen hatte. Jetzt fühlte ich mich noch schlechter als ohnehin schon.

»Warum?«, erwiderte ich und wagte es noch immer nicht, ihm oder einem der Trolle ins Gesicht zu schauen.

»Lydia hat sie geschickt.«

Lydia – ich hatte sie fast vergessen, was wohl auch nachvollziehbar war, wenn man bedenkt, dass ich mit wichtigeren Dingen beschäftigt gewesen war. Mit dem Leben davonzukommen, zum Beispiel. Aber jetzt erinnerte ich mich wieder an unser Gespräch und ihre Bitte. »Ihr wisst mehr über die Schatten?«, fragte ich und hob nun doch den Kopf. Der Troll, der vor der Liege stand, nickte und nach und nach nahmen die anderen diese Geste auf.

Cúchulainn hob eine Augenbraue, als er das sah. »Sie wollen dir etwas zeigen.«

Ich beeilte mich aufzustehen und als wäre das das geheime Signal zum Aufbruch gewesen, setzten die Trolle sich in Bewegung. Sie waren langsamer in ihren Schritten als die Trolle, die mir bisher im *Leylines* begegnet waren, doch sie bewegten sich geschmeidiger. Cúchulainn und ich liefen fast am Ende, nur ein Troll ließ sich hinter uns fallen. Ob er das tat, um sicherzugehen, dass wir uns nicht versehentlich verliefen, oder um uns an einer Flucht zu hindern, konnte ich nicht sagen, ebenso wenig wie ich wusste, ob wir Gäste oder Gefangene waren. Ich vertraute Lydia bis zu einem bestimmten Punkt, aber dieser Punkt befand sich irgendwo an der Oberfläche. Alles, was sich unter den Füßen der Welt befand, war das Reich der Trolle und niemand wusste genau zu sagen, wie sie sich hier verhielten oder welche Gesetze hier galten. *Jemand, der sich ein wenig mit ihrer Kultur beschäftigt hätte, wüsste das,* erklang eine gehässige Stimme in meinem Kopf, die verdächtig nach meiner eigenen klang. Na großartig. Mein schlechtes Gewissen begann sich zu einer ebenso großen Nervensäge zu entwickeln, wie ich eine war.

Wir liefen ewig durch dunkle Tunnel, die nur ab und zu aus der Ferne von einer Glühbirne erhellt wurden, die sich aber in einem anderen Gang befand und die wir nie erreichten, weil wir immer vorher schon um eine Ecke bogen, in der uns wieder vollkommene Dunkelheit erwartete. Die Trolle gaben außer dem Ächzen ihrer granitartigen Gliedmaßen keinen Ton von sich. Ab und zu spürte ich eine steinerne Pranke auf meiner Schulter oder meinem Oberarm, die mich in eine gewisse Richtung schob, damit ich den Anschluss an die Gruppe nicht verlor. In der Finsternis ging mir jegliches Gefühl für Zeit und auch für Strecken verloren. Weder wusste ich, wie lange wir bereits marschierten, noch wie viel Meter oder Kilometer wir schon hinter uns gebracht hatten. »Woher wusstest du, dass das Barden sind?«, fragte ich irgendwann im Flüsterton, was Schwachsinn war, denn die Trolle waren so nah, dass sie mit Sicherheit jedes Wort hören konnten, ob ich nun flüsterte oder nicht, aber ich fühlte mich so besser.

»Ich habe sie bereits an Oberons Hof gesehen«, informierte Cúchulainn mich mit völlig normaler Stimme. So viel zum Thema Flüstern. »Sie sind die ältesten unter den Trollen und bewahren die Erinnerungen ihres Volkes als Geschichten auf. Sie sind auch die Botschafter der Trolle und was immer ihr Volk für Anliegen hatte, wurde durch sie an Oberon weitergegeben.«

»Hat es etwas gebracht?«

»Was glaubst du?«, fragte er bitter und ich beschloss, ihn vielleicht erst einmal nicht mehr nach seinem früheren Herrn zu fragen.

»Und wieso Barden?«, hakte ich, jetzt auch mit normaler Stimme, nach, auch um rasch das Thema zu wechseln. »Ich dachte, Barden sind Männer in lustigen Hüten, die mit einer Gitarre auf Mittelaltermärkten herumhüpfen und Fa-diddel-di-dei singen.«

Ein Rumpeln ertönte, dann ein weiteres, bis es klang, als würde sich eine ganze Steinlawine den Berg hinabrollen. Das Geräusch hatte ich in abgeschwächter Form schon einmal bei Lydia gehört. Die Trolle lachten. Auch in Cúchulainns Stimme war ein Lächeln zu hören.

»Das sind menschliche Barden«, erklärte er mir. »Sie bewahren auch Geschichten und geben sie weiter, aber dazu müssen sie singen. Trollbarden schweigen.«

»Und wie geben sie ihre Geschichten weiter?«

Auf diese Frage gab er mir keine Antwort mehr und auch die Trolle hatten aufgehört zu lachen. Bevor ich nachhaken konnte, leuchtete wieder eine Lichtquelle auf, doch dieses Mal wichen wir ihr nicht wieder aus, sondern liefen direkt darauf zu. Ich konnte Stimmen hören und irgendwo dröhnte etwas, ehe ein Quietschen dazukam und das Dröhnen langsam leiser wurde, bis es verschwand. Es war ein so vertrautes Geräusch, dass ich sofort wusste, worauf wir uns zubewegten: eine U-Bahn-Station.

Der Boden unter unseren Füßen veränderte sich, kein Beton mehr, sondern Gitter. Wir waren dem Licht bereits so nahe, dass ich erkennen konnte, dass wir uns in einem U-Bahn-Tunnel befanden. Es handelte sich dabei wohl um ein stillgelegtes Gleis, denn ich sah in dem Halbdunkel einige U-Bahnen stehen, die offensichtlich leer waren. Das Laufgitter war an der Seite des Tunnels an der Wand angebracht, damit man nicht über die Gleise gehen musste, und war ursprünglich wahrscheinlich für die Fahrer gedacht, hielt aber auch eine Handvoll Trolle, einen gestaltwandelnden Corgi und eine menschliche Füchsin aus. Kurz bevor dieser Tunnel in einen anderen mündete, durch den die Bahnen in die Haltestelle hinein- und hinausfuhren, öffnete der vorderste Troll eine Stahltür in der Wand, die ich bisher nicht hatte sehen können, und verschwand darin. Die anderen Trolle folgten ihm und kurz bevor auch ich den Tunnel verließ, konnte ich an der Wand ein von Schmutz und Zeit fast unleserlich gewordenes Schild ausmachen, auf dem stand »Gesundbrunnen«.

Irgendwie beruhigte es mich, dass wir uns immer noch in beziehungsweise unter Berlin befanden. Mit meinem fehlenden Zeitgefühl und der Orientierungslosigkeit hätten wir mittlerweile auch in Australien sein können und ich hätte es nicht einmal bemerkt. Na gut, spätestens wenn mir die Füße abgefallen wären, hätte ich zumindest etwas geahnt.

Die Tür führte in eine Art Aufenthaltsraum, den außer den Trollen aber auch schon seit Jahren niemand mehr betreten hatte. Die Metallspinde an der Wand waren verrostet und die Farbe abgeplatzt. Schimmel und Spinnweben wetteiferten um die Vorherrschaft an den feuchten Betonwänden und die Lampe an der Decke war eine ferne Erinnerung an Zivilisation, die mal versucht hatte, sich hier auszubreiten, bevor sie von Mutter Natur und Opa Verfall gehörig eins auf den Deckel bekommen hatte.

Der vorderste Troll hatte eine Lampe entzündet, von der ich absolut nicht wissen wollte, wo er sie bisher aufbewahrt hatte, und nur deshalb konnte ich die Details im Raum ausmachen. Lange hielten wir uns nicht dort auf, sondern es ging weiter in einen schmalen Flur, der wieder in einen Tunnel führte.

Der vorderste Troll knirschte und das Licht erlosch, aber die Gruppe wurde nicht langsamer und wieder zeigte mir eine Hand auf der Schulter, wo ich langgehen musste. Mangelnde Fürsorge konnte man den Barden nicht vorwerfen, immerhin konnten sie in der Dunkelheit sehen, ich dafür nicht, doch anstatt mich ziellos umherirren zu lassen, wusste ich dank dem Troll hinter uns immer, wo ich langgehen musste.

Nach einigen Metern wusste ich auch, warum der Troll die Lampe gelöscht hatte. Dieser Tunnel zweigte wieder ab und in dem abzweigenden Weg leuchtete das Licht einer starken Taschenlampe und ich konnte eine weibliche Stimme hören: »… befinden uns jetzt direkt unter dem Bahnhof Gesundbrunnen. Wenn Sie …«

Die Stimme riss ab, als unsere Gruppe sich durch einen Riss in der Wand zwängte, was ich mehr fühlte als sah. Die Touristengruppe, die sich durch den anderen Tunnel führen ließ, war uns erstaunlich nahe gewesen, aber die Trolle hatten es irgendwie geschafft, sich so leise und unauffällig zu bewegen, dass sie uns nicht entdeckt hatten.

Nachdem wir uns durch den Riss hindurchbewegt hatten, veränderte sich die Luft. Sie war nicht mehr feucht und kalt, sondern vollkommen trocken und einige Grad wärmer. Der plötzliche Temperaturanstieg ließ mich verwirrt den Kopf drehen, um zu sehen, ob wir uns nicht doch zufällig in eine Sauna verirrt hatten, aber noch hatte der Troll die Lampe nicht wieder entzündet und ich starrte nur in die Dunkelheit.

Wieder spürte ich eine Hand auf der Schulter, doch dieses Mal war sie nicht schwer und steinern, sondern weicher, auch wenn ich selbst durch den Stoff meines Hoodies hindurch die Schwielen auf der Handfläche spüren konnte. »Hier ist es.«

Cúchulainns Atem an meinem Ohr bescherte mir eine Gänsehaut, die sich noch einmal verstärkte, als plötzlich ein Licht über mir aufflammte.

Nein, nicht bloß ein Licht – Hunderte, möglicherweise Tausende von Lichtern, die, als hätte das erste eine Kettenreaktion ausgelöst, nach und nach aufblitzten und immer weiter in die Höhe wuchsen, eine Wand aus Flammen, die sanft leuchtete und uns zeigte, wie groß die Höhle war, in der wir uns befanden. Das hier hatte nichts mehr mit den Tunneln und Wegen zu tun, die von Menschenhand geschaffen worden waren. Das hier war viel älter – und weiser. Die Oberfläche der Höhle war rau und es brauchte einen Moment, bis ich erkennen konnte, um was es sich dabei handelte. Es waren Mosaike, Bilder, geformt aus winzigen farbigen Steinen, die eine Geschichte erzählten. Im flackernden Licht der Flammen wirkten die dort abgebildeten Szenen, als wären sie lebendig und nicht, wie es der Wahrheit entsprach, in der Zeit und im Stein eingefroren.

Ich tat einen tiefen Atemzug und trat einen Schritt zurück, wobei ich gegen Cúchulainn prallte, der mich sanft abfing. »Das ist die Arbeit der Barden«, sagte er und als ich über die Schulter sah, merkte ich, dass auch er den Kopf erhoben hatte und dieses Meisterwerk betrachtete.

Jeder freie Zentimeter des Felsens war mit den Steinen bedeckt und ich konnte unmöglich sagen, wo ein Bild begann und das andere aufhörte. Es war wie bei Diafilmen, die gemeinsam eine Geschichte erzählten, aber man hatte uns mitten hineingesetzt, ohne uns zu sagen, wo diese Geschichte begann oder wo sie mal enden könnte.

Die Trolle vor uns hatten sich wieder in Bewegung gesetzt und ich folgte ihnen, auch weil ich auf keinen Fall hier unten zurückbleiben wollte. Allein würde ich den Weg an die Oberfläche niemals wiederfinden und ich war nicht sicher, ob Cúchs Nase als Mensch ebenso gut war wie als Hund.

Die Trolle blieben wenige Hundert Meter weiter stehen und wie es schien, befanden wir uns direkt hinter dem höchsten Punkt der Höhle, die sich wie eine Kuppel über uns wölbte. Hier konnte ich zum ersten Mal auch ein Muster in den Bildern ausmachen. Sie wanden sich wie ein lange Spirale von der Decke herab bis auf den Boden, auf dem wir standen.

Einer der Trolle nickte Cúch zu und machte einige Gesten, bevor er auf ein Bild weit über unseren Köpfen deutete. Cúch nickte und wartete, bis ich zu dem Bild hochgesehen hatte.

»Es gab eine Zeit, in der die Fae mit Leichtigkeit in die Welt der Menschen wandeln konnten«, sagte er und auch wenn seine Stimme fest war, waren die Worte für ihn neu. Er hatte diese Geschichte auch noch nicht gehört und vermittelte mir jetzt das, was der Troll ihm erzählte.

»Die *Leylines* waren überall und vielen der Sidhe gefiel es, nicht mehr nur am Hofe Oberons oder Titanias zu leben, sondern gleich hier zu verweilen. Sie fanden Wasser, Nahrung und Menschen, die ohne jede Magie waren und damit perfekte Sklaven abgaben.«

Ich merkte, wie mir ein kalter Schauer über das Rückgrat fuhr, denn ich musterte eingehend das Bild. Es zeigte Sidhe – unwirklich schön, soweit sich das mit winzigen Steinen darstellen ließ –, die an Tischen saßen, um zu feiern, die Wein tranken und manche, die auf Pferden saßen und mit ihnen auf die Jagd ritten. Als ich erkannte, was das Jagdwild darstellte, musste ich schnell den Blick abwenden, um nicht vor Ekel und Wut aufzuschreien. Die Menschen hatten ihre Münder weit aufgerissen und versuchten, den Pferden und ihren schaurig-schönen Reitern zu entkommen, andere kletterten auf Bäume, aber schlussendlich wurde jeder von ihnen von einem Pfeil oder einem Speer durchbohrt, den ein lachender Sidhe abgefeuert hatte.

»Sie waren Götter in einem Land ohne Magie«, fuhr Cúch fort und ich konnte das leise Knurren in seinen Worten hören.

»Sie waren verdammte Tyrannen in einer Welt voller Diener«, erwiderte ich bitter, doch er ignorierte es.

»Sie hatten auch ihre eigenen Diener mitgebracht, niedere Fae, von denen einige entkommen und ebenfalls hier heimisch werden konnten«, fuhr er fort und ich sah auf dem nächsten Mosaik Trolle, Wolpertinger und Dryaden, die sich zwischen Bäumen versteckten, die ihnen mehr Schutz boten als den Menschen.

Ich biss mir dieses Mal auf die Zunge, um nicht wieder eine spitze Bemerkung loszulassen, denn der rationale Teil von mir wusste genau, dass es unfair war, ihnen vorzuwerfen, dass sie überlebt hatten. Sidhe und niedere Fae standen einander auch nicht immer besonders wohlwollend gegenüber, auch wenn es bei den niederen Fae genug Gruppen gab, die sich bei den Sidhe einschmeicheln wollten, so viel hatte ich bisher schon mitbekommen.

Ich konnte sie nicht einfach alle über einen Kamm scheren und glauben, dass ich damit richtiglag. Es gab nicht nur gute oder schlechte Menschen und ebenso wenig gab es nur gute oder schlechte Fae. Das zumindest hatte ich lernen müssen.

Keine angenehme Lektion, aber eine notwendige.

»Einige der niederen Fae und viele Menschen wollten diese Herrschaft nicht mehr länger hinnehmen. Sie bewaffneten sich und ein

Krieg brach aus, der viele Jahre lang wütete, doch keine der beiden Seiten konnte den Sieg erringen. Darum wurde das Abkommen beschlossen.«

An diesem Punkt der Geschichte musste ich gar nicht erst wieder zu den Mosaiken sehen, denn von dem Abkommen hatte ich bereits gehört. Es erlaubte den Sidhe, in unsere Welt zu kommen, solange sie keine menschlichen Sklaven mehr nahmen. Niedere Fae, die es in die Welt der Menschen schafften, waren frei und konnten von Sidhe nicht mehr zurück in die Sklaverei geholt werden. Dafür galt für Oberon, dem Herrscher dieses Sidhe-Packs, das königliche Vorrecht, nämlich die Tatsache, dass er einmal im Jahr, zur Raunacht, in die menschliche Welt kommen und jagen durfte. Dieses Abkommen war offensichtlich mit einem menschlichen König geschlossen worden, denn wer, außer einem privilegverliebten Bastard, würde sich sonst freiwillig auf so eine Klausel einlassen?

Dadurch, dass Fae nach dem Abkommen nicht mehr präsent in der Welt der Menschen waren, verloren die Menschen das Wissen über sie. Die alten Feiertage verloren ihre Bedeutung und immer mehr und mehr Tore in die Feenwelt wurden unabsichtlich zerstört oder verrotteten, was zu unserem Vorteil war. Aber einige Tore gab es noch. In Deutschland genau zwei, eines davon hier im Osten.

»Über das Abkommen weiß ich Bescheid«, sagte ich, gleichzeitig an den Troll und Cúch gewandt. »Lydia weiß das auch. Ich hoffe, das war nicht das Einzige, was ihr mir zeigen wolltet?«

Der Troll deutete als Antwort einfach nur stumm auf ein Bild. Es befand sich nicht an der Wand, sondern auf dem Boden, direkt zu unseren Füßen. Es waren fast nur schwarze Steine zu sehen, ein schwarzer Boden, bis ich Umrisse aus noch dunkleren und helleren dunkelgrauen Steinen erkennen konnte. Zähne, Klauen, Fänge und ein Hundeschädel, der mich finster anzugrinsen schien. Erschrocken keuchte ich auf.

»Die Hunde Oberons«, sagte Cúch. »Die Schatten sind die Hunde seiner Wilden Jagd.«

Ich konnte den Blick nicht mehr abwenden von dem, was ich vor mir sah. Anders als die winzigen Bilder an den Wänden hatten die Trollbarden hier viel mehr Platz für Details gehabt und ihn auch genutzt. Die Schatten waren fast ebenso gut zu erkennen wie zu dem Zeitpunkt, als sie in meiner Küche vor mir gestanden hatten.

»Die Hunde Oberons?«, konnte ich dann doch von mir geben und allein der Name bereitete mir eine Gänsehaut.

»Sie unterstützen ihn bei der Wilden Jagd und folgen ihm treu überallhin.« Das waren Cúchs eigene Worte, das konnte ich deutlich hören, und nichts, was der Troll ihm erzählt hatte. »Sie jagen seine Opfer und lassen nicht los, ehe sie es nicht zu Tode gehetzt oder gefressen haben.«

»Das heißt, Lydia hatte recht«, sagte ich, während ich versuchte, mein eigenes Mosaikbild zusammenzusetzen, auch wenn mir ein paar wichtige Steine dazu fehlten. Ich hatte das Gefühl, dass sich in dem fertigen Bild etwas Wichtiges verbarg, doch was, konnte ich nicht sagen. Dazu konnte ich noch zu wenig erkennen.

»Oberon bricht das Abkommen und macht mit seinen Hunden Jagd auf Trolle und andere niedere Fae. Aber warum? Das Druckmittel der Menschen war, dass sie auch die letzten Tore in die Welt des Zwielichts verschließen würden. Warum sollte er das riskieren? Ganz zu schweigen davon, dass auch in seiner Welt ein Krieg ausbrechen wird, wenn die Fae dort erfahren, dass er sich über alle Regeln hinwegsetzt und hin und wieder eine kleine feudale Metzelei anzettelt. Die niederen Fae lassen sich sicherlich nicht mehr so einfach befehlen, nachdem sie jetzt die Möglichkeit haben, frei in der Welt der Menschen zu leben, anstatt automatisch Sklaven der Sidhe sein zu müssen.« Es waren wirre Gedanken, aber sie laut auszusprechen half mir dabei, sie zu ordnen.

»Vielleicht will er es darauf ankommen lassen? Oder es gibt etwas, was er haben will und das ihm das Risiko eines möglichen Krieges wert wäre.«

Ich schlang die Arme um mich und rieb mir nachdenklich über die Ärmel meiner Jacke. »Moran?«, fragte ich, um sicherzugehen, dass ich seinen Gedanken auch richtig folgte.

»Möglicherweise.«

Ich musste den Impuls unterdrücken, mich einfach umzudrehen und zurück zum Ausgang zu stürmen, um Moran abzuholen und zu sehen, ob es ihr gut ging. Aber mein Verstand wusste, dass sie im *Leylines* sicherer war als an irgendeinem anderen Ort in Berlin, und auch sicherer als an meiner Seite. Ihr wäre mehr damit geholfen, wenn ich diese Schatten ausschaltete, was sich gerade als noch schwieriger herausgestellt hatte als befürchtet. Denn wir sprachen hier nicht mehr nur von einem einfachen Sidhe. Wir sprachen von ihrem verflixten *König* und seiner Supertruppe an Albtraumgestalten. Und dieser König war bereit, einen Krieg zu riskieren, weil er – wahrscheinlich – ein kleines Mädchen wiederhaben wollte, das einfach so vor meiner Tür gestanden hatte.

Super.

»Ich muss wieder nach oben«, sagte ich an Cúch gewandt. »Es gibt da eine Idee, die ich verfolgen wollte, als du plötzlich aufgetaucht bist.«

Wie auf ein Signal hin nickten alle Trolle und auch Cúch. Die obersten Steinlampen erloschen und langsam senkte sich Dunkelheit auf die Bilder. Cúch ging an mir vorbei und der Troll, der bisher hinter uns gegangen war, setzte sich wieder in Bewegung, doch als ich auch wieder einen Schritt nach vorn machte, fiel mir etwas auf. Es war nur ein kurzes Aufflackern, bevor mich wieder Dunkelheit umhüllte, aber ich war mir zu hundert Prozent sicher – auf dem Mosaik am Boden gab es einen winzigen hellen Fleck, eine kleine Gestalt, die die Schattenhunde anführte. Sie hatte die Zähne gefletscht, doch sie war eindeutig der Anführer dieses Rudels und ich wollte nicht glauben, was ich da sah, aber dieses Mal hatten meine Augen mich eindeutig nicht getrogen – der Anführer der Schattenhunde war ein Corgi.

Ein Corgi, den ich nur allzu gut kannte.

Oh Vivienne, oh Adams Füchsin. So viele neue Erfahrungen, so viele neue Geschichten. Aber die Zeit – deine Zeit, die der niederen Fae und die der Menschen – neigt sich dem Ende zu.

Ich habe genug vom Spielen. Die Raunacht rückt näher. Zeit, es zu beenden.

Kapitel 14

An der Oberfläche war es kalt, kälter noch als in den Tunneln, und ich zog eilig meine Jacke um mich, aber es half nicht viel.

Die Trolle hatten uns wieder zurück zum Gesundbrunnen gebracht und von dort aus waren wir in einen Bus gestiegen. Die Offenbarung der Trolle lag mir noch schwer im Magen, doch das Schlimmste waren meine eigenen Entdeckungen und das nagende Gefühl des Verrats. Dieser verdammte Hund hatte gewusst, was diese Schatten waren, er war ihr verdammter Anführer, und jetzt wusste ich auch, wie er entkommen war. Er war mit Sicherheit einfach davonspaziert und hatte ihnen gesagt, sie sollen artig Platz machen und warten, bis er wieder da war.

Und zusätzlich hatte er sich wahrscheinlich ins Fäustchen gelacht, während ich vollkommen ahnungslos durch die Gegend gelaufen war und versucht hatte, Moran, Elsa und die kleine Pixi zu retten. Dabei hätte ich diesem verräterischen Köter einfach nur gepflegt eins mit der eisernen Bratpfanne überziehen müssen und mein Problem wäre gelöst gewesen. Elsa und ich hätten nach Hause gehen und in Ruhe nach Morans Eltern suchen können und dann hätte ich endlich mein heißes Bad mit Rotwein nachgeholt, während dieser gut aussehende Wikingerbastard irgendwo mit verbranntem Kopf liegen geblieben wäre. Dann würden sich seine Schattenfreunde sicherlich auch nicht mehr trauen, mir auf den Sack zu gehen.

»Ist alles in Ordnung?«, riss mich dieser Verräter aus meinen Gedanken, während der Bus durch den Spätnachmittag fuhr. Wir waren wohl sehr viel länger unter der Erde gewesen, als ich gedacht hatte.

»Ja, natürlich, wieso nicht?«

»Weil du mich anstarrst, als wolltest du mir gleich die Augen aus den Höhlen kratzen, und deine Knöchel schon ganz weiß sind«, informierte er mich trocken.

Der Bus blieb in diesem Moment stehen und ich achtete gar nicht erst darauf, wo wir uns befanden, oder was für eine Haltestelle es war, sondern sprang auf und stürmte aus der Tür, bevor sie sich schließen konnte. Die leise Hoffnung, dass ich diesen verräterischen Hund damit hinter mir gelassen hatte, ließ mich umdrehen, aber leider hatte ich nicht so viel Glück. Cúch hatte sich kurz nach mir durch die Tür gedrückt und ich sah nur noch, wie die Rücklichter des Busses mir höhnisch entgegenblinkten. Direkt vor mir stand Winkingerbastard, die breiten Arme vor meinem Einhorn-T-Shirt verschränkt, und funkelte mich wütend an. Die Gruppe kichernder Teenager, die den Blick gar nicht mehr von ihm lösen konnten, als sie an uns vorbeiliefen, schienen förmlich an seiner Aura aus verwirrter Verärgerung abzuprallen.

»Bleibst du jetzt da, oder muss ich dich fesseln?«

»Ist das ein unmoralisches Angebot?«, fauchte ich, aber er wirkte nur noch wütender und seine Arme spannten sich an.

»Was bei allen Sternen habe ich denn getan?«, knurrte er, ohne auf meinen schlechten Scherz einzugehen, was mir nur ganz recht sein konnte. Man wird nicht gern an seine Peinlichkeiten erinnert.

»Willst du etwa immer noch versuchen, mich für dumm zu verkaufen?«, fragte ich gefährlich leise.

Er starrte mich an, als hätte ich den Verstand verloren, oder, was noch schlimmer war, als wäre er unschuldig.

Ich biss die Zähne zusammen, nicht nur aus Wut, sondern um sie davon abzuhalten, wie wild vor Kälte aufeinanderzuschlagen. Wir standen irgendwo mitten auf einem großen Platz, den ich auf den ersten Blick nicht einordnen konnte, aber der Wind pfiff mehr als nur beißend zwischen den Steinstatuen hindurch, die den Rand des Platzes säumten, fuhr unangenehm unter meine Jacke und klaubte sich auch noch das letzte bisschen Wärme, das ich unter meinem Hoodie gesammelt hatte. »Du bist das absolut hinterhältigste …«

»Komm mit«, sagte Cúch, drehte sich um und stapfte voraus. Mir fiel fast die Kinnlade hinunter. Ich war wütend, aufgeladen und bereit, diesem verräterischen Bastard gehörig die Meinung zu geigen, aber der nahm mir einfach den Wind aus den Segeln und agierte mit Vernunft. Er konnte doch nicht einfach mit Vernunft daherkommen, wenn ich gerade in Fahrt kommen wollte!

Frustriert vor mich hin murmelnd folgte ich ihm schließlich doch in einen verwinkelten Häuserdurchgang, der ein wenig Schutz vor dem beißenden Wind bot. Cúch blieb an einer Ecke stehen, die Schultern zum Schutz gegen die Kälte hochgezogen, und wartete, bis ich bei ihm war. Erstaunlich sanft schob er mich weiter in die Ecke, ließ mir aber genug Platz, dass ich nicht das Gefühl hatte, dort eingesperrt zu sein. Er bot mir auf diese Weise mit seinem eigenen Körper Schutz vor der Kälte, indem er den Wind mit seinem breiten Rücken vor mir abschirmte.

Ich hatte die Arme nun ebenfalls vor der Brust verschränkt, doch mein Elan für die Schimpftirade war verflogen, zu einem schwelenden Rest von Enttäuschung und Wut heruntergebrannt.

»Du bist also wütend«, stellte er fest und ich schnaubte, ganz erwachsen, nur als Antwort.

»Wahrscheinlich hast du auch jedes Recht dazu.«

»Wahrscheinlich?!« Ah, da war der Elan ja wieder. »Du hast mich betrogen und hintergangen und alles, was dir dazu einfällt, ist, dass ich *wahrscheinlich* jedes Recht habe, wütend zu sein?!«

»Richtig so, Schwester, gib's ihm«, rief uns ein Mädchen zu, das an uns vorbeilief. Als sie Cúch jedoch genauer gemustert hatte, fügte sie hinzu: »Aber wenn du ihn nicht willst, springe ich gern ein«, bevor sie weiterlief.

»Klappe!«, brüllte ich hinterher und hatte das Gefühl, dass mir gleich der Kopf vor Wut platzen würde.

Cúch sah dem Mädchen hinterher und dann wieder mich an. »Wie hast du es erfahren?«, fragte er schließlich.

»Die Trolle haben es mir gezeigt. Im Mosaik.«

Er seufzte und fuhr sich mit der Hand über den blonden Schopf. »Ich wusste doch, dass sie es mir noch einmal heimzahlen würden. Nachtragendes Pack.«

»Lenk nicht ab.«

Er hob beschwichtigend die Hände und ließ sie dann wieder sinken. »Es tut mir leid. Ich verstehe, dass du keinen Grund mehr hast, mir zu trauen, und …«

»Ich hatte niemals einen Grund, dir zu trauen«, unterbrach ich ihn harsch. »Nicht eine Sekunde lang. Du hast so getan, als wärst du auf Morans Seite, auf meiner, als würdest du wirklich helfen und die Kleine beschützen wollen. Stattdessen hast du die ganze Zeit für Oberon und seine verdammten Köter spioniert. Du wusstest, wo du sie hinführen musstest. Und jetzt erklärt sich auch, wie du den Schatten entkommen konntest – du bist ihr verfluchter Anführer. Sie haben auf deinen Befehl gehört. Verdammt, du hast nicht nur Moran, sondern auch Elsa und Pixi in Gefahr gebracht!«

Cúch verzog das Gesicht, als wäre jedes einzelne meiner Worte ein Schlag in die Magengrube und er schien zwischen Unglauben und Wut zu schwanken. »Was für ein Schwachsinn soll das sein?!«, brachte er hervor. »Das ergibt überhaupt keinen Sinn. Wenn ich den Schatten befehlen könnte, warum hätte ich Moran dann überhaupt erst zu dir bringen sollen? Oberon hatte sie bereits, warum also diese Jagd quer durch Berlin, nur um etwas wiederzubekommen, was ihm bereits einmal gehört hat?«

Ich öffnete den Mund, weil ich etwas erwidern wollte. Überlegte kurz. Und schloss ihn dann wieder.

»Es stimmt, dass ich in Oberons Meute war. Ich war Teil der Wilden Jagd und habe die Schatten angeführt. Aber zu keinem Zeitpunkt wollte ich das, und als Moran fliehen wollte, sah ich meine Chance gekommen, endlich auch aus diesem Albtraum zu entkommen. Aber das war auch alles. Ich schwöre dir, Morans Sicherheit liegt mir ebenso sehr am Herzen wie dir, wahrscheinlich sogar mehr, und ich würde niemals etwas tun, was sie in Gefahr bringt oder ihr schaden könnte. Ich bin ebenso ein Gejagter, wie du es bist, und ich will dir helfen, Moran in Sicherheit zu bringen und diesen Krieg zu verhindern.«

Ich sah ihn lange an und ließ mir jedes seiner Worte noch einmal durch den Kopf gehen. Leider hatte er recht – warum sollte er all das auf sich nehmen, wenn es Oberon doch nur darum ging, Moran zurückzubekommen? Und was, wenn das gelogen war? Wenn Oberon hinter etwas ganz anderem her war? Immerhin war es Cúch gewesen, der mich darauf aufmerksam gemacht hatte, dass Oberon das Risiko eines Krieges auf sich nahm, um Moran zurückzubekommen. Aber was war an ihr so besonders, dass es dieses Risiko rechtfertigen würde? Und falls es doch nur eine Finte von Cúch war, worauf hatte es Oberon dann sonst abgesehen?

Zu viele Fragen, zu viele Unsicherheiten. Ich hob den Kopf und blickte direkt in Cúchs Gesicht, der sich ein wenig zu mir heruntergebeugt hatte, um den stärker werdenden Wind abzuhalten. Ich konnte seine Wärme spüren, roch das Leder der Jacke und das Waschmittel des pinkfarbenen Einhornshirts. Eine ziemlich schräge Mischung, aber was war im Augenblick in meinem Leben schon normal?

»Tut mir leid«, sagte ich und schüttelte den Kopf. »Vielleicht hast du recht, vielleicht ist das alles auch nur eine Lüge. Du bist ein zu großes Risiko und es ist besser, wenn ich allein weitermache.«

Ich wandte mich ab, doch er hielt mich zurück. »Du kannst nicht einfach schutzlos wieder da rausgehen«, sagte er ernst. »Du hast keine Magie, keine Waffen und ohne mich kaum noch Verbündete, die dir helfen könnten. Wenn die Schattenhunde dich finden, bist du Hackfleisch.«

»Vielen Dank, dein Vertrauen in mich ist wirklich aufbauend«, erwiderte ich trocken.

Cúch knurrte. »Warum bist du so verdammt dickköpfig?«

Ich biss die Zähne zusammen, aber dieses Mal konnte ich das ätzende Gift, das sich dahinter verbarg, nicht zurückhalten. »Weil ich mich seit zwei verfluchten Jahren durch dieses Leben schlage und versuche zu vergessen, was ich alles verloren habe!«, schrie ich ihn an und es war mir egal, wer mich hörte. Das war das Schöne an Berlin – es nahm selten jemand Notiz davon, wenn man sich jahrelangen Frust von der Seele schreien musste. »Ich habe durch diesen Sidhe, wer auch immer es war, mein ganzes Leben verloren. In einem Augenblick war ich noch euphorisch, weil ich endlich auf die Love-Parade durfte, und meine größte Sorge war, ob mein Oberteil nicht doch versehentlich beim Tanzen verrutscht und ich einen Nippelblitzer hinlege. Und im nächsten Moment treffe ich diesen tollen Typen, erlebe eine wunderschöne Nacht und wache fast zwanzig Jahre später wieder auf.« Ich atmete tief ein, aber es half nichts, diesen Damm würde ich nicht so schnell wieder aufbauen können. »Ich war allein, verängstigt, weil ich nicht verstand, was los war, und wollte nur nach Hause. Weißt du, was dort passiert ist? Meine Mutter hat mich nicht mehr erkannt! Sie hat mich für eine Betrügerin gehalten, die sich einen schlechten Scherz erlauben wollte, und hat mich weggejagt. Meine eigene Mutter! Bei allen anderen Freunden und Verwandten habe ich es dann gar nicht mehr versucht und seitdem weiß ich kaum noch, wie ich es überhaupt schaffen soll, jemals wieder Vertrauen zu irgendjemandem aufzubauen, weil ich weiß, dass man mir diese Menschen und mein Leben jederzeit wieder wegnehmen kann. Wenn ich unvorsichtig bin, wenn ich Risiken eingehe, verliere ich wieder alles und ich schaffe es nicht noch einmal, wieder von vorn anzufangen.«

Es konnte sein, dass es der kalte Wind war, der meine Augen tränen ließ, aber ich hatte die dumpfe Ahnung, dass ich damit falschlag. »Ich kann keine Risiken mehr eingehen«, fuhr ich fort, »und du bist im Augenblick ein schwertschwingendes Risiko, das ich nicht eingehen kann.«

Ein Pärchen lief an uns vorbei und die Frau verdrehte ihren Hals so sehr nach uns beziehungsweise nach Cúchulainn, dass ich nicht wusste, ob ich lachen oder ihr wegen ihrer Neugierde meine Schuhe an den Kopf werfen sollte.

Immerhin war das hier ein privates Gespräch.

»Und du siehst viel zu gut aus«, schnaubte ich und wischte mir über die Wangen. »Das erregt nur unnötige Aufmerksamkeit.«

»Ich glaube, das liegt am T-Shirt«, sagte er und wir blickten beide auf das breit grinsende Einhorn, das auf seiner Brust prangte.

Ich lächelte schief. »Ja, das kann …«

Plötzlich legten sich Cúchulainns Hände um mein Gesicht. Sein Körper drängte mich weiter in die Ecke, bis ich mit dem Rücken gegen die kalte Wand stieß. Mein erschrockener Aufschrei verhallte ungehört zwischen Cúchs Lippen, die sich auf meine drückten, und mit einem Mal war da eine Wärme – seine Wärme –, die mich vollkommen umfing.

Ich war zu perplex, um mich zu wehren, zu überrascht, um wirklich einzuordnen, ob es mir gefiel oder nicht, aber bevor ich auch nur darüber nachdenken konnte, mischte sich etwas anderes in das Gefühl seines Körpers auf meinem. Es war ein Prickeln, das in meinen Fingerspitzen begann und sich von dort aus langsam ausbreitete und veränderte. Es war ein Gefühl, das ich nur schwer in Worte fassen konnte. Wäre Gold eine Empfindung gewesen, wäre sie dem, was da gerade mit mir passierte, am nächsten gekommen. Als hätte es einen eigenen Willen, wanderte es durch meinen Körper, nutzte die Adern als seinen ganz eigenen Weg, um sich in mir auszubreiten, und ich wurde vollkommen davon durchdrungen.

Cúchs Lippen auf meinen bewegten sich, halb zärtliche Liebkosung, halb gemurmeltes Wort und ich war nicht sicher, ob er das Gleiche spürte wie ich, und ob mich das beunruhigte oder nicht.

Dieses goldene Gefühl in mir wanderte meinen Nacken hinauf, hatte sich meinen Körper fast vollkommen untertan gemacht, aber ich verspürte keine Angst. Im Gegenteil, es war süchtig machend, eine Euphorie brach in mir aus und ich glaubte, Wellen aus Gold zu spüren, die mich einfingen und auf sich trugen, bis ich fast vollkommen darin unterging.

Die Wärme hatte nun meinen Haaransatz erreicht, breitete sich bis in die letzte Strähne meines Haares aus und mündete schlussendlich in meinen Lippen. Da erst löste Cúchulainn sich von mir und sah mir in die Augen. »Damit wäre das Problem gelöst«, flüsterte er und über den Wind hätte ich ihn fast nicht verstanden.

»Wie das?«, fragte ich verwirrt.

»Jetzt bin nicht mehr ich das schwertschwingende Risiko«, sagte er und deutete auf meine Hand, in der es nun golden leuchtete. »Das bist ab jetzt du.«

Auf dem Weg zurück zur Bushaltestelle ballte ich immer wieder die Hand zur Faust, um zu sehen, ob das Leuchten wirklich auf meinen Befehl hin wieder auftauchte, nachdem es verschwunden war. Es funktionierte ebenso gut wie eine Taschenlampe. Ich bekam von diesem kleinen Trick nicht genug und es juckte mir, im wahrsten Sinne des Wortes, in den Fingern, das Schwert zu rufen, wie ich es schon einmal bei Cúch gesehen hatte, doch er hatte mich gewarnt, dass das in aller Öffentlichkeit wahrscheinlich für Aufsehen sorgen würde und ausnahmsweise stimmte ich ihm zu. In der Ecke hatte ich es einmal kurz beschwören können, es aber gleich wieder verschwinden lassen.

An der Bushaltestelle ließ ich mich auf die Wartebank fallen und konnte ein Kribbeln in meinem Arm spüren. Ich schob den Ärmel der Jacke und des Hoodies in einem Zug in die Höhe und sah goldfarbene Linien auf der Haut, ähnlich wie das Tattoo, das ich bei Cúchulainn gesehen hatte.

»Sei vorsichtig damit«, sagte Cúch mit einem Blick auf meinen Arm.

»Warum?«

Er stopfte die Hände in die Taschen der Lederjacke und legte nachdenklich den Kopf schief, ohne den Blick von mir zu nehmen. »Das Schwert wurde im Reich des Zwielichts für mich geschmiedet. Ich weiß nicht, was eine Fae-Waffe in den Händen einer Adamstochter ausrichten kann.«

»Oh, du meinst, das Schwert kann jetzt irgendwelchen krassen Scheiß?«

»Möglich.«

»Wie Laserstrahlen?«

Er schnaubte. »Das wahrscheinlich nicht. Aber es könnte sein, dass es Fae gegenüber mehr Macht hat. Oder weniger. Genau kann ich das nicht sagen.«

»Klasse«, murmelte ich und sah ihn an. »Ist es bei dir weg?« Ich deutete mit einem Nicken auf seinen Arm. Als Antwort schob er den Ärmel der Lederjacke hoch und zeigte seinen muskulösen, doch dieses Mal tätowierungsfreien Arm vor. Die schwarzen Schlieren, die ich in meiner Wohnung darauf gesehen hatte, waren verschwunden, aber als ich genauer hinsah, fielen mir winzig kleine Farbunebenheiten auf, als hätte er einige Pflaster auf seinen Arm geklebt und wäre dann an den Strand gegangen, um sich ausgiebig zu sonnen.

»Wahnsinn«, entfuhr es mir, während ich jetzt den Verlauf meiner eigenen Linien studierte. Sie sahen auf den ersten Blick aus wie eine goldfarbene Version von Cúchs Tattoo, aber in den Details unterschieden sie sich. Meine waren weniger gezackt, wirkten insgesamt etwas runder, organischer und geschmeidiger. Anders als bei Cúch waren bei mir auch kleine Dornen an den goldenen Ranken zu erkennen, fein und dünn wie Nadelspitzen.

Aus irgendeinem Grund bereitete es mir eine Gänsehaut, wenn ich die Tätowierung zu lange ansah, also zog ich hastig den Ärmel wieder über meinen Arm und stand auf.

»Was hast du jetzt vor?«, fragte Cúch und wirkte nicht so, als würde er besonders frieren, während mir der Wind, der den Platz noch immer fest im Griff hatte, einen Kälteschauer nach dem anderen bereitete.

»Erst einmal will ich irgendwohin, wo es warm ist, vorzugsweise unter Menschen. Ich denke nicht, dass es Oberons Hunde wagen werden, uns in aller Öffentlichkeit und vor aller Augen niederzumetzeln.«

Kurz wanderten meine Gedanken zu Moran, Elsa und Pixi, aber die waren in Sicherheit und auch wenn ich mich zwingen musste, meinen Beschützerinstinkt zu unterdrücken, nahm mir dieses Wissen eine kleine Last von den Schultern.

Cúch schien mit der Idee einverstanden zu sein und stumm wanderten wir über den Platz. Die Sonne war noch nicht untergegangen, doch es war kalt und die Spree musste sich irgendwo in unserer Nähe befinden, denn Nebel kroch über das Steinmuster des Platzes und begann, alle Büsche in unserer Nähe zu verschlucken. Ich ging schneller, bevor diese Erbsensuppe so dick wurde, dass ich meine Füße nicht mehr sehen konnte. Von der anderen Seite leuchtete uns ein Schaufenster gelblich entgegen und zu meiner Erleichterung erkannte ich, dass es sich dabei um ein Café handelte. Cúch und ich sahen uns an und lenkten unsere Schritte eilig darauf zu. Keiner von uns beiden sprach ein Wort, aber mein Blick huschte zur Seite und fiel auf sein Profil, vor allem auf seine Lippen. Ich senkte hastig wieder den Blick und legte noch einmal einen Gang zu.

Das Café war nicht besonders gemütlich eingerichtet. Entweder hatten die Besitzer gerade erst aufgemacht und dabei die Hälfte ihrer Einrichtung vergessen, oder sie hatten in ihrem ganzen Leben noch kein einziges Café gesehen. Die Inneneinrichtung bestand aus einem schmucklosen weißen Raum mit einem altmodisch gefleckten Linoleumboden, diversen Metalltischen mit passenden Stühlen davor und einer Glastheke, in der sich einige angeschnittene Kuchen, Böreks in verschiedenen Ausführungen und kleine Gebäckstücke drängelten. Hinter der Theke befand sich ein pickeliger Junge, der recht gelangweilt unsere Bestellung entgegennahm. Ich bezahlte die beiden Kaffees aus der Maschine mit ein paar Münzen, die ich aus den Untiefen meiner Kängurutasche gezogen hatte, und setzte mich dann zu Cúch, der sich einen der Tische als Sitzplatz auserkoren hatte, der am weitesten von dem Schaufenster entfernt war.

Die übrigen Tische waren fast vollbesetzt mit jungen Leuten und älteren Anwohnern, die sich lauthals unterhielten oder auf ihrem Handy spielten. Ich ließ die Lärmwelle über mich hinwegschwappen und schloss für einen Moment die Augen, um mich zu sammeln. Die Ereignisse der letzten Tage fühlten sich an, als hätte jemand einen riesigen Sack mit Informationen gefüllt, eine gehörige Menge Katastrophen darübergegossen und mir die klatschnasse Mischung dann mehrmals um die Ohren geschlagen. Ich war müde, mir war kalt und so langsam glaubte ich, dass dieser Zustand sich nie wieder ändern würde. Die Verletzungen, die ich durch den Golem und den Besuch seiner kleinen Freunde und dem anschließenden Zusammentreffen mit Freund Schattenhund und seinen Kumpels erlitten hatte, schmerzten nicht mehr grell und laut, dafür pochten sie dumpf bei jeder Bewegung und erinnerten mich daran, dass ich eigentlich eine Krankmeldung einreichen und mich ausschlafen sollte. Am besten eine Woche lang.

Aber ich war selbstständig und wenn ich ganz ehrlich war, hatte das hier absolut nichts mehr mit meiner Arbeit als Faejägerin zu tun. Ich war viel zu sehr emotional beteiligt, spätestens seit dem Moment, als Elsa und Moran mit hineingezogen worden waren und seit Cúch mich …

Mein Gesicht brannte plötzlich wie Feuer, als mir wieder einfiel, wie dieser verdammte irische Hund mir sein Schwert übergeben hatte. Geküsst. Er hatte mich geküsst.

Hastig sah ich zu ihm, doch er nippte gerade an seinem Kaffee, verzog das Gesicht und sah sich nach etwas um. Milch vielleicht. Oder ein paar Brekkies.

Verdammter Mist. Warum hatte ich das bisher verdrängt? Wegen des prickelnden Tattoos auf meinem Arm? Oder der Angst, dass die Schattenhunde wieder auftauchten?

Weil es dir gefallen hat und du Angst hast, darüber nachzudenken, was das für dich bedeutet.

Innere Stimmen können echte Penner sein.

»Alles okay?«, fragte Cúch und sah mich mit erhobener Augenbraue an.

»Mhm?«, schreckte ich auf. »Ja, klar, äh, alles klar, meinte ich.«

»Dann bedeutet dein entnervtes Schnauben sicherlich, dass du einen Plan hast, wie wir Oberon aufhalten?«

Allem, was da heilig war, sei Dank, ein Themenwechsel! Ich sprang darauf an wie ein Fashion-Victim auf die Worte »Alles reduziert«. Ich nahm noch einen Schluck Kaffee, nicht weil ich durstig war, sondern um ein wenig Zeit zu schinden und meine Gedanken sammeln zu können. »Die Frage ist, was er wirklich will«, murmelte ich. »Die Chance ist groß, dass er Moran will. Du bist mit ihr geflohen. Hast du eine Ahnung, warum sie so besonders für ihn ist?« Ich ließ ihm keine Zeit, auf meine Frage zu antworten, denn der Gedankenfaden sponn sich mit einem Mal wie von selbst und ich konnte nichts anderes tun, als ihm zu folgen. »Oder will er doch etwas anderes und Moran zurückzuholen ist nur ein kleiner Bonus, den er sich dabei gönnt? Immerhin hat er auch Trolle und andere niedere Fae außerhalb der Wilden Jagd mit den Hunden angegriffen. Das verstößt gegen das Abkommen. Warum verstößt er also so offensichtlich gegen die Regeln und geht das Risiko ein, dass es wieder Krieg geben könnte? Die Menschen sind in Sachen Kampfführung leider ziemlich weit gekommen, und wenn ich mir Lydias Kollegen so ansehe, glaube ich, dass auch die niederen Fae ein paar neue Tricks gelernt haben. Er könnte dieses Mal tatsächlich verlieren. Warum also diese Provokation?«

Cúch nippte abermals an seinem Kaffee und rieb sich mit einem Finger über die Schläfe. »Wenn es wirklich Krieg ist, was er will, ist er auf dem richtigen Weg. Er verbreitet unter den niederen Fae Angst und Schrecken, sät Misstrauen und beginnt, sie aufzustacheln. Der nächste Schritt wäre, die niederen Fae gegeneinander auszuspielen. Es gibt viele, die glauben, ihren eigenen Stand verbessern zu können, wenn sie den Sidhe in den Hintern kriechen, was sie gleichzeitig zur Zielscheibe für die anderen macht.«

Ich musste an die Dryade im *Leylines* denken und verzog das Gesicht. »Möglich«, räumte ich ein. »Aber warum reitet er dann nicht einfach mit seinen Hunden her, pflanzt sich auf dem Alex hin und erklärt uns allen offen den Krieg? Der Überraschungseffekt wäre auf jeden Fall auf seiner Seite und würde das Risiko für ihn minimieren.«

Cúch schien über meine Worte nachzudenken. »Dass er genau das nicht macht, bedeutet, dass er nicht stark genug ist. Was wiederrum bedeutet, dass Titania nicht auf seiner Seite ist.«

Die schöne, eiskalte Königin der Fae. Bei unserer letzten Begegnung schien sie nicht besonders angetan von ihrem Ehemann zu sein, was darauf hindeutete, dass an Cúchs Theorie etwas dran sein konnte.

»Du denkst, sie ist gegen einen Krieg und nur darum traut er sich noch nicht, öffentlich anzugreifen.«

Er nickte. »Es würde zusammenpassen. Im Land des Zwielichts ist es kein Geheimnis, dass die beiden sich hassen. Er ist ein grausamer Jäger, der die Jagd liebt.« Cúch biss die Zähne zusammen und ich sah den Muskel an seinem Kiefer zucken. »Glaub mir, ich muss es wissen.«

»Tut mir leid«, murmelte ich und ballte die Hand mit der Tätowierung zur Faust. »Also ist es wahrscheinlich, dass er versucht, die niederen Fae durcheinanderzubringen und zu entzweien, damit sie sich im Falle eines Krieges nicht zusammenrotten und auf die Seite der Menschen stellen können«, fasste ich zusammen und Cúch nickte. »Wie passt Moran dann in das Ganze?«

»Das habe ich auch noch nicht herausgefunden«, erwiderte er. »Aber ich würde darauf wetten, dass sie ein wichtiger Punkt ist. Dieses ganze … Geplänkel wirkt auf mich, als würde er auf Zeit spielen. Weil ihm etwas fehlt. Etwas Wichtiges. Ich bin mir absolut sicher, dass es Moran ist. Und mit Sicherheit auch ein bestimmter Zeitpunkt, denn sonst hätte er das, was immer er auch vorhat, schon früher getan, als er sie noch in seiner Gewalt hatte.« Er schien kurz zu überlegen, trank den heißen Kaffee in einem Zug aus und verzog nicht einmal das Gesicht. Angeber.

»Unsere Flucht«, begann er und sah sich um, als würde er fürchten, dass sich die anderen Cafébesucher binnen eines Wimpernschlags in Schattenhunde verwandeln würden, »war seltsam.«

»Wie würde eine normale Flucht denn aussehen?«

»Hör auf zu klugscheißern und hör zu«, knurrte er und ausnahmsweise hörte ich mal auf ihn. »Der Übergang vom Land des Zwielichts ins Reich der Sonne ist nie leicht. Wenn man sich an Oberons und

Titanias Hof befindet, geht es etwas einfacher, denn das Portal hierher befindet sich im Zentrum des Palastes, ein riesiger künstlicher Teich in der Form des Mondes. Das Prozedere ist nicht schwer – man geht einfach ins Wasser, taucht und schwimmt zur anderen Seite. Aber wir Fae verspüren dabei einen Sog, eine Mischung aus Schmerz und Widerstand, weil wir die magische Welt verlassen und in eure hinübertreten. Man braucht einen starken Willen und einen ebenso starken Körper – egal, ob durch Muskeln oder Magie –, um die unsichtbare Barriere zu passieren und zu euch zu kommen.«

Ich beugte mich vor, die angewinkelten Arme auf dem Tisch abgestützt. »Und was war an eurer Flucht hierher so ungewöhnlich?«, konnte ich es mir doch nicht verkneifen zu fragen.

»Ich bin gestorben«, sagte Cúch trocken und im ersten Augenblick dachte ich, er macht einen Scherz.

»Wie bitte?«

»Im Land des Zwielichts bin ich ein Corgi«, sagte er und rieb sich den Nacken. »Kein besonders starker Hund, auch wenn ich viel Magie in mir habe, aber für die Barriere hat es nicht gereicht. Moran hatte fest auf mich gezählt, dass ich sie hinüberführen kann, weil ich immer zur letzten Raunacht mit Oberon und seiner Meute hinübergehe, um die Wilde Jagd abzuhalten. Ich hatte gehofft, dass sie recht hat und meine Kräfte stark genug wären, um uns hinüberzugeleiten. Ich gab wirklich alles, versuchte hinüberzukommen, doch meine Kraft … mein Wille reichte nicht aus. Ich spürte, wie ich immer schwächer wurde, aber gleichzeitig spürte ich auch Morans Hand in meinem Nackenfell und ich konnte einfach nicht aufgeben. Ich kämpfte, ich versuchte, diesen Schleier zwischen den Welten zu durchstoßen, doch es gelang mir einfach nicht. Und meine Kraft war fort. Ich starb. Zumindest ist das das Letzte, woran ich mich erinnere.

Als ich wieder erwachte, lag ich am Ufer des Portals im Reich der Menschen, Moran an meiner Seite. Sie war ebenfalls bewusstlos. Nachdem ich sie aufgeweckt hatte, sagte sie mir, dass sie sich auch an nichts mehr erinnert.«

»Also, noch einmal fürs Protokoll: Du bist wirklich gestorben?«

Er nickte nur.

»So richtig, mit dem Leben, das vor deinem inneren Auge vorbeizieht, himmlischen Chören und so?«

Cúchs Blick wurde nachdenklich und ging ins Leere. »Nein, nichts dergleichen und erst recht keine Himmelschöre. Aber …« Er sah mir direkt in die Augen. »Das Leben wich aus mir. Ich konnte es spüren. Jede einzelne Sekunde lang. Ich starb. Und irgendetwas hat mir neues Leben geschenkt. Ich weiß nicht, was oder wer, aber ich hatte das Gefühl, neue Lebensjahre geschenkt zu bekommen.«

Ich rieb mir über die Stirn. Mehr schien er zu dem Thema nicht sagen zu wollen, und auch wenn mir noch tausend Fragen auf der Zunge lagen, gab es doch etwas, was er gesagt hatte und was mich nicht losließ. »Wann genau ist die letzte Raunacht?«, fragte ich ihn.

»Morgen.«

Silvester.

»Oberon besitzt zur Wilden Jagd besondere Privilegien, nicht wahr?«.

»Worauf willst du hinaus?«

»Bisher musste er immer im Geheimen agieren und sich heimlich herüberschleichen«, erklärte ich meine Idee, die mir gekommen war, als Cúch von der Wilden Jagd erzählt hatte. »Aber morgen Nacht darf er ganz offiziell herüberkommen und Jagd auf unvorsichtige Menschen und Fae machen. Es ist die Gelegenheit für ihn, dich wiederzubekommen und Moran zu holen. Die wird er sich auf keinen Fall entgehen lassen.«

»Ich ahne, worauf du hinauswillst, doch ich weiß nicht, was genau du vorhast, Viv.«

Meinen Namen aus seinem Mund zu hören, noch dazu die kosende Kurzform, bereitete mir eine angenehme Gänsehaut, aber im Augenblick gab es Wichtigeres zu besprechen. »Das einzige Tor, das sich noch in der Nähe von Berlin befindet, steht in Sachsen. Die Rakotzbrücke. Wenn er morgen hinüberwechselt, können wir ihn dort abfangen.«

»Und was dann? Willst du dem grausamen König der Fae und seinen wilden Hunden auf die Finger klopfen und du, du, du sagen?«

Ich wusste nicht, ob ich lachen oder wütend schnauben sollte. Da hatte der Wikingerhund mich auf dem falschen Fuß erwischt, denn ich hatte mir wirklich noch nicht überlegt, wie genau ich vorgehen wollte. Mal ganz davon abgesehen, dass ich wahrscheinlich nicht einmal dazu kommen würde, irgendeinen Ton herauszubringen, denn Oberons Hunde würden mich zerfetzen, sobald sie mich auch nur sahen, wusste ich wirklich nicht, wie ich Oberon gegenübertreten sollte. Ein einfacher Trick, wie der mit den Pilzsporen, den ich bei Miro angewendet hatte, würde nicht funktionieren. Miro war zwar ein alter Sidhe und recht clever, aber nichts im Vergleich zum König und der Königin des Reiches. Ich hatte genug Geschichten gehört und gelesen, um mich nicht auf ein direktes Kräftemessen einzulassen, denn das würde ich unweigerlich verlieren. Und was würde ich dann überhaupt von ihm fordern wollen, wenn ich denn einen Weg finden würde, ihn unter Druck zu setzen? *Hey, Obi, altes Haus, wie sieht es aus, willst du nicht meine Freundin Moran in Ruhe lassen und deine Hunde davon abhalten, Jagd auf schmackhafte Trolle und anderes Gezücht zu machen? Ach, und wenn du schon gerade dabei bist, finde doch bitte den Sidhe, der mir all das eingebrockt hat, und sieh zu, dass er einen Weg findet, mir mein gestohlenes Leben zurückzugeben.*

Ja, das klang eindeutig nach einem eloquenten Weg, meine Forderungen durchzusetzen, das wurde Adams Füchsin auf jeden Fall gerecht. Nicht.

Ich atmete tief ein und rieb mir über die Stirn. »Ich nehme nicht an, dass du …«

»Glaubst du wirklich, dass ich Oberon nicht schon längst dazu gezwungen hätte, mich freizugeben, wenn ich irgendetwas in der Hinterhand hätte, mit dem ich in der Lage wäre, ihn zu erpressen?«, unterbrach er mich und schüttelte gleich noch den Kopf, so als würde er seine eigene Frage beantworten. »Er ist gewitzt, grausam und hinterhältig. So jemand hütet seine Schwachstellen wie ein Drache sein Gold.«

»Gibt es die wirklich?«, rutschte es mir heraus, denn das war eine Frage, die mich tatsächlich beschäftigte, seit ich von der Welt der Fae erfahren hatte.

Drachen hatten mich schon als kleines Kind fasziniert und insgeheim hatte ich gehofft, dass es, wenn es doch auch Feen und Elfen und Trolle gab, irgendwo auch einen Drachen geben musste. Meinetwegen auch einen ganz kleinen.

Cúch sah mich einen Augenblick entgeistert an und brach dann in so schallendes Gelächter aus, dass sich einige Köpfe zu uns herumdrehten. Ich biss die Zähne zusammen und starrte missmutig in meinen Kaffeebecher.

»Entschuldige«, sagte er breit grinsend und ich konnte deutlich sehen, dass er eine weitere Lachsalve unterdrückte. »Aber du hast gerade ausgesehen wie ein kleines Mädchen, das fragt, ob es den Weihnachtsmann wirklich gibt.«

»Ich wüsste nicht, was daran so witzig sein soll«, knurrte ich beleidigt und trank noch einen Schluck bitteren schwarzen Kaffee.

»Ein bisschen empfindlich, was?«, zog er mich auf, was ich nicht einmal mehr einer Antwort würdigte.

»Wer könnte wissen, wie man Oberon einsperren kann? Und seine Hunde gleich dazu?«

»Du willst aus dem Portal eine Fae-Falle machen?«, fragte Cúch, der auf einmal wieder sehr ernst geworden war.

»Warum nicht? Ich weiß, dass das Portal ein Kreis ist. In seiner Nähe befinden sich einige Eichen und Eschen, sonst würde der Feenkreis nicht als echtes Portal funktionieren. Wir könnten es präparieren, sodass Oberon und seine Jagd darin gefangen sind, sobald sie hindurchgehen. Das würde nicht gegen das Abkommen verstoßen, denn damit versiegele ich das Tor nicht, sondern funktioniere es nur zu einer Falle um.«

»Aber wenn du das morgen Abend machst, verstößt du dennoch gegen das Abkommen, denn in der letzten Raunacht ist es Oberon offiziell gestattet, eure Welt zu betreten und zu jagen. Wenn du ihn aussperrst, verweigerst du ihm damit sein Recht und wenn du als Mensch das Abkommen brichst, spielst du ihm in die Hände, denn dann kann er sofort einen Krieg heraufbeschwören, und uns bleibt keine Zeit um …«

Vor meinem inneren Auge blitzte eine Eingebung auf, kurz und gleißend, und ich befürchtete schon, dass ich sie wieder verlieren würde, wenn ich mich jetzt zu schnell bewegte. »Was hast du gesagt?«, flüsterte ich und riss die Augen weit auf, weil ich irrationalerweise glaubte, diesen Ideensplitter damit besser sehen zu können, bevor er wieder verschwand.

»Du spielst Oberon in die Hände?«

»Nein, das andere, das Letzte!«

»Uns bleibt keine Zeit …«

»Genau!« Ich sprang auf. »Komm mit, wir müssen uns beeilen.«

»Also noch einmal langsam«, sagte Cúch, während wir die U-Bahn-Haltestelle an der Friedrichstraße verließen. »Was genau meinst du damit?«

Ich atmete tief durch, um mich zu sammeln und sicherzugehen, dass ich nicht die falschen Schlüsse aus den Informationen gezogen hatte, die ich besaß. »Du hast von Zeit gesprochen und das hat mich daran erinnert, dass Lydia sagte, einer der Trolle ist direkt einen Tag vor deinem Auftauchen verschwunden. Ich wurde etwa zwölf Stunden später in meiner eigenen Wohnung von den Schattenhunden angegriffen.«

»Der erste Angriff fand also kurz nach Morans und meiner Flucht statt«, überlegte er laut.

Ich nickte. »Oberon hat seine Meute also gleich losgeschickt, um euch zu finden. Der Troll war möglicherweise jemand, über den sie herausfinden wollten, wo ihr beide euch befindet. Möglicherweise hat er gesehen, dass ihr zu mir gekommen seid, und sie sind so draufgekommen, mich in meiner Wohnung zu überfallen. Du hast mir doch erzählt, dass die Wilde Jagd offiziell nur einmal im Jahr hinüberwechseln kann. Wenn einer von euch sich lange außerhalb seiner Heimat im Land des Zwielichts aufhält …«

»Kostet es ihn Kraft und Energie, wenn er sich hier aufhält«, ergänzte er meinen Satz, weil er wohl ahnte, worauf ich hinauswollte. »Das heißt, sie hätten unmöglich in so kurzer Zeit zwei Angriffe machen können, wenn sie das Portal in Sachsen genommen hätten.«

»Genau«, bestätigte ich. »Was nur eins bedeuten kann: Es gibt noch eine Pforte, von der Oberon niemandem etwas erzählt hat und die er als sein eigenes kleines Schlupfloch in unsere Welt missbraucht.« Ich lief schneller, getragen von der Euphorie, dass ich etwas gefunden hatte, womit ich diesem Bastard den Garaus machen konnte. »Noch etwas, womit er das Abkommen gebrochen hat. Wenn wir das Portal finden können, haben wir einen unwiderlegbaren Beweis, dass Oberon vertragsbrüchig ist, und können vielleicht die niederen Fae und Titania davon überzeugen, dass er entthront werden muss.«

Cúch verzog das Gesicht und senkte den Kopf, um mit meinem schnellen Tempo mithalten zu können. »Hoffen wir einfach, dass es reicht«, beschwichtigte er. »Vorher müssen wir diese Pforte aber erst einmal finden, sonst haben wir nichts in der Hand, was uns helfen könnte.«

»Ich weiß schon, wie wir das anstellen können«, erwiderte ich triumphierend. »In Guntram Berckenbecks Enzyklopädie gibt es eine Abbildung, die beschreibt, wie Leylinien aufeinanderliegen müssen, um den besten Ort für eine Pforte zu schaffen. Ich weiß, dass in der Stadtplanung Berlins damals auch Fae gesessen haben, die Straßen genutzt haben, um Leylinien zu markieren. Wir müssen uns also nur das richtige Muster heraussuchen, die passenden Straßenzüge finden und voilà, wir haben die Pforte.«

Cúch musste schmunzeln. »Kein Wunder, dass man dich Füchsin nennt. Sehr clever.«

Ich konnte spüren, wie meine Wangen heiß wurden, und lief noch einen Schritt schneller, damit er es nicht sehen konnte, und war froh, als schon bald das eiserne Gitter der Humboldt-Universität zu sehen war. Wir durchquerten den Vorhof des barocken Gebäudes und betraten dann das Innere. Die Eingangshalle wirkte ungewöhnlich modern im Vergleich zu der alten Fassade des Gebäudes. Wir standen direkt vor einer breiten, in rotem Kunstmarmor gehaltene Treppe, die in die oberen Stockwerke führte. Mein Weg führte mich allerdings nicht nach oben, sondern nach unten. Ich bog rechts vor der Treppe ab und ging zu einer unscheinbaren Tür, die sich in der hintersten Ecke der Eingangshalle befand. Dahinter lag eine abgewetzte Treppe, die nur durch einige kalte Neonröhren an der Decke ausgeleuchtet wurde. Das harte Licht schuf Schatten auf den einzelnen Treppenstufen, sodass man glauben konnte, die Treppe hätte doppelt so viele Stufen wie in Wirklichkeit. Langsam arbeiteten wir uns an ihr hinab, bis wir in einen weitläufigen Kellerbereich kamen, in dem es muffig roch. Vor uns ragte eine große Holztür auf.

Cúch folgte mir, als ich die Tür aufdrückte, die durch die Feuchtigkeit im Keller so verzogen war, dass es ihr offensichtlich körperliche Schmerzen zu bereiten schien, denn das Quietschen, mit dem sich das alte Holz in den Angeln drehte, war nahezu ohrenbetäubend. Auf diese Weise musste ich allerdings gar nicht erst ankündigen, dass wir da waren.

Ein junger Mann tauchte vor uns auf, die Haare zurückgegelt und die Hände in den Taschen seiner Hosen verstaut. Magnus entsprach so gar nicht dem Klischee eines Bibliothekars – er wirkte sportlich, seine Kleidung modern und sein Hautton ließ absolut nicht darauf schließen, dass er die meiste Zeit bei künstlichem Licht und unter Tage verbrachte, was aber eher an seinen indischen Vorfahren liegen konnte. Das Einzige, was er dem Klischee zugestand, war die Brille auf seiner Nase, doch sie wirkte bei ihm eher wie ein modisches Accessoire als eine Notwendigkeit. »Hey, Viv, lange nicht gesehen«, begrüßte er mich. Dann fiel ihm erst der Mann an meiner Seite auf und er musterte ihn mit einer Mischung aus Unbehagen und Misstrauen. »Und wer ist das?«

Cúchs Gesichtsausdruck war ein wenig einfacher zu deuten. Er hatte schlicht keinen. Mit ausdruckslosem Gesicht ergriff er Magnus' ausgestreckte Hand. »Cúch«, sagte er und beließ es einfach dabei.

»Magnus«, erwiderte der Bibliothekar die Begrüßung und schien darauf zu warten, dass Cúch noch etwas mehr sagte, aber bevor die Situation unbehaglich werden konnte, wandte er sich wieder mir zu. »Du suchst sicher wieder ein altes Buch?«

»Dieses Mal nicht, das Buch kenne ich schon, ich müsste nur einen Blick darauf werfen. Und hast du vielleicht einen Stadtplan von Berlin hier?«

Magnus hob überrascht eine Augenbraue. »Einen Stadtplan?«

Ich bemühte mich zu lächeln, um möglichst harmlos zu erscheinen. »Ich muss etwas abgleichen. Für eine Hausarbeit.«

»Ich dachte, du bist nur Gasthörerin?«, erwiderte Magnus und zwinkerte mir zu. Das war ich tatsächlich, doch das war eigentlich nur ein Vorwand, um ohne große Erklärungen die Bibliotheken der Universität nutzen zu können. Magnus hatte mich in der Hinsicht schon durchschaut, aber er bekam in seinem Teil der Bibliothek nicht besonders oft Besuch – altmythologische Literatur über Landmarken hatte keinen besonders hohen Stellenwert bei den Studenten der Germanistik – und freute sich, wenn er in den Archiven oder im Giftschrank wühlen und etwas für mich heraussuchen konnte.

»Welches Buch brauchst du denn noch?«

»Berckenbecks Enzyklopädie.«

»Ah, stimmt, das hast du früher immer haben wollen.« Er ging vor und automatisch folgte ich ihm. Cúch stand noch an der Tür, als ich mich zu ihm umdrehte. Erst als ich auffordernd nickte, setzte er sich mit heruntergezogenen Augenbrauen in Bewegung und folgte uns.

Die Bücher in dieser Bibliothek waren nur über das Personal zu bekommen und konnten auch nicht ausgeliehen werden. Durch die Feuchtigkeit standen sie auch nicht offen in Regalen, sondern waren in Drehschränken aus Metall verborgen, die man durch große Räder zu- und aufdrehen konnte. In der Mitte der Bibliothek befanden sich einige Tische und Stühle mit jeweils einer Schreibtischlampe, an denen man sich Notizen machen oder die Bücher einfach lesen konnte. Es war keine Überraschung für mich, dass die Tische vollkommen leer waren.

»Ich hole dir eben das Buch und ich glaube, wir haben auch noch irgendwo einen Stadtplan«, murmelte Magnus und verschwand zwischen den Metallreihen, nachdem ich mich gesetzt hatte. Cúch setzte sich mir gegenüber, wenn auch sehr vorsichtig.

»Was ist?«

Er knurrte leise. »Ich befinde mich nicht gern unter der Erde«, erwiderte er. »Und hier ist es … feucht.«

Das klang seltsam, aber bevor ich ihn danach fragen konnte, erschien Magnus wieder. Er hatte die Enzyklopädie in der Hand und darauf lag ein moderner faltbarer Stadtplan, wie man sie in den meisten Tourismuszentralen in der ganzen Stadt finden konnte. Die Enzyklopädie war ein kleines, wenn auch dickes Buch mit wunderschönen Illustrationen auf dem Umschlag und vergilbten, gewellten Seiten. Ich dankte Magnus und begann sofort nach dem Kapitel zu suchen, von dem ich wusste, dass es möglicherweise den Schlüssel zum Ende von Oberons Herrschaft bedeuten würde. »Hier«, sagte ich aufgeregt, als ich es gefunden hatte, und drehte das Buch auf den Kopf, damit Cúch es sehen konnte. Auf der Seite befand sich neben der Erklärung, wie Leylinien aufgebaut waren, auch eine Skizze, die das Muster genau zeigte. Es waren insgesamt fünf Linien, die sich wie die Abbilder von Flüssen wanden, aber sich alle in der Mitte des Blattes kreuzten.

»Fünf Leylinien«, murmelte er, während er die Skizze musterte. »Eine für jedes Element.«

»Fünf Elemente?«, horchte ich auf. »Ich dachte, es gibt nur vier – Wasser, Erde, Luft und Feuer?«

»Metall«, sagte er und begann, den Stadtplan aufzufalten. »Auch wenn wir Fae auf das gern verzichten könnten. Zumindest auf die eiserne Variante.«

Ich stutzte. »Das wusste ich nicht.«

Cúch zuckte mit den Schultern und vertiefte sich in die Karte. Ich beugte mich so gut ich konnte über den Tisch, aber Kartenlesen hatte noch nie zu meinen Spezialitäten gehört und auf dem Kopf wurde es nicht gerade leichter, ein Muster in den einzelnen Straßennetzen zu finden. Hastig schob ich den Stuhl zurück und umrundete den Tisch, um Cúch über die Schulter sehen zu können. Sein Duft stieg mir in die Nase und die breiten Schultern schienen meine Hände förmlich darum anzuflehen, dass ich sie berührte, doch ich biss mir auf die Unterlippe, um den Zwang zurückzukämpfen.

Die nächste halbe Stunde verbrachten wir damit, jede einzelne der Linien, die eine Straße auf der Berliner Landkarte darstellte, nachzufahren und jede noch so kleine Kreuzung genauer unter die Lupe zu nehmen, aber es gab einfach keine fünffache Kreuzung zwischen Straßen, die der Skizze und der Form der Linien ähnelte, höchstens vier. Mir tränten mittlerweile schon die Augen, weil ich mich so stark auf diese Karte konzentrierte, und mein Rücken protestierte lautstark, weil ich über den Tisch gebeugt war, es aber nicht wagte, mich auf Cúch abzustützen. Mit einem Stöhnen richtete ich mich auf und rieb mir mit den Zeigefingern über die Augen. »Das darf doch nicht wahr sein«, murmelte ich und ging zurück zu meinem Platz, wo ich den Kopf auf meine angewinkelten Arme stützte. Er fühlte sich schwer wie eine Bowlingkugel an, und mindestens ebenso dämlich. »Ich finde einfach nichts.«

Cúchs Blick ruhte nachdenklich auf mir. Gerade als ich ihn fragen wollte, was er dort zu sehen glaubte, hob er den Kopf und ließ seinen Blick über die Metallregale wandern. »Warte hier«, sagte er, stand auf und verschwand zwischen den Reihen.

Irritiert blickte ich ihm nach und kurz darauf kehrte er schon mit einem riesigen Folianten zurück, den er in einer Hand trug, als wäre er nichts weiter als ein Blatt Papier. Hätte ich das Ding schleppen müssen, hätte ich mir garantiert einen Bruch gehoben.

»Du sagtest doch, dass bei der Stadtplanung früher Fae beteiligt waren«, erklärte er und ließ das riesige ledergebundene Ding vor mir mit einem lauten Knall auf den Tisch fallen, und ich schwöre, es kam Staub heraus. Dann beugte er sich zu mir, eine Hand auf meine Schulter, und sagte leise an meinem Ohr: »Aber seit Berlin gegründet wurde, ist viel Zeit vergangen. Die Stadt wurde größer, alte Straßen wurden durch neue ersetzt. Vielleicht suchen wir einfach in der falschen Zeit?«

Warum hatte ich mir eigentlich so eine Mühe gemacht, zu versuchen, ihn nicht zu berühren? Seine Hand auf meiner Schulter fühlte sich völlig natürlich an, sein Atem an meinem Ohr verursachte mir hingegen eine Gänsehaut. Ich blinzelte, um mich zusammenzureißen, und langsam sickerte die Bedeutung seiner Worte in mein müdes Hirn. »Cúch, du bist ein Genie!«

Ich schlug den Folianten auf und blätterte zum ersten Stadtplan. Es war eine vergilbte, aber wunderschön handgezeichnete Karte, die das noch junge Berlin darstellte. Der Umriss hatte sich noch nicht ganz so weit in das umliegende Land gefressen, wie es heute war, und ich konnte nur ahnen, was sich alles in den dichten Wäldern getummelt hatte, die mit grüner Tusche auf dem Papier festgehalten worden waren. Im Augenblick galt mein Interesse leider einzig und allein Straßen.

Zusammen mit Cúch untersuchte ich diese Karte genau, bis wir tatsächlich fündig wurden. Er nahm die Enzyklopädie und legte sie auf den Folianten. Die Zeichnung und die fünffache Kreuzung auf der Karte waren fast eine exakte Kopie. Eilig blätterte ich die Seite auf, die den Quadranten, in dem sich die Kreuzung befand, in größerem Detail als Ausschnitt zeigte. Als ich sie fand, spürte ich, wie mir alle Farbe aus den Wangen wich. Cúch hatte recht gehabt, die Straßen Berlins waren nicht ewig, aber die Leylinien veränderten sich niemals. An der Stelle, an der sich die fünf alten Straßen kreuzten, gab es einen Punkt, eine winzige Gasse, über die der Künstler mit feinen, dünnen Tintenstrichen »Eichengasse« geschrieben hatte. Fünf sich kreuzende Leylinien und eine Eiche – die perfekten Bedingungen für eine geheime Pforte mitten im Herzen der Stadt.

»Dieser verfluchte Bastard«, murmelte ich und stand auf.

Diese geheime Pforte befand sich an einem Ort, den ich nur allzu gut kannte. Oberons geheime Pforte befand sich direkt im *Leylines*. Dem Ort, an dem ich Moran, Elsa und Pixi gelassen hatte, damit Kian sie beschützte.

Wortlos lief ich los, hörte Cúchs Stimme hinter mir, sah Magnus' erschrockenen Gesichtsausdruck, als er mich erblickte, aber das alles bemerkte ich nur wie im Nebel.

Alles, woran ich denken konnte, war, dass ich zu spät war.

Viel zu spät.

Kapitel 15

Nachdem ich Cúch erzählt hatte, was ich entdeckt hatte, schwiegen wir beide. Nichts tun zu können, machte mich wahnsinnig, aber schneller laufen als der Bus konnte ich auch nicht, also blieb mir nichts anderes übrig, als zu warten, bis wir an unserem Ziel ankamen.

Es war dunkel geworden und das weiche gelbe Licht der Straßenlaternen erhellte den Tiergarten. Nur einige dünne Nebelfetzen dämpften ihren Schein und ich konnte spüren, wie meine Gedanken begannen, an einen Ort zu wandern, den ich seit sehr langer Zeit nicht mehr gewagt hatte zu besuchen.

»Das stinkt!«

Nadine rümpft ihre Stupsnase und sieht sich um, als könnte sie so den Schuldigen finden, der für den Gestank verantwortlich ist, aber viel Chancen wird sie hier nicht haben. Gefühlt der ganze Tiergarten riecht nach Urin, Schweiß und anderen Dingen, die ich nicht beim Namen nennen will, und wir stehen zusammengequetscht zwischen etwa einer Million anderer Tanzwütiger, die zu den Klängen von den Wagen zucken und sich winden. Ich zucke und winde mich mit, genieße den etwas ekligen Gestank der Freiheit und zupfe nur ab und zu an meinem tief ausgeschnittenen Top herum, damit mir nicht aus Versehen doch noch eine Brust entwischt. Wir sind das erste Mal bei der Love-Parade dabei und ich bin vor Glückseligkeit so high, dass ich die kleinen bunten Pillen und Pappen, die mir immer wieder von Fremden unter die Nase gehalten werden, gar nicht brauche.

Nadine scheint es nicht so zu ergehen. Wir kennen uns seit dem Kindergarten, aber in den letzten Jahren hat sich vieles verändert, unter anderem wir. Dabei war es ihre Idee gewesen, uns endlich auf die Love-Parade zu wagen, doch seit einer halben Stunde steht sie nur maulend und steif wie ein Brett neben mir und beschwert sich über alles Mögliche.

»Ja, es stinkt. Wir können ja ein Stückchen weiter rübergehen«, sage ich einlenkend, in der Hoffnung, ihre Laune dadurch ein wenig zu verbessern.

»Da stinkt's genauso«, mault Nadine und verschränkt die Arme vor der beeindruckenden Brust. »Außerdem dauert es ewig, bis wir uns da durchgequetscht haben.«

»Dann müssen wir wohl hierbleiben«, erwidere ich schulterzuckend und reiße die Arme in die Luft, denn meine absolute Lieblings-DJane fährt gerade auf einem Wagen an uns vorbei. Ihre grünen Haare sind in zwei kleine Knötchen auf ihrem Kopf zusammengedreht und sie bewegt sich im Takt der Musik. Es sind über 30 Grad, aber sie wirkt völlig lässig in ihrem pinkfarbenen Zottelmantel, so als könnte ihr nichts etwas anhaben. Ich starre sie an, als plötzlich jemand hinter ihr hervortritt. Er beugt sich zu ihr und sagt ihr etwas ins Ohr, woraufhin sie nickt und die Platte auf dem Spieler auswechselt. Von dem Moment an kann ich nichts anderes mehr ansehen als diesen Mann. Er ist hochgewachsen, schlank und trägt nichts weiter als eine schwarze Hose aus glänzendem Stoff. Sein langes, fast schon weißes Haar hängt ihm locker auf die Schultern und unterstreicht das leuchtende kühle Blau seiner Augen. Nachlässig schiebt er sich einige Strähnen aus der Stirn und dann treffen sich unsere Blicke.

Ich könnte schwören, dass die Zeit stehen bleibt. Der Gestank verschwindet. Die Menschen um mich herum verschwinden. Die laute, dröhnende Musik wird zu einem leisen Rauschen.

Ich sehe ihn an.

Er sieht mich an.

Unsere Blicke sind Liebende, die sich nach ewiger Trennung wiedergefunden haben und nicht mehr loslassen wollen.

Ich glaube, ich vergesse für einen Augenblick sogar zu atmen.

»Hey, Viv!«, schreit mir Nadine über den Lärm hinweg ins Ohr und ich blinzle, als der Moment bricht und ich brutal zurück in die Wirklichkeit zurückgezerrt werde. »Mir ist wirklich zu heiß. Ich habe keine Lust mehr, lass uns fahren.«

Fahren? Jetzt?

»Ich will aber noch bleiben«, erwidere ich.

Nadine schnauft und verzieht das Gesicht. »Mir ist aber heiß«, quengelt sie und ich muss mich wirklich beherrschen, um nicht die Augen zu verdrehen. »Okay, pass auf«, setze ich an. »Warum fährt du nicht schon heim und wir treffen uns morgen zum Frühstücken am Zoo? Ich lad dich auch ein.«

Nadine scheint ernsthaft zu überlegen, ob sie zusagen kann, obwohl wir beide wissen, dass sie im Moment lieber an jedem anderen Ort der Welt wäre, nur nicht hier.

»Geh schon«, dränge ich sie sanft. »Wir sehen uns morgen.«

»Na schön«, stimmt sie schließlich zu, winkt noch einmal und ist dann auch schon in der Menge verschwunden.

Eine Sekunde lang fühle ich mich erleichtert, was gleich darauf von schlechtem Gewissen abgelöst wird, aber ich will mir diese Chance einfach nicht entgehen lassen. Endlich bin ich auf der Love-Parade und das werde ich auch bis zur letzten Minute auskosten.

Ich schließe die Augen und lasse mich wieder von dem stampfenden Rhythmen und tranceartigen Klängen wegtragen. Menschen stoßen gegen mich, ich stoße gegen sie – es macht mir nichts aus. Wir tanzen alle, bewegen uns im gleichen Rhythmus, zu der gleichen Musik.

Vor meinem inneren Auge taucht wieder dieser Mann auf und ich lächle, stelle mir vor, dass wir gemeinsam oben auf dem Wagen stehen, wo es kühl ist, wo jeder uns sehen kann, doch wir sind in unserer eigenen Welt, wir tanzen, berühren uns …

Ein Arm streift meinen, aber irgendetwas an dieser Berührung ist … anders. Es ist kein zufälliges Streifen wie die Berührungen, die ich heute schon erlebt habe. Von diesem Zusammentreffen von Haut auf Haut gehen Funken aus, elektrisieren die Luft um mich herum. Ich reiße die Augen auf und sofort wird mein Blick gefangen von eisblauen Saphiren, die mich fixieren, die – so kitschig das klingt – in meine Seele dringen und mich nicht mehr loslassen wollen.

Der Mann vom Wagen.

Er scheint mich auch wiederzuerkennen, denn in seinem Blick liegt keine Überraschung, kein Zögern. Als er merkt, dass ich ihn ansehe, legt er den Arm um meine Taille, zieht mich näher zu sich heran und bewegt sich mit mir. In seinen Armen fühle ich mich weder unwohl noch eingeengt, nein, das ist der Ort, an dem ich sein soll, für diesen Augenblick wurde ich geboren.

Wir tanzen, wie ich es mir in meinem Tagtraum ausgemalt habe, wir bewegen uns im Gleichklang, ohne Worte, ohne auch nur einen Laut. Nur unsere Blicke wollen einander nicht loslassen, immer wieder blickt er in meine Augen und ich kann mich nicht von ihm abwenden. Seine Haut ist kühl im Gegensatz zu dem heißen Sommertag, sie fühlt sich angenehm an, sie fühlt sich nach … mehr an.

Wir entfernen uns immer weiter von den Wagen und der stinkenden, schwitzenden Menschenmenge, haben nur noch Augen füreinander. Er bringt mich zu einem Auto, einem eleganten, kleinen silbernen Flitzer und ich weiß, ich habe gar keine andere Wahl als einzusteigen, jede Faser meines Körpers sehnt sich danach, ihm zu folgen.

Die Fahrt verschwimmt, ich frage nicht, wo es hingeht, noch immer sprechen wir kein Wort. Er hält den Blick auf die Straße gerichtet, aber seine Hand ruht auf meinem nackten Oberschenkel. Sie bewegt sich nicht, seine Finger sind ganz still, streicheln mich nicht, doch dadurch fühlt es sich an, als würde sich seine Hand in meine Haut brennen, was mir eine Gänsehaut über den gesamten Körper jagt. Der Stoff meines Oberteils rutscht mir über die Schulter, aber jetzt kümmert es mich nicht mehr. Ich habe nur noch Augen für ihn.

Nach einer viel zu langen Ewigkeit halten wir vor einer Villa, mitten zwischen grünen Bäumen und dichten Büschen, die durch die Hitze die Blätter ein wenig hängen lassen.

Seine Hand löst sich von meinem Schenkel, ergreift meine und führt mich aus dem Auto zu der Villa hin. Im Innern ist es dunkel und es riecht nach abgestandener Luft, aber es zählt nicht mehr, nichts zählt mehr, außer seinen Händen, die sich in mein offenes Haar vergraben, mich an ihn ziehen, und seine Lippen, die sich wie kühles Bergwasser auf meine legen, und ich verdurste, ich bin eine Verdurstende, der endlich Erlösung geschenkt wird, ich trinke von ihm, stille meinen Durst, der sofort wieder aufflammt. Mein ganzer Körper steht in Flammen, ich bin Hitze, bin Feuer und werde immer wieder aufs Neue von seinen Lippen, seinen Händen erstickt und doch wieder mit neuer Glut erfüllt.

Unser Weg führt uns durch die Eingangshalle, die Treppe hinauf, wie im Traum merke ich, dass meine Kleider verstreut auf dem Boden liegen, doch dann sind da nur noch seine Küsse, seine Berührungen und ich ertrinke vollends in seiner kalten Umarmung.

Der Nebel war stärker geworden. Ich konnte meine Füße kaum sehen, als ich aus dem Bus stieg, aber es kümmerte mich auch nicht. Cúch wich mir nicht von der Seite, während ich losrannte, um die Tür zum Leylines aufzureißen.

Weder davor noch im Schankraum war irgendjemand zu sehen, und auch wenn ich im hintersten Winkel meines Herzens noch hoffte, dass ich nicht so einen riesigen Fehler gemacht hatte, wie ich befürchtete, ahnte doch der Rest von mir bereits, dass ich diesen Fehler gemacht und – schlimmer noch – ihn auch niemals würde wiedergutmachen können. Ich hatte meine Freunde beschützen sollen, aber alles, was ich getan hatte, war, sie in noch größere Gefahr zu bringen. Ich hatte sie dem Feind ausgeliefert und diese Schuld würde ich niemals wieder begleichen können.

Dennoch rannte ich durch den Schankraum und schrie abwechselnd Morans, Elsas und auch Kians Namen. Die wenigen auf altmodisch getrimmten und gerade dadurch hochmodischen Lampen flackerten, erhellten alles gerade genug, dass ich sicher wusste; es war niemand hier. Ich war schon kurz davor, mich durch die Tür zum Fae-Labyrinth des *Leylines* zu werfen, aber Cúch hielt mich mit sanfter Gewalt zurück.

»Vivienne«, sagte er, doch ich wand mich, schrie ihn an, er solle mich loslassen, und wehrte mich aus Leibeskräften, bis er die Arme um mich schlang und mich rücklings an sich presste.

»Viv«, sagte er schon fester. »Sei nicht dumm. Du hilfst ihnen nicht, wenn du jetzt einfach dort hineinstürmst. Das ist unter den besten Umständen schon gefährlich für Sterbliche, aber mit einer geheimen Pforte da drin und dem Fae-König, der dich tot sehen will, ist es das reinste Pulverfass und du bist gerade dabei, mit einer brennenden Fackel dort reinzustürmen.«

»Er hat sie«, schrie ich und schlug mit der Faust gegen seine Arme. Genauso gut hätte ich auch ein Stofftier gegen eine massive

Eiche werfen können, es hätte wahrscheinlich einen ähnlichen Effekt gehabt. »Er hat sie und ich habe sie ihm auch noch gebracht.« Etwas tropfte auf seinen Unterarm und erst da merkte ich, dass ich weinte. »Er hat sie einfach mitgenommen. Ich muss ihnen helfen, ich muss sie da rausholen. Wer weiß, was er mit ihnen vorhat. Vielleicht sind sie sogar schon tot.«

Nachdem ich das letzte Wort ausgesprochen hatte, gab ich jede Gegenwehr auf und sackte in Cúchs Armen zusammen. Das Schluchzen drängte meine Kehle hinauf, schüttelte mich, raubte mir jede Kraft und er hielt mich, bis ich nicht einmal mehr die Kraft hatte zu weinen.

Wie viel Zeit vergangen war, konnte ich später nicht mehr sagen, aber ich wurde langsam wenigstens wieder vernünftig genug, dass ich nicht mehr einfach so in das Fae-Reich stürmen wollte, nur um hingemetzelt zu werden. Cúch schien das zu spüren, denn er ließ mich los, wischte mir noch eine Träne von der Wange. Ich nickte ihm dankbar zu, sah dann wieder zu der Tür und biss die Zähne zusammen.

»Ich weiß, dass du dich dahinter verkriechst, du feiger Mistkerl«, schrie ich an den Sidhe gerichtet, den ich gerade am liebsten in der Luft zerfetzt hätte. »Glaub ja nicht, dass ich Angst vor dir habe oder dass ich mich verkrieche. Ich finde dich, und dann zerre ich dich aus deinem verfluchten Rattenbau und lasse dich bezahlen für das, was du ihnen angetan hast. Du bist nichts weiter als erbärmlicher Dreck unter dem Hacken meines Schuhs und …«

»Viv.« Cúchs Stimme war leise, ernst, aber er sah mich nicht an. Sein Blick war auf den Schankraum gerichtet, in den uns der Nebel gefolgt zu sein schien. Die weiße, wabernde Masse breitete sich über dem Boden aus, verschluckte jedes Geräusch und den Blick auf die Bodendielen vollkommen. Meine Nackenhaare richteten sich auf und ich konnte spüren, wie das Prickeln in den Arm zurückkehrte, auf dem ich das Tattoo trug.

Instinktiv wichen wir beide mit dem Rücken zur Wand zurück, bis zu der Nische, in der ich mit Moran und den anderen vor einer, wie es mir vorkam, Ewigkeit gesessen hatte.

Die Temperatur im Zimmer sank rapide und doch war es, als würde ein heißer Wind durch die Tür fegen und meine Kleider in

Unordnung bringen. Ich presste die Lippen zusammen und kniff die Augenlider aufeinander, um mich vor diesem seltsamen Wetterwechsel zu schützen. Neben mir hörte ich Cúch laut knurren und als ich die Augen wieder aufschlug, sah ich auch warum. Der Schankraum war nicht mehr leer. Zwischen uns und der rettenden Tür hatte sich der Nebel in eine schwarze Masse verwandelt, aus der Geräusche drangen, die ich nur allzu gut kannte und die ich bis an mein Lebensende mit Sicherheit nicht mehr vergessen würde.

... Frevel ...

Büßen ...

... Büße, Adams Tochter

Ich biss nun auch noch die Zähne zusammen und das Prickeln in meiner Handfläche war stärker. Oberons Hunde hatten uns gefunden beziehungsweise wir hatten sie gefunden. Ich hatte gedacht, dass sie mit ihrem Herrn bereits wieder abgezogen waren, aber wie es aussah, hatte ich mich da gründlich geirrt und sie hatten meinen Wutausbruch sehr persönlich genommen. Was mir nur recht sein konnte. Ich wollte sie alle töten, für das, was sie getan hatten.

Die schwarze Masse ballte sich zusammen und es begannen sich bereits erste Schemen aus ihr herauszuschälen: Klauen, Zähne und Schädel, alle vermischt und verzerrt zu Gruselgestalten, die am Rand der Träume hausten. Ich stellte die Füße schulterbreit auf den Boden, streckte die Hand aus und konzentrierte mich auf das Prickeln. Der Schwertgriff lag mit einem Mal in meiner Hand und ich musste doch kurz erstaunt zu Cúch sehen, der nur bestätigend nickte.

Ich hatte ihn nicht gefragt, ob er an meiner Seite bleiben würde, hatte ihm keine Chance gegeben zu fliehen, bevor ich Oberon herausgefordert hatte, aber dennoch stand er an meiner Seite, die Hände zu Fäusten geballt, bereit zu kämpfen. Er zeigte keine Angst, auf seinen Lippen lag sogar ein winziges Lächeln, als könnte er es gar nicht erwarten, dass der Kampf begann.

Eine Erkenntnis wurde über mir ausgekippt wie ein Kübel mit Eiswasser: Wir würden beide hier sterben. Allein gegen Oberons Schattenhunde waren wir machtlos, egal, ob Cúchulainn ein legendärer Held war oder nicht. Ich war einfach nur eine Amateurin mit einem magischen Schwert, von dem ich keine Ahnung hatte, wie ich es eigentlich benutzen sollte, und auch wenn es eine große Geste von ihm gewesen war, mir das Schwert als Zeichen seiner Treue zu überlassen, wurde mir jetzt doch klar, was für eine unfassbar dumme Idee das gewesen war.

Ich streckte die Hand aus und wollte ihm das Schwert geben, als die schwarze Masse sich plötzlich teilte und ein Mann hindurchschritt. Der schwarze Nebel wand sich um seine Knöchel und Arme wie ein Liebhaber oder ein treuer Hund, der um Zuneigung seines Herrn bettelte.

Der Mann kam auf uns zu, stand genau zwischen dem rettenden Ausgang und uns. Er war hochgewachsen, schlank, mit breiten Schultern und feinen Gesichtszügen. Die blauen Augen leuchteten wie dunkle Saphire und das lange weißblonde Haar hatte er zu einem einfachen Zopf zurückgebunden, was sein wunderschönes Gesicht noch einmal betonte. Er trug fremdartig anmutende Hosen, die aus verschiedenen Lederstücken zusammengefügt zu sein schienen, eine grüne Jacke aus einem seidenähnlichen Material und einen Bogen, den er sich über die Schulter geschlungen hatte. Er bewegte sich geschmeidig wie ein Raubtier auf uns zu, das wusste, seine Beute konnte nicht mehr weglaufen. Oberon war durch und durch ein Jäger, wie ich es schon so oft gehört hatte.

Aber er war noch mehr.

Dieses Gesicht sah ich nicht zum ersten Mal. Ich hatte es gesehen, wie es mich angelächelt, zärtliche Worte in mein Ohr geflüstert hatte. Ich hatte gesehen, wie diese saphirblauen Augen sich lustvoll schlossen, wie sich diese wunderschönen Gesichtszüge in Ekstase verzerrt hatten.

Ich kannte Oberon und wie es aussah, hatte meine Suche ein Ende.

Ich hatte den Sidhe, der mir mein Leben genommen hatte, gefunden.

Er stand direkt vor mir.

Es war Oberon.

Kapitel 16

Die Zeit verging rasend schnell oder sehr langsam – ich konnte das unmöglich sagen, denn in meinem Kopf rauschte es und in mir kämpften so viele widerstreitende Gefühle miteinander, dass ich nicht auch nur ein einziges von ihnen genau erkennen konnte, geschweige denn, sie auseinanderhalten oder auf so Kleinigkeiten achten wie Zeit oder die Tatsache, dass der Fae, den ich seit zwei Jahren jagte, der Fae, der mir mein Leben, meine Würde, meinen verdammten Verstand genommen hatte, urplötzlich vor mir stand.

»Viv.« Der Laut war schon länger in meinem Ohr gewesen, aber ich hatte ihn bisher kaum beachtet. So langsam setzte die Zeit wieder ein und mit ihr, wie es schien, auch mein Verstand und die Realität. Ich blinzelte und bemerkte erst jetzt zwei Dinge: Oberon sah mich noch immer mit diesem süffisanten Grinsen an, das danach schrie, dass es ihm jemand aus dem Gesicht wischte (vorzugsweise mit einem Baseballschläger), und Cúchs starke Hand hielt meinen linken Unterarm umklammert und er rief meinen Namen.

»Was?«, brachte ich schließlich heraus und blinzelte mehrmals, aber das vertrieb Oberons Blick nicht.

»Viv«, sagte Cúchulainn nun drängender und ich riss den Blick los, auch wenn ich das Gefühl hatte, dass den Schattenhunden damit ein paar Zentimeter mehr gewährt wurden, die sie auf uns zurücken konnten. Keine logische Annahme, doch unter Stress und auf Adrenalin ist das menschliche Gehirn alles, nur nicht logisch.

Statt in Oberons eisblaue Augen sah ich nun in Cúch braune und die Wärme darin war so tröstlich, wie die Kälte in dem anderen

Augenpaar verstörend gewesen war. »Du kannst noch durch die Tür«, sagte er so leise, dass nur ich ihn hören konnte. Oder zumindest sollte das so sein, doch die Schattenhunde spielten da nicht mit. Sie hoben sofort die schädelartigen Köpfe, aber Oberon bedeutete ihnen mit einem Fingerzeig und einem scharfen Pfeifen, zurückzubleiben.

»Die Beute muss endlich lernen, nach den Regeln zu spielen«, sagte er und kam näher. Ich hob das Schwert, legte noch meine freie Hand um den Griff, um es ausbalancieren zu können, und ließ die Spitze auf Oberons Hals deuten. Die Hunde folgten ihm nicht, aber bei diesem Anblick konnte ich deutlich spüren, wie sie sich zum Angriff bereit machten.

Oberon hatte – wie hätte ich es auch anders erwarten sollen – keine Angst. Er wirkte eher neugierig, sah auf das Schwert in meinen Händen hinab und hob dann verblüfft die feinen, dünnen Augenbrauen. »Du hast freiwillig dein Schwert aufgegeben?«, fragte er an Cúchulainn gewandt, der noch lauter knurrte als vorhin schon. »Sehr ungewöhnlich.«

»Viv, die Tür«, bellte Cúch nun und es war ihm egal, wer ihn hörte. Mittlerweile wusste ja sowieso schon jeder im Raum, was er damit meinte.

»Du hast mir gerade noch gesagt, das wäre Selbstmord«, fluchte ich laut, den Blick und das Schwert noch immer auf diesen tödlichen, schönen Jäger gerichtet.

»Da dachte ich auch noch, dass er sich dahinter versteckt«, erwiderte Cúchulainn und ich war nicht sicher, ob er wütend auf mich oder auf sich selbst war, weil er sich von Oberon hatte austricksen lassen. »Na los, lauf!«

Das Déjà-vu aus meiner Küche war überdeutlich vor meinen Augen und ich wusste, dass es nur mit viel Glück geschehen war, dass wir von dort hatten fliehen können. Glück und ein wenig Vorsprung, den wir alle Cúch zu verdanken hatten. Aber noch einmal würde er diese »Ritter auf dem weißen Ross«-Nummer nicht mit mir durchziehen. Die Prinzessin in Nöten hatte jetzt ihr eigenes Schwert und auch wenn sie nicht damit umgehen konnte, hatte sie doch genug Tricks im Ärmel und Wut im Bauch, um dieses Mal dem Prinzen den Hintern zu retten.

Ich schrie, nicht aus Schreck oder aus Angst, sondern aus Frustration, aus Wut, aus Hass auf mich, auf Oberon, auf die ganze Welt. Ich schrie dem König der Fae, dem ewigen Jäger, meinem ehemaligen Liebhaber mitten ins Gesicht, ich verfluchte seine Schattenmeute und selbst in meinen Ohren machte sich ein unangenehmes Klingeln breit.

Oberon tat etwas, womit wohl selbst er nicht gerechnet hätte – er wich zurück. Ich konnte die Überraschung und die Verwirrung auf seinem Gesicht sehen, aber nicht genießen, denn noch bevor ich den Mund wirklich zugeklappt hatte, hatte ich Cúchs Arm gepackt und zerrte den Hünen mit mir zur Tür. Dieses Mal würde keiner zurückgelassen werden – wir flohen gemeinsam oder gar nicht.

Hinter mir wurde es ganz still und ich spürte eine Kälte, die auf meinem ganzen Körper Gänsehaut erscheinen ließ, doch mein Instinkt brüllte mir zu, dass ich diesen winzigen Hauch einer Chance, den uns mein Schrei gebracht hatte, verspielen würde, wenn ich es wagte zurückzublicken.

Cúch hatte zum Glück bessere Reflexe als ich. Als ich seinen Arm gepackt hatte, hatte er sich bereits in Bewegung gesetzt und rannte gleichauf mit mir die wenigen Schritte bis zur Tür, die in das Labyrinth des *Leylines* führte.

Mein Herz begann das Tempo meiner Beine zu verfolgen und ich hatte schon Angst, dass es aufgeben würde, aber als ich die Hand um den Türknauf schloss, machte es einen Hüpfer und ich merkte, dass es kein Herzinfarkt war, der mich jagte, sondern Hoffnung. Vielleicht würde ich heute doch nicht in dieser Bar sterben. Vielleicht gab es eine Chance.

Wie oft hat man so etwas schon gelesen oder selbst gedacht, und dann ging alles den Bach runter? Viel zu oft. In diesem Fall hätte ich mir gewünscht, dass ich falschliege.

Die Tür wurde aufgerissen, die Türklinke glitt mir aus der Hand und ich stolperte ungeschickt einen Schritt nach vorn, weil der Schwung unerwartet kam und ich mich nicht so schnell wieder fangen konnte. Eine Hand packte mich am Kragen und ich wurde zurückgezerrt, direkt gegen Cúchs Brust, die sich wie eine massive Felswand anfühlte. Ich riss die Augen auf, versuchte den Atemzug, den ich verschluckt hatte, wieder aufzuholen, aber es endete nur damit, dass ich wie ein Fisch nach Luft schnappte.

Hinter der offenen Tür stand eine mir vertraute Gestalt. Sie kam näher und ich riss überrascht die Augen auf. Elsa? Sie hatte Moran an der Hand und auf ihrer Schulter hockte Pixi. Die Augen der drei waren glasig, als wüssten sie nicht, wo sie sich befanden und als würden sie weder hören noch sehen, was um sie herum vor sich ging.

»Elsa?« Dieses Mal hatte ich ihren Namen laut ausgesprochen, und sie machte einen Schritt nach vorn, aber ihr Blick wirkte noch immer ohne Bewusstsein. Sie ging einfach an mir vorbei, Moran an der Hand, und die drei blieben einige Schritte vor Oberon und seiner Meute stehen. Hinter ihnen trat eine weitere Gestalt aus dem Labyrinth durch die Tür und ich biss die Zähne zusammen.

Kian wich meinem Blick aus, als könnte er ihn nicht ertragen, doch er drückte sich nicht an mir vorbei, sondern blieb vor mir stehen, schloss die Tür hinter sich und verriegelte sie zusätzlich noch mit einem Schlüssel, der in seiner Hand ständig die Form zu wechseln schien. Lange hatte ich nicht Zeit, um ihn mir anzusehen, denn der Satyr steckte ihn wieder in die Tasche und hob dann den Kopf, um meinem Blick zu begegnen.

Ich wusste nicht, was ich empfinden sollte. In mir tobte ein Orkan aus Wut, sogar Hass, trauriger Gewissheit und dem alles überlagernden Gefühl von Verrat. Aber auch wenn Verrat das vorherrschende Gefühl war, war der Rest laut und stark genug, dass ich nicht ein einziges Wort herausbrachte. Sie alle hatten sich zu einer kompakten Kugel gepresst, die mir in der Kehle steckte und weder Worte noch Luft hindurchließ. Tränen brannten in meinen Augen und ich konnte Kian nur anstarren. Kian, der mir immer geholfen hatte, einer der wenigen Freunde, die ich in meinem Leben zugelassen hatte, nachdem mein Vertrauen auf so einschneidende Weise missbraucht worden war. Wie es schien, hatte ich wieder einmal falschgelegen und dem falschen Mann mein Vertrauen geschenkt. Wie es schien, war ich nicht gut darin, wenn es darum ging, aus Fehlern zu lernen.

»Sieh mich nicht so an«, sagte er leise.

Ich versuchte zu schlucken, doch diese verdammte Kugel wollte sich einfach nicht bewegen. Sie brannte und ätzte in meiner Kehle, fast so sehr wie die Tränen, die meine Wangen hinabrannen. Ich konnte den Blick einfach nicht mehr abwenden.

»Warum?« Es war eine klischeehafte und dumme Frage, aber so ist das mit Klischees – sie beruhen auf Tatsachen, die man nicht sehen will, bis sie irgendwann zu einer Karikatur ihrer selbst werden.

»Wegen dir.«

Ich hatte das Gefühl, jemand hätte mich geschlagen, ohne Vorwarnung, einfach direkt mit der flachen Hand ins Gesicht. Zögerlich wich ich einen Schritt zurück und blinzelte. »Wegen mir?«

Kians hübsches Gesicht verdüsterte sich, sein Blick glitt zu Oberon, der noch immer geduldig mit seiner Meute wartete – jetzt wusste ich auch, warum er sich nicht die Mühe gemacht hatte, uns anzugreifen oder uns seine Hunde hinterherzuschicken – dann zu Cúch und schlussendlich wieder zu mir. »Ich hatte gehofft, dass du anders bist, Viv«, sagte er leise. »Du hast uns immer gehasst, seit du Oberon begegnet warst, aber du bist immer wieder hergekommen, du hast mich in dein Leben gelassen, ebenso wie Lydia und noch einige andere. Du hast immer behauptet, uns zu hassen, Viv, aber wir dachten, du wärst einfach so an das Image des harten Mädchens gewöhnt, dass du es nicht loslassen konntest. Wir dachten, du wärst unsere Freundin, denn du hast mit uns getrunken, warst bei uns und hast mehr in unserer Welt gelebt als in der der Menschen. Wir kannten den Hass von Adams Söhnen und Töchtern, doch in dir …« Er stockte kurz, sah zu Boden und hob den Blick dann wieder. »In dir sahen wir … sah ich Hoffnung, dass die sterblichen Kinder irgendwann mit uns zusammenleben und wir uns diese Welt teilen können.«

Seine Hände ballten sich zu Fäusten und das Bernstein seiner Augen wurde zu einem dunklen Rot. »Ich habe mich getäuscht. Nein, du hattest mich getäuscht, uns alle. Du hast mir gesagt, dass man Fae nicht trauen kann, selbst nach all der Zeit unter uns. Du hast mir gezeigt, wie sehr wir uns getäuscht haben, wie falsch unsere Hoffnungen waren. Dein Hass ist nicht schwächer geworden, dein Respekt vor uns war nur ein Spiel, um zu bekommen, was du wolltest. Du hast uns nur ausgenutzt, Viv, jeden einzelnen Fae, den du manipuliert und ausgetrickst hast, um zu bekommen, was du wolltest.«

Der zweite Schlag, dieses Mal in die Magengrube. Ich gab ein ersticktes Keuchen von mir, was sich in meinen Ohren noch schlimmer anhörte, als ich befürchtet hatte, und ich taumelte.

Cúchulainns Hand lag auf meiner Schulter und ich konnte ihn knurren hören. »Das ist nicht wahr, und das weißt du ebenso gut wie ich«, sagte er zu Kian, aber der schnaubte.

»Glaub, was du willst, legendärer Krieger. Sie wird dich auch noch manipulieren und zu ihrem Spielzeug machen.« Kian sah mir jetzt direkt in die Augen. »Du wirst durch dein gebrochenes Herz noch schnell lernen, was es heißt, sich mit einer Sterblichen einzulassen.«

Er wandte sich ab und trat hinter Elsa und Moran. »Es wird Zeit, dass wir uns den Platz nehmen, den wir schon längst hätten beanspruchen sollen.« Diese Worte galten ebenso sehr Oberon wie Cúch und mir. »Die Menschen verachten alles, was anders ist. Sie fürchten sich und verschanzen sich hinter einer Mauer aus Hass. Ich denke, dann sollten wir ihnen einen Grund geben, Angst zu haben.«

Oberon kam ihm entgegen. »Ich hätte es nicht treffender ausdrücken können, lieber Freund«, sagte er mit einem Lächeln.

Die Stimme dieses miesen Schleimbolzens half, damit ich mich aus meiner Erstarrung lösen konnte. Ich trat vor, wollte zu Elsa und sie und Moran wegzerren, aber einer der Hunde bewegte sich schneller und seine verzerrte Knochenfratze tauchte genau vor mir auf, bevor ich auch nur in die Nähe der drei gelangen konnte. Er schien nicht nur durch die Skelettstruktur seines Schädels höhnisch zu grinsen. Ich hätte mich am liebsten selbst geohrfeigt. Wir waren der Falle nicht entkommen, wie ich bei unserer Ankunft noch gedacht hatte, sondern genau hineingetappt.

Oberon hatte durch Kian gewusst, dass ich kommen würde, um meine Freunde zu holen. Er hätte sich wahrscheinlich jederzeit mit Moran aus dem Staub machen können und hätte Elsa und Pixi einfach dem Tod überlassen, doch der König der Fae hatte, wie der Jäger, der er war, auf seine Beute gewartet, um alles auf einen Schlag zu bekommen: Moran, die Beute, Cúch, seinen desertierten Jagdhund, und mich, Adams Tochter, die ihn selbst gejagt hatte. Und natürlich hatten wir uns ihm auf einem Silbertablett angeboten, bereit zur Schlachtung.

Kian malte eine Rune in die Luft und der leblose Ausdruck in Elsas, Morans und Pixis Augen verschwand. Die drei blinzelten, sahen sich um und Moran quiekte erfreut auf, als sie mich sah. Sie wollte auf mich zulaufen, doch der Schattenhund, der zwischen uns stand, hielt sie davon ab. Das kleine Mädchen hatte ihn bisher nicht gesehen, aber als die gruselige Fratze vor ihm auftauchte, schrie es erschrocken und aus Leibeskräften los. Elsa zog sie rasch an sich heran, hielt beschützend die Arme um sie geschlungen und ließ den Schatten nicht aus den Augen.

»Viv?«, rief sie dabei, ohne in meine Richtung zu sehen. »Alles okay bei dir?«

Sie war diejenige, die kurz davor war, in die Hände eines unsterblichen und psychopathischen Models zu fallen, und sie machte sich Sorgen um mich. »Alles klar. Geht es euch gut?«

»Bisher ja.«

»Vivienne!« Hätte ich nicht vorher schon unter den schlimmsten Gewissensbissen des Jahrhunderts gelitten, hätte es mir jetzt endgültig das Herz zerrissen. In Morans Stimme lag Angst, aber auch Hoffnung, dass ich kommen und sie retten würde. Ich hatte sie schon einmal enttäuscht, weil ich sie Oberon ausgeliefert hatte und jetzt würde ich es noch einmal tun, denn ich wusste nicht, wie ich ihr helfen sollte. Kian hatte recht. Ich war eine Egoistin, die nur an sich selbst dachte, und wer auch immer den Fehler machte, sich mit mir einzulassen, war …

»Oh nein, das tust du nicht«, sagte Cúch an meinem Ohr und er hielt mit seiner Pranke meinen Oberarm mit dem Schwert umfangen.

»Was soll ich bitte nicht tun?«, gab ich verwirrt zurück.

»Du wirst jetzt nicht in Selbstmitleid vergehen, nur wegen dem, was dieser notorische Fremdgeher und Verräter gesagt hat.«

Erstaunt riss ich die Augen auf und starrte ihn über meine Schulter hinweg an. »Woher willst du wissen, wie ich mich fühle!?«

»Weil ich dich mittlerweile ein bisschen kennenlernen durfte und weil ich eine verdammt gute Nase habe«, sagte er und grinste so breit, dass ich die scharfen Fangzähne in seinem Kiefer sehen konnte. »Du hast Fehler gemacht, gut, aber du beweist damit nur, dass du Risiken eingehst, für dich und für deine Freunde. Du bist alles andere als hasserfüllt.«

»Das stimmt nicht, ich habe wirklich …«

Er brachte mich mit nur einem Blick zum Schweigen. »Angst und Hass lassen sich leicht verwechseln«, sagte er weich und sah mir dabei so tief in die Augen, dass ich spürte, wie sich Wärme in meinem Körper ausbreitete. »Nur weil du nicht besonders gut darin bist, beides auseinanderzuhalten, bedeutet das nicht, dass du ein schlechter Mensch bist. Du liebst Elsa. Du liebst Moran. Du liebst den kleinen Schmetterling. Und ich glaube, du liebst auch mich ein wenig. Das hast du uns bewiesen, als du Moran, Elsa und Pixi hergebracht hast. Es war ein Fehler, aber ein Fehler, den du nie begangen hättest, wenn du sie und mich nicht lieben würdest. Also hör auf mit dieser Selbstkasteiung und lass nicht zu, dass die Worte des gehörnten Nymphomanen dich etwas anderes glauben machen. Du liebst, egal ob Fae oder Mensch, und du hast aus Angst gehandelt, nicht aus Hass. Und jetzt musst du auch endlich aufhören, dich von diesem Schwachsinn lähmen zu lassen. Sie brauchen dich und du kannst sie retten.« Er deutete mit einem Nicken zu dem Schwert in meiner Hand. »Ich bin an deiner Seite und ich gehe nicht weg.«

Die Wärme in meinem Körper wurde stärker, wurde zu einer Flamme und ich drehte den Kopf, um zu Oberon und seiner Meute zu sehen. Kian hatte sich bereits hinter die Bar zurückgezogen, die Arme um den Leib geschlungen und den Kopf gesenkt, als hätte er sich vollkommen von der Szenerie abgeschottet und würde nichts mehr sehen oder hören wollen.

Ich biss die Zähne zusammen, aber Kian war ein Problem, um das ich mich später kümmern würde. Jetzt musste ich meine Freunde befreien.

Kapitel 17

Die Schattenhunde schienen zu spüren, dass wir nicht einfach kampflos aufgeben würden. Sie begannen sich zusammenzurotten und hinter Oberon zu versammeln, der bisher auffallend still gewesen war. Da der Schattenhund sich zurückgezogen hatte, stellten wir uns vor meine Freunde. Ich hob die Hand mit dem Schwert und Cúch ballte die Hände zu Fäusten. Oberon sah uns an, als würde er nicht ganz verstehen, was wir mit diesen Posen sagen wollten. Ich konnte Morans Hände spüren, die sich in meinen Hoodie krallten, und Elsas Atem an meinem Ohr, der ein wenig zittrig ging. Ich hätte die beiden am liebsten umarmt, ihnen gesagt, dass alles gut werden würde, dass sie gehen konnten, aber weder konnte ich lügen noch sie sicher hier herausbringen.

»Wir befinden uns also wieder an dem Punkt, an dem wir begonnen haben«, sagte Oberon und kam ungerührt näher. »Meine beiden Spielzeuge stehen zwischen meinem Eigentum und mir und glauben, mich aufhalten zu können.« Er hob eine blonde Augenbraue, die fast die Farbe seiner Haut hatte. »Die einsame Adamstochter, die glaubte, die große Liebe in einer flüchtigen Nacht zu finden, und der gehorsame legendäre Held.«

Ich biss die Zähne zusammen, packte den Griff des Schwertes mit beiden Händen und reckte das Kinn vor. »Das ist das Risiko bei One-Night-Stands«, erwiderte ich. »Man kann eben immer auf Arschlöcher wie dich treffen.«

Für den Bruchteil einer Sekunde veränderten sich Oberons Augen, die Pupillen wurden lang gezogen und dünn, ehe sie wieder verliefen und rund wurden. »Es wird nichts ändern, Adams Füchsin«, sagte er betont unaufgeregt. »Du hast mich so lange gesucht und jetzt bin ich hier. Also, wo ist deine Rache? Du hattest genug Zeit, oder? Was für einen brillanten Plan hast du dir ausgedacht, mit dem du mich in die Knie zwingen willst?«

Das war in der Tat gerade etwas peinlich, denn in meinem Kopf fand ich … nichts. Nur gähnende Leere. So oft hatte ich mir schon ausgemalt, was ich mit ihm anstellen würde, wenn ich ihn jemals finden sollte, aber in diesen Szenarien war er meist gefesselt oder gebunden und mir völlig ausgeliefert. Die Realität sah leider anders aus.

»Dachte ich es mir doch. Schwaches Blut. Und was ist mit dir? Hast du mehr Mumm?« Er sprach jetzt direkt zu Cúchulainn, der keine so hohe Hemmschwelle hatte wie ich. Noch bevor Oberon den Satz beendet hatte, sprang der Hüne vor, den Arm zurückgerissen und zum Schlag erhoben.

Oberon war ebenso schnell. Er hob die Hand und brüllte ein Wort, das mir fremd war. »Es ist die Zeit der Raunächte«, fügte er ebenso laut hinterher. »Noch dazu der Wechsel des Jahres. Hast du vergessen, wer dein Herr ist, Hund?!«

Cúchs frustrierter Schrei wurde grell und schrill und ein Corgi landete auf vier Pfoten direkt vor Oberons Füßen.

»Chu!«, schrie Moran und versuchte sich an mir vorbeizudrängen, doch sowohl Elsa als auch ich hielten sie zurück.

Chu hatte sich vor uns aufgebaut, als wäre er nicht eben wieder zurück in die Form eines kleinen Hundes gezwängt worden, und fletschte die Zähne. Ich glaubte, in der Masse der Schattenmeute ein kurzes Zögern zu sehen, und wichen die Gestalten nicht sogar ein wenig zurück?

»Ich würde euch ja bitten, mir jetzt das Kind auszuhändigen, und im Gegenzug versprechen, dass ihr frei seid und gehen könnt, aber das wäre gelogen und auch nicht der Zweck unseres Treffens.« Oberon drehte den Kopf unmerklich zur Seite und nickte. Auf dieses geheime Signal hin schossen die Schatten wie ein einziges Lebewesen auf uns zu. Sie heulten nicht, sie bellten oder schrien nicht. Ihre Bewegungen waren absolut still, leise und präzise. Der Anblick drang mir bis in die Knochen, verwandelte sich zu Eis und lähmte mich.

Plötzlich wurde die Tür aufgestoßen und der Nebel, der davor gewallt hatte, wurde stärker, drang wie ein Lebewesen in das *Leylines* ein und nahm uns allen für einen Augenblick die Sicht. »Moran? Elsa?«, schrie ich, weil die beiden die Einzigen waren, die nicht kämpfen konnten oder keine Waffen in den Händen hatten, aber sie antworteten nicht. Ich drehte mich suchend um und sah einen Schemen, der sich auf mich zubewegte. Unschlüssig ließ ich die Arme sinken, in der Hoffnung, dass es eine der beiden sein würde, doch aus dem milchigen Nebel schälte sich eine massige dunkle Gestalt mit langen Fangzähnen – Oberons Schattenhunde. Ich schrie auf, wich zurück und hob das Schwert, war aber so langsam dabei, dass die Krallen des Wesens die Klinge einfach beiseiteschlugen und er mit gebleckten Fangzähnen auf mich zustürzte. Ein Knurren ertönte in der Dunkelheit und der Schatten wurde von mir weggezerrt, bevor er die Gelegenheit bekam, seine Zähne in meinen Hals zu schlagen.

»Zuschlagen«, nuschelte der Corgi durch ein Maul voller Schattenbestie. »Wie bei deiner Bratpfanne. Ausholen und zuschlagen!« Damit verschwand er wieder im Nebel und zerrte den Schatten mit sich davon.

Mein Herz hämmerte wie wild und ich hatte kurz Angst, dass ich es gleich wieder einfangen und zurück in die Brust stopfen müsste. Immer mehr Schemen bewegten sich rasch durch den Nebel, der nicht nur die Sicht behinderte, sondern auch fast alle Geräusche schluckte. »Moran!«, schrie ich, »Elsa!«, hob das Schwert und stürzte mich in die milchige Masse.

Ich glaubte, links von mir einen Schrei zu hören, und wandte mich in die Richtung. Ein Schatten tauchte aus dem Nebel auf und ich stellte mir vor, meine treue Bratpfanne in den Händen zu halten, holte aus und schwang das Schwert, als wäre es ein Baseballschläger. Der Schattenhund hatte nicht einmal mehr die Chance, einen Laut von sich zu geben; sein Kopf fiel mit einem leisen Zischen zu Boden, wo er polternd aufschlug. Irgendwo bellte Chu zustimmend und angespornt durch meinen Erfolg stürmte ich mit erhobenem Schwert vorwärts, auf der Suche nach meinen Freunden.

Nach der ersten Schrecksekunde, was die Schattenhunde anging, war ich jetzt umso mutiger, weil ich einen von ihnen erledigt hatte. Die meisten wichen zurück, als sie sahen, dass ich meine Angst verloren hatte und jetzt sie jagte statt sie mich. Einige rotteten sich zusammen, aber ich hatte durchschaut, wie diese Biester arbeiteten. Sie zählten darauf, dass ihr unheimliches Aussehen und das geisterhafte Gebaren die Beute erschreckte und sie erstarrte, damit sie leichtes Spiel mit ihr hatten. Wann immer ich die vertraute Kälte in den Knien spüren konnte, packte ich den Griff des Schwertes fester und glaubte, Cúchs Nähe zu spüren, die mir Kraft gab und die Kälte durch Wärme ersetzte. Ich pflügte durch die Schattenwesen, die immer wieder versuchten, mich zu überwältigen, doch entweder durch Cúchs Schwert fielen oder vor Angst flohen, bis sich mir schließlich ein Schatten in den Weg stellte, den ich selbst unter tausend Schattenhunden erkannt hätte.

Das Knochengrinsen, die Klaue – mein persönlicher Albtraum stand vor mir und wie es aussah, war er nicht so ein Feigling wie der Rest seiner Meute. Er wich nicht zurück und zeigte auch kein Zögern, als ich das Schwert hob. Im Gegenteil, sein Lächeln schien echt zu sein, fast freudig, und er hob die Klauen, bereit, sich mit mir zu messen.

Ich verzog selbst die Lippen zu einem Grinsen, hob das Schwert und machte einen Sprung vor. Schattenklaue vollführte eine halbe Drehung, wich meinem Schlag aus und hieb mit einer seiner Krallen zu, die mich am linken Arm erwischte. Er verfing sich im Ärmel meines Hoodies, riss ihn auf und erwischte den Arm darunter. Es tat weh, doch in dem Augenblick war mein Körper so voller Adrenalin, dass ich den Schmerz nur am Rande wahrnahm und zu einem zweiten Schlag ausholte, noch bevor mich der Schwung des ersten ganz herumdrehen konnte. Dadurch konnte ich die lange Klinge zwar nicht mehr herumreißen, aber den Schwertknauf zur Seite stoßen, der direkt dort in der Dunkelheit landete, wo etwa bei einem normalen Menschen der Brustkorb gewesen wäre.

Zu meiner Befriedigung knackte auch etwas lauthals und Schattenklaue gab ein Heulen von sich, bei dem sich mir sämtliche Nackenhaare aufstellten. Ich ließ mich davon aber nicht aufhalten, sondern riss das Schwert zurück, drehte mich in einem Kreis um mich selbst und ließ die Schneide des Schwertes mit all der Wucht, die ich durch den Schwung und mein eigenes Gewicht aufbringen konnte, in die Dunkelheit krachen.

Das Heulen wurde schriller und vor allen Dingen lauter, was aber eher daran lag, dass sich der Kopf von Schattenklaue mit einem Mal auf gleicher Höhe mit meinem befand. Die dunklen leeren Augenhöhlen, in deren Innerem es rot leuchtete, starrten mich direkt an und ich gab – halb aus Schreck, halb aus Überraschung – einen Schrei von mir, weil ich nicht begriff, was gerade geschehen war. Schattenklaue schien es auch noch nicht ganz begriffen zu haben, denn er wankte, heulte und schrie. Ich senkte den Blick instinktiv auf die Stelle, an der sich seine Hüften hätten befinden müssen, bloß da war nichts.

Kunststück, immerhin bestand dieses Mistvieh aus nichts anderem als aus Schatten und Knochen, doch wie es aussah, hatte ich zumindest einiges vom Knochenteil zertrümmern können und ihn damit, im wahrsten Sinne des Wortes, einen Kopf oder zumindest ein Stück kürzer gemacht.

Er klapperte mit den Zähnen, versuchte mich zu erwischen, schlug mit den Klauen nach mir, aber ich riss das Schwert heraus und wich weit genug zurück, um nicht mehr in seiner Reichweite zu sein. Er gebärdete sich immer wilder, versuchte mir nachzulaufen. Ich hob das Schwert an, bis es sich etwa auf meiner Augenhöhe befand, und stieß zu. Viel zu leicht glitt es genau zwischen die beiden dunklen Augenhöhlen, spaltete den Schädel und trat durch den Hinterkopf wieder aus.

Das Heulen verstummte abrupt. Ich biss die Zähne zusammen, packte mit zitternden Armen den Schwertgriff und drehte ihn mit einem Ruck herum. Es knackte noch einmal laut und das rote Glühen in den Augenhöhlen erlosch.

Ich machte einige Schritte zurück, aber das Schwert hatte sich in den gespaltenen Knochen verkantet, also stemmte ich meinen Fuß gegen das Gesicht von Schattenklaue, zog und drückte gleichzeitig und das Schwert kam in einem Schauer aus winzigen Knochensplittern wieder frei.

Langsam begann das Adrenalin abzuebben und die Erschöpfung holte mich ein, – noch schüttelte ich sie ab, denn auch wenn es so aussah, als könnten wir wenigstens die Schattenhunde überleben, hatte ich weder Moran noch Elsa irgendwo gefunden und auch von Pixi und Chu fehlte jede Spur.

Ich irrte im Nebel umher und wurde das Gefühl nicht los, dass der Bereich, in dem ich mich bewegte, sehr viel größer war, als er hätte sein dürfen. Fae-Zauber, natürlich. Und ich hatte absolut nichts dabei, was mir helfen konnte, den Zauber zu durchschauen. Wenn ich weiter herumirrte, konnte es sein, dass Oberon seine Chance nutzte, mich wieder abgelenkte und blind durch die Gegend stolpern ließ und sich mit Moran und Elsa aus dem Staub machte. So weit würde ich es nicht kommen lassen. Nicht noch einmal.

»Oberon!«, schrie ich, rammte das Schwert mit der Spitze in den Boden und rang nach Luft. »Du verdammter Feigling, zeig dich!«

Ich wartete, lauschte. Da war nichts. Nicht einmal irgendeine Art von Geräusch. Was war geschehen? Wo waren alle?

Ich zog das Schwert wieder aus dem Boden und wiederholte meine Worte, dieses Mal so laut ich nur konnte. Direkt vor mir stand er plötzlich. Er hatte im Nebel wohl selbst die Orientierung verloren, denn er wirkte verwirrt, beinahe schon ängstlich. Er hatte mich gehört, aber noch nicht gesehen, also nutzte ich meine Chance, schlich halb um ihn herum, bis ich in seinem Rücken stand.

»Hier bin ich«, sagte ich leise, hielt das Schwert vor mich, bereit, ihn damit in Schach zu halten. Er würde mir helfen, meine Freunde zu finden, sonst …

Oberon stolperte, ausgelöst durch einen Stoß, den er von vorne erhalten hatte, und fiel mit dem Rücken genau in meine Klinge. Mit einem satten, feuchten Geräusch durchdrang sie das Leder seiner Kleidung, seine Haut, seine Muskeln, die Organe. Vor Schreck ließ ich die Waffe los und er fiel auf den Boden, rollte sich dort auf die Seite, sodass das Schwert wie bei einem grotesken Karnevalsscherz vollkommen aus ihm herausragte.

Der Nebel lichtete sich auf einen Schlag, als hätte er nie zuvor existiert, und das Innere des *Leylines* war wieder überdeutlich zu sehen. Zu meiner Überraschung lag Oberon nicht zu meinen Füßen, sondern stand vor mir, die verbliebenen Schattenhunde um sich herum versammelt. Mein Blick wanderte gen Boden – und mein Herz setzte einen Schlag aus.

Kian lag vor mir, zusammengekrümmt und offensichtlich mit großen Schmerzen, was kein Wunder war, angesichts Cúchulainns

Klinge, die seinen Körper durchbohrt hatte. Ich dachte nicht mehr an Oberon, nicht mehr an die Hunde oder Kians Verrat, sondern fiel aus einem Reflex heraus auf die Knie und versuchte, das Schwert aus ihm herauszuziehen. Nur sein gequältes Wimmern und das Blut, das aus seinem Mund tropfte, hielten mich davon ab, es noch einmal zu versuchen. Tränen stiegen mir in die Augen und ich biss die Zähne zusammen, hob den Kopf und sah Oberon an, dieses arrogante, selbstverliebte Arschloch, dass die Vorstellung offensichtlich genoss. »Du warst das«, gab ich leise von mir.

Er antwortete mir nicht. Ein Lächeln lag auf seinem Gesicht, triumphierend und kalt. Dann verstand ich auch warum. Neben ihm stand, bisher verborgen, Moran. Einer der Schattenhunde hatte ihr den Mund mit einem schwarzen Fetzen verbunden. Sie sah mich mit weit aufgerissenen Augen an, wehrte und wand sich und war am Ende nicht stark genug, um sich zu befreien. Weder von Chu noch von Elsa oder Pixi war irgendeine Spur zu sehen. Blind vor Wut sprang ich vor, streckte die Hand nach dem kleinen Mädchen aus, aber gerade als ich ihre Schulter streifte, ertönte ein lauter Knall. Die Tür schlug zu, flog wieder auf und als ich erneut den Kopf hob, waren Oberon und seine Schattenmeute mit Moran verschwunden.

Kapitel 18

Ich lief zur Bar, schnappte mir einen Stapel von den Geschirrhandtüchern, die Kian immer auf einem Regalbrett aufbewahrte, und rannte dann zu ihm. Er atmete noch, aber das Blut aus seiner Wunde hatte seine Kleidung derart durchtränkt, dass sie nichts mehr davon aufnehmen konnte und es auf den Boden floss. Er atmete schwer, die Hände um die Schwertklinge gelegt. Hastig ließ ich es mit einer kurzen Geste wieder verschwinden. Ich drückte eines der Handtücher auf seinen Bauch, wollte die Blutung, wenn auch nur kurz, stoppen. Auf dem weißen Stoff blühten sofort rote Blumen auf, tränkten es, bis es selbst ganz rot war. »Oh Kian«, brachte ich mühsam heraus und drückte ein weiteres Handtuch gegen ihn.

»Lass das«, sagte er matt. »Die Flecken kriege ich doch nie wieder raus.«

Aus meiner Kehle kam ein Laut, den man wohlwollend als Schluchzen, oder ganz ehrlich als verschleimtes Krächzen hätte bezeichnen können. Tränen strömten mir über das Gesicht, aber ich wischte sie einfach weg. Meine Haut klebte, weil Blut die Tränen ersetzte, doch ich ignorierte es.

Kian öffnete den Mund, um etwas zu sagen, doch noch mehr Blut quoll zwischen seinen Lippen hervor und ich schüttelte den Kopf, um ihm zu bedeuten, dass er nicht reden sollte. Und wie auch früher schon, machte er einfach, was er wollte, ohne auf meine Einwände zu hören. »Viv.«

»Nicht …«

»Nein, Viv, hör mir zu. Wir wissen beide, dass das hier nicht gut aussieht. Lass mich sagen, was ich zu sagen habe.«

Ich presste die Lippen zusammen, um ihn nicht durch mein Schluchzen zu unterbrechen. Seine Finger zuckten und ich nahm seine Hand in meine. Blut klebte unsere Haut aneinander, aber ich glaube, auch ohne den Lebenssaft hätten wir einander nicht mehr losgelassen.

»Es tut mir leid«, sagte er und es klang verwischt durch das Blut in seinem Mund. »Ich war frustriert und habe mich ungerecht behandelt gefühlt. Als du dann mit deiner Tirade gegen die Fae losgelegt hast, hatte ich es satt. Ich habe wirklich gedacht, dass es zwischen Menschen und Fae niemals Frieden geben würde, und ich dachte, du hast mich verraten. Dabei habe ich mich wie ein Arschloch verhalten.«

Er hustete und der Boden neben seinem Kopf wurde mit winzigen roten Blutströpfchen eingesprüht.

»Das ist okay«, sagte ich hastig und sah ihn an. »Immerhin hat es nur ein Schwert durch deine Innereien gebraucht, um dich wieder zur Vernunft zu bringen.«

Er starrte mich mit großen Augen an und fing dann an zu lachen. Er lachte und spuckte Blut, ich lachte und weinte und wir hielten einander an den Händen, als würden wir sonst in diesem Meer aus Blut und Tränen ertrinken.

Ich spürte, wie er noch einmal zudrückte und dann erschlafften seine Finger in meinen, aber ich ließ nicht los. Das Lachen wurde zu einem Schrei, ich drückte seine Hände, in der Hoffnung, dass er den Druck erwidern würde, doch sie blieben reglos in meiner Hand liegen.

Ich schrie, weinte, ließ die Trauer, die Wut einfach heraus. Mir war egal, wer mich hören konnte, der Sturm der Gefühle in mir war zu groß, zu gewaltig, als dass ich ihn in mir hätte behalten können. Tränen vor meinen Augen, ich konnte nichts mehr sehen, bis auf die verschwommenen Umrisse meines toten Freundes, der immer an meiner Seite gewesen war, wenn ich ihn am meisten gebraucht hatte, und der jetzt wegen eines Fehlers von diesem Mistkerl Oberon hingerichtet worden war. Durch mein Schwert.

Zeit verstrich. Ich beachtete sie nicht. Um mich herum gab es Bewegungen, Hände berührten mich an der Schulter und am Rücken, aber auch sie beachtete ich nicht. Ich sah nur den toten Satyr vor mir und spürte einzig die Kälte, die meinen Körper immer mehr in Besitz nahm und die ich begrüßte.

Jemand zwang mich dazu, aufzustehen. Eine Decke wurde mir um die Schultern gelegt und ich wurde weggeführt. Zwei Hände berührten meinen linken Arm und ein weiteres Paar Hände klammerte sich in den Saum meines verschmutzten, zerrissenen Hoodies.

Ich blinzelte. Irgendetwas stimmte an dieser Zählung nicht. Es konnten höchstens noch Elsa, Pixi und Cúchulainn im *Leylines* sein. Cúch hatte keine Hände mehr, sondern nur noch Pfoten, und Pixis Hände waren zu klein, um zu dem zweiten Paar zu gehören. Wer also …

Ich sah an mir herab und blickte in Morans tränenverschmiertes Gesicht. »Was ist mit Kian?«, fragte sie leise, doch ich konnte ihr die Frage nicht gleich beantworten. Viel zu schnell fiel ich auf die Knie, spürte den schmerzhaften Kontakt von Kniescheibe und Boden kaum, und packte Moran an den Armen. Fast hätte ich sie geschüttelt, aber ihre weit aufgerissenen Augen, deren Blick jetzt nicht mehr zwischen Kian und mir wechselte, sondern die nur noch mich ansahen, hielten mich davon zurück.

»Bist du es?«, brachte ich mit krächzender Stimme hervor. Das kleine Mädchen wich so weit wie möglich von mir zurück und sah hilflos zu Elsa und Chu, die neben uns standen.

Elsa reagierte sofort, nahm meine Handgelenke und brachte mich dazu, die Kleine loszulassen. »Du machst ihr Angst«, sagte sie sanft und wie aufs Stichwort klammerte Moran sich an Elsa und vergrub schluchzend ihr Gesicht in deren Seite.

Chu kam zu mir getrippelt und leckte mir kurz über die Wange. »Ich habe sie gesehen! Oberon hat …«

Der kleine Hund legte den Kopf schief und gab ein kurzes fragendes Bellen von sich. Mein Blick fiel auf meine Hand, mit der ich versucht hatte, Moran festzuhalten, als Oberon sie mir weggenommen hatte. Sie war noch immer blutverschmiert, aber als ich genauer hinsah, konnte ich einen schwachen Schimmer erkennen, der durch die dünneren Lagen aus Rot zu sehen war. Ich hatte das Gefühl, jemand zog mir den Boden unter den Füßen weg, und das, was von meinem Herz noch übrig war, zersprang in tausend Teile.

»Pixi.«

Chu stellte aufmerksam die Ohren auf, sah dann zu Elsa und Moran und sprang schließlich auf meinen Schoß. Ich sah ihn an, es half mir, meine Gedanken zu ordnen. »Pixi war es«, sagte ich nun wesentlich leiser, weil ich Moran nicht weiter verschrecken wollte. Zum Glück war auf Elsa Verlass, denn sie hatte das Mädchen in eine Sitznische geführt und redete leise auf es ein, damit es sich wieder beruhigte.

»Sie hat ein Trugbild erschaffen und sich selbst als Moran ausgegeben. Oberon hat es nicht bemerkt und hat sie mitgenommen, weil er dachte, er hätte Moran bekommen.« Ich hielt ihm die ausgestreckte Hand hin, damit er den Feenstaub darauf sehen konnte.

Er schnaubte leise und blinzelte. »Entschuldige, der Blutgeruch … macht mir zu schaffen«, sagte er und bleckte die Zähne. Er wich vor mir zurück, sprang von meinem Schoß und setzte sich auf die Hinterbeine. »Aber ich befürchte, du hast recht. Das ist Feenstaub.«

»Dann müssen wir sie holen!«

Chu bleckte abermals die Zähne und ließ dann den Kopf hängen. »Viv«, sagte er noch leiser als zuvor, »es ist Oberon. Das Trugbild einer Fee wird ihn nicht lange täuschen können und dann … Er ist kein gnädiger Herrscher.«

Alles in mir wollte protestieren, aufschreien, wollte sagen, dass es nicht wahr war, dass wir Pixi noch retten konnten, dass es nicht zu spät war – aber der verbliebene rationale Kern, der unberührt von der Trauer und dem Entsetzen um mich herum geblieben war, sagte mir etwas anderes. Pixi hatte sich geopfert, für Moran und für uns. Sie hatte gewusst, worauf sie sich einließ, und hatte es dennoch getan. Für uns.

Hätte ich in diesem Augenblick ein Messer gehabt, hätte ich mir diesen eiskalten Teil von mir herausgeschnitten. Was mich davon abhielt, nach einem Messer zu suchen, war die Befürchtung, dass es sich bei diesem eiskalten Teil in mir um mein eigenes Herz handeln könnte.

»Chu, bring Elsa und Moran raus. So weit weg wie möglich.«

»Was hast du vor?«, fragte mich der Corgi, doch ich wischte seine Frage mit einer harschen Handbewegung beiseite.

»Passt auf euch auf. Oberon wird nicht lange brauchen, bis er Pixis Betrug bemerkt, und dann wird er euch jagen. Ich verschaffe uns ein wenig mehr Zeit. Dafür dürft ihr nicht hier sein.«

Chu bellte. »Du hast irgendetwas Dummes vor, und das werde ich nicht zulassen!«

Ich drehte mich halb zu Kian um, der noch immer stumm und kalt auf dem Boden lag. »Verschwindet von hier. Ich komme zurück und dann finde ich euch. Versprochen. Ich werde nicht zulassen, dass ich noch einen Freund verliere, nur weil ich zu dumm war, die richtigen Schlüsse zu ziehen.«

Chu wollte protestieren, weil er wahrscheinlich ahnte, was ich vorhatte, aber Elsa war schneller als er. Sie war aus der Sitznische aufgestanden, zu mir herübergekommen und hielt Moran an der Hand. »Wenn du nicht wieder zurückkommst, Vivienne Winter«, sagte sie langsam und mit einer solchen Entschlossenheit in der Stimme, dass sich selbst die Eiskönigin warm anziehen musste, »werde ich persönlich in dieses Feenhausen gehen und dich von dort zurückzerren. Ist das klar?«

Ich musste den Blick senken, denn sonst hätte ich wahrscheinlich wieder geheult. »Ist gut«, brachte ich mühsam hervor und beugte mich zu Moran hinunter, die mich nicht ansehen wollte. »Es tut mir leid«, sagte ich. Was genau ich damit meinte, würde ich ihr später sagen können, aber in diesem Moment ging es um jede Sekunde.

Moran ließ sich von Elsa aus dem *Leylines* ziehen, dicht gefolgt von Chu, der mir noch einen langen, nachdenklichen Blick zuwarf und dann aus der Tür der Bar verschwand.

Zurück blieben nur Kian, das Schwert und ich.

Kapitel 19

Das Problem mit Portalen zwischen zwei Welten ist, dass es wahnsinnig kompliziert ist, sie zu öffnen, und noch viel komplizierter ist es, sie wieder zu schließen.

Wäre es einfach, würde es ja jeder machen, nicht wahr?

Hinter der Theke und im Vorratsraum des *Leylines* hatte ich natürlich nichts aus kaltgeschmiedetem Eisen gefunden, aber wenigstens eine Tube mit Arnikasalbe, um die Täuschungszauber der Fae durchschauen zu können, und einen Baseballschläger, den man immer gebrauchen konnte. Vor allem, wenn man kurz davor stand, ein Land zu betreten, dessen halbem Adelsstand ich schon mehr als einmal in die Suppe gespuckt hatte.

Um ein Portal zu errichten, brauchte es viele Komponenten wie beispielsweise Eichen, einen Feenring, der aus Pilzen oder Bäumen bestehen musste, und noch so manch andere Dinge. Menschen können glücklicherweise keine Portale errichten (zum Glück, denn wir haben schon bei Dingen wie der Spaltung des Atoms unter Beweis gestellt, wie grandios dämlich wir mit der Macht über Naturgewalten umgehen), aber sie können sie wieder einreißen. Dafür müssen sie jedoch auf die andere Seite. Ins Reich der Fae. Ins Land des Zwielichts. In die Ebenen der Dämmerung.

Also kein Spaziergang.

Zusätzlich zu der Salbe und dem Schläger nahm ich noch eine Dose mit Salz mit. Es half mir, mich auf meine Aufgabe zu konzentrieren, denn so starrte ich nicht die ganze Zeit Kians toten Körper an, der noch immer mitten im Schankraum lag, aber als ich alles Nötige gefunden und eingepackt hatte, musste ich mich schließlich doch meinem toten Freund zuwenden. Er war mittlerweile schneeweiß geworden und sein Körper hatte bereits begonnen, sich in Holz zu verwandeln. In ein paar Stunden würde an seiner Stelle ein umgestürzter Baumstamm liegen, dessen Form nur noch entfernt an einen toten Satyr erinnern würde. Es war das Schicksal aller Fae, die im Reich der Sonne ums Leben kamen.

Ich ließ das Schwert wieder erscheinen und wog die lange Klinge nachdenklich in der Hand, auch wenn ich es eigentlich nie mehr benutzen wollte. In mir sträubte sich alles, das Heft in der Hand zu halten, und als hätte die Klinge meinen Unwillen gespürt, löste sie sich wieder in Rauch auf, dessen Ranken in meine rechte Handfläche wanderten und die Tätowierung auf meiner Haut aufglühen ließen. Ich wischte mir die Handfläche an meiner Jeans ab, wandte mich hastig um und verließ den Schankraum durch die Tür, die ins Labyrinth führte.

Ich landete im Garten der Sidhe, wie ich es gehofft hatte, auch wenn ich mir fast sicher war, dass Oberon sein geheimes Portal nicht an einer so offensichtlichen Stelle verstecken würde.

Der Herbst war eingezogen und die Bäume und sorgsam gestutzten Büsche, die vor einem Tag noch sommerlich geblüht hatten, waren nun braun. Vereinzelt leuchteten ein paar Blattkaskaden in Rot und Gelb auf, aber dieser Garten hatte sich bereits auf das Wintersterben vorbereitet und es würde nicht lange dauern, bis alle Blätter verschwunden waren. Das *Leylines* beweinte den Tod seines Herrn auf ganz eigene Weise.

Ich ging unter dem Baum vorbei, in dem die Gläser hingen, die zuvor noch Gefängnisse kleiner Feen dargestellt hatten. Sie waren leer und schwangen müde im Wind hin und her.

Auf dem Rasen war noch immer ein Brandfleck zu sehen, der vage die Umrisse eines Sidhe hatte. Dem Bastard ging es mittlerweile sicherlich wieder blendend. Im Gegensatz zu der Fee, die ich vor ihm gerettet hatte.

Meine Finger schlossen sich fester um den Griff des Baseballschlägers und ich konzentrierte mich wieder auf meine Suche.

Wenn ich ein geheimes Portal in das Land des Zwielichts wäre, wo würde ich mich verstecken?

In meiner rechten Handfläche begann es zu jucken. Ich dachte im ersten Moment, dass es am Baseballschläger lag, aber als ich ihn in die linke Hand nahm, hörte das Jucken nicht auf. Bei einem genaueren Blick sah ich, dass die Tätowierungen an meinem Arm wieder leuchteten und sich in meiner Handfläche eine Art Strudel gebildet hatte, der zu meinen Fingerspitzen zuckte. Versuchsweise machte ich einen Schritt in diese Richtung und der Strudel wurde größer.

Das Schwert kannte den Weg nach Hause.

Um meine Theorie abzusichern, bewegte ich mich zwei Schritte in die entgegengesetzte Richtung, und prompt wurde der Strudel kleiner.

Ich drehte wieder um und machte einige schnelle Schritte durch den Garten in die Richtung, in die der Strudel wies, und sofort wurde er größer, nahm fast meine gesamte Handfläche ein. Er führte mich zu einer Tür, die sich in einer Ecke des riesigen Geländes befand und einfach frei schwebend auf dem verdorrten Gras stand. Das war etwas, was ich im *Leylines* noch nie gesehen hatte, und auch wenn die Zeit drängte, umrundete ich sie einmal, aber sie blieb, was sie war – eine Tür in einem Türrahmen, der einfach über der Wiese schwebte und wirkte, als hätten die Handwerker nach dem Bau schlicht keine Lust mehr gehabt, das dazugehörige Haus fertigzustellen.

Vorsichtig umfasste ich mit der rechten Hand die altmodisch geformte Klinke und drückte sie hinunter. Dahinter erwartete mich Dunkelheit und ein leises Plätschern. Ich machte einen Schritt vor und die Tür wurde ganz aufgerissen. Der Schwung und mein Griff um die Klinke zerrten mich nach vorn, ich wurde ins Innere gezogen und die Tür schlug hinter mir zu. Um mich herum war es stockfinster. Hastig klemmte ich mir den Baseballschläger unter den Arm, zog die Tube aus der Kängurutasche meines Hoodies und schmierte mir die Salbe auf die Augenlider. Sofort begann die Welt um mich herum zu leuchten. Es war ein diffuses Licht, wie phosphoreszierende Pflanzen, aber es reichte, dass ich etwas sehen konnte.

Ich befand mich mitten in einer riesigen Höhle, die mit Wasser geflutet war. Meine Beine waren klitschnass, ich stand bis zur Hüfte in der eiskalten Brühe, die sich um mich herum durch das Blut, das es aus meiner Kleidung wusch, in zartes Rosa verwandelte. Das Leuchten kam tatsächlich von Pflanzen, genauer gesagt Algen, die am Grund der Höhle wuchsen, deren Decke sich so weit in die Höhe erstreckte, dass sie sich vollkommen in der Dunkelheit verlor. Wäre das Wasser nicht gewesen, hätte ich gedacht, ich hätte mich in die Halle der Barden der Trolle verirrt, doch die Steingestalten waren nicht besonders gut auf zu viel Wasser zu sprechen. Die Bewohner dieser Höhle schienen das kühle Nass aber zu lieben und ich spürte, wie Gänsehaut meinen Körper überzog, was nur zum Teil am kalten Wasser lag.

In der Welt der Fae gab es einige Wasserbewohner, – kein einziger von ihnen war jemand, mit dem ich mich anlegen wollte. Angefangen bei den Selkies – männliche und weibliche Fae, die sich in Seehunde verwandeln konnten – bis hin zu den Kelpie – bösen Wassergeister, die sich als Pferde tarnten und nichts ahnende Trottel unter Wasser zerrten, um sie dann zu ertränken.

Ich hielt den Baseballschläger mit beiden Händen fest, hob ihn leicht an, um jederzeit schlagbereit zu sein, und bewegte mich langsam vorwärts. Das Prickeln in meiner rechten Handfläche wurde immer stärker, was zumindest bedeutete, ich bewegte mich in die richtige Richtung.

Aus den Augenwinkeln bemerkte ich eine Bewegung und drehte den Kopf, aber alles, was ich sah, war ein Felsen, der aus dem Wasser ragte.

Ich kniff kurz die Augen zusammen und konzentrierte mich dann wieder auf den Weg vor mir. Das Leuchten reichte kaum aus, um den Bereich um meine Beine herum zu erhellen, und der Boden bestand aus verstreuten Steinen, die mit Algen bewachsen waren, also die Garantie dafür, dass ich mich aufs Gesicht packte und mir den Hals brach. Darum konnte ich mich nur langsam vorwärtsbewegen, wollte ich nicht riskieren zu stürzen.

Wieder eine Bewegung, dieses Mal links von mir, aber kaum dass ich den Kopf gedreht hatte, war alles ruhig und die Wasseroberfläche lag still und unberührt da.

Mir stellten sich die Nackenhaare auf und ich hätte schwören können, dass mich jemand beobachtete, dass irgendwo hinter mir das

Murmeln des Wassers gar kein Wasser, sondern Stimmen waren. Aber das Letzte, was ich mir jetzt erlauben durfte, war Paranoia.

Entschlossen folgte ich dem Prickeln in meiner Handfläche, das mich zu einem Ring aus phosphoreszierenden Algen führte, die einen Kreis bildeten. In die langen Algenarme waren Eichenäste geflochten worden, die noch Blätter trugen. Das Portal.

Erleichtert atmete ich auf und hob den Blick, was mein Glück war, denn dieses Mal war ich diesen ekligen Biestern zuvorgekommen. Mir gegenüber, etwa zwanzig Meter entfernt, war etwas von einer kleinen Felsengruppe ins Wasser geglitten. Dieses Mal hatte ich es eindeutig gesehen und als ich die Flosse im Wasser verschwinden sah, wusste ich auch endlich, was mich da so hartnäckig verfolgte.

Meerjungfrauen.

Mein erster Instinkt war zu flüchten, da berührte mich etwas an der Wade. Ich schrie auf, sah ins Wasser und blickte in eine der hässlichsten Fratzen, die ich je gesehen hatte – jeder Horrorfilm eingeschlossen. Es war früher mal ein Gesicht gewesen, aber die vertrocknete Haut, die sich faltig über einen eckigen Schädel spannte, und die langen Fangzähne nahmen ihm alles Menschliche.

Der ebenso ausgemergelte Körper, der mit Fischschuppen bedeckt war, ging in einen langen Schwanz über, der dem einer Schlange ähnelte, doch in einer Fischflosse endete. In dem Licht der Algen schimmerten die Schuppen schillernd auf, aber die Haut und der Rest der Nixe blieben stumpf braun, eine Farbe, die an Äste erinnerte, die schon seit Jahren in einem stillen Tümpel gelegen hatten.

Die Nixe packte mein Bein. Ich sprang nach vorn und entkam ihrem Griff.

Als wäre das ein geheimes Signal gewesen, kam Bewegung in das Wasser. Noch mehr Nixen tauchten auf und auch einige Nöcker – männliche Nixen – und einer von ihnen war furchteinflößender als der andere. Das Prickeln in meiner rechten Handfläche wurde zum Brennen, als wollte das Schwert aus meiner Haut, aber ich hielt den Baseballschläger umklammert und benutzte ihn, um mir die Angriffe der aufdringlichsten Nixen und Nöcker vom Leib zu halten. Hätte ich die Salbe nicht auf den Augen, wäre es vielleicht nicht ganz so schlimm gewesen, denn dann hätten mich zumindest wunderschöne

Fischmenschen angegriffen, doch der Anblick dieser Albtraumgestalten, die wirkten, als hätte sie irgendjemand für ein paar Jahrzehnte in einer Pfütze vergessen, machte es noch einmal schlimmer.

Die Meerjungfrauen hatten sich hinter mir zusammengerottet, um mir den Weg abzuschneiden. Zurück zur Tür zu kommen war unmöglich, also blieb mir nur die Flucht nach vorn – durch das Portal.

Ich schlug die Klauen eines Nöckers neben mir beiseite, der versuchte meinen Hoodie zu packen, und rannte los. Bis zum Portal waren es etwa zehn Meter. Dabei glitt ich mehrmals auf den nassen Steinen aus, knickte um und wäre fast ins Wasser gestürzt, aber dann hätte ich gegen die wütend fauchende Menge aus vergammeltem Sushifleisch keine Chance mehr gehabt. Mir tat ohnehin schon alles weh, also ignorierte ich auch diesen Schmerz und rannte, bis mir die Lunge brannte. Die Meerjungfrauen schwammen schneller, verfolgten mich und ich konnte spüren, wie ein Paar langer Klauen an meinem Rücken abglitten, als ich kopfüber in das Portal sprang.

Ich war noch nie im Land des Zwielichts gewesen. Was wahrscheinlich seltsam klingt, wenn man bedenkt, dass ich mein Geld damit verdiene, Sidhe und Fae für ihre Untaten zur Rechenschaft zu ziehen, aber das hat bisher immer ganz gut auf der menschlichen Seite der Portale funktioniert. Freiwillig ihr Reich zu betreten ist in etwa so, als würde ein Polizist von der Drogenfahndung auf einmal freiwillig ein Gefängnis besuchen, in dem sich nur Drogenbarone befinden.

Mein erster Eindruck war, dass es zum Glück trocken war. Der zweite war zu groß, um ihn in Worte fassen zu können.

Ich hockte in einem Kreis aus Bäumen, die als junge Schösslinge miteinander verwoben und über die Jahrhunderte hinweg gepflegt worden waren. Sie hatten sich zu mächtigen Eichen ausgewachsen, deren Kronen weit in den dämmrigen Himmel hinaufragten, der das ganze Farbspektrum von Rot über Gold zu Violett und Pink zeigte. Die Mitte des Rings war ebenfalls mit Blättern bedeckt, aber sie bildeten einen Teppich, der nur aus Gold zu bestehen schien, ohne die Farbenpracht ihrer Brüder an den Zweigen. Ich konnte unmöglich sagen, ob die Sonne gerade aufgehen oder untergehen wollte, bis mir wieder einfiel, dass die Sonne hier nichts dergleichen tat. Darum auch der Name.

Land des Zwielichts.

Meine Kleidung war noch immer nass, aber bis auf ein paar Kratzer und Risse in meinen Jeans und dem Hoodie hatte ich keine weiteren Blessuren davongetragen, was mich stutzen ließ. Die Meerjungfrauen hätten mich leicht noch sehr viel schwerer verletzen können. Die Frage war: Warum hatten sie nicht?

Ich strich mir das nasse Haar aus der Stirn und spürte die Tropfen meine Wange herunterrinnen. Immer noch besser als Tränen.

Mein Blick fiel auf die mächtigen Eichen, die mich vollständig umgaben und mir die Sicht auf die restliche Umgebung nahmen. Ich rappelte mich auf, den Baseballschläger in der linken Hand. Der Strudel in meiner Handfläche hatte sich wieder gelegt, nur das Leuchten der Tätowierungen war geblieben. Was genau es damit auf sich hatte, konnte ich nicht sagen, doch im Augenblick gab es ohnehin ganz andere Dinge, auf die ich mich konzentrieren musste. Beispielsweise, wie ich den Feenring dieses Portals zerstören konnte.

Ich trat auf die riesigen Baumstämme zu, die mindestens doppelt so breit waren wie ich, und sah dann auf den Baseballschläger in meiner Hand. Menschen mochten zwar die Kraft haben, Feenportale zu zerstören, aber ich hatte die dumpfe Ahnung, dass sie dafür auch das geeignete Werkzeug haben mussten. Und ich hatte noch nie von einem Holzfäller gehört, der mit einem Baseballschläger bewaffnet in den Wald gegangen wäre, um dort Holz zu hacken.

Die Rinde der Eiche vor mir fühlte sich erstaunlich glatt unter meinen Fingern an, auch wenn sie aussah, als wäre sie zerfurcht und zerklüftet. Eine Schande, so einem Baum etwas …

Ein hohes Kreischen riss mich aus meiner Starre. Ich drehte den Kopf zur Seite und sah etwas, das an einen Sturm erinnerte, auf mich zurasen. Allerdings erwartet man sonst eher Stürme inklusive dunkler Wolken und Blitzen am Himmel zu sehen und nicht direkt über dem Boden.

Mir wurde eiskalt und ich begann, wie eine Irre mit dem Baseballschläger gegen den Baumstamm zu hacken. Das Ergebnis war ein dumpfes Klonk, ein ekelhaft-schmerzhaftes Vibrieren in meinen Handflächen und ein makellos dastehender Baum. Ich fluchte, widerstand der Versuchung, wieder zum herannahenden Sturm zu blicken, packte den Griff des Aluminiumschlägers fester und hieb noch einmal zu. Der Schläger gab ein gequältes Jaulen von sich, knickte halb ab und ich musste ihn fallen lassen, weil die Vibration in meiner Hand zu schmerzhaft wurde.

Ich konnte Oberons Atem schon förmlich im Nacken spüren und biss die Zähne zusammen. Diesem Bastard würde ich nicht noch einmal die Chance geben, sich durch die Hintertür in unsere Welt zu drücken, koste es, was es wolle. Im Augenblick sah es so aus, als würde es mich tatsächlich etwas kosten, nämlich mein Leben, aber dann wollte ich dafür auch wenigstens etwas bekommen.

Meine Handfläche begann zu kribbeln, die Tätowierungen an meinem Arm leuchteten auf. *Nein*, schrie alles in mir, auch wenn ein kurzer Blick über die Schulter zeigte, dass sich Oberon und seine Wilde Jagd bedrohlich und vor allem unaufhaltsam näherten. Ich konnte dieses Schwert nicht wieder benutzen. Ich hatte geschworen, es nicht mehr einzusetzen, weil Blut daran klebte. Und auch wenn der Besitzer des Blutes mit Schuld daran hatte, dass ich in diesem Schlamassel steckte, konnte ich es einfach nicht.

Eine kalte Hand berührte mich im Nacken; ich zuckte zusammen, war mir sicher, dass es einer der Schattenhunde war, aber als ich mich umdrehte, sah ich zu meiner Überraschung Kian. Er war von einem weichen Leuchten umgeben und durch den Umriss seines Körpers konnte ich die dunkle Sturmwolke sehen, die den Feenring fast erreicht hatte.

Mir blieb der nächste Atemzug im Hals stecken und ich wusste nicht, ob ich zurückweichen oder Kian umarmen sollte, auch wenn ich ahnte, dass meine Berührung ins Leere gehen würde.

Er lächelte auf diese charmante Art, die mir immer die Knie weich gemacht hatte, und berührte, als hätten wir alle Zeit der Welt, langsam und zärtlich mein Handgelenk.

Ich schluckte den Kloß in meinem Hals hinunter. »Ich kann nicht«, flüsterte ich. »Ich kann dieses Schwert nicht mehr rufen.«

Er lächelte noch immer, die Hand in einer unspürbaren Berührung um meine Finger gespannt, die andere erhoben, als wollte er mir damit über die Wange streichen. Sein Mund bewegte sich, aber es kam kein Laut heraus. Ich hatte keine Ahnung, ob ihm das bewusst war oder nicht, spürte nur weitere heiße Tränen auf meinen Wangen, auch wenn ich gedacht hatte, dass ich nicht mehr weinen konnte.

Die Tätowierung auf meinem Arm leuchtete auf und Kian nickte. Ich biss mir auf die Lippe und sah ihn an. Sein Lächeln wurde noch breiter, gleichzeitig begann er selbst zu verblassen, bis die herannahende Wilde Jagd deutlich zu sehen und er nur noch das Flüstern eines Schattens war, das der Wind mit sich forttrug.

Kapitel 20

Das Schwert glitt mit einer Leichtigkeit aus meiner Tätowierung, als hätte es nur darauf gewartet, dass mein Widerstand bröckelte. Der Griff schmiegte sich vertraut wie eine kuschelbedürftige Katze in meine Handfläche und das Gewicht fühlte sich so angenehm an, dass ich es kaum spürte. Dennoch war da immer noch ein leichter Widerwille in mir, es zu führen, weil ich das verdammte Bild nicht loswurde, wie sich diese makellose Klinge in Kians Körper gebohrt hatte. Aber er selbst hatte mir die Absolution gegeben, alles zu tun, um diesen Feenring zu schließen. Vielleicht war es ein Versuch, seinen Fehler im Nachhinein wiedergutzumachen, oder es war ein letztes Geschenk an mich. Was auch immer es war, ich wollte es nicht verkommen lassen.

Die ersten Ausläufer – Nebelfinger, die sich aus der Wolke lösten – hatten die Eichen erreicht. Das Kreischen war lauter geworden und ich konnte einzelne Gestalten der Schattenhunde wahrnehmen. Irgendwo, noch weit hinter ihnen, jagte Oberon in einem Streitwagen dahin, gezogen von Wesen auf vier Beinen, die von jemandem entworfen worden waren, der Pferde bisher nur in seinen Albträumen gesehen hatte.

Ich wich dem ersten Schatten aus, bevor der mich in seine gierigen Klauen bekommen konnte, schlug seine Knochenfinger mit dem Schwert beiseite, was ihm ein Heulen entlocke, und rannte zur gegenüberliegenden Seite des Rings.

Die kurze Atempause, die mir der Schlag verschafft hatte, schmolz in sich zusammen, als seine Kumpane aufgeholt hatten, aber ich spürte, wie sich eine seltsame Ruhe in mir ausbreitete.

Ein Teil von mir hatte bereits geahnt, dass ich den Ring nicht ohne Weiteres würde schließen können. Selbst wenn es mir gelänge, wusste ich nicht, wie ich ihn durchqueren sollte, bevor er sich schloss. Der nächste Ring war weit entfernt, was bedeutete, dass ich mich durch das Reich des Zwielichts würde kämpfen müssen, und das würde ich ganz sicher nicht überleben.

Die Alternative war also ganz simpel und gleichzeitig so schwer – ich würde heute, an diesem Ort sterben.

Wenn man gewisse Dinge einfach akzeptiert, macht es den Rest sehr viel leichter. Ich hob das Schwert, wich dabei einem weiteren Schatten aus und schlug zu. Die Klinge fuhr durch den Stamm des Baumes, als wäre der nicht mehr als ein weiches Stück Butter, und ein Beben ging durch die Welt.

»Ergreift sie!«, hörte ich Oberon brüllen, der so nah und doch noch so weit war. Ich dachte an Pixi, an Moran, Kian, Chu und Elsa und drehte mich um, das Heft des Schwertes mit beiden Händen umfasst.

Das Beben wiederholte sich und um mich herum regnete es Blätter. Jedes einzelne Blatt von jedem einzelnen der Bäume fiel gleichzeitig ab, ein Regen aus Purpur, Gold und Rot, der einem die Sicht nahm. Ich glaube, bis dahin hatte ich noch nie etwas Schöneres gesehen. Die wirbelnden Blätter um mich herum verfingen sich in meinem Haar, nahmen mir die Sicht, aber das machte jetzt auch keinen Unterschied mehr.

Wieder bebte es und die Schattenhunde kreischten kollektiv auf, während Oberon nutzlose Befehle brüllte, die seine Sklaven auszuführen versuchten, doch noch konnten sie mich nicht finden.

Der Boden unter meinen Füßen wurde immer dichter von Blättern bedeckt und ich wich den wenigen Schatten, die nah genug kamen, dass ich sie sehen konnte, so gut es ging aus, aber es fühlte sich an, als würde ich durch Schnee waten.

Die Blätter veränderten ihre Farbe, sobald sie auf dem Boden auftrafen, und erst jetzt merkte ich, dass sie von außen nach innen, auf die Mitte des Rings fielen. Zu Füßen der Eichen türmten sich graubraune Laubhaufen aus vertrockneten Blättern und die Farblosigkeit breitete sich rapide zur Mitte des Rings hin aus. Der Feenring starb, das Portal wurde verschlossen.

Mit einer gewissen Genugtuung sah ich diesem seltsamen Prozess zu, wich Schattenhunden aus und blickte mich nach einer Baumwurzel oder etwas anderem um, hinter dem ich mich verstecken konnte.

Und dann hätte ich mich am liebsten selbst geohrfeigt: Der Ring war noch nicht ganz geschlossen. Er war nicht einfach verpufft, wie ich vermutet hatte, sondern er schloss sich, langsam, *von außen nach innen!*

Die Ruhe, die mich befallen hatte, war mit einem Schlag verschwunden und hektisch sah ich zur Mitte des Rings. Viel Gold war nicht mehr zu sehen, wenn ich rannte, konnte ich es vielleicht noch schaffen, aber wenn ich mich aus meiner Deckung wagte, würden Oberons Hunde und er selbst mich sofort entdecken und dann war es das.

Wenn du allerdings hierbleibst, kriegen sie dich auf jeden Fall, meldete sich die ewige Klugscheißer-Stimme in meinem Kopf wieder zu Wort. *Dann kannst du auch genauso gut das Risiko eingehen und zumindest die Chance erhalten, dich retten zu können.*

Logik. Mein alter Erzfeind.

Ich biss die Zähne zusammen, sah unsinnigerweise wie bei einem Zebrastreifen von links nach rechts. Oberon war noch irgendwo im äußeren Blättertreiben verschwunden, aber ein paar seiner Schatten huschten in meiner unmittelbaren Umgebung zwischen den Blättern hindurch. Schlecht. Dann sah ich in der Nähe meiner Füße etwas aufblitzen und musste einen Jubelschrei unterdrücken: der zerbeulte Baseballschläger!

Mir blieb keine Zeit mehr, der goldene Punkt in der Mitte des Rings war gerade noch etwas breiter als meine Hüften, also warf ich den Baseballschläger in die entgegengesetzte Richtung. Er knallte mit einem satten *Klonk!* gegen den nächsten Baumstamm und sofort zuckten die Köpfe der Schatten zum Ursprung des Geräuschs.

Ich bin keine Langstreckenläuferin, aber auf kurzen Strecken bin ich ziemlich schnell, also sprintete ich los, was die kurzen Beine hergaben. Ich sah weder nach links oder rechts oder gar über die Schulter, sondern rannte, die Hände zu Fäusten geballt. Meine Lunge brannte, Milchsäure fraß sich in meine Muskeln, aber der Wille, es doch noch lebend aus dieser Nummer herauszuschaffen, war größer. Meine Füße hämmerten auf den Boden, das Schwert hatte sich bereits wieder in meinen Körper zurückgezogen und kurz bevor ich die kreisrunde Stelle im Ring erreicht hatte, stieß ich mich mit beiden Beinen vom Boden ab, streckte die Hände über den Kopf und sprang kopfüber in das goldene Leuchten hinein.

Der erste Teil meines Plans ging auf. Ich hatte die Schatten abgelenkt und war im Portal. Allerdings war ich gerade erst bis zu den Knien hindurch, als mich jemand an den Knöcheln packte und zurückzerren wollte.

Mein Kopf und mein Oberkörper steckten in brackigem Wasser und mir fiel viel zu spät wieder ein, dass sich der Zugang zum Portal auf unserer Seite in einem Teich befand.

Der Griff um meine Knöchel wurde schmerzhaft fest, Krallen gruben sich in meine Haut, und der Kraft, die an mir zog, hatte ich nicht viel entgegenzusetzen. Bei einem Blick meine Beine hinab konnte ich sehen, dass sich ein Kreis aus goldfarbenem Licht immer enger um meine Schenkel schloss. Das Portal stand kurz davor zu verschwinden, und was das für meine Waden und Füße bedeutete, die sich noch auf der anderen Seite befanden, mochte ich mir gar nicht vorstellen.

Ich wand mich, versuchte auf dem mit glitschigen Algen bewachsenen Boden Halt zu finden, aber es war zwecklos. Wer oder was auch immer mich da festhielt, zog mich unerbittlich immer weiter zurück und hätte ich wegen des Wassers nicht die Luft anhalten müssen, hätte ich aufgeschrien. Ich fühlte mich hilflos und gerade jetzt, wo es ausgesehen hatte, als wäre ich dem Tod entkommen, geschah das.

Mit panisch aufgerissenen Augen konnte ich dem Ring nur dabei zusehen, wie er sich meinen Knien weiter und weiter näherte.

Plötzlich gruben sich Zähne tief in meinen Arm. Sie wurden vom Hoodie daran gehindert, in mein Fleisch einzudringen, aber es tat weh und vor Schreck und Schmerz heulte ich doch auf. Das Teichwasser füllte meinen Mund, ich wollte husten, schluckte dadurch noch mehr Wasser und bemerkte erst zu spät, dass der Biss fester wurde und ich wieder gezogen wurde, dieses Mal allerdings in die andere Richtung! Mein Gegner im Reich des Zwielichts war offensichtlich ebenso verdutzt über diese Veränderung, dass meine Beine seinem Griff entglitten. Ich konnte sehen, wie seine Knochenkralle mit meinen Beinen aus dem leuchtenden Ring gezogen wurde, der sich mit einem letzten Strahlen schloss und das Gefühl zurückließ, als hätte das Universum kurz geblinzelt, während man selbst nicht aufgepasst hatte.

Ich zog mich so schnell ich nur konnte ans Ufer und spuckte eine ganze Monatsladung brackiges Teichwasser aus.

»Ernsthaft, das nächste Mal lasse ich dich draufgehen«, knurrte jemand und als ich, noch immer hustend und spuckend, den Kopf hob, sah ich Chu neben mir sitzen, der mich ruhig ansah.

»Dann bin ich ja froh, dass es nicht das nächste Mal war«, gab ich schwach zurück, rutschte außerhalb des Rings und versuchte, wieder zu Atem zu kommen.

Kapitel 21

Die alten Wikinger haben ihre Toten verbrannt. Mir kam die Vorstellung, auf einem dahintreibenden Schiff angezündet zu werden, damit ich den Weg in eine bessere Welt finde, immer irgendwie romantisch vor. Wenn man jung ist, denkt man halt manchmal schräges Zeug.

Als ich dem *Leylines* dabei zusah, wie die Flammen begannen, nach und nach an den hölzernen Wänden zu lecken, wie sie Geschmack am Holz und Mörtel und Stein fanden, empfand ich nur Müdigkeit und eine eiskalte Leere.

Auf dem Weg aus der Meerjungfrauenhöhle hatte Chu und mich nichts mehr angegriffen. Es war alles still gewesen, als wäre mit dem Ende des Portals auch die Kraft der kleinen hässlichen Trockensardinen verschwunden. Vielleicht lag ich mit dieser Vermutung gar nicht mal so falsch.

Chu hatte, abgesehen von seiner kleinen Drohung, nichts mehr gesagt und ich hatte auch keine Lust, mich zu unterhalten. Stattdessen waren wir stumm zurück in den Schankraum gegangen. Ich hatte ein wenig Wodka getrunken, um mich aufzuwärmen, und Chu hatte neben dem Holzstamm gesessen, der einmal der verführerischste Satyr von ganz Berlin gewesen war, und hatte ihn nachdenklich betrachtet.

Als ich meine Finger wieder spüren konnte, hatte ich das Schwert aus meiner Hand beschworen und alle Flaschen an der Bar zerschlagen. Das Splittern des Glases war meine Abschiedsmusik für meinen Freund geworden und Chu, der ganz genau wusste, was ich vorhatte, gab sein Bestes, um mich zu unterstützen. Er lief in die Küche und die Vorratskammer, zerrte weitere Kisten und Flaschen mit seinen Zähnen in die Mitte des Raumes und wartete darauf, dass ich sie ebenfalls zerschlug. Als der Laden meiner Ansicht nach genügend getränkt war, holte ich ein Feuerzeug hinter dem Tresen hervor und ging zur Hintertür. Chu folgte mir, sprang dann an mir vorbei und wartete auf dem kalten Asphalt auf mich, während ich noch einmal in das Innere der Bar sah. Dann ließ ich das Feuerzeug aufschnappen und warf es in den Schankraum.

Das alte Holz, das den Alkohol gierig aufgesogen hatte, begann nach einem kurzen Moment zu brennen, ebenso wie die Handtücher, Lappen und Papiere, die an der Bar aufbewahrt worden waren. Aber erst als ich sah, wie Kians Leichnam Feuer zu fangen begann, drehte ich mich um, schloss die Tür und verließ das *Leylines.*

Chu führte mich zum Checkpoint Charlie, an dem sich mehrere Fast-Food-Restaurants befanden, die rund um die Uhr geöffnet hatten. Die Nacht war dabei, sich aufzulösen und für einen kurzen Moment hatte ich angesichts des rosafarbenen Himmels Angst, dass ich mich noch immer auf der anderen Seite befand und das hier nur träumte. Aber Elsas feste, warme Umarmung und kurz darauf auch Morans schüchternes Fäustchen, das sich in meinen Hoodie grub, bewiesen mir, dass ich genau dort war, wo ich sein sollte.

»Wo warst du?«, fragte Moran mich, nachdem wir uns wieder gesetzt hatten und Elsa mir einen heißen Kaffee besorgt hatte. Er war dünn, viel zu bitter, doch ich hatte nie etwas Köstlicheres getrunken als das.

Ich war froh, dass die Kleine ihre Angst vor mir abgelegt zu haben schien und strich ihr sanft über die weichen Haare. »Dafür sorgen, dass wir in Sicherheit sind.« ›Für den Moment‹ war das, was ich ihr verschwieg, ich musste sie nicht noch mehr ängstigen. Drei Feuerwehrwagen rasten mit lauten Sirenen an uns vorbei.

Elsas Blick verriet mir, dass sie sich nicht so leicht zufriedengeben würde wie Moran, doch das war ebenfalls etwas, worum ich mir später Sorgen machen konnte. »Und wo sollen wir jetzt hin? Wie geht es weiter?«, fragte sie stattdessen und kraulte Chus Bauch. Der kleine Hund lag auf ihrem Schoß, die Ohren aufmerksam gespitzt, auch wenn er ihre Berührung offensichtlich genoss. Ich war mir nicht sicher, ob das Brennen in meinem Bauch Eifersucht war oder mit dem Kaffee zusammenhing, aber auch das war etwas, worüber ich mir ein anderes Mal Gedanken machen konnte. Wie es schien, wurde das gerade mein neues Mantra.

Fetzig.

»Wir müssen bis heute Nacht einen sicheren Ort finden, an dem ihr bleiben könnt«, sagte ich und blickte in die trübe Brühe, die der Burgerriese Kaffee nannte. »Es ist die stärkste der Raunächte. Die Stadt wird voller Besucher sein und Oberon ist auf dem Gipfel seiner Macht. Das Tor im *Leylines* ist ihm verschlossen, das heißt, er muss einen längeren Weg nehmen, aber er wird auch Verbündete mitbringen können. Und er wird nicht aufgeben, bis er bekommen hat, was er sucht.«

Wir drei versuchten krampfhaft, den Blick auf Moran zu vermeiden, die mit dem Spielzeug aus ihrem Happy Meal beschäftigt war und deren Augenlider schon verräterisch tief hingen.

»Das heißt, wir müssen ihn aufhalten«, sagte Elsa und Chu gab ein zustimmendes Schnaufen von sich.

Ich schüttelte den Kopf. »Ihr müsst gar nichts. Ihr müsst lediglich sicher und geschützt sein. Oberon werde ich mich allein stellen und darüber lasse ich auch nicht mit mir diskutieren. Es ist zu gefährlich, wenn ihr mitkommt. Ich habe nichts mehr zu verlieren – meine Familie kennt mich nicht mehr, von meinen Freunden ist mir niemand geblieben und wie es aussieht, ziehe ich Tod und Unglück für die wenigen an, die mir am Herzen liegen.« Wieder schüttelte ich den Kopf. »Das muss jetzt aufhören.«

Elsa und Chu wechselten einen Blick und sahen dann mich an, aber von diesem Mama-Papa-Szenario ließ ich mich absolut nicht beeindrucken. Ich stürzte den Rest des Kaffees hinunter, verbrühte mir die Kehle und krächzte: »Ich glaube, ich weiß, wo ihr heute Abend sicher sein werdet.«

Der Taxifahrer hätte sich fast geweigert, uns mitzunehmen, weil keiner von uns besonders sauber war, aber Elsas Kreditkarte und das angedrohte großzügige Trinkgeld änderten seine Meinung schließlich doch. Als wir vor dem Ritz Carlton ausstiegen, fühlte ich mich gleich noch einmal schmutziger. Der Laufbursche vor der Tür schien etwas Ähnliches zu denken, als er unserer seltsamen kleinen Prozession nachsah, die sich in die Lobby des Hotels verirrte, doch ich hielt den Kopf einfach hoch erhoben, denn wenn einem sonst nichts mehr bleibt, kann man es immer noch mit Arroganz versuchen.

Unter den ebenso pikierten wie neugierigen Blicken der Hotelgäste in der Lobby lief ich über den teuren Teppich, auf dem meine klatschnassen Turnschuhe deutlich sichtbare Wasserspuren hinterließen, und steuerte die hübscheste Frau hinter dem Empfang an. Sie sah Hilfe suchend nach links und rechts, in der Hoffnung, einen ihrer Kollegen vorschieben zu können, aber die hatten die Gefahr bereits gewittert, waren weiter weggerückt und auf einmal war jeder von ihnen mit unglaublich wichtigen Arbeiten am Empfang beschäftigt. Als sie merkte, dass sie dem Unglück nicht mehr ausweichen konnte, lächelte sie gequält. »Wie kann ich Ihnen helfen?«

Das musste ich ihr lassen: Die Verachtung war in ihrer Stimme kaum zu hören.

»Ich möchte zu Miro.«

Die hübsche Stirn legte sich in Falten, doch das Lächeln blieb an seinem Platz. »Wie bitte?«

»Miro«, wiederholte ich nur.

»Ich bedaure, bei uns arbeitet niemand, der so hei…«

Ich beugte mich ruckartig über den Tresen, dessen glatt poliertes Holz dadurch mit Sicherheit ein paar üble Wasserflecken abbekam, aber das war mir gerade herzlich egal. »Okay, lassen wir die Spielchen, Fae. Mein Name ist Vivienne Winter, Adams Füchsin, und dein Herr, Miro, schuldet mir einen Gefallen, den ich einfordern will. Was, glaubst du, wird er mit dir machen, wenn er erfährt, dass du der Grund bist, weswegen er sein Wort nicht einhalten konnte?«

Großartig, offensichtlich hatte ich absolut nichts in den letzten Tagen dazugelernt, denn mein erster Impuls war wieder gewesen zu drohen und den bösen Wolf zu spielen, allerdings war ich müde, immer noch klamm-feucht und mir lief die Zeit davon. Vielleicht trug das wenigstens ein bisschen zu meiner Ehrenrettung bei.

Zumindest hatte meine Tirade den gewünschten Effekt. Ich hatte mit meiner Vermutung, dass Miro jemanden aus seinem Gefolge am

Empfang abgestellt hatte, recht gehabt und natürlich handelte es sich dabei um die schönste Frau im Raum. Die Fae wurde blass, lächelte entschuldigend und wandte sich dann ab, um etwas in ihren Computer zu tippen. Kurz darauf sah sie wieder zu mir auf und deutete auf einen Aufzug, der sich versteckt hinter dem Empfang befand. »Bitte dort entlang.«

Ich folgte ihr und hörte hinter mir Moran kichern, die versuchte, in meinen nassen Spuren zu laufen. Elsa ließ sie gewähren und wir beide tauschten ein Grinsen, bevor ich mich wieder umdrehte. Chu holte auf und lief, ganz der brave Hund, an meiner Seite bis zum Aufzug. Die Empfangsdame verlor ihre Maske aus Freundlichkeit, kaum dass wir vor dem Fahrstuhl standen und außer Sichtweite der anderen Gäste waren. »Einfach einsteigen, der Aufzug fährt direkt ins Penthouse.«

»Herzlichen Dank«, erwiderte ich besonders freundlich und betrat den Aufzug, dessen Türen wie aufs Stichwort aufglitten. Nachdem Chu, Elsa und auch Moran – die der Fae fröhlich zuwinkte – ebenfalls im Fahrstuhl standen, schlossen die Türen sich wieder und ein sanfter Ruck ging durch die Kabine. Flüsterleise glitten wir nach oben, bis es einen weiteren Ruck gab und die Türen ohne jedes Geräusch aufglitten.

Bei dem, was ich sah, blieb mir der Mund offen stehen. Chu ging es ähnlich. Die Einzige, die schnell genug reagierte, war Elsa. Sie zog die staunende Moran an sich, drehte sich mit ihr um und legte ihr die Hand auf die Augen.

»Was ist denn?«, quiekte Moran aufgeregt. »Ich will das sehen! Was spielen die da?«

Bei »die« handelte es sich um Miro, der mitten im Wohnzimmer auf einem Meer aus Kissen, Decken und Matratzen lag, und einige Fae, männlich wie weiblich, die ihm dabei Gesellschaft leisteten. Alle waren nackt. Und das »Spiel« war eines, für das Moran *definitiv* noch zu jung war. Entrückte Seufzer und leises Stöhnen erfüllten die geräumige Suite und ich musste mich mehrmals räuspern, bis Miros Kopf zwischen den Schenkeln eines atemberaubend schönen Mannes auftauchte. Im ersten Moment wirkte er ein wenig desorientiert, aber als er mich erkannte, verwandelte sich seine Verwirrung in ein freudiges Strahlen. Damit hätte ich nun nicht gerechnet.

Er stand auf und kam auf uns zu. »Was für eine Überraschung! Ich gebe zu, mit dir hätte ich als Letztes hier gerechnet. Und du hast Freunde mitgebracht?«

Ich versuchte krampfhaft, meinen Blick auf Miros Gesicht geheftet zu lassen, was nur dazu führte, dass ich immer wieder über seine Schulter sah, wo sich seine Gespielen überhaupt nicht von unserer Anwesenheit stören ließen. »Äh, ja. Aber könnten wir woanders hingehen? Wo es … ruhiger ist und wo du eine Hose finden kannst?«

Miro trat ein wenig näher, was zumindest das Problem löste, dass ich ihm nicht dauernd auf den Schritt glotzen wollte, dafür nahm mich wieder der erdige Duft nach Moos ein und sein Gesicht erfüllte meine Welt.

»Für so verklemmt hätte ich dich gar nicht gehalten, Füchsin«, sagte er so leise, dass nur ich ihn hören konnte, und ich wandte verlegen den Blick ab, was ihn aber genau an die Stelle führte, die ich bisher so sorgsam gemieden hatte. Hastig sah ich Miro wieder in die Augen.

»Ich bin nicht verklemmt, ich stolpere nur ungern in Orgien«, zischte ich leise, damit Moran nichts mitbekam.

Miro hob die Hand und berührte meinen Kiefer. »Schade, denn … au!«

Der Aufschrei brach den Bann und sowohl er als auch ich sahen nach unten. Chu hatte herzhaft in Miros Wade gezwickt und der Fae fluchte in einer Sprache, die ich nicht kannte. Ich meinte, auf Chus Gesicht ein Grinsen zu sehen, aber vielleicht zog er auch nur die Lefzen hoch.

»Guter Hund«, grinste ich und streichelte seinen Kopf, während Miro sich entfernte, um seine Hose von einem der vielen Sofas zu klauben und sie sich anzuziehen.

»Kommt mit«, brummte er wesentlich weniger gut gelaunt.

Unsere kleine Gruppe folgte ihm in ein weiteres Wohnzimmer, dessen Flügeltüren er mit großer Geste aufstieß. Im Gegensatz zu dem anderen Zimmer, das – bis auf die Orgie und ihr Bettchen – ein wenig altmodisch, aber klassisch eingerichtet war, hatte dieser Raum etwas von einem futuristischen Luxushaus irgendwo auf dem Mars. Eine riesige Fensterfront gewährte Ausblick auf den Potsdamer Platz, auf dem sich Hunderte von Menschen, dick eingemummelt in Winterjacken, tummelten. Einige standen an den Überresten der Mauer, doch die meisten drängten sich auf dem »Wintermarkt«, der nur so hieß, damit man ihn bis Januar offen lassen konnte und nicht nach Weihnachten wieder abbauen musste.

Miro ließ sich auf eine Couch sinken, die aussah, als hätte jemand eine Wasserblase in der Luft gefrieren lassen, und bedeutete uns, uns ebenfalls zu setzen. Ich nahm ihm gegenüber Platz, Chu hopste auf meinen Schoß, Elsa nahm Moran auf ihren Schoß und setzte sich auf einen Sessel zwischen uns. Die Kleine war erstaunlich ruhig und starrte Miro nur mit großen Augen an.

»Was willst du?«, brach der Sidhe das Schweigen. »Wie du siehst, bin ich gerade beschäftigt und ich habe unsere letzte Begegnung noch nicht vergessen.«

Manchmal erinnerten Sidhe mich wirklich an Katzen – so launenhaft wie das Wetter. Ich rieb mir über die Nasenwurzel. »Wie viel hat dir dein Spionagenetz schon gesteckt?«, fragte ich, um die Sache abzukürzen und nicht alles doppelt erzählen zu müssen.

Zu meiner Überraschung verzichtete auch Miro dieses Mal auf Spielchen und kam gleich zum Punkt: »Du hast das *Leylines* abgefackelt und dich mit dem König der Jagd angelegt, der gerade alles in Bewegung setzt, um dich und die Kleine dort in die Hände zu bekommen.«

Mir wurde kalt. »Ja«, sagte ich und zuckte ein wenig mit den Schultern. »So in etwa.«

»Und du dachtest, es wäre eine gute Idee, ausgerechnet zu mir zu kommen?« Er hob eine seiner wie gemalt wirkenden Augenbrauen und musterte mich eingehend. Der Duft nach Moos und Wald wurde intensiver.

»Ja«, gab ich schon wesentlich kleinlauter zu. »Das heißt, ich will meinen Gefallen bei dir einfordern.«

In seinen Augen blitzte etwas auf. »Was genau willst du? Dass ich mich gegen meinen Herrn und Meister stelle und dich im Kampf gegen Oberon unterstütze, auch auf die Gefahr hin, dass es mich mein eigenes Leben kostet?«

»Nein, natürlich nicht, aber …«

»Schade, denn ich hätte Ja gesagt.«

Mir blieb der Mund offen stehen. Dieser verdammte …

Ich biss mir auf die Zunge und rieb mir über das Gesicht. Verflixte Sidhe, wenn man nicht genau aufpasste, drehten sie einem das Wort im Mund herum, nur weil es ihnen Spaß machte. Aber es stimmte, ich würde von Miro niemals verlangen, dass er sein Leben wegen eines Gefallens für mich aufs Spiel setzte, mochte er auch noch so ein aalglatter Kotzbrocken sein.

»Miro, Lord der Sidhe«, sagte ich, richtete mich so gut es ging auf und sah ihm fest in die Augen. »Dein Wort wurde gegeben und dein Wort fordere ich ein. Du wirst meinen Begleitern Schutz vor jeder Gefahr gewähren, die ihnen droht, sei es aus dieser Welt oder der Welt des Zwielichts. Du wirst sie nicht zu deinem eigenen Vorteil verraten. Du wirst ihnen Essen, Trinken und einen Schlafplatz gewähren, ohne eine Bedingung daran zu knüpfen. Ihnen wird unter deinem Schutz kein Schaden an Körper oder Seele zuteilwerden.«

Er sah mich neugierig an. »Sonst noch etwas?«

Ich überlegte und sah zu Elsa. »Pass einfach auf, dass die Kleine keine Ferkeleien mitbekommt«, setzte ich ganz unprosaisch hinterher.

Miro stand auf. »Mein Wort wurde gegeben und mein Wort werde ich halten«, intonierte er die Formel wesentlich beeindruckender als ich. »Deine Forderungen werden erfüllt werden. Deine Freunde sind hier in Sicherheit.«

Ich nickte matt und spürte, wie mich eine bleierne Müdigkeit mit sich zog, tief hinab in die Dunkelheit des Schlafes.

Kapitel 22

Als ich erwachte, stand die Sonne bereits tief am Himmel, was im Winter aber nichts heißen musste. Ich brauchte einen Moment, um mich zu orientieren. Das Letzte, woran ich mich erinnerte, war das Gespräch mit Miro und dann war ich auf der Couch eingeschlafen …

Das hier war keine Couch. Das war ein Bett. Beziehungsweise das, was ein Bett mal werden wollte, wenn es groß war. Von solchen Betten träumten Betten, wenn sie denn träumen konnten. Es war riesig und die Laken unter mir fühlten sich glatt und kühl an. Die Decke, die mir bis zum Bauchnabel reichte, war weich und warm, dabei aber so leicht wie eine Wolke. Ich blinzelte und blickte an mir herab. Ich war nackt. Und sauber.

Vor allem nackt.

Jemand hatte mir im Schlaf die verdreckten und klammen Sachen ausgezogen, hatte meine Kratzer, Prellungen und Schnitte behandelt und mich gewaschen. Sogar meine Haare waren frisch gewaschen. Sie fielen mir in leichten Locken bis ans Kinn, was sie früher nie getan hatten, und dufteten nach einer exotischen Blume, die ich mir nicht einmal vorstellen konnte. Alles war so angenehm, weich, einladend und bequem und es kostete mich wirklich körperliche und geistige Überwindung, diesen Zustand zu zerstören, indem ich den Kopf zur Seite drehte. Da lag ein Mann.

Ohne ihn weiter in Augenschein zu nehmen, drehte ich den Kopf zur anderen Seite und da … lag eine Frau.

Ich starrte sofort an die Decke und versuchte durchzuatmen und mich an *irgendetwas* zu erinnern, was nach dem Gespräch auf dem

Sofa passiert war, aber da war nur Dunkelheit und das Gefühl tiefer Erschöpfung.

Der Sidhe hatte mir ein Versprechen gegeben und seinen Gefallen dafür eingelöst. Mein Herzschlag beruhigte sich allmählich wieder. Er würde sein Versprechen nicht brechen. Also war ich in Sicherheit und das hier war nur ein …

Ich hatte das Gefühl, jemand hätte einen Kübel eiskaltes Wasser über mir ausgekippt. Mir waren Miros letzte Worte vor meinem Dauerschlaf wieder eingefallen. *Deine Forderungen werden erfüllt werden. Deine Freunde sind hier in Sicherheit.*

Ich dumme Nuss hatte vergessen, den Schutz auch für mich einzufordern! Sofort saß ich aufrecht, was unzufriedenes Murren links und rechts von mir auslöste. Zumindest hielt mich das davon ab, einfach nackt aus dem Bett zu springen, denn der schnellste Weg hätte an meinen beiden Bettgefährten vorbeigeführt und die wollte ich so wenig berühren wie nur irgend möglich. Mag sein, dass ich ein gebranntes Kind bin, aber nach meinem Erlebnis auf der Love-Parade werde ich so schnell keinen nackten Fremden mehr anfassen. Noch mehr gestohlene Lebensjahre würde ich nicht verkraften.

Leider hatte ich meine Bettgefährten durch mein hektisches Aufsetzen doch aufgeweckt, denn es kam Bewegung in die beiden, was mich dazu brachte, mir die Daunendecke an den Körper zu reißen und mich notdürftig damit zu bedecken. Die Frau setzte sich als Erste auf, blinzelte und richtete den Blick ihrer tiefblauen Augen dann auf mich. Ein Lächeln umspielte ihren Mundwinkel und sie beugte sich zu mir, wobei das blonde Haar über ihre Schultern fiel und aufreizend die Form ihrer nackten weichen Brüste nachzeichnete, bevor die Haarspitzen auf dem Laken landeten. »Du bist aufgewacht«, schnurrte sie und strich mir mit dem Rücken ihres Zeigefingers über die Wange. Sie begann zu kribbeln. »Das ist gut. Vielleicht können wir dann eine kleine Kostprobe von gestern Nacht bekommen, bevor du gehen musst.« Ich blinzelte und spürte, wie mein Körper begann, sich zu entspannen. Die Wärme des Bettes lullte mich ein, ebenso wie ihre Stimme, und ich merkte, wie ich automatisch ein wenig weiter vorrückte. Ihr Atem roch nach Honig und Sahne und anderen köstlichen Dingen. Ich hob die Hand und …

»Hey!«

Die Sidhe und ich fuhren erschrocken auseinander und blickten zu dem Mann hinter mir, der sich jetzt ebenfalls aufgesetzt hatte und uns verschlafen, aber dadurch nicht weniger wütend ansah. Die Sidhe fauchte tatsächlich und für einen Augenblick zogen sich ihre Pupillen zu Schlitzen zusammen, dann wich sie ruckartig zurück und glitt vom Bett.

»Es war nur ein Scherz«, sagte sie zu niemand Bestimmtem und raffte ein Seidenkleid vom Boden. »Ich wollte die Füchsin nur ein wenig aufziehen. Dummer Köter.«

»Verschwinde lieber, bevor ich mich vergesse«, knurrte der Mann und ich erkannte ihn endlich als Cúchulainn, der … kein Hund mehr war?

Die Sidhe nahm sich nicht einmal mehr die Zeit, ihr Kleid überzustreifen, sondern stolzierte einfach hocherhobenen Hauptes aus der Tür und knallte sie hinter sich zu.

Cúch stöhnte genervt und sank zurück aufs Bett. »Bei allen Sternen, nicht einmal schlafen kann man hier.«

Ich rührte mich nicht und traute mich nicht einmal zu atmen. Vielleicht schlief er ja wieder ein, dann konnte ich mich still und leise aus dem Staub …

»Ich bin wach.«

Offensichtlich konnte er Gedanken lesen. Und das schon vor dem ersten Kaffee.

»Oh.«

Ich wagte es doch, den Kopf zu drehen und ihn anzusehen. Sein Haar war offen und zerzaust, auf seinem Gesicht zeichneten sich blonde Stoppeln ab und soweit ich das beurteilen konnte – und das war etwa bis zu seinem Bauchnabel –, war er ebenfalls nackt. »Du bist wieder ein Mensch«, bemerkte ich dämlicherweise.

»Muss an heute Nacht liegen«, sagte er und rieb sich gedankenverloren übers Kinn. »Oberon braucht dann sein ganzes Gefolge in Topform. Als ich heute früh ins Bett gekrochen bin, war ich allerdings noch ein Hund.«

Mir fiel ein Stein vom Herzen. »Also hatten wir keinen Sex.«

Er hob eine Augenbraue. »Wäre das so schrecklich gewesen?«, fragte er mich mit einer Mischung aus Belustigung und Wehmut.

Bevor ich etwas dazu sagen konnte, deutete er mit seinem Kinn auf die Kuhle neben mir. »Ich denke auch nicht, dass du etwas mit der Katze hattest. Die wollte dich wohl wirklich nur aufziehen.«

Er stand auf und mit einem Mal fühlte sich das Bett sehr viel kälter an als zuvor. Er trug die Lederhose, in der ich ihn das erste Mal gesehen hatte, aber die Reste der Tätowierung waren schwächer geworden. Cúch blickte mich nicht an, sondern sah sich im Raum um, bis er das rosafarbene T-Shirt und seine Lederjacke über der Lehne eines Sessels entdeckte und darauf zuging. Irgendjemand hatte also auch ihn ausgezogen, nachdem er sich verwandelt hatte, hatte ihn gewaschen und versorgt. Wieder dieses Brennen in meiner Magengegend.

Cúchulainn blieb mit dem Gesicht von mir abgewandt, während er sich stumm anzog. Kein Geplänkel, kein blöder Spruch. Nur das Gleiten von Stoff auf Haut. Gerade als er sich zur Tür wenden wollte, hob ich die Hand.

»Cúch, warte.«

Er zögerte, drehte sich schließlich doch zu mir um. »Was gibt es?«

Ja, was?

»Ich will dir das Schwert zurückgeben.«

Sein Blick wanderte zu meinem Arm. Lange betrachtete er die Zeichen darauf und schüttelte dann den Kopf. »Nein. Ich habe es dir geschenkt.«

»Ich will es aber nicht. Du hast gesehen … du weißt …« Warum fiel es mir so schwer, es auszusprechen? Ich hatte damit einen Freund getötet. Dieses Ding musste raus aus mir.

»Das warst nicht du und auch nicht das Schwert, das war Oberon. Ich habe es dir gegeben, um dir zu beweisen, dass du mir vertrauen kannst, und damit du etwas hast, was dich beschützt, wenn ich es nicht kann.«

Irgendetwas stand zwischen uns, auch wenn ich mich bisher nicht einmal getraut hatte, an ein ›uns‹ zu denken, und ich wusste einfach nicht, was es sein sollte. Kurz entschlossen raffte ich die Decke um mich, sprang vom Bett und ging auf ihn zu. Ich hatte vergessen, wie groß er war und wie einschüchternd. »Habe ich irgendetwas gesagt oder getan, um dich zu verärgern?«, fragte ich ihn direkt.

Seine Mundwinkel zuckten, aber ich ahnte, dass das nichts mit einem Lächeln zu tun hatte. Ich glaubte sogar, ein leises Knurren zu hören, doch das konnte auch reine Einbildung sein. »Du solltest dich ausruhen«, sagte er heiser und wich meinem Blick aus.

»Einen Scheiß sollte ich«, erwiderte ich heftig. Seine Ablehnung verletzte mich. »Und du solltest nicht versuchen, mir zu sagen, was ich tun soll, nur weil du nicht reden willst. Was ist los?!«

Cúch sah mir direkt in die Augen und in seinen loderte ein Feuer, das mich instinktiv einen Schritt zurückweichen ließ. »Wie kann eine so kluge Frau so dumm sein?!«, brach es aus ihm heraus. »Du hast dich entschlossen, ganz allein gegen Oberon zu kämpfen. Du hast Elsa und mir gesagt, dass du nicht darüber diskutieren willst, ob dir jemand helfen soll oder nicht. Du hast sie einfach von dir gestoßen, weil du die Heldin spielen musst. Du sagst mir damit, dass ich unnütz bin, dass all meine Hilfe unnötig ist, all meine Sorgen um dich unbegründet sind, weil es egal ist, was ich fühle. Wenn du gehst und dich Oberon stellst, wird er dich nicht einfach nur töten. Dieser Sidhe hat das Wort Folter erfunden, er weiß von Methoden, mit denen er deinen Körper und deine Seele für Jahrtausende quälen kann, ohne dass du stirbst. Und du willst dich ihm freudig entgegenstellen und einfach alles hinter dir lassen. Elsa. Moran.« Er war immer leiser geworden und auch wenn er das letzte Wort nur flüsterte, klang es in meinen Ohren wie ein Peitschenhieb: »Mich.«

Cúchulainn richtete sich zu seiner vollen Größe auf und sah auf mich herab. Seine Augen waren wie Eis. Mir blieb der Mund offen stehen angesichts all dessen, was er mir gerade an den Kopf geworfen hatte. Ich konnte nichts sagen, nicht einmal, als er sich wieder umdrehte, die Tür hinter sich schloss und mich in dem riesigen Zimmer allein ließ.

Kapitel 23

Jemand hatte mir Kleidung rausgelegt: eine Jeans, einen Hoodie, neu aussehende Unterwäsche, Socken und ein frisches und vor allem trockenes Paar Turnschuhe. Ohne Eile zog ich mich an, auch wenn das Licht im Zimmer immer weiter schwand und ich mir die Schuhe im Halbdunkel zuband. Mir lief die Zeit davon, Oberon konnte jeden Augenblick hier aufkreuzen, aber mein Körper bewegte sich, als würde er durch Honig waten.

Meine Gedanken rasten dafür umso schneller. Cúchs seltsame Reaktion ging mir nicht mehr aus dem Kopf und seine Worte hatten mich tief getroffen. *Er* war wütend auf *mich*, nur weil ich ihn beschützen wollte?! Wir kannten uns vielleicht noch nicht so lange wie Elsa und ich, doch Cúch hatte mehr als einmal bewiesen, dass ich ihm vertrauen konnte. Wir hatten zusammen gekämpft, er hatte mich getröstet, mich mehr als einmal gerettet und sogar gemeinsam mit mir das *Leylines* angezündet. Er war mir mehr ans Herz gewachsen, als ich es jemals vermutet hätte, und das obwohl oder trotz der Tatsache, dass er ein Fae war.

Ich wollte ihn doch nur in Sicherheit wissen. Letzte Nacht hatte ich zwei Freunde verloren: Kian und Pixi. Beide waren wegen mir gestorben, einer von ihnen sogar direkt durch meine Hand. Egal was Cúch sagte, es war meine Hand gewesen, die das Schwert geführt und Kians Leben beendet hatte. Diese Schuld konnte ich nicht abschütteln, ebenso wenig wie die Verantwortung an Pixis Tod. Wäre ich nicht so dumm gewesen, das Portal im *Leylines* zu übersehen, hätte sie sich nicht opfern müssen.

Ich vergrub das Gesicht in den Händen. Elsa, Moran und auch Cúchulainn waren alles, was mir geblieben war, und ich würde mir eher selbst die Pulsadern aufschneiden, als sie der Gefahr durch Oberon auszusetzen. Ich würde mich ihm stellen und die Sache ein für alle Mal beenden. Auch wenn ich absolut keine Ahnung hatte, wie.

Mein Plan bestand im Augenblick daraus, dem Fae-König mit gezückter Klinge entgegenzutreten und sie ihm in den Bauch zu rammen. Was ich eigentlich schon im Reich des Zwielichts hätte versuchen sollen. Dabei wäre ich genau so wahrscheinlich draufgegangen und meine Chancen hätten ebenso schlecht gestanden.

Mit einem Stöhnen und noch immer auf das Gesicht gepressten Händen ließ ich mich rücklings auf das breite Bett fallen.

… Weil es egal ist, was ich fühle.

Cúchs Worte hallten in meinen Ohren wider und ich ließ die Hände sinken. Was er fühlte? Was fühlte er denn? Was hatte ich …

Ein Knistern ertönte im Zimmer und die Temperatur sank dramatisch ab. Ich begann schlagartig zu frösteln und rieb mir über die Oberarme. War die Heizung ausgefallen? Ich stand auf und lief zum Fenster, um nachzusehen, doch als ich die Hand an das Metall legte, verbrannte ich mir fast die Finger. Mit einem Zischen zog ich sie zurück und steckte mir die Fingerkuppen in den Mund. Nein, die Heizung lief einwandfrei. Aber direkt vor meiner Nase begann die riesige Fensterfront des Zimmers zuzufrieren. Winzige Eisblumen bildeten sich am Fensterrahmen und begannen, nach und nach das gesamte Glas einzunehmen.

Die kleinen Eiskristalle hätten eine zarte Schönheit gehabt, wenn sie sich nicht so schnell ausgebreitet und mir Stück für Stück die Sicht nach draußen genommen hätten. Kurz bevor das gesamte Fenster von ihnen umhüllt war, sah ich eine winzige Gestalt vor dem Hotel stehen. Das reichte, um zu wissen, wer für dieses Naturphänomen verantwortlich war. Oberon.

Er sah, soweit ich das beurteilen konnte, vollkommen ungerührt zu mir hoch und schien sogar noch zu lächeln. Ich wich vom Fenster zurück, aus Angst, dass sich die Eiskristalle gleich ablösen und in eisige Zwillinge der Schattenhunde verwandeln würden, aber stattdessen begannen sich einige der Eisblumen zu verschieben. Zwischen dem ganzen Eis begannen sich Lücken zu bilden, die sich bald zu Buchstaben formten.

Ich warte vor dem Hotel auf dich. Ich will dir einen Handel vorschlagen. Du hast mein Wort, dass dir nichts geschehen wird, solange wir reden.

Offensichtlich konnte Oberon nicht ohne Weiteres in die Suite spazieren oder er wollte einen Aufruhr vermeiden. Ein kluger Mensch hätte das natürlich gleich begriffen, hätte auf diese Einladung verzichtet, bei der wahrscheinlich sowieso jedes Wort erstunken und erlogen war, und wäre in der warmen Suite geblieben.

Tja …

Es war nicht schwer, sich aus der Suite zu schleichen. Das Schlafzimmer, in dem ich den Tag verbracht hatte, lag ein wenig abseits und wie es aussah, befanden sich gerade alle im großen Wohnzimmer, in dem glücklicherweise keine Orgie stattfand. Stattdessen hatte jemand ein großes Büfett aufgebaut, und die Fae hatten sich rund um Moran drapiert und betüddelten sie wie einen Welpen, während sie auf dem riesigen Sofa saß und fröhlich quietschend einen Zeichentrickfilm im Fernsehen anschaute.

Die junge Frau mit weißen Haaren auf der Mattscheibe schmetterte lauthals: »Ich lass los, lass jetzt los«. Fast hätte ich mir mit der flachen Hand gegen die Stirn geschlagen. DAS hatte Elsa also gemeint. Jetzt verstand ich den Witz endlich.

Aber dafür blieb keine Zeit. Ich machte, dass ich zum Aufzug kam, und drückte mich dann am Empfang vorbei. Die hübsche Fae saß wieder am Tresen, bemerkte mich entweder nicht oder tat zumindest so.

Vor dem Hotel wehte ein kalter Wind, der kaum durch den Wintermarkt oder die Menschen auf dem Platz gebrochen wurde. Ich zog mir die Kapuze des Hoodies über den Kopf, steckte die Hände in die Kängurutasche und stapfte stur vorwärts. Mein gesamter Körper war angespannt, was nur zum Teil an der Kälte lag. Ich ging davon aus, dass Oberon irgendeine Finte in seine Einladung eingebaut hatte, kam aber nicht dahinter wie, darum war ich darauf gefasst, jede Sekunde angegriffen zu werden. Meine rechte Hand kribbelte und ich konnte förmlich spüren, wie sich bereits die ersten Umrisse des Schwertes materialisierten. Aber ich drängte diesen Impuls zurück.

Oberon stand hinter dem koreanischen Pavillon, abseits der Menschenmassen und gut geschützt von der Abzäunung des Wintermarktes. Im Sommer war die Wiese hinter dem Pavillon immer von Menschen bevölkert, die auf dem Gras lagen, lasen, miteinander redeten oder einfach nur die Sonne genossen. Jetzt, im Winter, war die Wiese vollkommen leer.

Das Schwert materialisierte sich in meiner Hand. Das war meine Chance. Ich holte aus, doch Oberon wich einfach aus, murmelte ein Wort und blieb dann stocksteif stehen. Ich biss die Zähne zusammen, drehte mich halb zur Seite, riss das Schwert mit mir und ließ es auf Oberons Flanke zuschießen. Noch bevor ich auch nur in die Nähe des Sidhe gekommen war, traf das Schwert so fest auf eine unsichtbare Barriere, dass ich vor Schmerz aufheulte.

»Nette Begrüßung«, sagte er kaltschnäuzig, was ich nur mit einem Schnauben quittierte. Zu meiner Überraschung holte der Jäger nicht zum Gegenschlag aus, sondern musterte mich nur abschätzig. Wie es aussah, hatte er zumindest in diesem Punkt nicht gelogen.

»Gehen wir ein Stück.« Er trug eine dicke schwarze Jacke, das Haar zu einem lockeren Knoten gebunden, der gleichzeitig auch seine spitzen Ohren verbarg, aber er wirkte ohnehin nicht so, als würde die Kälte ihn stören.

Ich dagegen fror mir gefühlt den Hintern ab, obwohl ich mir eine der Jacken aus der Suite geschnappt und übergestreift hatte. Ich ließ das Schwert mit einem einzigen Gedanken verschwinden und steckte die Hände wieder in die Taschen meines Hoodies.

»Du willst also wirklich nur reden?«, versicherte ich mich noch einmal misstrauisch und er nickte lächelnd. Ich sah ihn aus den Augenwinkeln an, während wir begannen, uns in Bewegung zu setzen. Sein Profil hätte als Marmorstatue locker in jedem Museum hängen können, aber was mich früher so sehr fasziniert hatte, widerte mich jetzt bloß an.

»Dir gefällt wohl immer noch, was du siehst«, sagte er leise und drehte den Kopf zur Seite, um mich ansehen zu können.

Ich erwiderte den Blickkontakt, sah nicht weg und schüttelte den Kopf. »Nein. Jetzt noch weniger als damals.«

»Das hat dich nicht davon abgehalten, mit mir in das nächstbeste Bett zu steigen und mich die ganze Nacht nicht mehr gehen zu lassen. Was war es noch, was dir besonders gefallen hat? Ach ja, wenn ich dir …«

»Du wolltest mir einen Handel vorschlagen«, unterbrach ich ihn kalt und zu meiner eigenen Überraschung geschah das nicht aus Scham. Ich hatte die Schnauze voll davon, mich von ihm wie eine Puppe oder ein Spielzeug behandeln zu lassen. Bisher hatte er mich nur aus der Ferne manipuliert, jetzt tat er es direkt vor meiner Nase. Meinetwegen. Es gab gewisse Dinge, die ich nicht beeinflussen konnte. Aber dann musste ich mir dabei wenigstens nicht diesen Bully-Schwachsinn anhören.

»Nicht in Flirtlaune, wie ich sehe.« Oberon lachte und schenkte sein Lächeln zwei jungen Frauen, die erröteten und einen Moment zu lang stehen blieben. Ich würdigte das nicht einmal mit einer Antwort. Stumm liefen wir weiter und für einen kurzen Augenblick glaubte ich etwas aus den Augenwinkeln zu sehen, doch als ich mich umblickte, waren da nur ein paar Besucher des Wintermarktes, die zu tief in den Glühwein geschaut hatten und jetzt lauthals johlend an uns vorbeizogen.

»Du kannst gegen mich nicht gewinnen«, sagte Oberon. »Oder dachtest du wirklich, du könntest einfach hier herauskommen und mir mit deinem kleinen Zahnstocher schaden?«

Dieses Mal schwieg ich aus Scham.

Oberon bemerkte es mit Sicherheit, fuhr aber ungerührt fort: »Lass uns diese Sache abkürzen. Niemand muss mehr sterben, niemand wird mehr verletzt.«

»Was willst du?«

»Das, was ich die ganze Zeit schon wollte. Das, was mir gehört.«

»Moran«, sagte ich leise. »Und was, wenn ich sie dir nicht gebe?«

Oberon schnaubte. »Dann warte ich bis Mitternacht und werde dich und jeden, der es auch nur gewagt haben sollte, mit dir zu sprechen, jagen, bis ihr mir gehört und ich mit euren Körpern und Seelen machen kann, was immer ich will.«

»Was hält dich davon ab, es jetzt schon zu tun? Du brauchst mich nicht. Du brauchst auch Moran nicht, oder? Warum also der ganze Aufwand?«

Den ersten Teil meiner Frage ignorierte er, denn eigentlich wusste ich die Antwort ebenso wie er: Die Wilde Jagd würde in dieser stärksten aller Raunächte auf die Erde losgelassen und Oberon würde all die Macht besitzen, die er früher innehatte, als ihm und Titania die Welt der Menschen noch gehörte. »Ich hasse es, wenn mir jemand etwas wegnimmt«, gab er freimütig zu. »Niemand bestiehlt mich und erlebt den nächsten Sonnenaufgang, wenn ich ihn gefunden habe.«

»Kunststück, in eurem Reich gibt es ja auch keine Sonnenaufgänge«, murmelte ich und zu meiner Überraschung rastete Oberon nicht aus, sondern warf den Kopf in den Nacken und lachte herzhaft.

»Oh Vivienne«, sagte er lächelnd, nachdem er sich wieder beruhigt hatte. »Jetzt weiß ich wieder, warum du mich damals angezogen hast.« Er hatte sich zur mir heruntergebeugt, sein Finger strich über mein Kinn und ich sah direkt in seine Augen.

Anders als bei Miro sah ich dort keine Sterne, keine Unendlichkeit. Oberons hübsches Gesicht, seine ganze Schönheit verblasste, als ich in die beiden schwarzen Löcher starrte, die seine Pupillen darstellten. Darin sah ich nur Kälte und jahrtausendelang sorgsam gepflegten Wahnsinn. Dieser Sidhe hatte schon lange den Verstand verloren und auch wenn ich es geahnt hatte, war es erschreckend, ihn nun leibhaftig vor mir zu sehen. Ich konnte ihn fast schon riechen – ein fauliger, bitterer Geruch, verdeckt von Kälte, dem Geruch von Fell und Blut.

Hastig riss ich den Kopf zur Seite, um frische Luft schnappen zu können. Oberon blieb aber nicht auf Distanz. »Bring mir mein Eigentum, Vivienne. Dann werde ich sogar dem kleinen Flohfänger verzeihen. Du und deine Verbündeten werdet nichts mehr vor mir zu befürchten haben, wenn du mir das Mädchen zurückbringst. Du hast Zeit bis eine Stunde vor Mitternacht. Ich erwarte dich am Teufelsberg. Mit Moran.«

Ruckartig wich er wieder zurück und sein Lächeln wurde noch breiter. »Oh, und als Zeichen meines guten Willens schenke ich dir sogar etwas. Ohne jede Verpflichtung.«

Er öffnete die Hand und ein kleiner Glitzerschauer schwebte daraus empor. Verwirrt wich ich zurück, blinzelte und Oberon war verschwunden. Dafür tanzte dicht vor meiner Nase … Pixi?

Ich stieß einen Freudenschrei aus, streckte beide Hände nach der kleinen Fee aus und sie schwebte direkt hinein, kuschelte sich mit einem seligen Lächeln an meine Handballen und lachte. Ich fiel mit ein, bis ich sah, wie sie zugerichtet war. Jeder Millimeter entblößter Haut war blutig, brandig oder mit Schnitten bedeckt. Die Flügel geknickt und eines ihrer kleinen Augen war zugeschwollen. Aber zumindest schien dieses Mal nichts gebrochen zu sein.

Behutsam steckte ich sie in meine Hoodietasche und drehte mich um. Als ich auf das Hotel zusteuerte, sah ich wieder etwas aus den Augenwinkeln. Dieses Mal war ich schnell genug und erkannte, was sich da zwischen den Häusern herumdrückte: die Schattenhunde. Oberon, dieser verdammte Mistkerl hatte gelogen! Er hatte mir versprochen, dass mir nichts geschah … *solange wir reden!*

Dieser miese Bastard.

»Du arroganter, mieser Dreckskerl«, schimpfte ich lauthals und sah, wie die Schattenhunde wieder zurückwichen. »Du Fae-Abschaum, du mieser Sidhe-Dreck …«

Und so lief ich, unter den mitleidigen und belustigten Blicken der Besucher auf dem Potsdamer Platz, zurück ins sichere Hotel, während ich die ganze Zeit mir mit selbst redete, als hätte ich nicht mehr alle beisammen.

Kapitel 24

»Was bei allen Sternen hast du dir dabei gedacht?!« Cúch.

»Du bist doch wahnsinnig!« Elsa.

»Du hast Pixi zurückgebracht!« Moran.

Erschöpft ließ ich mich auf das Bett in »meinem« Schlafzimmer sinken und zog die Kleine an mich. Sie strahlte fröhlich, das Gesicht mal wieder – oder schon wieder? – mit Schokolade verschmiert, und klatschte, als ich meine Hände etwas öffnete, in denen ich die kleine Elfe nach oben getragen hatte. Cúchulainn und Elsa schienen zu spüren, dass ich im Augenblick nicht auf ihre Vorwürfe eingehen konnte, und schwiegen.

Pixi schien sich ebenso zu freuen, Moran zu sehen, sie flatterte so gut sie konnte in die Höhe, stupste Moran gegen die Nase und ließ sich dann wieder erschöpft sinken. Ich musste es dem kleinen Mädchen hoch anrechnen, dass es seine Finger bei sich behielt und die kleine Fee nicht einfach antatschte, als wäre sie ein Spielzeug.

»Pixi braucht Ruhe und ich glaube, sie könnte auch ein wenig Tee mit viel Honig vertragen.« Vorsichtig bettete ich das winzige Wesen auf ein weiches Couchkissen und reichte es Moran, die mich mit einer Mischung aus Unglauben und Freude anstrahlte. »Kriegst du das hin?«

»Tee mit ganz viel Honig?!«

Ich nickte feierlich. »Mit ganz viel Honig.«

Moran quietschte, nahm mir aber behutsam das Kissen ab und verschwand damit schnurstracks aus dem Zimmer. »Tanten, Onkel, ich brauche ganz viel Honig!«

Ich sah ihr lächelnd nach, doch das Grinsen blieb mir im Hals stecken, als ich in Elsas und Cúchs Gesichter sah. »Okay, bevor ich jetzt eine Standpauke bekomme, lasst mich nur eines sagen: ich würde es jederzeit wieder tun.«

Elsas Gesichtsfarbe wechselte von schneeweiß zu blutrot, aber Cúch legte ihr eine Hand auf die Schulter, wobei er mich ansah. »Das war dumm, Vivienne. Oberon hätte dich gleich dort töten können, oder Schlimmeres.«

»Und genau das ist nicht passiert«, sagte ich und unterdrückte ein Seufzen. »Es war ein Risiko, aber so haben wir zumindest eine Chance auf Frieden. Wenn ich nicht gegangen wäre, hätte er uns heute Abend so oder so getötet.«

»Du würdest Moran also einfach so opfern?«, fragte Elsa und ihre Stimme klang etwas zu schrill. Erschrocken schüttelte ich den Kopf.

»Nein, niemals! Aber ich bin mir ziemlich sicher, dass er gelogen hat. Wenn Oberon verzweifelt genug ist, mir so ein Angebot zu unterbreiten, geht es um mehr als nur gestohlenes Eigentum. Oberon stiehlt in jedem Jahr Hunderte von Kindern. Wenn ihm eines davon weggenommen wird, dürfte ihm das nicht wichtig genug sein, um sein geheimes Portal preiszugeben. Nein, er will Moran aus einem anderen Grund. Ich weiß nur nicht …«

»Da kann ich helfen.« Die Tür, die Moran bei ihrer enthusiastischen Suche nach Honig zugeworfen hatte, wurde aufgezogen und Miro erschien im Türrahmen. Er trug ein weißes Hemd mit einer Weste aus Wildseide und Satin darüber, deren Meerblau perfekt mit der Farbe seiner Augen harmonierte. Die schwarze Anzughose stellte lediglich einen passenden Hintergrund für dieses Ensemble dar. Das Haar trug er offen und ich hätte schwören können, dass es noch weicher aussah als die Seide. Er nickte Elsa und Cúch, der leise knurrte, zu, als wäre er einfach auf einen Höflichkeitsbesuch hereingeschneit, und ließ sich neben mir aufs Bett sinken.

»Aha?«, machte ich nur und verknotete die Beine im Schneidersitz. »Dann lass mal hören.«

Er rieb sich übers Kinn und sah dann zum Fenster. »Mir blieb das kleine Kunststück meines Herrn natürlich nicht verborgen, darum dachte ich, ich nutze deine Abwesenheit und höre mich ein wenig auf der anderen Seite um.«

»Du warst im Land des Zwielichts?«, hakte Cúchulainn nach.

»Nein, aber ich war bei ein paar sehr lieben Freunden, die mir noch etwas schuldeten«, erwiderte er und seine Mundwinkel wanderten in die Höhe. »Und tatsächlich wussten sie etwas, was ich mir schon dachte. Habt ihr euch jemals gefragt, warum viele der Sidhe Lebensjahre sammeln?«

Ich wurde sofort hellhörig und richtete mich auf. »So wie du?«, konnte ich mir nicht verkneifen, doch Miro ignorierte die Spitze.

»Wir nutzen sie nicht für uns selbst, sondern machen sie Oberon als Teil unseres Tributes an ihn zum Geschenk. Jeder Lord und jede Lady des Zwielichts muss ihm diesen Tribut entrichten. Ich dachte lange Zeit, es wäre eine Marotte von ihm, aber wie sich herausstellte, sind alle Höfe in den Anderen Landen ziemlich in Aufruhr. Sie bereiten ein Ritual vor.«

Elsa hatte offensichtlich völlig den Faden verloren, denn sie blickte verwirrt zwischen uns dreien hin und her, doch Cúch verschränkte die Arme vor der Brust und sah Miro mit leicht zusammengekniffenen Augen an. »Was für ein Ritual?«, fragte er düster.

»Man sagt, er habe die Lebensjahre in einen Körper gesperrt und will diesen zum Höhepunkt der Raunacht opfern, um zu noch mehr Macht zu gelangen.«

»Und dann wird er die Welt versklaven?«, schoß Elsa ins Blaue, aber ich bekam eine Gänsehaut.

»Nein, schlimmer noch«, sagte ich, weil mir gerade meine Begegnung mit Titania wieder eingefallen war. »Er will mächtiger werden als seine Frau. Und wenn das geschieht, werden nicht nur zwei Welten versklavt, sondern sie gehen beide unter.«

Miro und Cúch sahen mich beide an und ich konnte genau sehen, wann der Groschen auch bei ihnen gefallen war. Elsa wirkte allerdings immer noch ratlos.

»Oberon und Titania wurden zu ihrer Hochzeit von seiner Mutter Maeb mit einem Fluch belegt«, begann Cúchulainn zu erklären. »Sollte einer von beiden jemals mächtiger werden als der andere, wird das Eis wieder erwachen. Damit wollte sie das Gleichgewicht wahren und dafür sorgen, dass die beiden einträchtig herrschen.«

»Und was heißt das genau?«

»Vor Oberon und Titania herrschte Maeb und das zu einer Zeit, in der Menschen noch Felle trugen und sich vor der Nacht fürchteten. Wenn Oberon diesen Fluch bricht, indem er mächtiger als Titania wird, wird die Welt sozusagen wieder auf null gesetzt. Sowohl das Land des Zwielichts als auch das Menschenreich. Wir Menschen und die niederen Fae werden zu Sklaven der Sidhe, die wir dann als Götter anbeten werden und für die wir nicht mehr als Vieh sind«, erklärte ich und funkelte Miro danach an. »Was mich zu meiner nächsten Frage bringt: warum erzählst du uns das? Dir müsste das doch gefallen, wenn wir wieder zu hilflosen Insekten werden.«

Miro zuckte mit den Schultern. »Und damit auf das Internet, Jacuzzis und all die anderen Errungenschaften der Zivilisation verzichten? Auf keinen Fall. Ganz abgesehen davon macht es viel mehr Spaß, euch zu verführen, als euch zu versklaven.«

»Großartig, gesprochen wie ein echter Sidhe«, erwiderte ich düster und rieb mir übers Gesicht. »Ich muss gestehen, ich stehe auch ziemlich auf Zentralheizung und in Fellen sehe ich einfach unmöglich aus.« Ich sah auf. »Also, Vorschläge, wie wir diese Miniapokalypse verhindern?«

Kapitel 25

In der Ferne glaubte ich den Lärm der Stadt zu hören. Nicht nur das übliche Rauschen der Fahrzeuge und das fast kaum hörbare Summen der Stimmen, sondern in dieser besonderen Nacht auch Gesänge, Gelächter und die ersten Raketen von Idioten, die entweder die Uhr nicht lesen konnten oder insgesamt Ignoranten waren.

Trotz des Wollmantels, den mir jemand aus Miros Hofstaat besorgt hatte, fror ich, was aber nur zum Teil an der Kälte lag.

Cúch, Moran und ich hatten uns durch ein Loch im Zaun gezwängt und in das Dickicht gewagt, das die ehemalige Abhöranlage am Teufelsberg umwucherte. Oberon hatte sich für seinen Austausch einen ebenso abgelegenen wie dramatischen Ort ausgesucht. Vom Teufelsberg aus konnte man auf die Stadt hinabblicken und der Name allein sorgte schon dafür, dass man sich der Anlage mit einem unguten Gefühl näherte.

Morans kleine behandschuhte Finger lagen in meiner Hand und ich hoffte inbrünstig, dass unser Plan funktionieren würde, denn ich konnte auf keinen Fall zulassen, dass Oberon ihr etwas antat. Doch wenn wir ohne sie auftauchen würden, würde er gleich Lunte riechen und dann war unser ganzer schöner Plan im Eimer.

Cúchulainn hielt eine riesige Taschenlampe in der Hand, stapfte voran und leuchtete uns damit den Weg. Seit wir vom Hotel aufgebrochen waren, hatte er kein Wort mehr mit mir gewechselt und vermied es auch, mich anzusehen. Seine Distanz war schon körperlich spürbar, eine Mauer, aber ich wusste nicht, wie ich sie überwinden konnte. Er fehlte mir. Es fehlte mir, dumme Witze mit ihm zu reißen und mich mit ihm in einem gespielt ernsten Wortduell zu fetzen. Mann, ich hätte mich sogar freiwillig von ihm als dumm beschimpfen lassen, wenn das bedeutete, dass er wenigstens wieder mit mir sprach. Alles war besser als dieses kalte, abweisende Schweigen.

»Wir sind da.« Ich war so in Gedanken versunken gewesen, dass ich gar nicht bemerkt hatte, dass wir den Gipfel eines der Hügel bereits erreicht hatten. Wir standen auf einer Lichtung unter mehreren Bäumen – keine Eiche und Esche, soweit ich sehen konnte – und es war auch weit und breit kein Feenkreis zu sehen. Nur totes Laub auf dem Boden und kahle Äste, die sich dem kalten Nachthimmel entgegenstreckten, als wollten sie um Hilfe bitten oder als würden sie den bevorstehenden Kampf feiern. Ich wusste nicht, was davon ich weniger gruselig fand.

Ein Rascheln ließ mich aufblicken und in diesem Augenblick trat Oberon hinter einigen Felsen hervor. Flankiert wurde er von mehreren Schattenhunden, die die Zähne fletschten, aber vorerst noch auf Abstand blieben. Auf den ersten Blick konnte ich knapp zwei Dutzend Schattenhunde zählen und schluckte.

»Keine Sorge, ich habe sie unter Kontrolle«, beruhigte Cúchulainn mich und rückte automatisch näher an Moran und mich heran. Ich wollte ihm gern glauben, doch allein die Vorstellung, dass er und ich gemeinsam über zwanzig Schattenhunde besiegten, war sehr weit hergeholt. Ich machte einen Schritt vor, schob Moran sanft zwischen mich und Cúch und verschränkte die Arme vor der Brust, während Oberon weiterhin näher kam und etwa in der Mitte der Lichtung stehen blieb.

Zu seinem üblichen Outfit hatte er einen Umhang hinzugefügt und ein riesiger Bogen und ein reich verzierter Köcher aus Leder hingen über seiner Schulter. Ich war nicht ganz sicher, ob die Pfeile als Jagdutensilien für uns oder für spätere Opfer gedacht waren, aber ich wollte es auch gar nicht herausfinden.

»Wir sind hier, Herr der Jagd«, sagte ich laut und breitete die Arme in einer spöttischen Geste aus. »Wie du es verlangt hast.«

Oberon lächelte nur schmal, war sich sicher, dass er mich geschlagen hatte. »Noch habe ich das Kind nicht. Bring es mir.«

Einen Herzschlag lang geschah nichts. Dann … immer noch nichts. Oberon hob fragend eine Braue und ich sah über die Schulter zu Cúch. »Was ist?«

Der zuckte mit den Achseln, doch plötzlich begann er sich zu krümmen, fletschte die Zähne und stieß einen Schrei aus, der mir durch Mark und Bein ging. Ich riss den Kopf wieder herum und sah, dass Oberon eine kleine Flöte an die Lippen gesetzt hatte und darauf spielte. Ich konnte nichts hören, aber Cúch reagierte offensichtlich sehr deutlich darauf, denn er wand sich unter Schmerzen.

»Nein, nein, nein!« Fluchend drehte ich mich ganz zu ihm um, packte seine breiten Schultern und versuchte ihm ins Gesicht zu sehen. Er wand sich immer noch und kurz konnte ich einen Blick in seine Augen erhaschen, in denen sich ein rotes Leuchten abzuzeichnen begann. »Cúch, hörst du mich? Cúch!«

Oberon flötete erneut, aber das rote Leuchten wurde kurz schwächer und ich erkannte in den blauen Tiefen wieder Cúchulainn. »Viv«, brachte er zwischen zusammengepressten Zähnen hervor, »lauf. Nimm Moran und lauf. Ich wusste nicht …«

Eine weitere Schmerzwelle schüttelte ihn und sein Brüllen gellte mir dröhnend laut in den Ohren. Mir schossen die Tränen in die Augen, ich konnte ihn einfach nicht so leiden sehen. Schattenhunde hatten begonnen uns einzukreisen, aber noch blieben sie auf Abstand. Moran weinte ebenfalls und klammerte sich fest an mich.

Cúch hob den Kopf. »Ich will dir nicht wehtun. Wollte ich nie … Ich kann nicht mehr widerstehen. Lauf, Viv, bevor …« Wieder rissen seine Worte ab, dieses Mal aber nicht vor Schmerzen, sondern weil das rote Leuchten seine Augen nun komplett ausfüllte. Was auch immer er für einen Kampf mit Oberon ausgetragen hatte, er hatte verloren.

Seine Eckzähne wirkten auf einmal sehr viel schärfer und spitzer als zuvor und der Blick seiner leuchtend roten Augen traf mich mit einem solchen Hass, dass ich unwillkürlich zurücktaumelte. Das gehörte absolut nicht zum Plan. Er knurrte und versuchte mich zu packen, aber ich wich aus und starrte ihn an.

Ich hatte Cúch verloren und musste fliehen, sonst würde ich auch noch Moran verlieren. Ohne es bewusst zu tun, erschien das Schwert in meiner Faust.

»Halt dich gut an meiner Hand fest«, flüsterte ich Moran zu, die heftig nickte, dann drehte ich mich um, rammte dem Schattenhund, der hinter uns stand, das Schwert in den Leib und sprang mit Moran durch die entstandene Lücke. Hinter mir hörte ich Oberon lachen.

»Packt sie!«, rief er und seine Stimme triefte vor Jagdlust.

Ohne Cúchs Taschenlampe war ich auf den Schein des Schwertes und das wenige Licht, das von der Stadt herüberleuchtete, angewiesen, was dazu führte, dass ich immer wieder an Ästen hängen blieb oder über Wurzeln stolperte. Um es den Schattenhunden und Cúchulainn schwerer zu machen, uns zu finden – was mit einem leuchtenden Schwert gar nicht so einfach war –, hatte ich mich mit Moran direkt ins Unterholz geworfen, wobei die Kleine sehr viel geschickter auf den Füßen war als ich. Hinter uns ertönte das Heulen und Bellen der Hunde und einmal glaubte ich, Cúch brüllen zu hören, aber darüber wollte ich nicht nachdenken.

»Wo laufen wir denn hin?«, wollte Moran wissen, als ich mit ihr einen Haken schlug, um wenigstens einige der Verfolger abzuschütteln. Zwecklos, wie sich bald herausstellte, denn zwei Schattenhunde tauchten direkt hinter uns auf.

»Das weiß ich nicht«, erwiderte ich ehrlich und auch ein wenig kurzatmig. Ich wollte ihr keine Angst machen, doch meine eigene war so übermächtig, dass ich mir keine beruhigende Lüge ausdenken konnte.

Hastig warf ich einen Blick zurück und erschrak, als ich sah, wie nah die beiden Schattenhunde bereits gekommen waren, und da geschah es – im Lauf verhakte sich mein Fuß in einem Erdloch, brennender Schmerz schoss meinen Knöchel hinauf und auf einmal sah ich die Welt aus der Horizontalen. Ich versuchte mich zu drehen, um Moran auf mich zu ziehen, schaffte es nur halb, wickelte mich so gut es ging um das kleine schreiende Mädchen und betete, dass der Aufprall mir nicht den Schädel spalten würde.

Der Aufprall kam, allerdings wesentlich sanfter als gedacht. Ich öffnete die zusammengekniffenen Lider und wagte es zu blinzeln. Direkt vor mit befanden sich die beiden Schattenhunde und fauchten, trauten sich aber nicht näher. Als ich den Kopf drehte, erkannte ich auch, warum: Lydia hatte Moran und mich aufgefangen und sich drohend vor den Schattenhunden aufgebaut. Und sie war nicht allein – hinter ihr erhoben sich immer mehr Felsen aus dem Boden und entpuppten sich als Trolle, die mit Schwertern und Keulen bewaffnet näher kamen. Mit einem einzelnen Troll mochten Schattenhunde zwar klarkommen, doch mit einem ganzen Schlägertrupp sah es wohl anders aus, was auch die beiden Monster erkannten. Mit einem letzten Heulen drehten sie sich um und verschwanden für den Augenblick aus meinem Sichtfeld.

»Oh Mann, danke, Lydia, deine Hilfe kam wirklich in letzter Sekunde«, seufzte ich, als sie mich abgesetzt hatte. »Geht es dir gut?«, fragte ich Moran, die nickte und dabei kicherte.

»Wir sind geflogen! Das war toll«, quietschte sie und mir wurde es etwas leichter ums Herz.

»Zum Glück hat deine Freundin so gute Überredungskünste«, mischte Lydia sich ein und da sah ich Elsa, die vom Rücken eines Trolls sprang und zu uns herübergelaufen kam.

»Ich sagte doch, wir treten diesem Oberon in den Arsch«, rief sie strahlend und stemmte die Hände in die Hüften.

Ich musste lachen, ich glaube, ich habe sie zu keinem Zeitpunkt mehr geliebt als in diesem Augenblick.

»Sie hat uns von eurem Plan, Oberon unschädlich zu machen, erzählt und wir haben Boten an die anderen niederen Fae geschickt, damit sie sich uns im Kampf anschließen«, fuhr Lydia fort und blickte anerkennend zu Elsa, die gleich noch ein paar Zentimeter zu wachsen schien. Dann sah ich mich um.

»Apropos Arsch, wo hast du Miro gelassen? Er sollte dich doch begleiten?«

Elsa zuckte mit den Schultern. »Keine Ahnung, auf dem Weg hierher war er noch da.«

Ich runzelte die Stirn, sagte aber nichts weiter dazu. Uns lief die Zeit weg. »Noch ist Oberon hier. Gemeinsam mit den niederen Fae haben wir eine Chance, ihn und seine Schattenhunde endgültig fertigzumachen. Lasst sie uns nutzen.«

Elsa nahm Moran auf den Rücken, die das Ganze, nachdem Elsa und die Trolle aufgetaucht waren, wohl für ein lustiges Spiel hielt, denn sie lachte und gluckste den ganzen Weg zurück zum Hügel vor sich hin. Als wir uns der Lichtung näherten, war von dort Kampflärm zu hören. Lydia, Elsa und ich begannen schneller zu laufen und als wir die Lichtung erreichten, blieb mir der Mund offen stehen. Dort fand gerade ein Inferno statt. Schattenhunde schrien, bellten und heulten, während sie sich auf Gnome, Feen, Werwölfe und jede Menge anderer niedere Fae stürzten, die sich durch die Kaltblütigkeit nicht einschüchtern ließen und mit Zähnen, Klauen und Zaubern angriffen, wodurch die Luft in den verschiedensten Farben erstrahlte und ich mich ducken musste, um nicht von einem Feuerball erwischt zu werden.

»Wie vielen niederen Fae habt ihr denn Boten geschickt?«, hauchte ich sprachlos.

»Allen.«

»Allen?!«

Lydia schmunzelte. »Wir hatten ein wenig Hilfe von den Barden.«

Etwas abseits sah ich Oberon stehen, der das Getümmel mit versteinerter Miene beobachtete und neben ihm … mein Herz setzte einen Schlag aus. Cúch trug nur noch die Hose aus Leder; seine Augen funkelten rot und an seinen Händen klebte Blut. Wann immer einer der niederen Fae es wagte, sich dem Sidhe nähern zu wollen, wurde er ohne jedes Erbarmen von Cúchulainn zerfetzt. Er bewegte sich dabei so schnell, dass ich seinen Bewegungen kaum folgen konnte, ein geschmeidiges Raubtier und der perfekte Bodyguard. Niemand konnte sich Oberon nähern.

Ich senkte den Kopf und in diesem Augenblick brüllte Lydia »Angriff!«, woraufhin die Trolle auf die Lichtung stürmten und den bereits anwesenden niederen Fae halfen. Der Kampf wurde verbissener, durch die Trolle war eine neue Komponente hinzugekommen, mit der die Schattenhunde nicht gerechnet hatten: blinde, urwüchsige Gewalt. Sie wurden zurückgedrängt, näher zu Oberon hin, und wussten nicht, was sie tun sollten.

Ich ließ das Schwert wieder erscheinen und rannte los. Oberon war ganz auf das Schlachtgetümmel fixiert, brüllte den Schattenhunden zu, dass sie kämpfen sollten, und achtete nicht auf das, was sich neben dem Schlachtfeld abspielte. Ich duckte mich hinter einigen Bäumen, umrundete die Lichtung und brachte mich hinter Oberon in Stellung. Der brüllte gerade Cúch an, der sich daraufhin ins Getümmel stürzte. Eine bessere Chance würde ich nicht bekommen. So leise wie möglich stieß ich mich ab, sprang – und meine Klinge prallte an Oberons Schulter ab. Keuchend ging ich zu Boden und blickte ungläubig auf das Schwert in meinen Händen hinab. Hatte ich etwas übersehen? War sein Schutzzauber noch aktiv? Nein, in Oberons Umhang klaffte ein tiefer Schnitt, ich hatte ihn getroffen. Warum stand er dann noch?!

Oberon wirbelte zu mir herum, das Gesicht zu einer höhnischen, triumphalen Fratze verzogen. »Ah, ich dachte mir schon, dass du etwas Dummes versuchen würdest. Aber dich gleich selbst auszuliefern hat sogar für dich einen neuen Rekord aufgestellt.« Er machte einen Schritt zurück und blies wieder die Flöte. »Trotz allem will ich dir ein kleines Geschenk machen. Ich lasse dich von deinem Liebhaber töten, was hältst du davon? Ist das nicht romantisch?« Er lachte meckernd. »Wie es scheint, hast du wirklich kein gutes Händchen bei der Wahl deiner Männer.«

Ich wollte gerade etwas erwidern, da legte sich eine Hand um meine Kehle und drückte zu. Ich wurde in die Höhe gerissen, bis meine Füße den Kontakt zum Boden verloren. Cúchulainn sah mich wieder mit diesem eisigen Blick an, während er langsam zudrückte. »Cúch«, krächzte ich und konnte vor Tränen sein Gesicht kaum erkennen. »Bitte … bitte nicht. Nicht du.«

Er reagierte nicht, aber für einen winzigen Moment wurde der Griff um meine Kehle lockerer. Ich hielt die Hände um seinen Arm geklammert, versuchte, nicht an meinen Tränen zu ersticken, und gleichzeitig, mich zu befreien. Es gab Dinge, die ich noch gern gesagt hätte. Die ich gern getan hätte. Und jetzt sollte das alles ausgerechnet durch Cúch enden, den Mann, dem meine Worte gegolten hätten? Wenn es nicht er gewesen wäre, der mich gerade umbringen wollte, wäre es mit Sicherheit die Ironie gewesen.

Er drückte wieder fester zu, hielt erst inne, als eine Stimme ertönte: »Mein Herr.«

Ich versuchte, etwas zu sehen, konnte aber nur anhand der Stimme ahnen, wer da gesprochen hatte: Miro. Dieser Mistkerl.

Oberon trat in mein Blickfeld, Miro an seiner Seite. Der Sidhe lächelte mich kalt an und wandte sich dann wieder an Oberon. »Habe ich zu Eurer Zufriedenheit gehandelt?«

Cúch ließ mich los und ich fiel auf den harten Steinboden. Meine Kehle schmerzte, aber wenigstens bekam ich wieder Luft, die ich gierig einsog, was mich zum Husten brachte.

»Ich wusste, ich kann mich auf dich verlassen«, sagte Oberon und legte Miro die Hand auf die Schulter. »Bald haben wir auch das Mädchen und dann wird dieses … Geplänkel zu Ende sein.«

»Du mieser Scheißkerl«, krächzte ich und massierte mir den Hals. »Du hast uns hintergangen?«

Miro hob die Augenbraue. »Gerade bei dir hatte ich gedacht, dass du klüger bist. Du bist doch diejenige, die alle Fae hasst. Wie kamst du da auf die Idee, ausgerechnet mir zu vertrauen?«

Ich hockte auf dem Boden zwischen den drei Männern und hörte, wie der Kampflärm schwächer wurde. Aber nicht, weil die niederen Fae den Sieg errungen hätten – ihre Schreie mischten sich unter das Brüllen der Schattenhunde und mir wurde klar, dass auch sie nur diesem Spiel gefolgt waren, das Oberon sich ausgedacht hatte; ein Spiel, bei dem ich alles auf eine Karte gesetzt und verloren hatte.

Sie hatten sich zurückdrängen lassen, hatten so getan, als würde die Übermacht der niederen Fae sie wirklich in Bedrängnis bringen. Ich dachte an das Blut, das vergossen worden war, die toten Körper, die auf der Lichtung gelegen hatten. Ich dachte an Kian, der in meinen Armen gestorben und dann auf dem Boden des *Leylines* verbrannt war. Jeder von ihnen ein Opfer, das umsonst gefallen war. Jeder von ihnen hatte versucht, sich gegen einen Tyrannen aufzulehnen, der uns Jahr für Jahr gedemütigt, betrogen und wie Spielzeug behandelt hatte. Und wofür?

Für nichts.

Weil uns ein verräterisches Herz betrogen hatte.

Ich sah nur noch rot. Mit einem Aufschrei stürzte ich mich auf Oberon, das Schwert binnen eines Lidschlags in meiner Hand. Ich sah noch, wie Miro Oberon am Arm packte, um ihn aus meiner Reichweite zu ziehen, sah, wie Oberon im gleichen Moment die Flöte hervorzog und sie an die Lippen setzte. Und ich spürte etwas, deutlicher als alles andere, deutlicher als die Wut und meine zerquetschte Kehle: Klauen, die sich in meinen Bauch gruben. Warmer Geschmack nach Eisen breitete sich in meinem Mund aus und ich spuckte aus. Blut.

Cúch hatte mich abgefangen, hatte seinen Herrn beschützen wollen, ganz so, wie er es ihm aufgetragen hatte. Aus den Augenwinkeln sah ich, wie Miro die Hand ausstreckte und Oberon die Flöte entriss. Als er sich zu uns umwandte, sah er mich in Cúchs Armen und wurde blass. Bevor Oberon ihm die Flöte wieder entreißen konnte, setzte er sie an die Lippen und blies.

Das rote Leuchten verschwand sofort aus Cúchs Blick. Er blinzelte verwirrt und ich merkte, wie meine Beine unter mir nachgaben. Der blonde Hüne packte fester zu, doch dieses Mal nicht, um mich zu töten, sondern um mich zu stützen.

»Bei den Sternen, sag nicht …« Er konnte die Worte nicht zu Ende bringen, starrte mich nur an und hielt mich so sanft, wie es ihm möglich war, an sich gedrückt. Ich klammerte mich an seine nackten Arme und schluckte das nachfließende Blut so gut ich konnte herunter, um nicht darin zu ertrinken, aber es fiel mir von Mal zu Mal schwerer.

»Ist schon gut«, brachte ich hervor, während ich förmlich dabei zusehen konnte, wie die Wärme mit meinem Blut den Körper verließ. Die Wolle meines Mantels sog sich damit voll und vieles davon tropfte bereits auf den Boden. So viel Blut zu verlieren war sicher nicht gesund.

»Ist schon gut«, wiederholte ich, damit er aufhörte, so schuldig auszusehen.

»Viv«, murmelte er und drückte mich an sich. Sein warmer Atem streifte meinen Hals und ich hielt mich an seinem Nacken fest. Mehr konnte er nicht sagen, wiederholte nur immer und immer wieder meinen Namen.

Ich hielt mich an ihm fest, so gut ich es vermochte, doch mit der Wärme verließ mich auch meine Kraft. »Bitte bleib«, sagte ich schließlich doch und legte den Kopf ein wenig zurück, um ihn ansehen zu können. So viel Entsetzen. So viel Trauer. Es zerriss mir das Herz, ihn so zu sehen.

»Ich gehe nirgendwohin«, sagte er heiser. »Verzeih mir, Vivienne.«

Ich schluckte, musste doch husten und lehnte meine Stirn gegen seine. »Schon gut. Lass mich nur nicht los. Ja?«

Er presste mich wieder an sich. Es schmerzte, aber durch die Kälte fühlte ich es kaum noch. Und ich wünschte mir, hundert Jahre zu schlafen.

Kapitel 26

Als ich die Augen aufschlug, starrte ich in jede Menge besorgter Gesichter. Auf den ersten Blick erkannte ich Cúch, Lydia, Elsa, Moran und … Miro? Ich dachte nicht lange nach, hob meinen Arm, der eine Tonne zu wiegen schien, und schlug dem Sidhe ins Gesicht. Der hob den Kopf und sagte völlig ungerührt zu den anderen: »Sie lebt.«

Bevor ich registrieren konnte, was er damit meinte, wurde ich hochgerissen und fand mich in Cúchs Armen wieder, was alles andere als unangenehm war. Instinktiv kuschelte ich mich enger an seinen Körper, aber er drückte mich schon wieder zurück, um mich anzusehen. Den Ausdruck auf seinem Gesicht konnte ich nicht richtig deuten, doch er freute sich, so viel war sicher.

»Du lebst«, murmelte er wieder und wieder an meinem Ohr.

»Natürlich«, erwiderte ich ebenso leise, die Hände um seinen Nacken geschlungen. »Ich musste mich nur kurz ausruhen.«

Er rückte etwas ab und sah mich ungläubig an. »Ausruhen? Viv, du warst fast tot!«

»Was?«

»Ich hatte dich …« Er räusperte sich und konnte mir dabei kaum in die Augen sehen. »Ich hatte dich verletzt. Schwer sogar. Du hast viel Blut verloren und wir dachten, du würdest es nicht schaffen. Zum Glück war Miro da und konnte dich heilen.«

»Miro hat uns verraten«, erwiderte ich und machte mir gar nicht erst die Mühe, leiser zu sprechen.

»Miro hat euch den Arsch gerettet«, hörte ich den Sidhe sagen und er trat neben uns.

»Du kannst mir gerade viel erzählen«, schnaubte ich und löste mich von Cúch, der seine Hand um meinen Arm hielt, um mich davon abzuhalten, mich wieder auf Miro zu stürzen.

»Er hat versucht, Oberon zu töten«, sagte Cúch sanft.

»Als ich herkam und sah, was Oberon mit dir vorhat, habe ich einfach reagiert. Er hatte mir schon vor einer Weile den Auftrag gegeben, dich zu beschatten und dich und Moran zu ihm zu bringen. Das habe ich ausgenutzt, um an ihn heranzukommen. Ich wollte ihm die Flöte wegnehmen, damit ihr beide ihn töten könnt, aber ich war zu langsam.«

»Warum soll ich dir glauben, dass du dich auf einmal doch auf unsere Seite geschlagen hast?!« Ich wusste, es war kindisch, doch vielleicht machten das Nahtoderfahrungen mit einem. Mein Misstrauen konnte ich auf jeden Fall nicht so leicht ablegen. »Elsa hat immerhin auch gesagt, dass du einfach verschwunden bist.«

»Ich musste noch etwas erledigen«, brummte er und mir lag schon eine Antwort auf der Zunge, als ein eisiger Wind über die Lichtung fuhr und wir alle die Köpfe hoben. Einige der niederen Fae standen bei meinen Freunden, der Rest befand sich auf der Lichtung, versorgte die Verletzten und beweinte die Toten. Aber von den Schatten war nichts mehr zu sehen.

»Wo ist Oberon?«, hörte ich Lydia flüstern.

Und dann sahen wir die Schatten. Sie drängten sich zwischen die Bäume, unter Wurzeln, lauerten hinter Baumstämmen und neben Felsen. Wo auch immer sich Dunkelheit befand, befand sich auch ein Schattenhund. Das waren sehr viel mehr als nur zwei Dutzend. Und diese Exemplare wirkten wie die abartigen gefährlicheren Cousins der Hunde, die wir bisher zu Gesicht bekommen hatten. Sie hatten nicht einmal mehr eine Form, bestanden nur aus lauernden Schemen, die ihre Gestalt schneller wechselten, als das Auge sehen konnte, immer wieder eine neue Albtraumgestalt, bis man es nicht mehr ertrug.

Irgendwo in der Stadt schlugen mehrere Kirchturmglocken zwölf und Raketen wurden abgeschossen. Ein ferner Laut aus einer Welt, die mit dem Albtraum auf dem Teufelsberg nichts mehr zu tun hatte.

Und der König dieses Albtraums betrat gerade die Bühne. Oberon hatte sich verändert. Seine hübsche Hülle, mit der er sonst auf Frauenjagd ging, hatte Risse bekommen und hing in Fetzen an ihm herab. Darunter befand sich Schwärze, so dunkel, dass man Kopfschmerzen bekam, wenn man hineinsah. Nur an der Stelle, an der früher sein rechtes Auge gewesen war, leuchtete ein roter Kreis. Den Mund, oder besser das, was von ihm übrig war, hatte er zu einem breiten Grinsen verzogen. Es war viel zu breit, als dass seine menschliche Hülle es hätte ertragen können, und die Mundwinkel waren bereits eingerissen. Spitze Zähne befanden sich dahinter, die von einer schwarzen Substanz bedeckt waren. In der Dunkelheit hinter ihm schien sein Körper sich fortzusetzen, aber zum Glück konnte man außer einigen sich windenden Bewegungen nicht viel ausmachen.

»Ich bin hier«, sagte das Ding, das einmal Oberon gewesen war, und richtete sich zu seiner vollen Größe auf.

Die Wilde Jagd war gekommen.

Irgendjemand schrie und es wirkte wie ein Signal. Chaos brach aus. Die niederen Fae, die noch laufen konnten, versuchten sich in Sicherheit zu bringen. Die Verletzten, die nicht mehr laufen konnten, krochen oder versuchten es zumindest. Keiner von ihnen entkam.

Die Schatten schossen aus ihren Verstecken, stürzten sich auf die Fliehenden und kämpften gegen die Entschlossenen. Einige wurden getötet, aber die meisten von ihnen wurden von den Schatten auf die Mitte der Lichtung getrieben.

Lydia stellte sich vor uns, den gewaltigen Steinknüppel in den Händen. Die Schatten ließen uns in Ruhe, was an Oberon lag, der gemächlich auf uns zugewankt kam. Er grinste noch immer und sein rotes Auge leuchtete in der Dunkelheit.

»Gib sie mir«, gurgelte er und streckte eine Hand aus, die nur noch aus Knochen, pergamentartiger Haut und Klauen bestand. »Los, Vivienne, gib mir das Mädchen.«

Elsa, Cúch und ich hatten uns vor Moran gestellt, die sich zu einem Ball eingerollt hatte. »Hol sie dir doch.«

Ich gebe zu, Lara Croft hätte das besser hinbekommen, aber für clevere Actionheldsprüche fehlte mir das richtige Drehbuch.

»Komm schon, Vivienne«, gurrte das Oberon-Ding. »Um der alten Zeiten willen. Dann lasse ich deinen kleinen Zoo vielleicht sogar am Leben.«

Bevor ich eine Antwort darauf geben konnte, brüllte Lydia los und stürzte sich auf Oberon. Der hob die Klauenhand und schleuderte die Trollfrau mit einer lässigen Bewegung gegen eine alte Kastanie. Der Stamm zersplitterte durch den Aufprall und Lydia fiel mit einem Ächzen zu Boden.

Oberon kam noch näher. »Ich hole sie mir ohnehin. Also gib sie mir lieber gleich.«

Warum diese Besessenheit, dass ich ihm Moran geben sollte? Warum holte er sie sich nicht einfach? Cúch und Miro hatten sich seitlich an Oberon herangeschlichen und versuchten ihn in die Zange zu nehmen, aber bevor sie aus der Deckung kommen konnten, holte Oberon mit seinen Klauen aus und verschwand für eine Sekunde aus meinem Sichtfeld. Ich hörte Miro schreien und Cúch aufkeuchen und im nächsten Moment landeten beide verletzt, aber zum Glück noch atmend zu unseren Füßen.

»Ihr seid machtlos, egal, womit ihr euch auch wehren mögt«, zischte Oberon. »Ihr seid so erbärmlich, dass sich nicht einmal eine Jagd lohnt. Gib mir das Mädchen, Vivienne, dann kannst du gehen. Bringen wir es endlich hinter uns.«

»Warum bist du so scharf darauf, dass ich sie dir gebe? Warum holst du sie …«

Ich konnte den Satz nicht beenden, denn unter uns bewegte sich der Boden. Elsa verlor das Gleichgewicht und drückte sich an Moran, ich ging auf die Knie. Oberon stand noch, aber er wirkte überrascht. Das hieß also, er hatte mit dem kleinen Erdbeben nichts zu tun. Ich kroch zu Cúch und Miro.

»Hast du etwas damit zu tun?«, flüsterte ich dem Sidhe zu.

Der grinste, was durch seine blutende Wange grotesk aussah. »Ich sagte doch, ich musste noch etwas erledigen.«

Ich drehte mich um, als die Erde abermals bebte. Die Schatten auf der Lichtung schienen irgendetwas zu ahnen, wovon ich keine Ahnung hatte, denn sie wichen an den Rand der Lichtung zurück. Einige flohen sogar in den Wald. Die niederen Fae, die nun wieder frei waren, fackelten nicht lange und flohen so schnell sie nur konnten. Ich konnte es ihnen nicht einmal übel nehmen.

Das Beben wurde immer stärker und jeder von uns – bis auf Oberon – klammerte sich an einer Wurzel oder dem nackten Boden fest, während der halbe Hügel sich zu heben schien. Dann brach etwas aus dem Boden und mir blieb der Atem in der Kehle stecken.

Ein Drache.

Aus der Erde erhob sich ein Drache so groß wie drei Bäume und mit Flügeln, die den ganzen Wald zu umspannen schienen. Sein Schädel war kantig, die Schnauze lang und voller spitzer und sehr gefährlich aussehender Zähne, von denen selbst der kleinste mindestens so lang wie meine Hand war. Ein Paar mächtige gewundene Hörner thronte auf seinem Kopf. Selbst auf die Entfernung konnte ich seine Augen funkeln sehen, in denen eine sehr alte und verdammt Furcht einflößende Intelligenz lag. Ich würde alles dafür geben, dass sich diese Augen niemals direkt auf mich richteten.

Er bewegte sich auf vier Beinen erstaunlich elegant für so ein großes Wesen, auch wenn die riesigen Klauen an seinen Pranken diesen Eindruck rasch wieder zunichtemachten, vor allem, wenn er seine riesigen fledermausartigen Flügel spreizte. Sein Körper mit dem langen Schwanz war von Schuppen bedeckt, die im Licht des Mondes rötlich-gold schimmerten und auf seinem Rücken saß elegant, als hätte sie noch nie irgendwo anders gesessen, Titania.

»Ein Drache?!«, schrie ich Miro über das Brüllen des majestätischen Tieres hinweg an. Erdklumpen und kleinere Wurzelstücke flogen auf uns herab und trafen mich an Rücken und Beinen.

»Titanias Drache«, korrigierte er mich, als würde das alles erklären.

Als ich einen Blick auf Oberon warf, wollte ich das auch fast glauben. Er hatte Angst. Zum ersten Mal sah ich auf dem Gesicht des Königs der Fae so etwas wie Furcht und Entsetzen und ich genoss jede Sekunde davon.

Der Drache brüllte abermals auf und das Rauschen seiner Schwingen übertönte es noch, erzeugte einen Windstoß, der kleinere Äste von den Bäumen riss und mir fast den Mantel auszog. Jetzt wusste ich, wie Marilyn Monroe sich gefühlt haben musste.

Früher, als ich noch klein war, hatte ich immer davon geträumt, mal einem Drachen zu begegnen. Meine Enttäuschung, als ich erfuhr, dass es keine Drachen gab, kann man sich sicher vorstellen. Aber jetzt, nur wenige Meter vor mir, schien genau dieser Traum in Erfüllung zu gehen. Das Fabelwesen schlug mit den Flügeln und rauschte über uns hinweg, verfolgte Oberon, der sich umgedreht hatte und floh.

Oberon floh!

Fast hätte ich lauthals gejubelt, doch etwas an den letzten Minuten wollte mich nicht loslassen. Oberon hatte wieder und wieder darauf bestanden, dass ich ihm Moran gab. Warum? Warum sollte ein unsterbliches Wesen auf die Hilfe eines Menschen angewiesen sein, vor allem, wenn dieser Mensch absolut keine Magie besaß und …

Ich starrte Moran an. Dann meine Hände. Und dann wieder Moran. Und da war die Lösung. Sie hatte die ganze Zeit direkt vor meiner Nase gesessen und ich Vollidiot hatte sie einfach nicht sehen können. Ich robbte zu Moran und nahm die Hände der Kleinen, die vor Angst zitterte, aber mit großen Augen dem Drachen nachsah.

»Moran, Liebes, ich brauche deine Hilfe.«

Das Mädchen reagierte anfangs nicht, war noch zu gefangen von dem Anblick, der sich ihm da bot, aber nachdem ich meine Worte noch dreimal wiederholt hatte, nahm sie mich endlich wahr.

»Wobei?«, fragte sie mit dünner Stimme.

»Ich will Oberon endlich nach Hause schicken, damit er dir nie mehr etwas tun kann.«

»Und euch auch nicht?«

»Uns auch nicht. Versprochen.«

»Dann helfe ich dir«, verkündete sie fest. Ich hob sie auf meine Arme und drückte sie eine Sekunde lang an mich. Mochten alle guten Mächte dafür sorgen, dass ich mich nicht irrte. »Cúch, Miro, könnt ihr laufen?«, fragte ich die beiden Männer, die nickten und ein wenig wackelig auf die Beine kamen. »Elsa, bitte bleib hier. Versuch so viele Fae zu finden wie du kannst. Wir brauchen vielleicht Verstärkung.«

Elsa wirkte nicht begeistert, nickte aber. Ich verlagerte Morans Gewicht auf meinem Arm ein wenig und nickte Cúch und Miro zu. »Wir müssen Oberon einholen, bevor Titania ihn in die Finger bekommt.«

Weit mussten wir nicht laufen, denn Titania hatte ihren Ehemann in einer Bachsenke gestellt. Er lag am Boden, eingekeilt von der Pranke des Drachen, und seine Frau stand neben ihm.

»Warum?!«, fragte er mit dünner Stimme. »Ich bin dein König, warum verrätst du mich?«

Titania wirkte nicht ängstlich, nicht einmal wütend; von ihr ging eine Kälte aus, die kein menschliches Wesen jemals hätte aufbringen können. Sie verzerrte ihre hübschen Gesichtszüge zu einer grausigen Maske. »Soll das eine ernst gemeinte Frage sein?«, zischte sie. »Ich bin deine Königin, aber das hat dich nicht davon abgehalten, mich immer wieder zu verraten, jedes Mal aufs Neue, mit jeder menschlichen Schlampe, die dir begegnet ist. Du hast die Lebensjahre gehortet und wirklich geglaubt, ich wüsste nicht, was du damit vorhast? Du wolltest mich ausbooten, mächtiger werden als ich. Dachtest du, ich merke nicht, dass du dieses Kind an deinem Hof versteckt hast? Du bist erbärmlich, Oberon. Ich hatte die ganze Zeit meine Augen auf deiner geliebten Füchsin, ich wusste, wo sie war, was sie getan hat, und ich habe es genossen, mit ihr zu spielen, ohne dass du es merkst. Ich hätte sie jederzeit auslöschen können, aber sie war mir nützlich und ich musste nicht viel tun, damit sie auf die richtige Fährte kam. Dank ihrer Hilfe liegst du endlich am Boden. Die Zeit deiner Herrschaft endet jetzt, Oberon.«

Ich begann schneller zu rennen. »Töte ihn nicht!«, schrie ich dabei und wedelte wie wild mit dem freien Arm.

»Warum sollte ich meinen Gatten töten?«, fragte mich die Königin. Sie schien verärgert über die Störung zu sein.

»Weil …« Mir fiel wirklich kein Grund ein, warum sie das aus ihrer Sicht tun sollte. Es musste ja nicht jeder diesen Bastard tot sehen wollen. »Keine Ahnung. Aber ich habe noch ein Hühnchen mit ihm zu rupfen. Er hat seine Macht missbraucht, hat ein geheimes Portal erschaffen und damit gegen die Abmachung verstoßen. Die Menschen haben ein Recht auf ihn.«

Titania legte das hübsche Köpfchen schief und musterte mich. »Und wer macht ausgerechnet dich zum Sprecher der Menschen, Adams Füchsin?«

»Ihre Präsenz als einziges Menschenblut vor diesem Tribunal«, mischte Miro sich ein und fügte rasch noch ein »Herrin« hinzu.

Titania schnaubte. »Dem kann ich wohl nicht widersprechen. Also, welche Strafe hast du für meinen Gatten vorgesehen?«

»Er wird ins Land des Zwielichts verbannt«, verlangte ich. »Und es wird keine Wilde Jagd mehr im Reich der Sonne geben. Jetzt nicht und auch in Zukunft nicht. Die Menschen und die niederen Fae sind für ihn tabu.«

Um Titanias Mundwinkel spielte ein Lächeln. »Das lässt sich einrichten.«

Sie drehte sich gerade in dem Moment um, in dem Oberon mit etwas, das aussah wie ein Schattendolch, in die Pranke des Drachen stach. Das Tier stieß ein Brüllen aus, hob die Klaue und Oberon war frei. Bevor irgendjemand reagieren konnte, hatte er sich aufgerichtet und sprang mit ausgestreckten Klauen auf mich zu. Ich drehte mich zur Seite, schickte noch ein Stoßgebet an alle göttlichen Mächte und drückte ihm Moran an die Brust.

Ein Lichtblitz zerriss die Szenerie, breitete sich aus und wurde so gleißend, dass ich die Augen zusammenkneifen musste. Hinter meinen Lidern tanzten goldene Flecken und es dauerte, bis ich sie wieder öffnen konnte. Als es so weit war, kniete Oberon vor mir. Er war kein Gott mehr, kein Jäger, er war ein hübscher, etwas zu dünner Mann, der seine Hände anstarrte, als hätte er etwas unglaublich Kostbares verloren. Moran stand vor ihm und sah ihn mit einer Mischung aus Wut und Trotz an.

»Was ist passiert?«, fragte Cúch.

»Die Lebensjahre«, sagte Miro und sah mich verblüfft an. »Darauf bin ich noch gar nicht gekommen! Nicht schlecht, Viv.«

Cúch sah fragend zwischen uns hin und her.

»Ich habe ihm seine Unsterblichkeit genommen«, erklärte ich und nahm Moran wieder hoch, die sich in meine Arme kuschelte. »Er ist eines der ältesten unsterblichen Wesen; darum wollte er Moran auch nicht berühren, sondern bestand darauf, dass ich sie ihm gebe. So hätte er sie gleich getötet, ohne sie berühren zu müssen. So viel gebündelte Lebensjahre, so viel Endlichkeit hat sich in ihm entladen und ihm seine Unsterblichkeit genommen.«

»Das heißt …«, begann Cúch und ich nickte.

»Er ist jetzt sterblich.«

»Das heißt, er ist auch aller Macht beraubt«, fügte Miro hinzu.

Ich spürte, wie ein Teil von mir erleichtert zusammensacken wollte. »Lady Titania, jetzt seid Ihr dran. Nehmt ihn mit.« Ich sprach die Sidhe, die still dagestanden und alles mit angesehen hatte, direkt an. Sie verzog angeekelt das Gesicht.

»Warum sollte ich? Die Strafe, die ihr euch ausgedacht habt, galt einem Gott. Das da«, sie deutete mit einem abfälligen Nicken in Oberons Richtung, der noch immer wie ein zusammengesunkenes Häuflein Elend dasaß, »ist sterbliches Fleisch, nicht mehr wert als ein Mensch.«

Das musste man ihr lassen, die gute Titania wusste, wie man sich Freunde machte.

Cúch und Miro sahen mich an. Ich runzelte die Stirn. »Heißt das, du wirst ihn nicht mitnehmen?«

»Warum sollte ich?«

»Ob sterblich oder nicht, Oberon hat immer noch Verbündete«, raunte mir Miro ins Ohr. Mein Blick wanderte wieder zu Titanias Ehemann. So, wie er da kauerte, konnte man kaum glauben, dass es so war, aber ich wusste, Miro hatte recht. Wir durften Oberon nicht unterschätzen.

»Was sollen wir dann machen?«, fragte ich ebenso leise. »Wenn sie darauf verzichtet, ihren Teil der Abmachung einzuhalten, müssen wir uns ausdenken, was wir machen.«

Die beiden Männer neben mir tauschten einen Blick aus. »Bringen wir es zu Ende«, sagte Cúch knapp und Miro nickte.

Ich wandte mich ab, als Miro ein Schwert zog und Cúch die Fäuste ballte, wollte nicht, dass Moran mit ansehen musste, dass getan wurde, was getan werden musste, da hob Oberon die Hände und schrie: »Nein.«

Wir hielten inne und sahen ihn an. Oberon rückte von uns ab, rutschte hastig über den Waldboden auf seine Frau zu, die instinktiv zwei Schritte zurückmachte. Der Drache grollte warnend, aber Oberon ignorierte ihn. Mit von Blättern und Nadeln übersäten Beinen hockte er vor Titania, umklammerte den Saum ihres Kleides und starrte zu ihr auf. »Lass das nicht zu! Du weißt, was ich dir geben kann. Auch wenn ich keine Macht mehr habe, weiß ich von Geheimnissen, von denen du nicht einmal ahnst, dass sie existieren. Ich kann dir noch nützlich sein, und sei es auch nur als Sklave. Ich flehe dich an, lass nicht zu, dass sie mich töten. Ich bitte dich!«

Titania behielt den angeekelten Gesichtsausdruck bei, aber ich hatte das Funkeln in ihren Augen gesehen. Sie kannte ihren Mann besser als jedes andere Wesen und wie es aussah, sagte er die Wahrheit. Er konnte Titania Macht verschaffen und als Bonus wäre er ihr auch nicht mehr ebenbürtig, sondern ihr Sklave. Die Vorstellung von beidem schien ihr sehr zu gefallen.

Sie hob den Kopf und sah zu mir. »Ich habe es mir anders überlegt«, sagte sie gespielt leichthin, was ich nur mit einem Schnauben quittierte.

»Was soll das bitte heißen?«

»Ich werde ihn mitnehmen und er wird das Reich des Zwielichts nicht mehr verlassen, wenn ihr ihn am Leben lasst.«

Ich hob eine Augenbraue. »Das wurde bereits besprochen. Du hast auf deinen Teil der Abmachung verzichtet, darum können wir entscheiden, welche Strafe er erhält.«

Sie biss sich auf die Unterlippe, eine erstaunlich menschliche Geste, die ich bei ihr niemals vermutet hätte. »Tötet ihn nicht«, sagte sie leise und Oberon sah flehend zu den beiden Männern.

Kurz wanderte mein Blick zu dem Drachen, aber wie es aussah, konnte sie uns nicht mit Gewalt aufhalten, selbst wenn sie es gewollt hätte. Das Recht der Abmachung lag auf unserer Seite und in dieser Stunde zwischen den Jahren war die Kraft dieser Abmachung sogar für mich zu spüren. Sie summte förmlich in der Luft.

»Wenn wir ihn nicht töten«, sagte ich daher so vorsichtig wie möglich, »und wir ihn unbehelligt mit dir gehen lassen, schuldest du uns einen Gefallen. Jedem Einzelnen der hier Anwesenden.«

Titania wurde blass, nur ihre Wangen röteten sich. Zorn und Verzweiflung kämpften ziemlich deutlich auf ihrem Gesicht und ich sah vorsichtshalber noch einmal zu dem Drachen, aber der verhielt sich ruhig.

»Einen«, würgte Titania hervor. »Einen für euch alle.«

»Das ist keine Verhandlung, Königin. Vier Gefallen für das Leben Oberons«, wiederholte ich fest.

Wäre Titania das Konzept Zeit ein Begriff gewesen, hätte sie gewusst, dass ich genau darum pokerte, denn die Macht des Abkommens würde mit jeder Minute, die verstrich, schwächer werden, bis es ein Uhr war. Zum Glück ignorierten unsterbliche Wesen Zeit wie etwas Schmutziges. Titania schnaubte und funkelte mich wütend an.

»Na gut. Einen Gefallen für jeden der Anwesenden hier. Gebt nur acht, dass sie euch nicht zum Unglück werden.« Mit diesen Worten riss sie Oberon hoch, sprang elegant mit ihm auf den Rücken des Drachen und verschwand, nach einigen kräftigen Flügelschlägen, aus meinem Sichtfeld.

Kapitel 27

Und er kommt wirklich nicht mehr wieder?« Moran war kaum zu verstehen, weil ihr Mund voller Schokoladenkuchen und Erdbeermuffins war, aber ich hatte mittlerweile Übung darin, aus dem Genuschel die richtigen Worte herauszupicken.

»Der traut sich nicht mehr her«, beruhige Lydia sie und grinste breit. Die Trollfrau hatte, wie viele ihrer Gefährten, schlimme Blessuren davongetragen, aber dank diverser Sidhe aus Miros Gefolge war sie ebenso versorgt wie der Rest unseres kleinen Haufens.

Miro hatte uns sein Appartement im Hotel zur Verfügung gestellt und wir saßen oder lagen auf Sofas, weichen Teppichen und Betten und jeder von uns feierte das Ende dieser Nacht auf seine Weise. Lydia hatte es sich auf dem kleinen Flecken Marmorboden gemütlich gemacht, Elsa lag an sie gelehnt da und strich Moran über den Kopf, die sich an ihren Bauch gekuschelt hatte und sich immer wieder von Sidhe mit Süßigkeiten vollstopfen ließ, die jedes Mal, wenn sie ihr dabei zusahen, wie sie sich noch mehr Süßes in den Mund stopfte, in entzücktes Seufzen ausbrachen. Sobald wir wieder zu Hause waren, würde ich die Kleine in eine Klinik für Zuckerentzug schicken müssen.

Miro hatte sich mit einigen anderen Sidhe in eines der Schlafzimmer zurückgezogen – das, was am weitesten von unserem Zimmer entfernt war, was wohl seine Form der Rücksichtnahme darstellte. Und ich hatte mich auf das Bett gefläzt, Pixi auf dem Kissen neben mir, und sah aus dem Fenster auf den beginnenden Morgen. Cúch lag auf der anderen Seite des Bettes. Er schlief. Die Sonne hatte den Himmel heute ganz für sich, keine einzige Wolke war zu sehen, nur zerrissene Nebelschwaden, die die Wärme der Strahlen angelockt hatte. Ihr Licht floss wie rote Seide über den Asphalt, wurde nur hin und wieder von den Resten der letzten Nacht aufgehalten, von Pappbechern, Böllerschachteln und leeren Sektflaschen, die die Feierwütigen in der letzten Nacht zurückgelassen hatten.

Selbst durch die Fensterscheibe hindurch konnte ich das Licht spüren und es wärmte mich bis ins Innerste.

Ich drehte mich zur Seite, sah Menschen und Fae, die mir mehr als nur ans Herz gewachsen waren, und ich spürte so etwas wie Erleichterung. Wir hatten überlebt. Wir waren noch zusammen. Für diesen Augenblick war das mehr, als ich mir jemals erhofft hätte.

Als mein Blick auf Moran fiel, die sich an Elsa kuschelte und kurz davor stand einzuschlafen, wie Elsa und Lydia es bereits taten, merkte ich, wie mein schlechtes Gewissen sich meldete. So leise wie möglich stand ich auf, zog mir Schuhe und Jacke an und schlüpfte aus dem Zimmer.

Der Potsdamer Platz war tatsächlich so ruhig, wie er von der Suite aus gewirkt hatte, und für Berlin war das eine Seltenheit. Es war fremdartig und gleichzeitig wunderschön, diese sonst immer so hektische Stadt mal so ruhig zu sehen, aber das machte Berlin immer mit einem. Es trieb dich an den Rand des Wahnsinns mit seinem Lärm, seiner schlechten Laune und seinem Dreck und gerade wenn man dachte, dass man ihm endlich den Rücken zukehren und nie wieder einen Fuß hineinsetzen wollte, zeigte es sich von einer derart bezaubernden Schönheit, dass man vergaß, warum man es jemals gehasst hatte.

Eine echte Problembeziehung, wenn man mich fragt.

Für den Moment war es aber genau das, was ich brauchte. Die frierenden Hände in die Taschen des blutverkrusteten Wollmantels gesteckt, stapfte ich die Straße hinab, vorbei am Holocaust-Mahnmal, auf dem sich ein paar Nebelkrähen tummelten, bis zum Brandenburger Tor. Die Absperrungen der letzten Nacht standen noch da, wurden aber bereits von fleißigen Helfern zusammengetragen und abgebaut. Auf der anderen Seite des Tores wurden derweil Tische und kleine Zelte aufgebaut. Bald würde hier der Neujahrslauf stattfinden, für die Unermüdlichen, die ihren Neujahrsvorsatz gleich in die Tat umsetzen wollten. Aber noch war es ruhig und die wenigen Menschen, die ich passierte, ignorierten mich weitestgehend, so wie ich sie.

Kurz verschwand ich in der Filiale der Cafékette, die, ähnlich wie Schimmel, überall in der Stadt zu finden war, und verließ sie wieder mit zwei Pappbechern voll heißem, dampfenden Kaffee.

Schließlich stand ich vor der Tür, vor der ich, wie es mir jetzt vorkam, vor einer Ewigkeit schon einmal gestanden hatte. Wilhelm hatte mich bereits gesehen, denn er winkte mir wie immer durch das Glas des Foyers zu und öffnete dann die Tür. Er wirkte müde, ging gebeugt und seufzte zufrieden, nachdem ich ihm den Pappbecher mit dem Kaffee gereicht und er seine Finger darumgelegt hatte.

»Frohes Neues, Mädchen«, sagte er und deutete mit einem Nicken auf einen Stuhl neben der Tür, auf dem seine Jacke lag. »Bist ein bisschen spät. Ich hab jetzt Feierabend.«

»Dachte ich mir«, sagte ich grinsend und verzog das Gesicht, weil die Schrammen und Blessuren dadurch zu brennen begannen. »Zur Feier des Tages wollte ich dir dennoch einen Kaffee bringen.«

Er musterte mich ein wenig besorgt, aber mein Grinsen schien ihn zu beruhigen. »Wilde Nacht?«, fragte er.

»Die wildeste«, erwiderte ich, nippte an meinem Kaffee und verbrühte mir die Zunge. »Toll«, murmelte ich und schüttelte den Kopf. »Und bei dir?«

»Alles ruhig. Die Polizei regelt Silvester ja immer alles da draußen. Und sie da oben hasst es, wenn es böllert. Also eine gute Nacht.« Er schmunzelte verschwörerisch, demonstrierte dann, dass er klüger war als ich, indem er den Deckel seines Bechers hob und hineinpustete und dann erst trank.

Bei der Erwähnung der Siegesgöttin fiel mir wieder ein, warum ich gekommen war. Ich atmete tief durch und starrte auf meinen Kaffeebecher, um ihm nicht in die Augen sehen zu müssen. »Du, Wilhelm, es gibt da etwas, was ich dich fragen wollte …«

Die Tür wurde aufgezogen und eine ältere Frau mit weißem Haar, das sie zu einem beeindruckenden Zopf geflochten hatte, kam herein. Sie strahlte in Wilhelms Richtung, hielt aber inne, als sie mich sah. Ich winkte ein wenig irritiert. »Ah, Gitte, da biste ja. Ich komme gleich.« Er zwinkerte ihr zu und deutete mit einem Nicken auf mich. »Das ist Vivienne. ’Ne ehemalige Arbeitskollegin.«

Gittes Lächeln kehrte zurück und sie streckte mir die Hand entgegen. »Gitte Wirchow. Schön, mal jemanden von Wilhelms Arbeitskollegen kennenzulernen.«

»Ehemalige Arbeitskollegin«, erwiderte ich mechanisch, ergriff ihre Hand und drückte sie sanft. »Vivienne Winter. Erfreut, Sie kennenzulernen, Frau Wirchow.«

»Gitte reicht«, sagte sie und als sie zu Wilhelm sah, wurde ihr Lächeln noch einen Tick strahlender und kleine Grübchen erschienen in ihren Wangen. Unwillkürlich musste ich auch lächeln.

»Kannst du schon einmal vorgehen? Ich komme gleich«, sagte Wilhelm und nahm seine Jacke.

»Mach aber nicht zu lange, ich habe dir Frühstück gemacht. War schön, dich kennenzulernen, Vivienne«, rief sie und war schon wieder auf dem Weg hinaus.

»Fand ich auch«, rief ich ihr hinterher und winkte. »Sie ist sehr nett.«

Wilhelm nickte und ich sah das gleiche Strahlen wie auf Gittes Lippen. Dann wurde er wieder ernster. »Du wolltest mich was fragen?«

Oh ja ... Ich drehte meinen Becher in den Händen, weil ich nicht wusste, was ich sonst mit ihnen anstellen sollte. »Wenn ... wenn du alles hättest rückgängig machen können, du weißt schon, die Zeit zurückdrehen und so, nicht nur für dich, sondern auch für alle anderen Opfer der Sidhe – hättest du es getan?«

Wilhelm sah mich prüfend an. Er wirkte nicht erschrocken oder aufgeregt, vielmehr nachdenklich. Dann blickte er an mir vorbei durch die Fensterfront zu Gitte. »Ein ›Was wäre, wenn‹ hat noch niemanden glücklich gemacht. Wir haben, was wir haben, und wenn wir dumm sind, weinen wir dem nach, was hätte sein können, oder was wir glauben verloren zu haben. Das ist Träumen in der Vergangenheit. Und es ist nutzlos. Die Kraft kann man genauso gut für Träume für die Zukunft investieren. Davon hat man wenigstens noch etwas.«

Er schnaufte und zog sich die Jacke an. Ich half ihm und reichte ihm seinen Kaffeebecher, als sie saß. »Ich hätte mich schon viel früher mal mit dir darüber unterhalten sollen, Wilhelm«, sagte ich leise.

Er lachte und hob grüßend seinen Becher. »Klar, denn ich bin alt und weise. Frohes neues Jahr, Mädchen. Mach was draus!«

Damit scheuchte er mich aus dem Foyer, schloss ab und ging zu Gitte, die an ihrem Wagen stand und ihn mit einem Lächeln erwartete.

Auf dem Weg zurück zum Hotel kam mir Cúch entgegen. Sein Haar war vom Schlaf zerzaust, aber seine Kleidung war tadellos – Jeans, schwere Stiefel, cremefarbener Pulli und Dufflecoat. Ich vermutete, dass alles aus Miros Garderobe stammte. Mich störte es nicht. Er kam mir ruhig entgegen und fing mich auf der Höhe des Tiergartens ab. »Ich dachte mir doch, dass ich dich hier finde.«

»Wie, hast du dich nicht auf deine geniale Schnüffelnase verlassen?«, tat ich erstaunt und reichte ihm meinen Kaffee, damit er einen Schluck nehmen und sich aufwärmen konnte.

»Wirklich, Hundewitze so früh am Morgen?« Er hob eine Augenbraue und sah mich an. Grinsend zuckte ich mit den Schultern und anstatt zurück zum Hotel zu laufen, schlug ich den Weg in den Tiergarten ein. Cúch passte die Schritte seiner langen Beine meinen an und eine Weile liefen wir schweigend durch den Park, wobei wir uns meinen Kaffee teilten.

Schließlich sagte Cúch: »Es tut mir leid, was ich getan habe. Ich habe dich verletzt, fast getötet und die ganzen Fae …«

»Du verwechselst da etwas«, unterbrach ich ihn. »Das warst nicht du. Nichts davon. Das war Oberon. Er hat dich lediglich als Werkzeug benutzt, aber das warst nicht du. So etwas würdest du nie tun.«

»Nein«, sagte er, nachdem er eine Weile nichts gesagt hatte. »Ebenso wenig wie du.«

Ich hob den Kopf.

»Du hast dir Kians Tod immer noch nicht vergeben«, fuhr er fort und es war eine Feststellung, keine Frage.

»Ich habe Fehler gemacht.« Mehr konnte ich nicht sagen. Tränen schnürten mir die Kehle zu und sollte ich noch ein Wort mehr herausbekommen, würde das den Damm sprengen.

Die Ereignisse der letzten Tage brachen über mir herein und ich konnte sie auf meinen Schultern spüren. Ihr Gewicht, die Last, die mich körperlich niederzudrücken schien. Und plötzlich war da eine Hand, die mich am Arm fasste und aus all dem herauszog. Ich hob den Kopf und sah in Cúchs Augen.

»Fehler geschehen. Aber du versuchst, das Richtige zu tun, Viv, und das ist etwas, was kein Fehler dieser Welt auslöschen kann. Und eines verspreche ich dir.« Seine andere Hand fand meine Wange, streichelte sacht darüber und ich vergrub mein Gesicht in seiner Handfläche. »Ich werde immer da sein.« Seine Lippen streiften mein Ohr. »Egal wie verloren du zu sein glaubst, egal, was du glaubst, für Fehler gemacht zu haben, ich bin für dich da. Vergiss das niemals.«

Ich schluckte und schloss die Augen. Alles in mir sehnte sich danach, seine Lippen auf meinen zu spüren. Ich wollte mehr von dieser Nähe, wollte mich darin einhüllen, darin versinken, wollte mich nie wieder daraus lösen. Mein Herz machte einen Sprung, denn ihm ging es ebenso wie mir.

Nur … wo blieb dann der Kuss?

Ich öffnete versuchsweise ein Auge und dann ein zweites. Sah mich um, weil kein Cúch mehr vor mir stand, bis ich zu ahnen begann, was passiert war.

Ich senkte den Kopf.

»Das darf doch nicht wahr sein«, knurrte ich.

»Sieht so aus, als wäre die Macht der letzten Raunacht vorbei«, brummte der Corgi und sah etwas hilflos an sich herab.

»Wie bist du denn darauf gekommen?«, fragte ich mit einem Seufzen und bückte mich, um ihn zwischen den Ohren zu kraulen.

»Klasse, Sarkasmus, genau das, was ich jetzt brauche«, erwiderte Chu und schüttelte sich. Ich richtete mich auf und sah in Richtung des Potsdamer Platzes. »Dann lass uns zurückgehen.«

Chu leckte sich über die Schnauze. »Wollen wir über gerade eben sprechen?«

»Ich diskutiere mit einem Flohpelz keine Beziehungsfragen.«

»Das ist Diskriminierung«, bellte er, aber ich glaubte ein Grinsen zu erkennen.

Ich zuckte mit den Schultern. »Das andere nennt sich Zoophilie, ist strafbar und außerdem absolut nichts für mich.«

Chu bellte noch einmal beleidigt und begann dann vorzulaufen. Ich folgte ihm ein wenig langsamer. Eilig hatte ich es nicht – denn jetzt hatte ich endlich wieder etwas, auf das ich zugehen konnte.

Danksagung

Danke, dass du IM SCHATTEN DER RAUNACHT gelesen hast. Nein, ich meine das ganz im Ernst: Vielen vielen Dank. Dieses Buch zu schreiben fiel mir nicht leicht, denn ich hatte, als ich damit begann, mit einer ziemlich schweren Schreibblockade zu kämpfen. Die RAUNACHT war mein Weg aus dieser Blockade, und gleichzeitig mein größtes Hindernis, mit dem ich oft (sehr oft!) zu kämpfen hatte. Es jetzt gedruckt zu sehen und zu wissen, dass du dir die Zeit genommen hast, es zu lesen bedeutet mir viel. Danke. :D

Danke auch an meine Schreibgruppe und Partners in (any) crime, meine moageeks: Kathrin, Christian und Stephan. Ihr wart bei jedem Hoch und jedem Tief dabei, habt mir den Rücken freigehalten und gestärkt. Hoffen wir, dass es in Zukunft noch viele Hochs geben wird. Ich hab euch lieb. <3

Danke an die Mitglieder des Drachenmondteams – allen voran Drachenmama Astrid! – und die Autoren, die mich so lieb aufgenommen haben. Danke für eure offenen Arme, die harte Arbeit vor und hinter den Kulissen und den Spaß, den ich immer mit euch habe!

Danke an meine Eltern, die mir die Liebe zu Büchern quasi in die Wiege gelegt haben.

Und nicht zuletzt danke an den Häschendompteur himself. Du weißt gar nicht, was für ein Geschenk es ist, dich immer an meiner Seite zu wissen.

Falls es dich interessiert, was ich noch so mache, oder du ein paar Hintergrundinfos zur RAUNACHT erfahren möchtest, besuche mich doch auf Instagram unter nina_bellem oder auf Twitter unter Kerimaya. :)

LISA
ROSENBECKER
LITERSUM
MUSENKUSS
DRACHENMOND VERLAG

Stephan R. Bellem

Ruf der Rusalka

ISBN: 978-3-95991-899-2, Klappenbroschur, EUR 14,90

Lewis hat sich geschworen, es nie wieder zu tun. Doch der faszinierenden Fremden kann er nicht widerstehen. Als Londons größter Ermittler soll er den Mord an ihrer Freundin aufklären. Aber mit jedem Schritt holen ihn die Bilder seiner Vergangenheit wieder ein und drohen, ihn unter sich zu begraben. Wäre da nicht die Frau an der Themse. Kann sie ihn vor sich selbst retten? Kate kann endlich der Eintönigkeit Manchesters entkommen und wagt sich nach London, um ihrem Traum nachzujagen: der nächsten großen Story. Und was wäre größer als ein Serienmörder? Aber die Morde sind erst der Anfang. Kate und Lewis tauchen ein in eine Welt der Geheimgesellschaften und okkulten Rituale. Können sie die Vernichtung Londons noch aufhalten?

Andreas Suchanek

Die 12 Häuser der Magie – Schicksalswächter

ISBN: 978-3-95991-691-2, kartoniert, EUR 14,90

Das Schicksal kennt kein Erbarmen!

Nicholas Ashton weiß ziemlich genau, was er will. Schicksalswächter werden gehört nicht dazu! Trotzdem wählt ihn das Orakel der 12 Häuser für die Rolle eines dieser besonderen Magier aus. Er wird mit uralten Mächten, dem geheimnisvollen schwarzen Glas, einem verlassenen magischen Haus und feindlichen Magiern konfrontiert – und vielen Fragen. Was hat es mit dem verschwundenen Egmont Chavale auf sich? Und was ist mit dem geheimen Sanktum und der mysteriösen Frau, die in einem steinernen Sarg schläft? Gemeinsam mit seinen Freunden Matt und Jane geht Nic den Geheimnissen auf den Grund und stellt sich der Gefahr.

Mit allen Konsequenzen!

Carolin Herrmann

Das Mädchen, das die Träume webt

ISBN: 978-3-95991-270-9, kartoniert, EUR 16,90

Angst. Panik. Ein Schrei – dann schrecke ich aus dem Schlaf.

Nacht für Nacht dasselbe und ich weiß nicht, wann es aufhören wird. Meine schlimmsten Ängste, sie werden Realität und treiben mich in den Wahnsinn – und das alles seit diesem Autounfall mitten im Green Darkness. Und seitdem erinnert sich Nathan an mich, obwohl das doch sonst keiner kann. Erst recht nicht er. Sollte es dieses Mal wirklich anders sein? Sollte es wirklich meine Schuld sein – diese Träume, dieses Lied? Es ist eine Gabe, hat sie gesagt. Doch für mich ist es eher ein Fluch.